RANKING

宝島社

『このライトノベルがすごい！2019』2018年度版

10発表!!

『このライトノベルがすごい！2019』（2018年度版／2017年9月1日～2018年8月31日）は、作品（シリーズ）を「文庫部門」と「単行本・ノベルズ部門」に分けて、それぞれのBEST10を発表します!

文庫部門11位以降の結果は 34 ページをチェック!

瘤久保慎司
先生の
インタビューは
P47 から!

第1位 ［335.76ポイント］

『錆喰いビスコ』

著：瘤久保慎司　イラスト：赤岸K　世界観イラスト：mocha（電撃文庫）

第2位 ［313.03ポイント］

『りゅうおうのおしごと!』

著：白鳥士郎　イラスト：しらび（GA文庫）

屋久ユウキ
先生の
インタビューは
P97 から!

第3位 ［195.05ポイント］

『弱キャラ友崎くん』

著：屋久ユウキ
イラスト：フライ（ガガガ文庫）

しめさば
先生の
インタビューは
P56 から!

第4位 ［180.24ポイント］

『ひげを剃る。そして女子高生を拾う。』

著：しめさば　イラスト：ぶーた（角川スニーカー文庫）

ライトノベルの頂点はコレだ!!

作品（シリーズ）文庫部門 BEST

第7位 ［101.38ポイント］
『ぼくたちのリメイク』
著：木緒なち　イラスト：えれっと
（MF文庫J）

第6位 ［106.81ポイント］
『ようこそ実力至上主義の教室へ』
著：衣笠彰梧　イラスト：トモセシュンサク
（MF文庫J）

第5位 ［130.58ポイント］
『86 ―エイティシックス―』
著：安里アサト　イラスト：しらび
メカニックデザイン：I-IV
（電撃文庫）

第10位 ［94.92ポイント］
『ソードアート・オンライン』
著：川原 礫　イラスト：abec
（電撃文庫）

第9位 ［95.68ポイント］
「とある魔術の禁書目録（インデックス）」シリーズ
著：鎌池和馬　イラスト：はいむらきよたか
（電撃文庫）

第8位 ［98.56ポイント］
『三角の距離は限りないゼロ』
著：岬 鷺宮　イラスト：Hiten
（電撃文庫）

10発表!!

「単行本・ノベルズ部門」では、文庫とは異なる判型で刊行される、広義でのライトノベルを対象としています。
Web発の作品が多く、四六判、B6判といったサイズが基本。
文庫判ライトノベルとは異なった傾向が見られます。

第1位 ［169.87ポイント］

『本好きの下剋上 ～司書になるためには手段を選んでいられません～』

著：香月美夜　イラスト：椎名 優（TOブックス）

第2位 ［139.46ポイント］

『海辺の病院で彼女と話した幾つかのこと』

著：石川博品　イラスト：米山 舞
（KADOKAWA）

第3位 ［127.38ポイント］

「物語」シリーズ

著：西尾維新
イラスト：VOFAN
（講談社BOX）

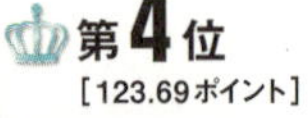

第4位 ［123.69ポイント］

『オーバーロード』

著：丸山くがね　イラスト：so-bin
（KADOKAWA・エンタープレイン）

新たなるライトノベルの潮流を見よ!!

作品(シリーズ) 単行本・ノベルズ部門 BEST

第7位 [113.00ポイント]

『JKハルは異世界で娼婦になった』

著：平鳥コウ　イラスト：shimano
(早川書房)

第6位 [119.24ポイント]

『魔女の旅々』

著：白石定規　イラスト：あずーる
(GAノベル)

第5位 [122.67ポイント]

『転生したらスライムだった件』

著：伏瀬　イラスト：みっつばー
(GCノベルズ)

第10位 [101.72ポイント]

『蜘蛛ですが、なにか?』

著：馬場 翁　イラスト：輝竜 司
(カドカワBOOKS)

第9位 [102.34ポイント]

『スライム倒して300年、知らないうちにレベルMAXになってました』

著：森田季節　イラスト：紅緒
(GAノベル)

第8位 [107.54ポイント]

『無職転生 ～異世界行ったら本気だす～』

著：理不尽な孫の手　イラスト：シロタカ
(MFブックス)

『このライトノベルがすごい！2019』2018年度版

キャラクター女性部門 BEST 10

第1位 (260点／102票)

御坂美琴
みさか・みこと

「とある魔術の禁書目録（インデックス）」シリーズ
著：鎌池和馬　イラスト：はいむらきよたか
(電撃文庫)

第2位 (192点／81票)

レーナ
(ヴラディレーナ・ミリーゼ)

『86―エイティシックス―』
著：安里アサト　イラスト：しらび
(電撃文庫)

第3位 (169点／72票)

アスナ(結城明日奈)
ゆうき・あすな

『ソードアート・オンライン』
著：川原 礫　イラスト：abec
(電撃文庫)

第4位 (159点／79票)

空 銀子
そら・ぎんこ

『りゅうおうのおしごと!』
著：白鳥士郎　イラスト：しらび
(GA文庫)

第5位 (149点／55票)

マイン(ローゼマイン)

『本好きの下剋上　～司書になるためには手段を選んでいられません～』
著：香月美夜　イラスト：椎名優
(TOブックス)

第6位 (147点／62票)

七海みなみ
ななみ・みなみ

『弱キャラ友崎くん』
著：屋久ユウキ　イラスト：フライ
(ガガガ文庫)

第6位 (147点／61票)

桜島麻衣
さくらじま・まい

「青春ブタ野郎」シリーズ
著：鴨志田一　イラスト：溝口ケージ
(電撃文庫)

第8位 (144点／63票)

軽井沢恵
かるいざわ・けい

『ようこそ実力至上主義の教室へ』
著：衣笠彰梧　イラスト：トモセシュンサク
(MF文庫J)

第9位 (134点／63票)

夜叉神天衣
やしゃじん・あい

『りゅうおうのおしごと!』
著：白鳥士郎　イラスト：しらび
(GA文庫)

第10位 (131点／47票)

イレイナ

『魔女の旅々』
著：白石 定規　イラスト：あずーる
(GAノベル)

読者コメント、11位以下の発表は90ページから！

『このライトノベルがすごい！2019』2018年度版

キャラクター男性部門 BEST 10

第1位 (338点／128票)

上条当麻
かみじょう・とうま

「とある魔術の禁書目録（インデックス）」シリーズ
著：鎌池和馬　イラスト：はいむらきよたか
（電撃文庫）

第2位 (283点／113票)

比企谷八幡
ひきがや・はちまん

『やはり俺の青春ラブコメはまちがっている。』
著：渡 航　イラスト：ぽんかん⑧
（ガガガ文庫）

第3位 (243点／107票)

キリト（桐ヶ谷和人）
きりがや・かずと

『ソードアート・オンライン』
著：川原 礫　イラスト：abec
（電撃文庫）

第4位 (234点／104票)

綾小路清隆
あやのこうじ・きよたか

『ようこそ実力至上主義の教室へ』
著：衣笠彰梧　イラスト：トモセシュンサク
（MF文庫J）

第5位 (196点／84票)

シン（シンエイ・ノウゼン）

『86―エイティシックス―』
著：安里アサト　イラスト：しらび
（電撃文庫）

第6位 (193点／91票)

一方通行
アクセラレータ

「とある魔術の禁書目録（インデックス）」シリーズ
著：鎌池和馬　イラスト：はいむらきよたか
（電撃文庫）

第7位 (166点／62票)

リオ（天川春人）
あまかわ・はると

『精霊幻想記』
著：北山結莉　イラスト：Riv
（HJ文庫）

第8位 (154点／60票)

赤星ビスコ
あかぼし・びすこ

『錆喰いビスコ』
著：瘤久保慎司　イラスト：赤岸K
（電撃文庫）

第9位 (130点／65票)

カズマ（佐藤和真）
さとう・かずま

『この素晴らしい世界に祝福を！』
著：暁なつめ　イラスト：三嶋くろね
（角川スニーカー文庫）

第9位 (130点／63票)

ベル・クラネル

『ダンジョンに出会いを求めるのは間違っているだろうか』
著：大森藤ノ　イラスト：ヤスダスズヒト
（GA文庫）

読者コメント、11位以下の発表は91ページから！

キャラクターClose-up!

今年度ランキング初登場・急上昇を果たした
女性キャラクターたちをピックアップ！
心なしかサブヒロイン率が高いですな

第2位 レーナ（ヴラディレーナ・ミリーゼ）
（192点／81票）


「戦場では兵士を想う良き指揮官でも、恋愛では小学生並みの初心な少女。可愛すぎひん?」

（軟式武士道・10代後半♠Ⓗ）


「とてつもない葛藤を乗り越え、エイティシックス達と共に戦うことを選んだ女性。時折覗く少女の一面がとても魅力的です。今後もシンの心の支えとなってくれることを願います」（hiro・10代後半♠Ⓗ）

「こんな上司の元で働きたい!!」

（アオヤマ・20代前半♠Ⓗ）

『86―エイティシックス―』
著：安里アサト　イラスト：しらび
（電撃文庫）

第6位 七海みなみ
（147点／62票）

ななみ・みなみ

「常に元気だけど、時に落ち込んだり恥ずかしがったり、非常にかわいいキャラクターです」

（たけんてぃ。・10代後半♠Ⓗ）


「6巻でのあの出来事からですがとても好きになりました」（未色・10代中盤♠Ⓗ）

「とにかく可愛い!こんな子と学校生活送れたら楽しいこと間違いなし!」

（ysk・20代後半♠Ⓗ）

『弱キャラ友崎くん』
著：屋久ユウキ　イラスト：フライ
（ガガガ文庫）

♠＝男性、♥＝女性、協＝協力者アンケート回答者、Ⓗ＝宝島社ホームページアンケート回答者。

『ようこそ実力至上主義の教室へ』
著：衣笠彰梧　イラスト：トモセシュンサク
（MF文庫J）

第8位 軽井沢恵
かるいざわ・けい
（144点／63票）

「ひたむきに主人公に尽くす姿と有能ぶりがたまらない！　登場時からは考えられない程のヒロインっぷりで成り上がったシンデレラヒロイン！」（オボロケ・20代後半♠Ⓗ）

「巻が増すごとにヒロイン力が上昇している……だと……！」（キロリア・20代後半♠Ⓗ）

「依存系ヒロイン、闇が深くて可愛い」
（雨宮和希・10代後半♠Ⓗ）

第9位 夜叉神天衣
やしゃじん・あい
（134点／63票）

『りゅうおうのおしごと！』
著：白鳥士郎　イラスト：しらび
（GA文庫）

「ツンデレ、お嬢様、聡明と、世間の男性読者のハートを鷲掴みにしたであろうキャラ。もちろん将棋もめっちゃ強いです」（いろはす・10代前半♠Ⓗ）

「周回遅れで参戦した灰被り。みんなに愛される素敵なシンデレラにぜひともなってほしい」（maya・20代中盤♠協）

「最新刊ラストの自分の気持ちに気付いた時の尊さは大変すばらしい」（Crono・10代後半♠Ⓗ）

『魔女の旅々』
著：白石定規　イラスト：あずーる
（GAノベル）

第10位 イレイナ
（131点／47票）

「お金にがめつくて、めんどくさがりやで、でも困ってる人を放っておけない優しさもあるいい子です。かわいい。あと女の子に好かれやすいところが良いのです」（イチ太郎スマイル・20代後半♠Ⓗ）

「冷めているようで、冷めきれない、そんな憎めない性格が大好き！」（トゥーレ・10代後半♠Ⓗ）

「可愛いのに毒があるのがいい！ お金にがめついとこも好き」
（はまー・20代前半♥Ⓗ）

キャラクターClose-up!

今年の男性ランキングクローズアップでは
新作を含む、最近人気な作品の主人公たちが大暴れ。
新たなヒーローの活躍を見逃すな!

第5位 シン(シンエイ・ノウゼン)

(196点／84票)

「戦場で死に晒されながらも戦い、亡き兄の影を追い続けるシン。彼の道に、幸福がありますよう。大好きです」(四月一日・10代後半♥Ⓗ)

「いつもはとてもクールなのにレーナと一緒の時に人間に戻れるそんな彼が好き」(ドラララっ(仮)・10代後半♠Ⓗ)

「無感情なロボットのような感じかと思えばふと見せる人間ぽさや意外と適当な部分が面白い」(ごん・♠20代前半♠Ⓗ)

『86—エイティシックス—』
著：安里アサト　イラスト：しらび
(電撃文庫)

第8位 赤星ビスコ

あかぼし・びすこ

(154点／60票)

「ラノベはビスコを待っていた！力こそパワー！弓矢片手にキノコを咲かせ、縦横無尽に飛び回る超パワフル主人公! そして、ひたすらかっこいい!!」(キョウ・20代後半♠Ⓗ)

「その強さ、信念、猪突猛進振り、優しさ、人相とガラは悪くともヒーローたる資質をすべて兼ね備えた快男児。好きにならないわけがない」(のちの・30代♠HP)

「弓の実力と引けを取らない傲慢な態度に憧れる!」(ペテロ・10代後半♠Ⓗ)

『錆喰いビスコ』
著：瘤久保慎司　イラスト：赤岸K
(電撃文庫)

『〈Infinite Dendrogram〉―インフィニット・デンドログラム―』
著：海道左近　イラスト：タイキ（HJ文庫）

第15位 レイ・スターリング
（108点／44票）

「胸糞悪い展開をしっかりと打ち破ってくれる、ズタボロになって戦う姿が格好いいキャラです」（さるかに太郎・20代後半♠Ⓗ）

「不屈の精神力を支えに難敵に立ち向かう彼に、いつも負けるな、頑張れと応援している自分がいます」（勧酒・20代後半♠Ⓗ）

「2巻・4巻・7巻とクライマックスでの格好良さが大好きです」（ジグラット・30代♠Ⓗ）

第16位 友崎文也
ともざき・ふみや
（98点／49票）

『弱キャラ友崎くん』
著：屋久ユウキ　イラスト：フライ
（ガガガ文庫）

「3年生に進級するまでに彼女をつくる。日南と掲げたこの目標をどのように達成するのか。それと共に友崎がどのように考えどのような答えを出すのかが、とても気になります」（you・20代中盤♠Ⓗ）

「顔がどうだろうが、性格がどうだろうが、熱い気持ちを持った主人公は好かずにはいられない」（上下左右・20代中盤♠Ⓗ H）

「なんだかんだ超負けず嫌いで、いろいろ見習いたい人」（しゃけ・10代後半♠Ⓗ）

『魔王学院の不適合者 ～史上最強の魔王の始祖、転生して子孫たちの学校へ通う～』
著：秋　イラスト：しずまよしのり（電撃文庫）

第18位 アノス・ヴォルディゴード
（85点／30票）

「我を通すという一点だけみてもこのキャラを越えるキャラはいないでしょう。しかも決め台詞がこんなにもカッコよくて男でも惚れてしまいそうです」（ノエル・10代後半♠Ⓗ）

「魔王なのに平和主義者。いつも冷静沈着」（ピータン・40代以上♠Ⓗ）

「ラスボス系主人公の最高。自分が求めていた主人公が形となって降りてきたのかと思った」（ここのそら・20代前半♠Ⓗ）

イラストレーター部門 BEST 10

第3位 316点／135票
フライ

「いまの青春ものといえばこの方の絵!!と自信をもって言えます」

（ていかう・20代後半♠Ⓗ）


「描かれる女の子が半端なく可愛い！ 髪の毛のふわふわ感がどのイラストレーターのイラストにも表せない質感を持っていると思います」（Kurorui・10代後半♠Ⓗ）

「淡いタッチに確かなフェチ、魅力のあるイラストレーターさんです」（緒賀けゐす・20代前半♠Ⓗ）

代表作
『佐伯さんと、ひとつ屋根の下 I'll have Sherbet!』
著：九曜　ファミ通文庫

代表作
『弱キャラ友崎くん』
著：屋久ユウキ
ガガガ文庫

第1位 549点／247票
しらび

「最近の人気作２作で全く異なる世界観が魅力的にキャラクターに投影されているところが素晴らしい」（拓ちゃん・40代♠Ⓗ）

「透明感があるのに、キャラクターの感情が120% 表現されていて、大好きなイラストレーターさんの一人です。ロリからおじさんまで幅広く描けるのも魅力です」（嘘月・20代中盤♥Ⓗ）

「愛らしいだけでなく、描き分けられた真剣み溢れる表情が素晴らしいです」（しらい・30代♠Ⓗ）

代表作
『86―エイティシックス―』
著：安里アサト
電撃文庫

代表作
『りゅうおうのおしごと！』
著：白鳥士郎
GA文庫

第4位 258点／117票
カントク

「パッキリとした塗りで何でも描けるところがすごい。ファッションセンスが最高です」

（うますけ。・20代前半♥Ⓗ）


「女の子の可愛さを網羅した可愛さ。下着と全裸を描かせたらピカイチ」

（紀革一・10代前半♥Ⓗ）


「一目で分かる。つぶらな瞳がたまらなく可愛い！」

（まり・30代♥Ⓗ）

代表作
『メルヘン・メドヘン』
著：松 智洋、StoryWorks
ダッシュエックス文庫

代表作
『妹さえいればいい。』
著：平坂 読
ガガガ文庫

第2位 352点／133票
はいむらきよたか

「老人から美少女まで引き出しの多さと小物類の細かさがグッド」

（ギェロ・30代♠Ⓗ）


「昔の絵も今の絵もとってもいい、この絵のおかげで物語がぐっとわかりやすくなります！」

（みくま・20代前半♠Ⓗ）


「はいむらさんが描く絵がほんっっっとに最高すぎる！1枚の絵を見ただけで、めちゃめちゃ感動するし、笑うし…とにかく最高すぎる！」（霙・10代前半♥Ⓗ）

代表作
『ダンジョンに出会いを求めるのは間違っているだろうか外伝 ソード・オラトリア』
著：大森藤ノ　GA文庫

代表作
「とある魔術の禁書目録（インデックス）」シリーズ
著：鎌池和馬
電撃文庫

♠＝男性、♥＝女性、㊎＝協力者アンケート回答者、Ⓗ＝宝島社ホームページアンケート回答者。

第5位 249点／113票

三嶋くろね みしま・くろね

「可愛くて一人、一人のキャラが際だっている。崩して書いても可愛い!男性キャラも好きになれる」（ケイ・20代前半♠Ⓗ）

「白髪好きなようですが同じくらい黒髪の女の子の絵もかわいいです」（シュウ・20前半♠Ⓗ）

代表作

『ロクでなし魔術講師と禁忌教典（アカシックレコード）』
著：羊太郎　富士見ファンタジア文庫

代表作

『この素晴らしい世界に祝福を！』
著：暁 なつめ
角川スニーカー文庫

第6位 220点／98票

溝口ケージ みぞぐち・けーじ

「絵が優しいです。とにかく!そして可愛い!最高」（ゆんんん・10代後半♠Ⓗ）

「ヒロインたちがパステルに可愛い!」（キョウ・20代後半♠Ⓗ）

代表作

『14歳とイラストレーター』
著：むらさきゆきや
MF文庫J

代表作

『青春ブタ野郎』シリーズ
著：鴨志田一
電撃文庫

第7位 185点／86票

abec あべし

「デザインと色合いが素敵で、手に取りやすい雰囲気のイラスト。透明感がよい」（鈴雪・10代後半♥Ⓗ）

「女の子が可愛い。神々しささえ感じるレベル」（クロ・10代後半♠Ⓗ）

代表作

『ソードアート・オンライン プログレッシブ』
著：川原 礫
電撃文庫

代表作

『ソードアート・オンライン』
著：川原 礫
電撃文庫

第8位 178点／67票

鵜飼沙樹 うかい・さき

「あの人にしか描けない"美麗荘厳"を体現したかのような絵に、一目見たときから惚れ込んでいます」（軟式武士道・10代後半♠Ⓗ）

「鵜飼先生の描く暗い表情を落とすヒロインが大好き。絵から滲み出る存在感と雰囲気が最高」（ですぴー・20代前半♠Ⓗ）

代表作

『異世界拷問姫』
著：綾里けいし
MF文庫J

代表作

『異世界迷宮の最深部を目指そう』
著：割内タリサ
オーバーラップ文庫

第9位 167点／63票

Riv リフ

「鮮やかで華やかで作品にベストマッチしているので」（さやか・30代♥Ⓗ）

「本の挿し絵や特典の絵が可愛いかったり、かっこよかったり、最高です」（火垂・10代後半♠Ⓗ）

代表作

『精霊幻想記』
著：北山結莉
HJ文庫

第10位 159点／71票

トモセシュンサク

「ヒロインは可愛く、男キャラたちもかっこよくいつも挿絵を楽しみにして読んでいます」（サイコロ・10代後半♠Ⓗ）

「大ファン!女性キャラも魅力的だが、男性キャラのカッコよさが大好きです」（オボロケ・20代後半♠Ⓗ）

代表作

『ようこそ実力至上主義の教室へ』
著：衣笠彰梧
MF文庫J

11位以下の発表は94ページから！

イラスト：椎名 優　TOブックス『本好きの下剋上～司書になるためには手段を選んでいられません～第四部「貴族院の自称図書委員Ⅲ」』（著：香月美夜）

2年連続 単行本・ノベルズ部門 第1位 獲得!!

「本がなければ自分で作ればいい!」
本が好きな少女の飽くなき探求と成長……
健気にがんばるマインを応援する声が、
今年も作品をトップの座に押し上げてくれた!

香月美夜先生からのメッセージ

二年連続の一位、どうもありがとうございます。協力者の方々のコメントなどからも、去年はweb版の完結ご祝儀だと思っていたので、まさか今年もこうして一位をいただけるとは思っていませんでした。驚いていますが、とても嬉しいです。本当に。

今年は第三部のコミカライズが始まり、初めて書き下ろしの方が多い『貴族院外伝 一年生』を書き、四ヶ月連続刊行という無謀な企画まで推し進めてしまいました。正直なところ、担当さんと「二度としたくないですね」と言い合うくらいに忙しかったですね。今年は救急車で運ばれたり、私を一番可愛がってくれていた祖父が亡くなったり、非常に波乱の多い年でした。

第四部Ⅴの原稿を終えた今、「よく乗り切れたな、私」と自分を褒めています。ですが、こうして乗り切れたのは、刊行を楽しみにして応援してくださる読者の皆様のおかげですね。本当に感想やコメントでやる気や元気が出てくるのですよ。

web版を読んだ方でも二度、三度と繰り返して読みたくなるように色々と考えて書籍化しています。ようやく第四部の半分くらいまで来ました。これからも『本好きの下剋上』をどうぞよろしくお願いします。

2019
Close-Up!
文庫部門
総合&新作
第1位
錆喰いビスコ
文明が滅び、人を蝕む《錆び風》が吹く日本。
「キノコ守り」の赤星ビスコは、自らの目的のため、
少年医師・猫柳ミロと共に荒野を征く！
その強弓が敵を貫き、キノコを咲かせる！

瘤久保慎司先生の
インタビューは
47ページから!

弱キャラ友崎くん

人生はクソゲー。
そう考えてゲームにばかり
打ち込んできた友崎文也。
そんな彼と同じくらいゲームを極め、
かつ学園のパーフェクト
ヒロイン・日南葵。
2人が出会ったことで始まる、
人生というゲームの攻略法。
徐々に変わっていく友崎の価値観は、
充実したリアルを生み出すのか……？

2019
Close-Up!
文庫部門
総合
第3位

イラスト：フライ　ガガガ文庫『弱キャラ友崎くん 5』（著：屋久ユウキ）より

2019 Close-Up!

文庫部門
新作第2位
（総合第4位）

ひげを剃る。そして女子高生を拾う。

長年思い続けた職場の先輩にフラれた帰り道、
サラリーマンで一人暮らしの吉田が拾ったのは、
家出して泊まる場所のない女子高生・沙優だった。
「ヤらせてあげるから泊めて」
その言葉に、彼は……。

イラスト：ぶーた　角川スニーカー文庫『ひげを剃る。そして女子高生を拾う。』（著：しめさば）より

イラスト：ぶーた　角川スニーカー文庫『ひげを剃る。そして女子高生を拾う。2』（著：しめさば）より

文庫部門
新作3位
三角の距離は限りないゼロ
Bizarre Love Triangle
著者：岬鷺宮
イラスト：Hiten

『三角の距離は限りないゼロ』（電撃文庫）口絵　より

単行本・ノベルズ部門
新作1位

海辺の病院で彼女と話した幾つかのこと

著者：石川博品
イラスト：米山舞

著者・石川博品
コメント

この度は『このライトノベルがすごい！2019』単行本・ノベルズ部門新作1位（総合2位）に選出していただきありがとうございます。投票してくださった皆様に感謝いたします。本作はサナトリウム文学の末裔というイメージで書きました（信長と信成くらいちがいますが）。この機会にお手に取っていただければ幸いです。

『海辺の病院で彼女と話した幾つかのこと』（KADOKAWA）カバーイラスト　より

新作
Pick-Up!
2019

2019 Close-Up!

イラストレーター部門
第1位
（549点／247票）

しらび

『りゅうおうのおしごと!』や『86―エイティシックス―』といった人気作を彩る気鋭のイラストレーター・しらびがランキング1位となった。老若男女の様々な感情を描き出すイラストには感動の声が多数届いている。

「どのキャラも可愛くとても好きです。またりゅうおうのおしごと！の試合のシーンのイラストの迫力がすごいです」
（もっちー・20代中盤♠Ⓗ）

「いつまでも見惚れていられる魅力的なキャラクターたちが、素敵過ぎます」
（某書店のラノベ担当・20代後半♠㊫）

「ハードからコミカルな描写まで様々な
バリエーションをハイクオリティで描く技巧に
毎回驚かされています」
（Tappa・10代後半♠Ⓗ）

「可愛いも、カッコいいも、
シブいも、熱いも素晴らしい」
（むっしゅ・40代♠Ⓗ）

「熱い。キャラクターの熱さを表す表情、絶望の表情、
照れている表情、感情の大きな振れ幅をイラストに
落とし込みをされており、文章と一緒に見ると涙が出てきます」
（退職さん・30代♠Ⓗ）

「作品に合わせて雰囲気を変えられ、しかも個性はそのままの
今後も活躍が楽しみなイラストレーターさん」
（中冨美子・40代♥㊍）

「ラノベのイラストの枠を飛び越えて、芸術美さえ感じられる。
それでいて、きちんとラノベに寄り添っているところが素晴らしい。
最近の担当イラストのラノベにハズレなしなのも大きい」（nawade・40代♠Ⓗ）

異世界居酒屋

～古都アイテーリアの居酒屋のぶ～

のれんをくぐると、
そこは
異世界だった。

あらすじ

京都の寂れた通りに店を構えた居酒屋「のぶ」は、正面入口がなぜか異世界へと繋がってしまっていた。

大将の矢澤信之と給仕の千家しのぶは、古都アイテーリアという街で居酒屋を開くことになる。

冷えたビール「トリアエズナマ」や古都の住人が味わったことのない美味しい料理が評判となり、店は徐々に繁盛していった。

日本の料理と異世界の文化が交錯する、異世界グルメファンタジー。

アニメ公式サイトはこちら

シリーズ累計170万部突破!!!
大人気異世界グルメシリーズ!
原作小説&コミカライズ

好評発売中!

原作小説

単行本　一～五杯目
宝島社文庫　一～四杯目

文庫 五杯目
12月6日
発売予定!

著：蝉川夏哉

コミカライズシリーズ

●本編エピソード
『異世界居酒屋「のぶ」』①～⑦
(角川コミックス・エース)
漫画：ヴァージニア二等兵

●番外編エピソード
『異世界居酒屋「のぶ」しのぶと大将の古都ごはん』①～②
(このマンガがすごい！Comics)
漫画：くるり

●ゆるふわコメディ
『異世界居酒屋「のぶ」エーファとまかないおやつ』
(このマンガがすごい！Comics)
漫画：ノブヨシ侍

●完全新作スピンオフ
『異世界居酒屋「げん」』①～②
(このマンガがすごい！Comics)
漫画：碓井ツカサ

レシピブック

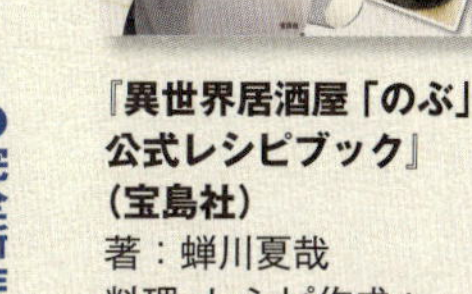

『異世界居酒屋「のぶ」公式レシピブック』
(宝島社)
著：蝉川夏哉
料理・レシピ作成：養老乃瀧
協力：ぐるなび

宝島社から刊行されている人気作を紹介!
アンケート対象外だが、こちらも見逃せない!

コミカライズも大人気!
ゆるゆるスローライフファンタジー

転生して田舎でスローライフをおくりたい

●著:錬金王
イラスト:阿倍野ちゃこ
●宝島社/既刊5巻

第4回ネット小説大賞の金賞受賞作。過労死したサラリーマンが田舎貴族の次男・アルに転生し、前世の恨み(?)を晴らすべくのどかなコリアット村でのんびり暮らす、とにかくゆるいファンタジー。主人公アルの信条は「疲れることはしない」、将来の夢は隠居。だからほとんど村から出ないけど、そんな暮らしでも飽きないのは個性豊かな村人たちのおかげ。リバーシ大会に収穫祭、冬になれば雪合戦。冒険なんてしなくても、友達がいれば毎日楽しい。愉快な家族と村人に囲まれて楽しく暮らすアルの日常は、クセになること間違いなし。

宝島社作品RECO

コミカライズも大人気！
猫好き＆竜好きは必読！

猫と竜

●著：アマラ／イラスト：大熊まい　●宝島社／既刊３巻

魔法を使う森の猫たちと、猫に育てられた一匹の火吹き竜を巡るファンタジー。竜は永きにわたり猫を守り育て、猫たちは竜を「羽のおじちゃん」と呼び慕った。竜はかつて猫を殺した人間を憎み、関わりを禁じていたが、そこは自由気ままな猫のこと。森を抜け出し王城に忍び込み、幼い王子と出会った猫がいた。王子は猫に人間の言葉を教え、猫は王子に魔法を教えた。ある日、森へ連れ戻そうと舞い降りた竜に猫が言うには、「おいら、この子の友達なんだ」――。個性豊かな猫たちと心配性の竜と人間の、温かく、優しく、少し切ない物語。

見下されていた生活魔術、実は最強!?
予算確保のため、ダンジョンに挑む！

生活魔術師達、ダンジョンに挑む

●著：丘野境界／イラスト：東西　●宝島社／既刊２巻

将来王宮や軍、院などに進む人材を育成するエムロード王立ノースフィア魔術学院。不人気の生活魔術科は、一番人気の戦闘魔術科の圧力により、今年の予算をたったのワンコインにされてしまう。生活魔術科の生徒達は、手っ取り早く大きな稼ぎを得るために学院内で行ってきた活動を止め、危険の溢れるダンジョンに挑む！　無茶な挑戦だと思われていたが、弱いと思われていた生活魔術、実はとんでもない力を秘めていた！！　包丁研ぎ魔術で武器を強化し、収納術では敵を切断！　楽々とダンジョンを進んでいく！　学園サクセスファンタジー！

第6回ネット小説大賞金賞受賞作！
おっさん商人が大国に戦いを挑む!!!

おっさんたちの戦いはこれからだ！ 勇者パーティーの初期メンバーだった商人は勇者を使い捨てた大国にブチギレました

●著：necodeth／イラスト：匂歌ハトリ　●宝島社／既刊１巻

40歳の商人バラドは、かつて勇者ヴェルクトの最初の仲間であった。魔王軍幹部に敗北したのを機に勇者パーティーから離れた彼は、資金や物資、装備の面から勇者を支え、魔王との決戦に送り出す。魔王が打ち倒され、世界が歓喜に包まれる中、勇者ヴェルクトが帰ってくることはなかった。勇者の死に疑念を抱いたバラドは、彼女の死が大国の陰謀によるものであり、まだ蘇生の可能性があることを突き止める。仲間を集め、戦略を立て、国の物流すら封鎖する！

商人バラドの戦いが今、始まる。

媚びる！　貢ぐ！　おだてまくる！
リーマンスキルと計略で国王を目指す！

転生貴族は大志をいだく！ 「いいご身分だな、俺にくれよ」

●著：nama／イラスト：ふーぷ　●宝島社／既刊１巻

高橋修は、妹がやっていたゲーム世界の貴族であるアイザックに転生した。実家は侯爵家という高い身分で、母親は子爵家出身とはいえ第一夫人！　自分の将来は安泰かと思いきやアイザックは長男ではなく、次男!?　しかも長男であるネイサンの母親は侯爵家出身の第二夫人!?　周りの人たちもネイサンが侯爵家を継ぐのだと考えていて……。自分の輝かしい未来のため、美味しいお菓子作り、簿記といった前世の知識や笑顔を絶やさないリーマンスキルを駆使してアイザックは今日も奔走する！

CONTENTS

このライトノベルがすごい！2019

2 2018年度版 ライトノベルランキング！
文庫部門／単行本・ノベルズ部門
キャラクター／イラストレーター各部門結果発表！

14 2年連続単行本・ノベルズ部門1位獲得!!
『本好きの下剋上～司書になるためには手段を選んでいられません～』
香月美夜先生コメント

16 2019クローズアップ！
文庫部門総合・新作第1位『錆喰いビスコ』
文庫部門第3位『弱キャラ友崎くん』
文庫新作部門第2位『ひげを剃る。そして女子高生を拾う。』

22 2019新作ピックアップ！
文庫部門新作第3位『三角の距離は限りないゼロ』
単行本・ノベルズ部門新作第1位『海辺の病院で彼女と話した幾つかのこと』

26 2019クローズアップ！
イラストレーターランキング第1位しらび

28 異世界居酒屋「のぶ」アニメ化特集

30 宝島社作品紹介

34 **発表!! 2018年度文庫部門 BEST50** BEST20ブックガイド

47 文庫部門総合・新作第1位『錆喰いビスコ』 瘤久保慎司インタビュー

56 文庫新作部門第2位『ひげを剃る。そして女子高生を拾う。』しめさばインタビュー

62 この新年度新作〈シリーズ〉がすごい！

66 **発表!! 2018年度単行本・ノベルズ部門 BEST40**
BEST20ブックガイド

79 ランキング解説＆総括

90 このキャラクターがすごい！〈女性＆男性1～25位、総合50位発表！〉

94 このイラストレーターがすごい！〈1位～50位発表！〉

97 文庫部門第3位『弱キャラ友崎くん』屋久ユウキ インタビュー

104 **キミの好きな作品がきっと見つかる!**
ジャンル別ガイド＆要素アイコンつき作品＋Column
いざ、冒険へ！／バトル！バトル！バトル！／世界の命運！／戦乱の時代／忍び寄る闇／ゲームの世界へ！／異世界で暮らす／絶品グルメ／働く人々／愛しき日常／愛しき非日常／恋がいっぱい／レッツ倒錯！／微笑みと涙と／ボーダーズ／ノベライズ／リプレイ

180 2018年をソーカツ2019年を展望
無料の娯楽が溢れた時代で

184 ライトノベル関連このサイト&チャンネルがすごい！

188 Light Novel index【索引】

192 読者プレゼント！ 直筆サイン色紙
瘤久保慎司先生／しめさば先生
屋久ユウキ先生

CREDIT

表紙イラストレーション：しらび
表紙・本文デザイン：門田耕侍
DTP：(株)明昌堂
編集：宇城卓秀・青木佑司・石橋典子／マイストリート(高見澤秀・岡田勘一・篠野智之)
SPECIAL THANKS(各出版社名で表記・50音順)：SBクリエイティブ、KADOKAWA、オーバーラップ、講談社、集英社、主婦と友社、小学館、新紀元社、TOブックス、マイクロマガジン社、フロンティアワークス、ホビージャパン

ライトノベルの頂点はコレだ！ BEST50発表!!

2018年度版
(2017年9月1日～2018年8月31日)

2018年9月に行われたWEBアンケートと協力者アンケート。
この2種の回答を集計した今年度の結果を発表！
これから読む作品を見つけよう！

順位	作品（シリーズ名）	著者名／レーベル名	ポイント
1	錆喰いビスコ ★	瘤久保慎司 電撃文庫	335.76
2	りゅうおうのおしごと！	白鳥士郎 GA文庫	313.03
3	弱キャラ友崎くん	屋久ユウキ ガガガ文庫	195.05
4	ひげを剃る。そして女子高生を拾う。 ★	しめさば 角川スニーカー文庫	180.24
5	86―エイティシックス―	安里アサト 電撃文庫	130.58
6	ようこそ実力至上主義の教室へ	衣笠彰梧 MF文庫J	106.81
7	ぼくたちのリメイク	木緒なち MF文庫J	101.38
8	三角の距離は限りないゼロ ★	岬 鷺宮 電撃文庫	98.56
9	「とある魔術の禁書目録（インデックス）」シリーズ	鎌池和馬 電撃文庫	95.68
10	ソードアート・オンライン	川原 礫 電撃文庫	94.92

順位	作品(シリーズ名)	著者名	レーベル名	ポイント
11	ダンジョンに出会いを求めるのは間違っているだろうか	大森藤ノ	GA文庫	92.55
12	月とライカと吸血姫(ノスフェラトゥ)	牧野圭祐	ガガガ文庫	81.34
13	賭博師は祈らない	周藤 蓮	電撃文庫	80.42
14	天才王子の赤字国家再生術 ~そうだ、売国しよう~ ★	鳥羽 徹	GA文庫	75.06
15	先生とそのお布団 ★	石川博品	ガガガ文庫	74.38
16	冴えない彼女(ヒロイン)の育てかた	丸戸史明	ファンタジア文庫	73.82
17	〈Infinite Dendrogram〉-インフィニット・デンドログラム-	海道左近	HJ文庫	71.58
18	「青春ブタ野郎」シリーズ	鴨志田一	電撃文庫	71.14
19	この素晴らしい世界に祝福を!	暁なつめ	角川スニーカー文庫	68.76
20	西野 ~学内カースト最下位にして異能世界最強の少年~ ★	ぶんころり	MF文庫J	67.15
21	妹さえいればいい。	平坂 読	ガガガ文庫	67.00
22	ワキヤくんの主役理論 ★	涼暮 皐	MF文庫J	63.64
23	ソードアート・オンライン オルタナティブ ガンゲイル・オンライン UP	時雨沢恵一 原作:川原 礫	電撃文庫	63.63
24	6番線に春は来る。そして今日、君はいなくなる。★	大澤めぐみ	角川スニーカー文庫	63.28
25	Re:ゼロから始める異世界生活	長月達平	MF文庫J	60.65
26	精霊幻想記	北山結莉	HJ文庫	60.59
27	魔法科高校の劣等生	佐島 勤	電撃文庫	58.86
28	ありふれた職業で世界最強	白米 良	オーバーラップ文庫	58.16
29	異世界拷問姫	綾里けいし	MF文庫J	57.99
30	ソードアート・オンライン プログレッシブ —	川原 礫	電撃文庫	57.65

順位	作品(シリーズ名)	著者名	レーベル名	ポイント
31	ノーゲーム・ノーライフ	榎宮 祐	MF文庫J	54.00
32	俺を好きなのはお前だけかよ	駱駝	電撃文庫	52.22
33	裏方キャラの青木くんがラブコメを制すまで。★	うさぎやすぽん	角川スニーカー文庫	52.19
34	あまのじゃくな氷室さん 好感度100%から始める毒舌女子の落としかた ★	広ノ祥人	MF文庫J	51.28
35	《このラブコメがすごい!!》堂々の三位! ★	飛田雲之	ガガガ文庫	50.82
36	異世界迷宮の最深部を目指そう UP	割内タリサ	オーバーラップ文庫	48.61
37	ちょっぴり年上でも彼女にしてくれますか? ★	望 公太	GA文庫	48.32
38	Hello, Hello and Hello ★	葉月 文	電撃文庫	47.98
39	GENESISシリーズ 境界線上のホライゾン UP	川上 稔	電撃文庫	47.58
40	バブみネーター ★	壱日千次	MF文庫J	46.55

順位	作品(シリーズ名)	著者名	レーベル名	ポイント
41	始まりの魔法使い	石之宮カント	ファンタジア文庫	46.15
42	ファイフステル・サーガ ★	師走トオル	ファンタジア文庫	45.42
43	ねじ巻き精霊戦記 天鏡のアルデラミン	宇野朴人	電撃文庫	45.14
44	スカートのなかのひみつ。★	宮入裕昂	電撃文庫	45.02
45	アクセル・ワールド	川原 礫	電撃文庫	42.88
46	好きって言えない彼女じゃダメですか? 帆影さんはライトノベルを合理的に読みすぎる ★	玩具堂	角川スニーカー文庫	42.67
47	薬屋のひとりごと UP	日向 夏	ヒーロー文庫	42.54
48	美少女作家と目指すミリオンセラアアアアアアアアッ!!	春日部タケル	角川スニーカー文庫	41.91
49	ロクでなし魔術講師と禁忌教典(アカシックレコード)	羊太郎	ファンタジア文庫	41.59
50	スーパーカブ	トネ・コーケン	角川スニーカー文庫	41.24

★=期間内の新作及び単発作品　↑=前年度から20位程度の順位UP　UP=前年度圏外(60位以下)からのランクイン　—=前年度の刊行なし

1位 錆喰いビスコ

著：瘤久保慎司 ●イラスト：赤岸K ●世界観イラスト：mocha ●電撃文庫／既刊2巻

錆に支配された世界を撃ち抜く一矢 キノコ守りの風雲児の痛快活劇冒険譚

防衛兵器の暴走によって文明が崩壊した未来の日本。大地を侵食し人類を蝕む「錆び風」が吹く世界を舞台に「キノコ守り」の青年・赤星ビスコが、闇医者を営む美少年・猫柳ミロを相棒に伝説の霊薬キノコ《錆喰い》を探す旅に出る。傍若無人な暴れん坊ビスコの強弓によって放たれた矢からはキノコが芽吹く。襲い来る異形の怪物や、荒廃した世界を支配せんと企む悪漢たちを真正面から撃ち抜いていく痛快アクションが魂を揺さぶり血が滾る。敵も味方もパワフルかつ個性的で、登場人物たちが放つ膨大な熱量にただただ翻弄されるばかりだ。（愛咲）

「久々にラノベで少年マンガを読んだ！と感じました。熱量が半端なくキャラクター皆が生き生きとしててノリと勢いが最後まで落ちない希有な作品です。ヒロインや萌えを一切排除した表紙も最高！」（杜山・30代♥Ⓗ）

「目の覚めるような冒険活劇。荒々しく逞しいビスコと成長する強さを持ったミロ。今まで出会った中で最強のコンビ。またこの冒険に出会いたい」（不和二亜・20代前半♠Ⓗ）

「全てが錆に覆われた近未来の日本を舞台に、2人の少年の愛の神話が紡がれる。大迫力の戦闘描写もあり、ラブロマンス？もありの活劇作品。ポストアポカリプスものからオカルトパンクへのダイナミックな転向も見逃せない」（nyapoona・20代後半♠㊍）

「タイトルがやばい。表紙がやばい。そしてビスコとミロがやばい！　アクタガワは頼れる兄弟！！」（つる子・20代中盤♥Ⓗ）

「近年の新人の中では出色の出来。唯一無二の世界観と好感の持てるキャラクターと熱すぎる展開。読みたかったほぼすべてがここに揃っている」（のちの・30代♠Ⓗ）

「今までのライトノベル観をいい意味でぶち破ってくるパワーに溢れた作品です。設定と語り口は独特で斬新ですが、ストーリーは王道で最高に熱いです！」（Michika・20代中盤♥Ⓗ）

「愛と絆を描く、激アツで痛快な冒険譚！独創的な世界観設定や登場人物が魅力的で、面白さの奔流が押し寄せてくるような作品でした！」（本山らの・10代後半♥㊍）

「まさに“今最も旬で”“今最も面白く”“今最もすごい！”と言わざるを得ない作品！！他に類を見ない、独自の世界観とアツさに心が震えます」（かなた・20代後半♥Ⓗ）

「ページを捲るたびに面白さが加速していって読了時は劇場版作品を見たような満足感に満たされる」（クロース・20代中盤♠Ⓗ）

「荒廃し退廃に満ちた世界で、どこまでも真っ直ぐに自らの道を進む者達。――その命の輝きのなんと凄まじいことか。多くの人に、是非彼等の命の熱さに触れてほしい物語である」（真白優樹・20代後半♠Ⓗ）

りゅうおうのおしごと!

著：白鳥士郎　●イラスト：しらび　●監修：西遊棋　●GA文庫／既刊９巻

将棋界を舞台に、史上最年少竜王と女子小学生弟子が織りなす熱い成長譚

将棋界の誇るタイトルの一つ「竜王」を史上最年少で獲得した九頭竜八一。そんな八一のもとへ確かな才能と情熱を持つ女子小学生・雛鶴あいが弟子を志願してやってきた。果敢に強さを求めるあいの姿を受けて、八一は徐々に将棋に対する熱い想いを取り戻していく。本シリーズでは白鳥士郎ならではの急遽始まった同居生活で展開されるコメディ描写に加え、八一やあいだけでなく二番弟子の夜叉神天衣や姉弟子である空銀子たちも含めた様々な棋戦での熱い展開も魅力の一つ。将棋ファンでなくとも盤上のドラマに没頭すること請け合いだ！（羽海野）

「少しずつ成長していく八一とあい、そして姉弟子や天衣などの関係のこじれを見守るのが好き」（えりー・10代前半♥Ⓗ）

「将棋がわからない人でも楽しめ、わかる人にはわかるネタを入れすごくおもしろいとても“あつい”作品です」（イチイバル・10代前半♠Ⓗ）

「ラブコメと真剣勝負の見事な融合に、毎回熱くさせられます」（ウラー・20代中盤♠Ⓗ）

「元々将棋も好きですが、魅力的なキャラクター、緊張感漂う対局の実況、しらび先生の綺麗なイラストと相まって本当に素晴らしい作品です。小学生は最高だぜ！」（いろはす・10代前半♠Ⓗ）

「将棋の熱さがすごく伝わってきます。最後までどちらが勝つかわからないストーリーの描き方に脱帽です」（のりの妖精・10代前半♠Ⓗ）

「将棋＝生きる、ってまでの圧倒的な熱量と今後の展開が地獄過ぎて目が離せません」（otsuri・20代後半♠Ⓗ）

「血の滲むような努力をした人間が大きな才能にあっさりと潰される。その残酷さをきっちり描いているのが堪らない」（マスクド・ラブコメディ・30代♠㊋）

「ここのところは、毎巻すべてが傑作。最新刊では弟子の成長を導く師匠の役割を果たし、八一も成長したなあと感じました」（永山祐介・40代♠㊋）

「読んでいて胸がとても熱くなります！将棋そのものの面白さだけでなくキャラクター一人一人のドラマが最高で何度も読み返しました！」（弥生・10代前半♠Ⓗ）

「キャラが魅力的。ファミリードラマの側面と将棋に人生をかける熱い話が両立していて、どの巻も泣ける」（soraKING・20代中盤♠Ⓗ）

紹介文末の（ ）はライター名です。既巻数は10月末時点のものです。

3位 弱キャラ友崎くん

著：屋久ユウキ ●イラスト：フライ ●ガガガ文庫／既刊7巻

クソゲーは神ゲーになり得るか？ 弱キャラによる人生攻略青春劇

人生はクソゲーだと思っていたゲーマーの友崎文也は、オンライン対戦でお互いを高めあっていた相手がクラスメイトのリア充代表・日南葵と知る。尊敬するプレイヤーが人生においては対極の存在であり、その上「人生は神ゲー」と言い切る葵にムキになった文也は彼女と勝負をすることに。それが人生というクソゲーを攻略する第一歩となった、大人気青春ラブコメディ。クラスメイトとの関わりを広げていく文也の成長も楽しめるし、こういう系統で軽視されがちなリア充たちを一緒くたにせず、各々にきちんと物語があるところも魅力的。（絵空）

「ゲーヲタボッチ陰キャが自分なりに頑張って、リア充になろうと頑張ってる。ホントにイイ。出てくるキャラ達がリアルにいそうなキャラってのも好きな要因のひとつ」（うーちゃん・10代前半♠Ⓗ）

「『人生はクソゲー』みんなの総意を真正面からぶっ壊してくれる、それでいて弱キャラな友崎くんに惚れました！」（茸野ろくた・10代前半♠Ⓗ）

「6巻は思わず叫びたくなりました。みみみの想いとか、菊池さんの想いとか、女の子側の切なさが半端ない。弱キャラに勇気をくれる1冊です。大好きです」（ウォーリー・30代♠Ⓗ）

4位 ひげを剃る。そして女子高生を拾う。

著：しめさば ●イラスト：ぶーた ●角川スニーカー文庫／既刊2巻

片思いした相手に振られた夜、道端で拾ったのは女子高校生でした？

5年間片思いしていた上司に告白して振られた26歳サラリーマンの吉田は、その帰路で道端に蹲る女子高生・沙優を見つけてしまう。彼女はヤらせてあげる代わりに泊めてくれと要求してくる。これまでもそうやって渡り歩いてきたという沙優を吉田は放り出しておけず、彼女をタダ同然で同居させることに。サラリーマンと家出中の女子高生が、家族のような関係を取りつつ互いに恋愛や家出の原因を見つめ直していくヒューマンドラマ。様々な描写が心に染み渡っていく。恋愛、家族、人間関係など悩みを持っている読者に届いてほしいと切に願います。（羽海野）

「これはすごい。家出JK沙優の存在がこんなに胸締め付けるなんて」（XeiRiki・30代♠Ⓗ）

「家に帰れば人がいる、誰かがいるから会話ができる、あったかホームラブコメ（？）で癒される」（ふうら・20代中盤♠㊬）

「サラリーマンと女子高生がお互いの傷を癒やし合うヒューマンドラマが光る一作。多彩なヒロインも登場してラブコメとしても楽しめる！」（ゆきとも・20代後半♠㊬）

「女子高生とサラリーマンの複雑ながらも新婚さながらの生活。少しずつ互いが信頼しあい不器用ながらも前に進んでく姿が好き。いつまでも見ていたい」（くれいん・20代前半♠Ⓗ）

♠＝男性、♥＝女性、㊬＝協力者、Ⓗ＝宝島社ホームページアンケート回答者の略です。

5位 86―エイティシックス―

著：安里アサト　●イラスト：しらび　●メカニックデザイン：I-IV　●電撃文庫／既刊5巻

死者のいないはずの戦場で散りゆく、人としての権利を奪われた少年少女。

「エイティシックス」。それは、人としての権利を奪われた者たちが押された烙印。隣国の無人兵器《レギオン》による侵略に対し、サンマグノリア共和国は《有人の無人機》として「エイティシックス」たちを搭乗させ、対抗していた。表向きは犠牲者はいないものとして……。安全な後方から指揮をとるしかできないレーナと「エイティシックス」の少年少女たちとの出会いと別れと悲しき戦いの物語。彼らの思いとその生き様に心が揺さぶられる。10月発売の5巻は、コミカライズ1巻と同時発売となる。今後の展開にも注目の作品だ！（天野）

「戦場の中でのボーイ・ミーツ・ガール。凄惨な世界で己を堅持して生き抜くシンたちが見せるひとときの穏やかな日常とのコントラストが非常に鮮やかで、世界観に引き込まれる類稀なる筆致がたまらない」（拓ちゃん・40代♠Ⓗ）

「シンとレーナの距離感がすごい面白い。軍人として。異性として。人間として。いろんな方向から距離を図りかねている2人が微笑ましい」（レイ・10代前半♠Ⓗ）

「文章の節々に鋭利な峰があり、濃密な世界観を描きながら悲痛と苦悩と希望の狭間で揺れる少年少女の生き方が狂おしい。願わくば彼らの物語がいつまでも続いてほしい」（Ns12・20代前半♠Ⓗ）

6位 ようこそ実力至上主義の教室へ

著：衣笠彰梧　●イラスト：トモセシュンサク　●MF文庫J／既刊11巻

Cクラスとの争いがついに決着！まさかのあの子がヒロイン昇格!?

ありとあらゆるものがポイントによって買える、外部との交流が一切絶たれた高度育成高等学校。落ちこぼれクラスであるDクラスとなった綾小路清隆はAクラス昇格を目指す堀北鈴音に協力することになり、裏方としてその隠されたとてつもない実力を発揮することになる。事あるごとにDクラスにしかけ、裏でその躍進を支えている謎の存在Xの正体を明らかにしようとしていたCクラスのボス、龍園との計略と肉体を駆使した戦いもついに決着。主人公の過去についても触れられるようになり、予想できない展開にまだまだ目が離せない。（天野）

「学校という限られた枠組みの中で繰り広げられるストーリーに読んでいてワクワクが止まりません。試験のなかで行われる各クラス間の駆け引きを主人公がどのように利用し、どのように勝利するのかを考えて読むのがとても楽しい作品です」（ノエル・10代前半♠Ⓗ）

「個人的に裏で暗躍する系の主人公大好きです！いつもこの後どうなるのかを予想しながら読んでいます！」（弥生・10代前半♠Ⓗ）

「主人公の視点から描かれているにもかかわらず、主人公の思考を最後まで読めない。すぐに読み返したくなる作品」（shadow・10代前半♠Ⓗ）

7位 ぼくたちのリメイク

著：木緒なち　●イラスト：えれっと　●MF文庫J／既刊５巻

ディレクターの経験を得てリスタート 未来のクリエイターと大学生活を再び

ゲーム作りの夢を諦められずゲームディレクターとなった橋場恭也だったが、会社が倒産。なんの展望もなく実家に帰りふて寝すると、10年前に戻っていた。２度目の大学生活、彼を待っていたのは未来の有名クリエイターたちとの出会いだった。興味のあった芸大の映像学部に再入学、シェアハウスは美少女２人（と男１人）との共同生活、さらに10年のアドバンテージがあれば勝ち組確定。かと思いきや同級生たちのひたむきな情熱や才能の差を見せつけられ落ち込んだり、自分のできることがわからず迷ったり。楽しいことばかりじゃないのが青春。（勝木）

「3巻のラストから4巻にかけて、こう来るのか！とやられました」

（むっしゅ・40代♠Ⓗ）

「序盤からは想像できないほどにヘビーなクリエイターの話、創造について考えされられる」

（こんごう・20代前半♠Ⓗ）

「華々しい青春と暗い未来の対比に悩み、苦しみながらも努力する主人公の姿が胸を熱くします」（愛知と静岡の先っちょ・10代前半♠Ⓗ）

「社会人になった今だからこそわかるお話。20代後半の人には是非読んでほしい」（まりも・20代後半♠Ⓗ）

8位 三角の距離は限りないゼロ

著：岬 鷺宮　●イラスト：Hiten　●電撃文庫／既刊1巻

二重人格ヒロインとの三角関係を描く 『彼女たち』との淡い青春模様

人前ではキャラを作ってしまう矢野四季が恋に落ちた相手、それはどんなときでも自分を貫く水瀬秋玻だった。しかし彼女の中にはもう1人――心優しく、どこか抜けている水瀬春珂という人格が存在した。秋玻を演じる春珂を助ける代わりに、春珂に秋玻への恋を応援してもらうことに。そんな1人の『彼女たち』との三角関係を描いた恋物語。本作の魅力はありそうでなかった三角関係に尽きる。それぞれの心の距離を繊細に描きつつ「実は秋玻（春珂）では？」という想像の余白ができるのがズルい。『彼女たち』との恋の結末がどうなるか楽しみ。（絵空）

「悩み苦しんで一歩を踏み出す、そんな等身大の青春模様が素晴らしいです」（ぶなぶな・20代前半♠Ⓗ）
「本命と友達ポジションを二重人格の女の子でどっちもやっちゃう発想が天才すぎる。しっかりラブコメの良いとこ全部載せしてあって最高」（朝日奈フォークリフト・20代中盤♠Ⓗ）
「『読者と主人公と二人のこれから』につづき、この作品も思わず心惹かれる物語だった。hiten氏の美麗なイラストも相変わらず素晴らしい」
（かんな・20代後半♥Ⓗ）
「透明度の高い青春ラブコメこんな優しい関係を綺麗に描いた作品はなかなかないと思う」（こんごう・20代前半♠Ⓗ）

♠＝男性、♥＝女性、㊋＝協力者、Ⓗ＝宝島社ホームページアンケート回答者の略です。

9位 「とある魔術の禁書目録（インデックス）」シリーズ

著：鎌池和馬　●イラスト：はいむらきよたか　●電撃文庫／既刊22巻+21巻+SS2巻+SP1巻

科学と魔術のぶつかり合いに3人のヒーローが立ち向かう！

「新約」に入ってからの巻数も20巻を超えた、科学と魔術が交錯する長大な物語（作中時間は半年も経っていないのが驚き）。上条当麻という主役を置きつつ、一方通行（アクセラレータ）、浜面仕上も1人の主人公として物語が展開していく。彼らが立ち向かうのは魔術を超越した者たちが集う『グレムリン』や、イギリスの魔術結社『黄金』など、強大な組織。本格的に動き出したアレイスター＝クロウリーも加わり、世界を巻き込んだ大戦へと発展していく。とんでもない情報量のストーリーと個性的すぎるキャラクターたちに圧倒される、超弩級ライトノベルだ。（天条）

「アレイスターvsローラ。遂に物語は科学と魔術の全面衝突へ。最新刊はページをめくる手が止まらない！後書きの次に少し物語の続きを書くのがハリウッド映画みたいで好き」
（とあバン・20代前半♠Ⓗ）

「20巻が怒濤の展開で、旧約が22巻で終わったので新約もその頃一度区切りがつくと考えると、今後も熱い展開になると思います」
（カローラ・20代中盤♥Ⓗ）

「新約になってついに今までの伏線が回収され始めて熱い！　台詞やシーンが毎回最高!!」（閃光のピカルウェイ・20代中盤♠Ⓗ）

10位 ソードアート・オンライン

著：川原 礫　●イラスト：abec　●電撃文庫／既刊20巻

ログアウト不可の過酷な仮想世界新たな出会いと冒険、そして真実の探求

『このラノ』読者なら誰もが知るだろう大ヒット作品。新作アニメもスタートしたアリシゼーション編では仮想世界アンダーワールドを舞台に、新たな冒険が描かれている。格好いいキャラクター、物語のスリル、魅力を挙げ始めるとキリがない本作だが、アリシゼーションの見どころは作品世界の根幹に迫る技術面の追求だろう。人口知能、魂の在処、時間加速、綿密に練り上げられた設定の奔流が、後に大きなカタルシスをもたらす。小説としてこれだけの充足が得られる作品は滅多にないと断言出来る、間違いなく「すごい」ライトノベルだ。（中谷）

「自分のラノベ道の原点！　アリシゼーションのアニメも始まるし好き過ぎるし泣きそう！プログレッシブも大好き！」（ぱいぽ・20代前半♠Ⓗ）

「アリシゼーション編のドキドキ、アインクラッド編のワクワク感が忘れられない。新たな展開も気になるシリーズ」（鈴雪・10代前半♥Ⓗ）

「超長編のアリシゼーションのアニメが直に始まるということもあって恐らく今注目度が最も高い作品のひとつ。自分も大好きです」
（Terra・10代前半♠Ⓗ）

「流石のアニメ化作。スピンオフも全部面白い。安定のお気に入り作品です」（フクロウのアモン・30代♠Ⓗ）

11位 ダンジョンに出会いを求めるのは間違っているだろうか

著：大森藤ノ ●イラスト：ヤスダスズヒト ●GA文庫／既刊13巻

少年の熱き戦いを常に届けてくれる1000万部突破の大人気ファンタジー！

神が眷属となった人々に力を与える迷宮都市。新米冒険者の少年ベルが憧れの剣士の少女に追いつくため努力を重ねて破格の成長を遂げていく大人気ダンジョンファンタジー。ベルのレベルアップに伴ってファミリアのランクも上がり、冒険の舞台はダンジョンのより深い階層へ！　幾度となく命の危機に晒されながらも、信頼できる仲間たちとの協力と、何よりベル自身の勇気と努力とで、ギリギリの戦いを勝ち抜いていくその姿には熱い気持ちにさせられる。これだけ巻を重ねても毎回手に汗握る展開を用意してくれる作者の手腕には脱帽。（ペンキ）

「主人公の成長を見続けてきたからこそ、物語により深く引き込まれる！」
（レオ帰還・20代前半♠Ⓗ）

「11巻のラストの戦いに興奮しました。また、12、13巻で成長したベル君がかっこよかった。続きが気になる！」
（Azure・10代前半♠Ⓗ）

「面白さの一点突破！　手に汗握り、ハラハラしっぱなしの冒険が最高すぎる！　早く続きを読みたい……！」
（フラン・30代♠㊕）

「発展途上のベルに垣間見える最高のポテンシャル、その成長物語にドキドキ」（柾木天地・20代後半♠Ⓗ）

12位 月とライカと吸血姫（ノスフェラトゥ）

著：牧野圭祐 ●イラスト：かれい ●ガガガ文庫／既刊4巻

宇宙に焦がれた落ちこぼれと吸血鬼2人の願いは月まで届くか

ロケットの実験飛行に人間の身代わりとして吸血鬼を使う『ノスフェラトゥ計画』。その実験台に選ばれたイリナの監視役として、宇宙飛行士候補生のレフは彼女と厳しい訓練を共にする。最初こそ吸血鬼という存在を恐れていたレフであったが、種族の壁を取り払い、同じ宇宙を目指す者同士心を通わせていく。時代のうねりに翻弄されながらも、命がけで宇宙に挑むコスモノーツグラフィティ。溢れんばかりのSFロマンに種族を超えた純愛が魅力的。役目を果たし、廃棄処分に怯えるイリナを大々的に救うレフがとてもカッコよかった。（絵空）

「3巻のクライマックスは涙と鳥肌が止まらなかった。このシリーズが続いていることにただただ感謝したくなる、そんな作品です」
（某書店のラノベ担当・20代後半♠㊕）

「冷たい差別、冷たい戦争、身分違いのヒトと吸血鬼。それでも月を目指すアツい気持ちが世界を前進させる圧倒的なストーリーに、彼らを想い、空を見上げずにはいられません」
（キョウ・20代後半♠Ⓗ）

「差別や虐めにも負けない、強く美しい吸血鬼のヒロインが魅力的」
（ハリックス・10代前半♥Ⓗ）

♠＝男性、♥＝女性、㊕＝協力者、Ⓗ＝宝島社ホームページアンケート回答者の略です。

13位 賭博師は祈らない

著：周藤 蓮　●イラスト：ニリツ　●電撃文庫／既刊4巻

勝ちすぎない賭博師の勝ちすぎた代償
賭博師と奴隷少女の不器用なふれ合い

勝ちすぎないことを指針とする賭博師ラザルスは、大勝ちの失敗を打ち消すため賭場から奴隷少女を購入する。喉を焼かれ絶対服従を仕込まれた彼女、リーラとの生活に戸惑うラザルスだったが、放り出すわけにもいかず不器用な交流を始める。賭博師という禄でもない生業から見る18世紀末のロンドンは新鮮だけど居心地の良さもあって不思議。退廃的なイメージのある賭博を題材としながら、傷を舐めあうような2人のふれ合いはむしろ温かさを感じさせます。徐々に変化していくリーラの様子を見守りつつ、勝ち負けの行方にハラハラさせられよう。（勝木）

「当初から非常に高い完成度を誇っていましたが、とりわけ4巻は素晴らしく、1巻からの鮮やかな伏線回収には唸りました。天才……！」
（sky blue・20代後半♥Ⓗ）

「ひねくれた主人公と可愛い喋れないメイド（可愛い）。この組み合わせが絶妙にマッチし、狂った賭博のシーンはとてもいい」
（時無あかね・10代前半♥Ⓗ）

「ラザルスとリーラが互いの存在に救われ、苦しみ、それでも向き合おうとする姿勢がキャッチコピー通り『痛ましく、愛おしい』。2人の結末が幸せなものであることを『祈って』います」（ミスターミスター・20代中盤♠Ⓗ）

14位 天才王子の赤字国家再生術　～そうだ、売国しよう～

著：鳥羽 徹　●イラスト：ファルまろ　●GA文庫／既刊2巻

本当は、国を売り払って隠居したい！
功を挙げる王子の本音は成就するか!?

小国で国王代理を務めるウェイン。才気煥発にして博愛の指導者として国の内外で尊敬を集める彼だが、補佐官にして幼馴染のニニムの前では、こんな弱小国はとっとと強国に売りつけたいという本音を隠さない。しかし各国の勢力が変動する中、彼の才能と悪運が妙な具合に発揮され……。適度に勝って適度に負けようとすると不測の事態で予定が狂い大勝ちする展開が絶妙だ。ウェインとニニムのぶっちゃけトークが最大の肝で、テンポよく状況を整理・推測し策を練りつつも、会話自体が2人の仲の良さと強い絆を感じさせ、ニヤニヤが止まりません。（義和）

「天才王子が売国のための手を打つのに、なぜか効果的な一手に繋がってしまう皮肉な状況の変化や思わぬ展開の連続が効いています」（よっち・40代♠㊙）

「最善の手を取り続けながらもなんやかんやで思い通りにいかず、けれど丸く収まる流れに笑ってしまう。ウェインとニニムの関係が最高です」
（フユキ・20代後半♠Ⓗ）

「堅実な国家運営を目指そうとしているが、周囲の環境がそれを許さないため、外面は鷹揚に構えながらも内心は焦りまくりというギャップが面白く、その押し殺された赤裸々な心の叫びと、家臣が側にいない時のショックを隠しきれない顔芸が笑いを誘う。」（nawade・50代♠Ⓗ）

15位 先生とそのお布団

著：石川博品　●イラスト：エナミカツミ　●ガガガ文庫／全１巻

喋る猫と暮らす作家の、苦闘と挑戦
小説と猫を愛する全ての人に贈る一作

売れないライトノベル作家・石川布団。新作を書けばあっさり打ち切られ、出版社に持ち込みに行けば名前を知らないと言われる……。それでも彼は喋る猫の「先生」に叱咤激励されて今日も小説を書く。作家が主人公の作品は近頃多いが本作の生々しさは半端じゃない。だって作者自身の境遇を主人公にそのまま重ねているんだもの……。才能もなく売り上げも冴えない自分が小説を書く意味はあるのか？　そう苦悩する彼が見つける答えとは？　辛く苦しい日々だけれど、読み終わった後には小さな喜びと前向きな気持ちを残してくれる傑作だ。（柿崎）

「石川博品の私小説的作品。すごラノの上位にランクインしても打ち切りになってしまうシーンが切なすぎた」（マスクド・ラブコメディ・30代♠㊙）

「どこまでがフィクションでどこまでがノンフィクションなのか……。そこを曖昧に見せる技術も石川博品ならでは」（ふほほ・20代後半♠Ⓗ）

「是非「一人のラノベ作家の心が折れかけて、折れかけた状態でもまだ歩み続ける」様を一人でも多くのラノベ読者に読んでもらいたい」（まいにくん・20代後半♠Ⓗ）

「書くこと、書き続けることの尊さを感じさせてくれる、石川博品先生魂の玉稿でした」（真一・20代後半♠Ⓗ）

16位 冴えない彼女(ヒロイン)の育てかた

著：丸戸史明　●イラスト：深崎暮人　●富士見ファンタジア文庫／全13巻＋FD1巻＋Girls Side3巻＋Memorial1巻

胸がキュンキュンするラブコメディ
冴えない彼女との物語、遂に完結！

ある春の日、消費型オタクの安芸倫也と平凡な女の子・加藤恵は運命的な出会いを機に「胸がキュンキュンするようなギャルゲー」制作に取り掛かった。イラストレーターの澤村・スペンサー・英梨々やラノベ作家の霞ヶ丘詩羽、倫也の従兄妹でバンドのボーカルを務める氷堂美智留らを巻き込んでから早2年。倫也のオタクとしての夢であるギャルゲー『冴えない彼女(ヒロイン)の育てかた』も遂に完成へ。そして、何より気になる恵との恋模様も決着が！　ただのオタクが夢を武器に、最後に掴み取るものは何か。劇場版も決定した青春グラフィティ、ここに大団円！（羽海野）

「とうとう最終巻となってしまった冴えカノですが、最後の最後まで可愛さ愛おしさを残していった作品でした。それぞれの人間関係の変化に、葛藤に涙を止めずにはいられませんでした」（Kurorui・10代前半♠Ⓗ）

「作品の完結をこれほど寂しい気持ちで迎えるのは久々だった。素晴らしい作品を送り出してくれた丸戸先生・深崎先生とファンタジア文庫編集部に深く感謝したい」（かんな・20代後半♥Ⓗ）

「完結おめでとございます！加藤恵は魅力溢れる彼女(ヒロイン)になりました！」（紅珀・20代後半♠Ⓗ）

17位 <Infinite Dendrogram>-インフィニット・デンドログラム-

著：海道左近　●イラスト：タイキ　●HJ文庫／既刊8巻

VRMMOの世界に飛び込んだ青年は相棒の少女とともに世界を駆ける

無限の可能性を秘めた世界最高のダイブ型VRMMO〈Infinite Dendrogram〉。大学入学を期にゲームを起動した椋鳥玲二は、彼固有の〈エンブリオ〉である少女ネメシスと共に冒険の世界へと旅立つ。早々に危険なイベントに遭遇する玲二だが、ネメシスの持つ能力によって辛くも乗り切るのだった。エンブリオやジョブなどプレイヤー毎に異なる設定の細やかさが楽しい作品。ゲーム世界に生きているNPC（ティアン）たちを全力で守ろうとする玲二の主人公ぶりがクールだ。近刊ではネメシスの能力も進化。また新しい戦いぶりを見せてくれている。（ペンキ）

「胸糞悪くなる展開をしっかり打ち破ってくれる主人公と、とてもよく練りこまれた物語の舞台となるゲームの設定が好きです」
（さるかに太郎・20代後半♠Ⓗ）

「主要人物の深掘りもしっかりしており、キャラクターが魅力的。スキル名等の言葉選びのセンスが半端ない。何度読み返しても、名シーンで必ず泣いてしまう」（パッシブ・パパラサイト・10代前半♠Ⓗ）

「いわゆるVRMMOものだが、エンブリオという個人の能力が具現化されるシステムがチート過ぎず、主人公の熱血ぶりも好ましい。クマ兄がとにかくずるい」（中冨美子・40代♥㊯）

18位 「青春ブタ野郎」シリーズ

著：鴨志田一　●イラスト：溝口ケージ　●電撃文庫／既刊9巻

「思春期症候群」に悩む少年少女の少し不思議な青春ファンタジー

図書館で出会ったバニーガールは、高校の先輩で人気タレントの桜島麻衣だった。そんな出会いを皮切りに男子高校生の梓川咲太は、「思春期症候群」に罹患した何人もの女の子と不思議な日常を重ねていく。本作では一癖も二癖もあるキャラクターたちが心の傷を抱えながらも生きていこうとする様が描かれている。その傷の原因に迫るドラマと、甘酸っぱいラブストーリーが魅力の一つだろう。徐々に接近していく咲太と麻衣の様子に微笑みを禁じ得ない青春群像劇。第8弾『おでかけシスターの夢を見ない』から新章も開幕し、今後の展開からも目が離せない。（羽海野）

「『さくら荘のペットな彼女』とは全く違う世界観を生み出して、先が読めないストーリーになっていくのが素晴らしいです」（けんろ・10代前半♠Ⓗ）

「祝第一部完！　痛く脆く愛しい青春が丁寧に描かれている神作。これからどんな風に展開されていくのか楽しみで仕方がない」
（くれいん・20代前半♠Ⓗ）

「SF要素をスパイスに、現実にある問題を独特の切り口で描いているのが面白い」（ピョートル・20代中盤♠Ⓗ）

「圧倒的な青春力!!　悩んで、傷ついて、もがいて。それでも必死に幸せを求める彼らが愛しい」
（夏野夜・20代後半♠Ⓗ）

19位 この素晴らしい世界に祝福を!

著：暁なつめ　●イラスト：三嶋くろね　●角川スニーカー文庫／既刊14巻

駄女神・へっぽこ魔法使い・ドM騎士と異世界生活はじめました。

トラクターに轢かれそうになったショックで死んでしまった少年・佐藤和真は、女神アクアを道連れにして異世界への転生を果たす。そこで和真は駄女神のアクアやへっぽこ魔法使いのめぐみん、ドMクルセイダーのダクネスとともにパーティーを組むことに。内輪揉めや様々なトラブルに巻き込まれる4人のコミカルな掛け合いが面白い異世界転生ファンタジーシリーズ。近刊ではめぐみんとの友達以上恋人未満に発展した関係と、ダクネスからの好意など恋模様も増量中。魔王軍を倒すのが先か、ハッピーな恋愛を成就させるのが先か、続きが気になります！（羽海野）

「抱腹絶倒できるギャグと素晴らしいヒロイン達？を備えた至高の作品」（Havia・10代前半♠Ⓗ）
「コメディの中じゃトップの作品です！また最近では恋愛もあるので目が離せない！」（K.T・10代前半♠Ⓗ）
「なんと言ってもギャグが面白いですが、ちゃんと泣ける部分もある素晴らしい作品です」（シュウ・20代前半♠Ⓗ）
「コメディ要素強めなので、気分が落ちているときにも『フフッ』と笑っていまいます。そんな、心が温まるストーリーだと感じました」（丹羽ほうき・10代前半♠Ⓗ）

20位 西野　～学内カースト最下位にして異能世界最強の少年～

著：ぶんころり　●イラスト：またのんき▼　●MF文庫J／既刊3巻

最強の異能力者も学園内では最底辺青春負け組のフツメンはつらいよ

裏社会で最強の異能力者として怖れられる西野五郷は、昼は普通の学校に通う男子高校生。強大な力と鋼の精神を兼ね備え、ダンディズムを愛する彼だが、唯一残念なのはハードボイルドな言動に不釣り合いなフツメンだったこと。そんな彼が高校生らしい青春を目指すものの、痛々しいキャラが仇となり学園カースト最底辺になってしまう。顔面偏差値の高いイケメンばかりが優遇される世界観に世知辛さを感じる。すっかり周囲から毛嫌いされる西野だが、いつかクラスメイトに受け入れられることを信じて密かに活躍する姿が格好良いのだ。（愛咲）

「最近流行りの『かっこよくない主人公』の作品だが、本当にかっこよくない。他の作品では主人公が言ったらみんなが惹かれてしまうような台詞もこの作品ではみんなに引かれ、読者も引く」（いそじん家・20代前半♠Ⓗ）
「ヒロイン全員頭が飛んでいます。主人公は最強なのにまったくチヤホヤされません。でもそこがいいんだよなあ」（毒薬仁太郎・20代後半♠Ⓗ）
「普通に異能バトルな主人公なのにフツメンだとこれだけ評価が下がっちゃうのか」（水無月冬弥・40代♠㊞）
「セオリーを破りながら、これだけの面白さを生み出す作者のセンスの鋭さには脱帽」（田丸しんし・30代♠Ⓗ）

♠＝男性、♥＝女性、㊞＝協力者、Ⓗ＝宝島社ホームページアンケート回答者の略です。

「このライトノベルがすごい!2019」
文庫部門ランキング
総合第1位&
新作第1位

錆喰いビスコ

瘤久保慎司

赤星ビスコ
「人喰い茸」の異名を持つ最強のキノコ守り。捕縛礼金80万日貨の懸賞首。弓を使ってあらゆるところにキノコを咲かせる。

猫柳ミロ
ビスコの相棒。《パンダ先生》の通称で愛される美しき少年医師。その優しさと卓越した医術から忌浜の下町で慕われている。

第24回電撃小説大賞〈銀賞〉を受賞した、荒廃した未来で躍動する少年2人の冒険譚!弓! キノコ! 錆! テツジン! と、様々な要素が読者に突き刺さる!!この物語に込められた、作者のパワーに迫る!

取材・文:天条一花
イラスト:赤城K

PROFILE
瘤久保慎司
(こぶくぼ・しんじ)
第24回電撃小説大賞にて『錆喰いビスコ』が《銀賞》を受賞し、デビュー。趣味はインディーズゲーム・歌舞伎鑑賞。あと美味しいものを食べにいくこと。

SHINJI KOBUKUBO INTERVIEW

社会へのフラストレーションを力に荒廃した世界で感じる生命力を描く

——今年度、『錆喰いビスコ』が総合1位、かつ新作1位という快挙を成し遂げました。この報告はどのように受けましたか？

瘤久保慎司（以下、瘤久保） 電話で連絡を受けたとき、なぜかスピーカーモードで担当のお2人から同時に電話がかかってきて。うわっ、何か怒られるのかな!? とビクビクしていたら、「新作1位取ったよ！」と言われてとても驚きました。それに加えて「総合も1位！」と言われて……2回も同じリアクションをすることになりました（笑）。実感が湧かなくて「嬉しい」という感情が出てくるまでに2時間くらいかかりました。ただ、報告を受けても情報解禁前なので誰にも言えず、意味もなくゲームセンターに行ってクレーンゲームで遊んだり……挙動不審になっていましたね。

——今年の新作ということで、デビューは2018年に入ってからですね。『錆喰いビスコ』が刊行されるまでの経緯を教えてください。

瘤久保 僕は元々ゲーム会社のプランナーをしていました。でも体調を崩してしまって治療をすることになり、その治療中に書いた原稿が電撃小説大賞の銀賞を取った……と、簡単にまとめるとそんな具合です。刊行が決まってからは改稿に取り組んで、キャラを足したりシーンを足したりして、そこで応募時よりもググっと面白くできた感覚があります。思い返せば、時期的に一番社会に対するフラストレーションが溜まっていた頃なので、そのエネルギーがぎゅっと凝縮されているんじゃないかと（笑）。

——フラストレーション、わかります（笑）。加えて瘤久保さんの好みを詰め込んだ『錆喰いビスコ』ですが、ポストアポカリプスの世界観はどのように生まれたのでしょう。

瘤久保 僕は椎名誠先生のファンで、小学生くらいの頃に読んだ『アド・バード』[※1]という小説にかなり影響を受けています。当時の僕は、SFといったら『スター・ウォーズ』や『ブレードランナー』のようなメカニカルで未来的なものだと思っていたのですが、椎名先生のSFは捻れた方向に進んだ見たことのない世界を描いていたので、印象に残ったんです。ディストピアを描くと暗い印象になったり、鬱屈した主人公になりそうなものですが、椎名先生の場合、その世界で躍動する生命力を感じられるんです。邪悪に見える生き物だとしても生命力に溢れているような。1巻のあとがきでも書いたように、僕は世紀末で生きるモヒカン野郎たちに〝生命力〟を感じるんですよ。『マッドマックス 怒りのデス・ロード』[※2]でもウォーボーイズの生き様ってポジティブに描かれてますよね。善悪を抜きにした『生命賛歌』を、ポストアポカリプスの世界では感じることができるんです。それが椎名先生の作品では特に感じられて、そういう生命力に溢れた作品をいつか自分でも書けたらなあという憧れはありました。

——『アド・バード』の魅力はどんなところにありますか？

瘤久保 滅びた後の世界を、ありのまま描いているところですね。アド・バードの世界ではとにかくみんな生きるために必死。何か人生に思い悩むようなところも、問いかけもなく「みんな生きているんだ！」という世界を描くスタンスが好きなんです。ただ『アド・バード』の物語には、その世界の中で暴れ回るヒーロー的な登場人物がいなかったからこそ、「この世界観の中に暴れ回るやつを入れたらどうなるんだろう」という発想が『錆喰いビスコ』に繋がっています。

——世界観で言えば『風の谷のナウシカ』[※3]か

らの影響も大きそうですね。

瘤久保　僕は漫画版が大好きなんです、特に終盤のナウシカの迫力がすごくて（笑）。編集さんともよく話すんですが、ナウシカが自分たちを肯定するために修羅と化していく過程が好きなんです。ナウシカは全世界の命運を背負っているんですよね。それが『アド・バード』と異なっている点で、『ナウシカ』の魅力だと思います。それから巨大化して空を飛んでいる蟲たちをビジュアルとして見ることができたのも刺激になっています。

善でも悪でもない〝中立〟の主人公ビスコが形作られた過程を紐解く

——赤星ビスコは「キノコ守り」という設定ですが、弓とキノコを組み合わせた理由はなんだったのでしょう。

瘤久保　実は『錆喰いビスコ』の前身となる作品を第23回の電撃小説大賞に応募していました。その時点では『松茸守りの西垣』というタイトルで主人公も「西垣ビスコ」という名前でした。年齢も28歳の会社員で、キノコ山の管理人をしていたのですが、その仕事の通称が「キノコ守り」だったんです。最初期の武器はガトリングガンで、それを使ってキノコを栽培したり、お手伝いロボの名前がアクタガワだったり……そんな感じのフリーダムな作品だったんですが、それをベースにビスコをもうちょっとヒーローっぽい見栄えにした方がいいだろうとか、いろいろ調整していって。ビスコの武器として、キノコを咲かせるなら遠距離武器で、ちゃんと膂力や技術が必要となってくる弓を選びました。せっかくキノコを武器として選んだんだから、もっとキノコのギミックを楽しませられるように、と考えていった結果ですね。

——なぜ〝キノコ〟だったのでしょう。

瘤久保　いや、えっと……一番素直な答え方をするとビジュアルが「かわいいから」なんですけど……僕の目からは、キノコが中立の象徴として見えたんです。例えば花を咲かせてしまうと、その美しさや親しみやすさから〝善〟の印象を感じさせてしまうと思います。でもキノコはただ生きるために生きている、という純粋な印象が僕には感じられて。『ビスコ』のコンセプトも、あるがまま善や悪に縛られない〝中立〟というものがあります。〝中立〟かつ〝生命力〟を感じさせるキノコが、モチーフとしてぴったりだと思いました。

——日本を浸食した現象として〝錆〟を選んだ理由は？

瘤久保　これは〝文明の滅び〟を表したかったからですね。錆は生命というより、文明だけを奪い去っていくようなイメージから選びました。機械やテクノロジーを消し去るものとしてのイメージです。そして作中でも小出しにしていますが、本作の〝錆〟は生物を次のステージへ導くものなんですよね。その過程で対応できない人間たちが死んでしまっているわけですけど。

——『錆喰いビスコ』に登場するキャラクターのネーミングが特徴的ですが、どのように考えていっていますか？

瘤久保　基本的には語感重視です。文字や音にしたときにそのキャラクターの印象を決められるものですね。ビスコはそのままお菓子

※１『アド・バード』
椎名誠の長編ＳＦ小説。第11回日本SF大賞受賞。改造生物による広告戦争で荒廃した世界を舞台に、父を探す旅路を描く。

※２『マッドマックス 怒りのデス・ロード』
2015年公開の「マッドマックス」シリーズ４作目。イモータン・ジョーの支配する独裁社会に捕まったマックスはフュリオサと共に脱出し「緑の地」を目指す。

※３『風の谷のナウシカ』
宮崎駿による漫画作品。映画版はこの２巻目までを描いている。「腐海」に呑まれつつある荒廃した世界を舞台に、少女ナウシカは徐々に世界の秘密を知っていく。

の名前からなんですが、強さとかわいらしさを併せ持っている感じがあります。「美味しくて強くなる」というお菓子のキャッチフレーズもイメージに合っていました。ミロはビスコありきのネーミングです。ビスコと並ぶのにふさわしい名前はないかなと探したときに当てはまったのがミロでした。パウーは完全に語感です。天使の「パワー」からというのは後付けです（笑）。チロルは語感のかわいらしさから選んでいますね。ビスコの師匠のジャビは本名を先に決めていて、蛇皮明見から来ています。黒革は、ビスコが赤でミロが青だから悪役は黒にしよう、という感じですね。大蟹のアクタガワはそのまま文豪の芥川龍之介からとっているのですが、これはキノコ守りたちの「強い蟹には文豪の名前を付ける」というキノコ守りの風習からきています。ネーミングは目にも耳にも残るものがいいですよね。

——大蟹はキノコ守りに飼われているんですよね。

瘤久保　キノコ守りにも適性があって、大蟹を操ることもそのひとつです。ビスコは一人前のキノコ守りになるときに、元服のような意味合いでまだ小さいテツガザミのアクタガワを与えられました。キノコ守りの中には蟹を捕まえてきて飼育する役割の人たちがいるんですね。

——この世界では大蟹やイグアナといった人間に飼育されている生物もいるし、野生で凶暴になっている生物もいますね。

瘤久保　錆の影響で色々と進化しているんですが、飼育されている生物は使役する側のさじ加減です。的場重工というところでは生物の自主性を極力排除して、力だけを利用して兵器にしています。逆にキノコ守りの場合は昔から蟹と共にいるので、蟹の自主性を尊重しているところがありますね。そういった生物との付き合い方は各県でもそれぞれ個性があります。

——この世界の生物はかなり進化していますよね。

瘤久保　錆に生命を脅かされた生物はすべからくそれを克服するために進化していて、実は人間も現代の人間と比べると身体能力の面でかなり強靭になっています。ただ、人間と比べて他の動植物の進化スピードが異常になっているんです。もちろん環境変化や進化の過程で淘汰されてしまった生物もいます。生き残っていない動物も多いんじゃないかな……。それから、海の生物も強大かつ凶暴になって、海外に渡ることもできなくなっているので、日本は外国との交流は断絶してしまっています。今後どうなるかわからないです

猫柳パウー

ミロの姉にして、若くして忌浜自警団長をまとめ上げる女傑。錆に蝕まれる身体でありながら、弟のため棍をふるい続ける。

大茶釜チロル

その身ひとつでクラゲのように荒野を渡り歩く美少女。普段はお金儲けに執着し商売に精を出しているが、意外と面倒見のよい一面も。

けど。日本の中でも断絶は起きていて、キノコ守りが四国にいるのも、橋を落としたおかげで大蟹を持たない人たちは四国へ渡って来れないから、都合がいいんですよ。

黒革

忌浜県知事として、悪徳はびこる街の表から裏までも手にする男。忌浜県のマスコット「イミー君」のお面を被った部下を従えている。

ジャビ&アクタガワ

ビスコの師匠と兄弟分の大蟹。ビスコの持つ技術の多くは、弓聖と謳われた《キノコ守りの英雄》ジャビから受け継がれたものである。

〝感情〟で繋がるビスコとミロの関係 言葉で簡単に括れない関係性を描く

――そのキノコ守りは2人1組が基本になっていますね。ビスコとミロの関係性は、どのように意識して描いていますか?

瘤久保 1巻のテーマが〝愛〟で、様々な形の〝愛〟を描いています。その中でも一番大きな感情をビスコとミロの関係性で描きたかったんです。『ビスコ』の改稿をするにあたっては「ミロを女性にする」という話が出たら嫌だなとも思っていました。もしミロが女性になってしまうと、どうしても恋愛という要素が発生してしまうので、既存のエンターテインメントで描かれる〝愛〟の範疇に収まってしまうだろう、と。なんとか説き伏せようと反論を考えていったのですが、編集さんからはそんな提案されませんでしたね。

編集 事前の検討では「ミロを女性に」という案は出ましたが、結局ご提案はしませんでした。ヒーローとヒロインがペアになるのが通常ではあるんですが、『ビスコ』の場合はそうではなかったので……。

瘤久保 ビスコとミロの関係性は、簡単に言葉で括れるような関係性に収めたくはなかったんですよね。お互いのことを大事に思っているのだけど、その大事なものは〝関係性〟ではなくて〝感情〟だろ、と。ひとつの言葉にくくられてしまうのは嫌でした。書いてあるままを見てくれってことで、「この2人はどういう関係なの?」と言われても、「作者だってわかんない」となりますね。逆に言えば、

ケルシンハ

地獄の門番ケルベロスと、インド神話に登場するライオンの頭を持つ神「ナラシンハ」の組み合わせ。

アムリーニ・アムリィ

インド神話の神秘的な飲み物「アムリタ」から。飲んだものに不死を与えるとされる。

ラスケニー

インドにおける夜叉(ヤクシャ)の女性形「ヤクシニー」と、仏教における鬼神の総称であるラークシャサ(羅刹天)の組み合わせ。

読んだ人それぞれの捉え方があると思います。それが小説の良いところだと思いますね。

——ミロのアザの理由は何かあるんでしょうか。

瘤久保　ビスコも右目の下に入れ墨を入れているので、それの対比という意味もあったのですが、シンプルな美少年じゃビジュアルがつまらないと思ったので〝パンダ〟という特徴をつけました。髪色なんかはもう直感で、ビスコが赤ならミロは青だろうという至極単純な理由ですね。

——『ビスコ』では1巻でも2巻でもメインになってくるのはジジイですよね。ジジイの魅力って何でしょう。

瘤久保　僕の場合、悟りきっている老人にはあまり魅力を感じなくて、もっとエネルギッシュで「まだまだやれるぞ」というジジイが劇中で成長していくほうが好みなんです。ビスコの世代との対比で、もうひとつのドラマとして成り立ってほしい。ジャビもそうで、彼の人生はまだまだ続いていくし、ケルシンハなんかは老いてなお貪欲に力や名誉を欲しがる存在として描いています。彼には「ビスコがもしミロに出会わなかったら」「修羅のまま孤独を抱えてジジイになったら」というコンセプトもあります。「ジジイ」と言っても色々な味わいのジジイがいると思いますけど、やはりエネルギッシュに動いてくれたほうが僕の好みですね。

ゲームの『サガ フロンティア2』[※4]に登場するウィル・ナイツというキャラクターは青年期から老年期までメンバーにいるんですよ。なのでラストバトルまで彼を見届けたときには感動したんですよね。だから「ジジイは最後まで見届けなきゃ」という想いがあって、年老いてからでも「こいつは主人公だったんだぞ」という目で見ていたいんです。達観なんかしてほしくないんですよね。それから、ジジイは自分で描く場合、極端な性格にもしやすいんです。成長の過程で枝分かれしてきているので、信念があるというか、どうにも説得できない芯の強さが出てくるところも魅力です。

——ゲームや少年漫画でもそういったキャラが多いと思います。『ドラゴンボール』の亀仙人[※5]とか。

瘤久保　亀仙人の影響はデカいですね！　言われて初めて気づきました。彼も自分の欲望に正直で、スケベジジイだしパワフル！　天下一武闘会では変装して参加して、しかも勝っちゃいますから。ババアですけど『幽☆遊☆白書』の幻海[※6]師範も好きだったなぁ。いくつになっても現役の感覚でいるのがいいんですよね。『ビスコ』の3巻でも新たなジジイとババアが出てきますよ！

——3巻以降の話についてもお伺いしたいです。

瘤久保　元々は3巻でシリーズに区切りを付けるつもりでした。なので1巻から書いていた世界観の大枠の部分を、3巻で回収してしまおうと思っていました。ビスコの冒険を描く以上、全部すっきりと解決させることはできないんですが（笑）。4巻以降も、1巻ごとに読者にびっくりしてもらえるような、単巻完結型のものにしたいと思っています。3巻までは過去とケリを付ける話だったのですが、

※4 『サガ フロンティア2』
王家に生まれながら術の力を持たない人物「ギュスターヴ13世」の生涯を追うRPG。ウィル・ナイツはもうひとつのシナリオの主人公。

※5 亀仙人
『ドラゴンボール』に登場する、孫悟空の師匠にあたる老人。ひょうきんなスケベジジイ。

※6 幻海
『幽☆遊☆白書』に登場する、浦飯幽助の師範にあたる老婆。人間界屈指の霊能力者。若返ることもある。

※7 『アドレナリン：ハイ・ボルテージ』
ジェイソン・ステイサム主演の2009年公開映画。2006年に公開された『アドレナリン』の続編。中国マフィアに奪われた自分の心臓を追う。

もっと因果の外からやってくるものと戦うようになっていくと思います。なのでよりエネルギッシュな敵が現れて、ビスコ達を襲ってくるんじゃないかなあ。

——設定やキャラクター、ストーリーはどのように組み立てていっていますか？

瘤久保　1巻は気持ちの赴くままに書いたんですが、2巻以降は、どうやったら読者に驚いて、喜んでもらえるかを念頭に置いて考えていっています。2巻ではビスコが胃を抜かれるんですが、このアイデアを考えたときは『アドレナリン：ハイ・ボルテージ』※7という映画を観ていたんです。この映画の主人公は心臓を盗まれて、代わりに人工心臓を入れられてしまって、充電し続けないと死ぬ……という設定でした。1巻の最後で強くなりすぎたビスコをどういう境遇にしようと思っていたところで、胃を抜いて飯を食えないようにしてしまおうと思いついたんです。それに「胃の腑を抜く」という状況と「宗教都市」というのが僕の中で妙にかみ合って、臓腑を信仰する設定が生まれていきました。

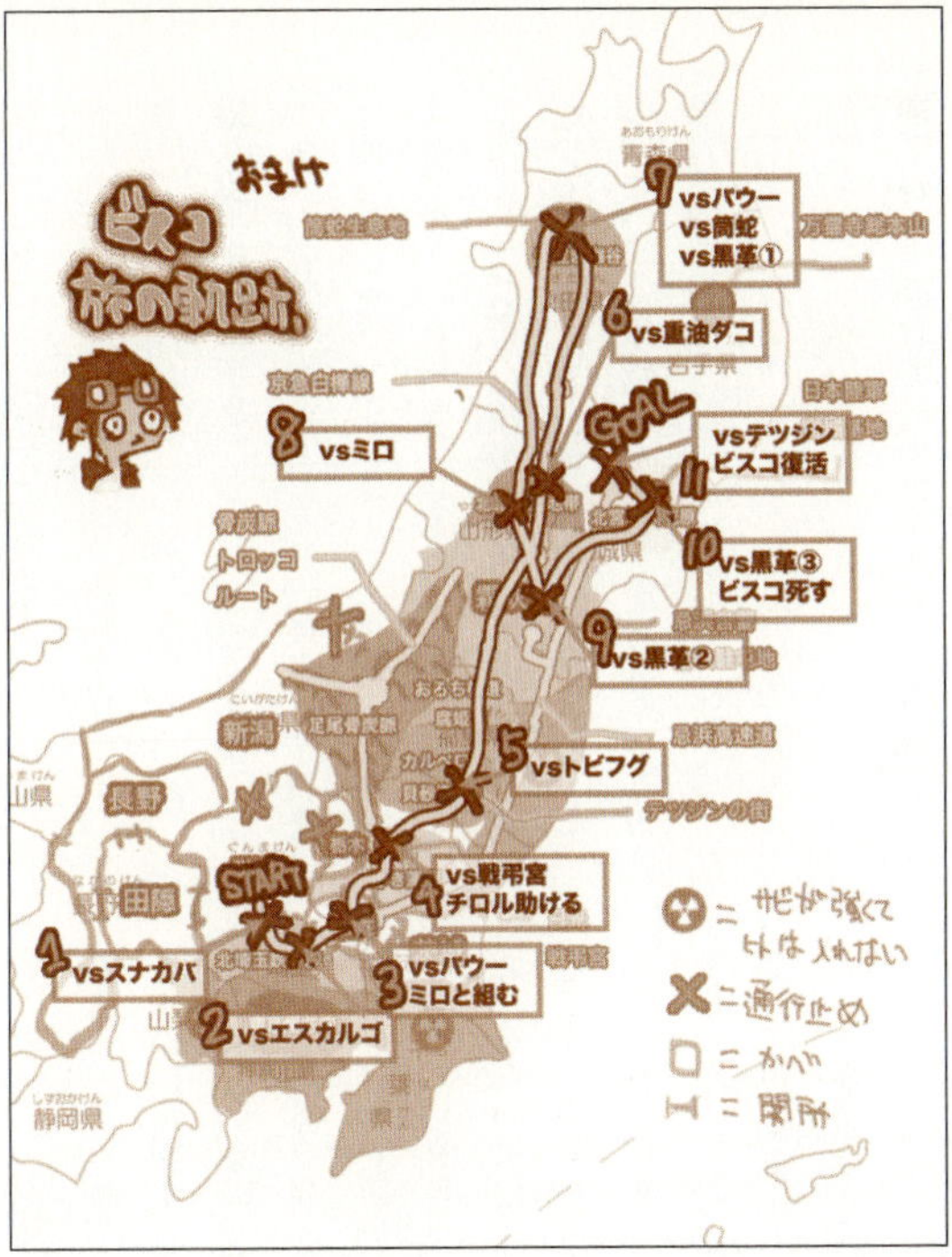

——舞台設定を見るだけでも外連味がありますよね。6つの塔の宗教都市、不死の老人……。

瘤久保　実はケルシンハを主人公にした作品の構想があって、それを元に『ビスコ』に組み込みました。「6つの塔の宗派に復讐するジジイ」という設定がそのまま残っています。

——最初からジジイの設定だったんですね。

瘤久保　そうです。過去の因縁にケリを付けていく……という。いま考えると新人賞では通らない設定ですね。ビスコと共通するのは、ケルシンハも己の目的のために戦っていて、そこには善も悪もないんですよね。奪われた臓腑を取り戻して力を取り戻したいという。『どろろ』や『バイオレンスジャック』に影響を受けていると感じます。ビスコとケルシンハの2つの物語がうまくかみ合いました。

——3巻ではどういった敵がビスコに立ちはだかるのでしょう。

瘤久保　3巻は〝錆〟という現象にケリを付けることになるだろうと思っていて……「都市生命体東京」という設定を考えていました。『ビスコ』の世界では東京のある場所には大きな穴が空いているんですが、ここに一夜にして「東京」ができるところから始まります。そこから、日本各地が自生する都市に侵略されていく、というのがオープニングです。この時代の人間からすると「都市」というものが古代の文明なので、対処もできないんですよね。それをなんとかするためにビスコたちが「東京」に潜入していきます。3巻でもやりたかったことに挑戦しています。

——外連味バッチリですね。3巻では四国のキノコ守り編だと思っていました。

瘤久保　そこに留まっちゃうとつまんなくなっちゃうんじゃないか、って。読者の予想を上回らないと「マジかよ!」って驚いてもらえないので。きっちり想定内に収めるのって『錆喰いビスコ』に求められるものとは違う気がしています。常に新鮮な面白さを感じてもらいたいし、序破急の〝急〟をキメたいとも思っていました。

——ビスコもミロも強くなったので、普通の敵では相手にならないですよね。

瘤久保　今回は敵を超強くすることで解決したんですけど(笑)、そうそう何度も使えない手ですからね。4巻以降は別の方向性で考えないといけないと思っています。インフレしすぎないようにバランスとっていかないといけないですね。とはいえビスコとミロにはずっとびっくりしていてほしいので、常に未知と遭遇することになるとは思います。

ゲームや歌舞伎で育まれた感性 様々な要素が、作品に溶け込んでいる

——ゲームの中でもインディーズゲームが好きと書かれていましたね。

瘤久保　作り手の叫びが込められているところがいいんです。感情のうねりがそのまま込められているので刺激があります。無料で配布しているフリーゲームの中にも、世界観にエッジが利いていて心に刺さるものがたくさんあって。RPGツクール2000で作られた『夜明けの口笛吹き』[※8]も独特で好きです。他にも、編集さんが同じフリーゲームサークルのことを好きだったので、ああ、感覚が似てるんだ! って信頼できたのも面白かったです。「アンディーメンテ」[※9]っていうサークルのゲームなんですけど。

——アンディーメンテですか!?

瘤久保　ご存じですか? 『君が忘れていった水槽』っていうゲームの話をして。自分の担当さんとこんなに繊細なゲームの話ができるなんて思いもよらなかったです。

——アンディーメンテは泉和良さんの小説から知りました。

瘤久保　やっぱり『エレGY』から知った人は多いんですね。ファンの熱量もすごいフリーゲームサークルなので、やはり共通の感性を惹きつけるものがあるんだな、と。

——ゲーム以外の作品で影響を受けたものは

●『錆喰いビスコ』に影響を与えたゲーム●

『リンダキューブ アゲイン』
「サイコスリラー+ハンティングRPG」
8年後に巨大隕石で崩壊する惑星ネオ・ケニアで、主人公ケンとリンダは、なるべく多くの動物のつがいを捕獲し、宇宙船に乗せて脱出しようと試みる。
ストーリーの骨子や桝田省治さんのゲームデザインに影響を受けている。

『メタルマックス』
荒廃した未来で「ハンター」となり、戦車を乗り回しながらモンスターや賞金首をしていくRPG。
崩壊後の世界観に影響を受けている。

『KOWLOON'S GATE クーロンズ・ゲート─九龍風水傳─』
「陰界」から現れた「九龍城」の風水を正し、世界の崩壊を防ぐアドベンチャーゲーム。
宗教観や、街の人々の暮らしぶりの細かな演出に影響を受けた。

GAME

ありますか？

瘤久保　漫画は『ジョジョの奇妙な冒険』や『AKIRA』をはじめとして、色々な少年漫画から複合的に影響を受けていますね。小説だと『アド・バード』などの椎名誠先生作品以外には、『餓狼伝』[※10]などの夢枕獏先生の作品に影響を受けています。2巻の冒頭文や、アクションシーンなんかはかなりの影響を受けていると思います。

――文章での演出で言うと会話だけで描くシーンも印象的ですね。

瘤久保　書いているときは地の文が思いつかなくてまず会話だけ書いていたんですが、間を表現するために「……。」と入れていてたら「これは良いな」となりました。映画の技法ですが、スコセッシ監督やタランティーノ監督、北野武監督の作品に出てくる、遠くからの映像を長尺で撮っているシーンなんかが、なんとも言えない哀愁を感じられて好きなのですが、これに近い雰囲気をたまたま表現できたのかな？　と思っています。映画的な手法を小説でも試せないかなとはずっと考えています。

――『ビスコ』でもアヴァンタイトルは映画的ですね。

瘤久保　やっぱり物語の始めは動きを描いていきたいですからね。『ルパン三世』の銃弾が撃ち込まれてタイトルがドーン！　となるアヴァンタイトルのようなイメージです。2巻は獏先生の影響もあるかと思います。キノコがぼぐん！　と咲くシーンなんかは特に、動きが想像できない状態で、無責任に効果音だけ書けないですからね（笑）。

編集　応募時には選考委員の皆さんから「擬音に頼りすぎでは」という指摘もいただいていたので、改稿で直していくようにお願いしていました。

――歌舞伎からの影響はありますか？

瘤久保　僕は市川海老蔵さんのファンで、海老蔵さんが演出も担当されているものを好んで観ています。歌舞伎の伝統を守りながら、それを打ち破るような要素が入ってくるので、常にわくわくして観ることができるんです。歌舞伎の殺陣はお決まりの型があるはずなのに、そこに本気で斬り合っているような演技が入ったりとか。僕自身もセオリーがあるストーリーは好きなんですが、それに〝破〟を入れるのはもっと好きなんですよね。

　市川海老蔵さんの演目で、2段オチというか、フィナーレにあたる部分が長いものがあってそれにすごく感動したので、『ビスコ』でも黒革を倒しただけでは終わらずに、もう1段階次の展開を用意しました。人によってはクドさを感じるかもしれないんですが、味わったらやめられないというか……そういった感覚は海老蔵さんの歌舞伎から影響を受けたものです。こう思い返していくと、やっぱり自分の吸収してきたコンテンツが、ちゃんと『ビスコ』に繋がっていっていますね。

――読者に向けて、ひと言お願いします。

瘤久保　繰り返しになってしまいますけど、ずっと新鮮な気持ちで楽しんで、驚いてもらえるようなものをお届けしたいです。「なんて落ち着きのねぇ話だ」って（笑）、そういう話を目指していきたいですね。本当にどこまでも広げていける世界になったと思うので、僕の気力が続く限り、外連味のある話作りを心がけたいです。

※8『夜明けの口笛吹き』
奥山キイチ制作のフリーゲーム。謎の世界の最下層で目覚めた主人公が、出口を求めて進んでいくRPG。哲学的な内容と台詞回しで話題を呼んだゲーム。

※9 アンディーメンテ
フリーゲームサークル。ほとんどのゲームをジスカルドという人物が手がけている。彼は別名義で小説やボカロ曲も発表している。様々なジャンルのゲームがあるが、やりこみ要素が高く、カルト的な人気を誇る。

※10『餓狼伝』
夢枕獏の格闘小説。格闘家たちの闘いを描きながら、「強さとは何か」を問うていく。

しめさば インタビュー

カクヨムから現れた期待の新人。
26歳サラリーマンの部屋に同居することになった家出女子高生との日常が、なんだか愛おしくなってくる。
そんな日常の中でも、みんな何か心に抱えている。
そういう人間の生々しい一面をどのように描いているのか、覗いてみよう。

（取材・文：天条一花　イラスト：ぶーた）

「このライトノベルがすごい！2019」
文庫部門ランキング
新作第2位（総合4位）

ひげを剃る。そして女子高生を拾う。

ふとしたアイデアが物語に すこし歪んだ、2人の出会い

――『このライトノベルがすごい！2019』で、『ひげを剃る。そして女子高生を拾う。』が、文庫部門の新作2位・総合4位となりました。おめでとうございます！

しめさば　報告を受けて、とにかく驚きました。驚きすぎて、じわじわと嬉しさを感じてきたのは2日後くらいでした。

――『ひげ』はカクヨムに掲載されていた作品を書籍化したものですね。

しめさば　カクヨムでは他の作品も書いていたのですが、この『ひげ』を書籍化候補として声を掛けてもらいました。たしか2巻のエピソードを書いているくらいで声がかかりましたね。ただ、最初に声を掛けられた時点では、まだ書籍化が確定していたわけではなかったんです。担当さんと一緒に別作品を立ち上げようという案もあったのですが、やっぱりこの『ひげ』に愛着があったので、賭けに出るつもりで書籍化を決めました。

――作品の成り立ちについてお聞きします。社会人の男が、家出女子高生と同居するという設定は、どのように生まれてきたのでしょう。

しめさば　『ひげ』を書き始める前にはカクヨムで異世界もののファンタジーを書いていたのですが、それとは違う、ラブコメを書いてみたいと思ったのがそもそもの始まりです。でもラブコメの主流となる学園を舞台にしたジャンルは、読むのは好きだけど自分で書こうとするとピンと来るものが思い浮かびませんでした。どんなものを書

こうかと迷っていたときに浮かんだのが〝沙優〟という女の子だったのですが、彼女が「じゃあ、タダで泊めてよ」というセリフがまず浮かび上がってきたんです。そこから家出少女の沙優が「ヤらせてあげるから泊めて」と言ってくるシーンや、沙優のキャラクターが形作られていきました。家出した女子高生を泊めてあげるシチュエーションはどんなだろうと考えていくと吉田が作られていき、彼の会社の環境を考えていくと後藤さんや橋本といった人々も出てきた、という感じですね。僕は小説を勢いにまかせて書いていくタイプなのですが、最初に思い浮かんだセリフから派生して、様々な要素をその場で考えていきました。

――吉田の設定はどのように固まっていきましたか？

しめさば　吉田と沙優の年齢が近すぎると現実味がないと思いました。吉田は別に性欲がない男というわけではないので、胸も大きいしかわいい沙優を完全に恋愛の対象外にするにはある程度年上ではないといけないな、と。具体的に26歳としたのは、先輩である後藤さんを20代にしたかったからですね。

沙優

家出をし、自分の身体と引き換えに男の家を転々としながら暮らしていた。吉田に拾われ、同居することに。

――年上好きで巨乳好きなところも意識して書いていますか？

しめさば　そういうところは男子高校生みたいな視点を持たせているんですが、吉田が「自分はこういう女性が好みなんだ」という思い込みがあるように書いています。

――吉田と沙優の関係性は、単純に「恋愛」や「家族」といったもので括れないものにしていると思います。その微妙な空気感・関係性を描くときに気を遣っていることは何でしょう？

しめさば　吉田の価値観と沙優の求めていることがうまくかみ合っているからこそ、この空気感が生まれているのだと自分でも意識して書いています。どちらも〝正しい〟と思った方法で同居を続けているし、どちらも良い人間ではあるけれど、どこか歪んでいる。その歪んだところがぴったりハマったのだと思っています。まず吉田のやっていることは、1巻時点では「沙優にとって必要な、良いこと」になるよう描いていました。しかし2巻では別視点からみると「良いことばかりではないぞ」ということを見せるようにしました。

――吉田はまともなように見えて、歪んでいるんですね。

しめさば　そうだと思いますよ（笑）。最初はわかりやすくて真っ直ぐな性格にしようと思っていて、それを突き詰めていったらああなってしまったんですけど。人間として正しくあり続けることは、日々の生活の中ではそうそうできないことで、妥協の連続だと思います。それを妥協せずに貫くということは、普通ではないことです。吉田はとにかく真っ直ぐで、思い込みが激しいんです。

――吉田にもそんな歪みがあるように、登場人物それぞれが何かしらの事情を抱えていますよね。そういったバックグラウンド

吉田

大手IT系の会社に勤める、26歳のサラリーマン。年上の巨乳好きで、年下には興味がない。

の設定はどのように考えていっていますか？

しめさば　僕はプロットや設定を考えることが苦手で、書籍化の際に色々と情報をまとめてプロットを作るように担当さんから言われたのですが、練っていくのにはかなり苦労しました。キャラ設定についても、大雑把なキャラクター造形を頭の中に作ってはいて、書いていくうちに想像を膨らませていっています。キャラ同士が会話をすることによって、どういったセリフが出てくるかがわかってきて、そこで自分でもその子のことが見えてくるんです。

——キャラ設定がなかったんですね。例えば沙優が家出した理由などはどうですか？

しめさば　最初はなかったですね。小説の感想でも「こんなに良い子が家出するなんて、大変な理由があるんだろう」と書かれていたのを見つつ、自分でも沙優が家に帰りたくない理由は相当なものだろうと、後から考えていきました。書籍化するにあたって、やっと全編通しての設定やプロットを考えました。

——サブキャラにも人気があったということですが、しめさば先生のお気に入りは誰でしょう。

しめさば　書いていて一番筆が乗るのは三島なんですよね。彼女に関しては当初はこんなに活躍する予定はなかったんです。元々吉田を助ける立場には橋本がいるんですが、彼と後藤さんだけでは会社での話が描きにくいな、と。なら同僚か後輩がいたほうがいいな、と思って出てきたのが三島です。会社のシーンを楽しくしてくれる子として出てきたのですが、吉田と掛け合いをするうちにいい感じに動いてくれて、それに連れてどんどん人気になっていきましたね。三島は自分の価値観に合っているのかもしれません。僕は負けヒロインが好きなので。

——三島が活躍した分、読者は1巻時点だと後藤さんのことがまだよくわからなかったかなと思います。

しめさば　後藤さんについて作者としては、吉田が彼女を好きになった理由は読者にわかってもらう必要はないと思っています。なぜかというと、惚れて好きになったことにはたいして理由はないと思うので。吉田は真っ直ぐなので、他に魅力的な女性が現れたとしても、後藤さんとの関係に区切りがつくまではブレないと考えていました。1巻では沙優や三島に割くページが多くなりましたが、2巻では後藤さんを魅力的に書こうと意識していました。ただ、後藤さんに関しては「すごく好き」となる人と、「ちょっと苦手」と思う人に分かれると思います。彼女は話の流れをわかりつつ核心を自分では言わずに相手に言わせたり、自分の強みを明確に理解してそれを利用してきたり、とにかく誘導するような動き方をしてくるんです。でも美人だと魅力的になるんですよね。

——2巻から登場するあさみも特徴的ですね。

しめさば　あさみは物語を書いていくうち

に、沙優のために登場させたようなキャラですね。沙優は吉田の部屋の中という閉鎖された空間で暮らしていくことになるので、このままでは吉田の価値観だけに染まってしまいます。それを避けるために、沙優と対等な立場で話ができるキャラが必要だと考えました。沙優が本当の意味で救われるためには必要な存在だと思います。

——なるほど、沙優に別の価値観を与えてくれているんですね。そもそも、沙優と吉田の考え方は似ているところが多いですね。

しめさば　沙優は、吉田と同じ行動理念を持っているけれど、そのベクトルは違うというキャラとして書いています。沙優も吉田も自分の気持ちより相手の気持ちを優先して考えるタイプです。でも吉田は自分の

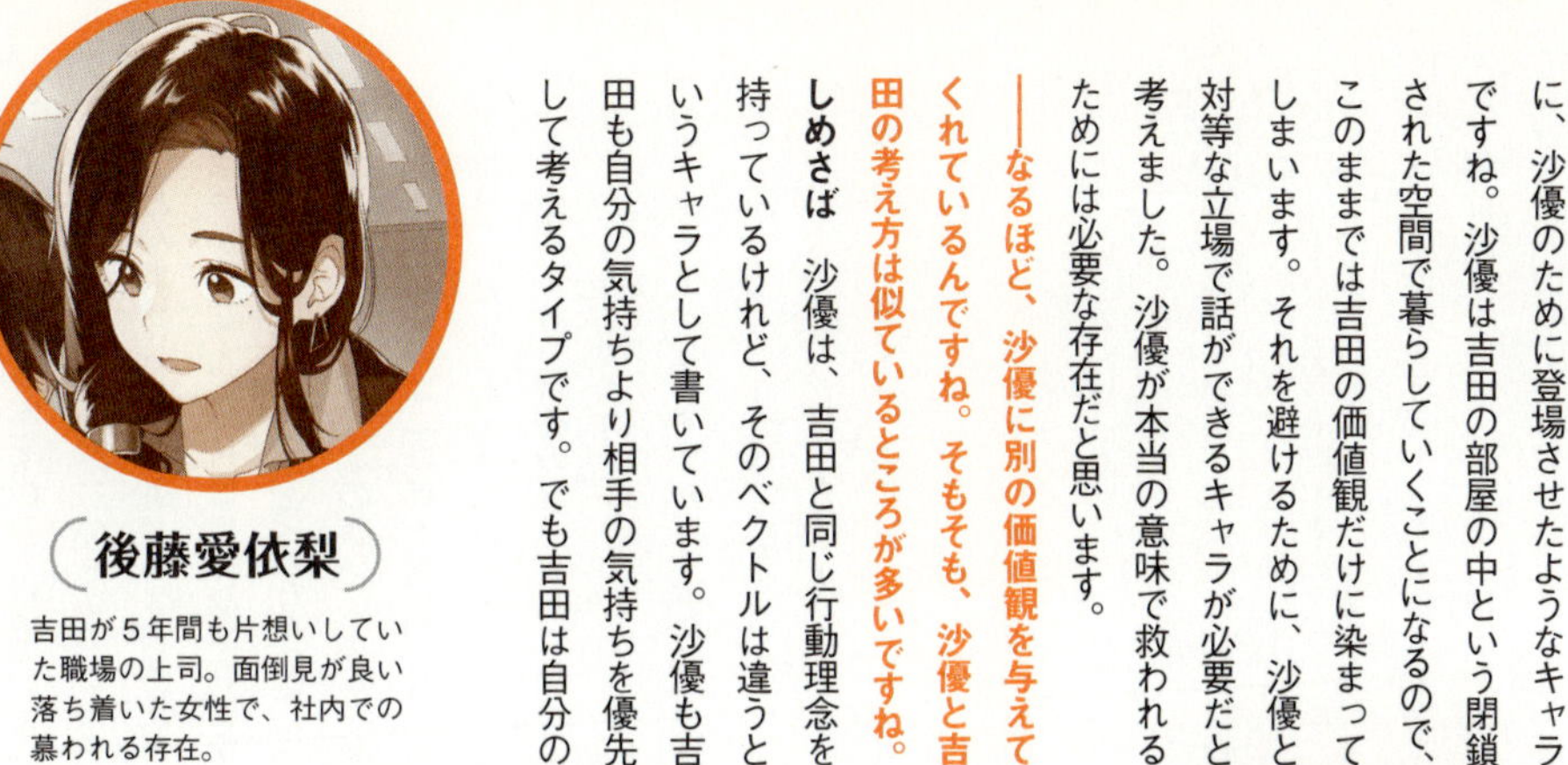

後藤愛依梨

吉田が５年間も片想いしていた職場の上司。面倒見が良い落ち着いた女性で、社内での慕われる存在。

価値観でしか動くことができない。逆に沙優は相手にすぐ合わせて求めているものを感じ取ってしまう。だから自分が辛いことになっているんだけど、それに気づいていない。心根は優しいのだけど、それは沙優の〝弱い〟部分からくる優しさなんだということを意識しています。

——確かに、言われてみると2人とも自分よりも他者を優先して行動していますね。そういった人間関係はどういうように考えていっていますか？

しめさば　事前に考えておくのは苦手なので、書いていくうちに自分でも気づいていきます。その気づきがあってからようやく意識して書けるようになっていくんです。この作品は見切り発車のままカクヨムで書

三島柚葉

吉田が教育係となった新人OL。仕事でのミスが多いので、いつも吉田がフォローしている。

き始めていなかったらうまくいかなかったと思います。最初からかっちりプロットを決めて、キャラクターに役割を与えて配置をしていたら、ストーリーの重要な選択を迫られたところで、気持ちの説明がつかなくなってしまうと思います。選択をする場合、いままでの出来事、いま起きていること、色々な人間関係……それら全てを複合させて考えるときに、設定された関係だけだとうまくいかないと思います。自分も相手も納得がいく選択をしようと思ったとき、そこに至るまでの会話や行動の中で生まれてくる信頼関係によって変わってくると思います。

正義とか悪とか、勝ちとか負けとか そことは別の部分にある価値を求めて

——印象的なタイトルですが、元のタイトルからの変更はどう進みましたか？

しめさば　Ｗｅｂで掲載していた頃は『剃り残した髭、あるいは、女子高生の制服』というタイトルでした。ちょっと長めだし「髭」などの漢字が厳ついイメージだったんですよね。そこからライトノベルらしいも

のに変えようと色々案を出して行きました。いくつかはエロっぽい感じのもあったんですが、あんまりしっくり来なくて。ギリギリまで決まらなくて、仕事の休憩時間に電話で相談するくらい逼迫していたんですが、最後の最後でシンプルなのがいいんじゃないかと浮かんだのは『ひげを剃る。女子高生を拾う。』というものでした。そこに「そして」が足されて現在のタイトルになっています。文章だけを見るとよくわからない状況のタイトルなんですが、それが引っかかりになったのかなと思っています。

――タイトル決めには苦労したんですね。

しめさば　1巻では一番苦労したかもしれません（笑）。

――物語は「失恋」から始まるのが印象的です。しめさばさんは「失恋」をどのように描こうと思っていますか。

しめさば　先ほども言ったように、僕は負けヒロインが好きです。世の中には「勝っている人」の物語が溢れていますよね。もちろん恋愛が成就するお話も好きなんですが、僕は負けている人の心情のほうが複雑で好きなんですよね。負かされた人との関係や、理由、環境、それらが合わさってきますよね。表だっては悲しめないけど裏では泣いていたり、負けたことへの整理がついたつもりでも割り切れていなかったりとか、そういった心の中で渦巻く感情にドラマを感じます。そういった複雑な感情をぎゅっと詰めたシーンを描けるといいなと思っています。

――影響を受けてきた作品はありますか？

しめさば　『ひげ』については思いつきから始まった作品なので、何かの作品に影響を受けているかというと特に思い浮かばないんですよね。でも書き始めてから色々調べるうちに似ている作品も見つかったので、シチュエーションとしては多くの人が思い描くものなんだろうなと思いました。そこからちょっとズレた作品を書けたのかな、と。

――その他、好きな作品は何でしょう。

しめさば　ライトノベルだと土橋真二郎先生の作品です。特に『ツァラトゥストラへの階段』がお気に入りで、「ライトノベルってこんなに自由なんだ」と思ってから、ライトノベルを読むようになりました。シチュエーションとしてはエロいけど、描き方がエロくないという方法は土橋先生の影響があるかもしれません。小説では伊坂幸太郎先生の『陽気なギャングが世界を回す』が認識を変えてくれました。小説は楽しいものなんだ、って。そこからは他の小説作品も読めるようになっていきました。伊坂作品だと『あるキング』や『ゴールデンスランバー』が好きです。最初に文章を練習したときは伊坂作品を参考にしました。アニメの中では『パプリカ』が好きです。これもアニメ表現の自由な形を見せてくれたのが印象に残っています。ゲームは、遊んできた数が多いのでコレというものを挙げにくいですね（笑）。

　振り返ってみると、作中で「これが正義」と決まっていない作品が好きです。終わった後に「これはどちらが勝ったのだろう」とモヤモヤする作品が好きなんですよね。

――ご自身はカクヨムからの書籍化でデビューしましたが、インターネットやバーチャルな空間で作品を書いたり宣伝をしていく、現代の執筆シーンについてどう感じていますか？

しめさば　カクヨムなどの小説投稿サイトでは、作者が自作をどんどん宣伝していく文化があります。黙っていたら読まれることはないという空気がありますよね。ただ、闇雲に宣伝しているだけでは読まれないでしょう。だから、インターネットを通じて作品を宣伝するなら、まずは自分が情報発信者として話を聴いてもらえる立場になる必要があるなと感じています。自分の作品を宣伝していくのと、ネットを使って人間関係を広げていくのって、やっていることは大きく変わらないと思います。なので自分の言動が打算的なものにならないように、活動の幅を広げていけるように考えていますね。

——ご自身のネット上でのポジションは注意しているんですね。

しめさば　僕自身、共感できない人にはついて行きたくない性質で、だから社会でうまく立ち回れないんですけど（笑）、みんな自分に合った人とだけ仕事をしたいけど我慢したり気持ちを切り替えることがうまい人が社会で活躍しているのかな、と思っています。みんな色々な不満を抱えていることを感じつつ、自分の気持ちに共感してもらえるように行動しています。

——しめさば先生の中で、ストーリーの着地点は考えていましたか？

しめさば　書き始めた時点で、物語はこう終わるだろうという着地点は決めていました。でもそこまでの課程をちゃんとは決めていなかったので、プロットを書くに当たってそのチェックポイントを決めていくのには苦労しました。

——3巻以降の内容について、話せる範囲で教えてください。

しめさば　3巻では吉田の心情がメインになってくる予定です。彼の感情が揺り動かされることになると思います。そこへ、吉田と切っては切れない関係のキャラクターが突然出てきます。吉田と沙優の関係性も、長くなってきたので色々な感情が生まれているのですが、変わってきた関係性によって新たな出来事も起きていく……というような内容です。

——最後に、読者へメッセージをお願いします。

しめさば　Ｗｅｂ版から読んでくださっている方も、書籍版からの方も、応援ありがとうございます。読者のみなさんがいるからこそ、こうやって続けていける作品です。まだ読んでいない方に向けては、あまり重たい気分にならずに、様々な要素が集まって人間って生きてるんだなぁということが感じられる作品になっていると思います。作品を読んで、人間の複雑な気持ちを感じてもらえたらうれしいです。

初登場!!!!

ライトノベルBESTランキング
新作部門
New Title Ranking

この今年度新作（シリーズ）がすごい！

骨太ファンタジーと青春・ラブコメが強い！昨年の流れを汲んだジャンルの隆盛が見える。あなたの好みがどれか、見つけてみよう。

第1位 錆喰いビスコ
総合順位 1位

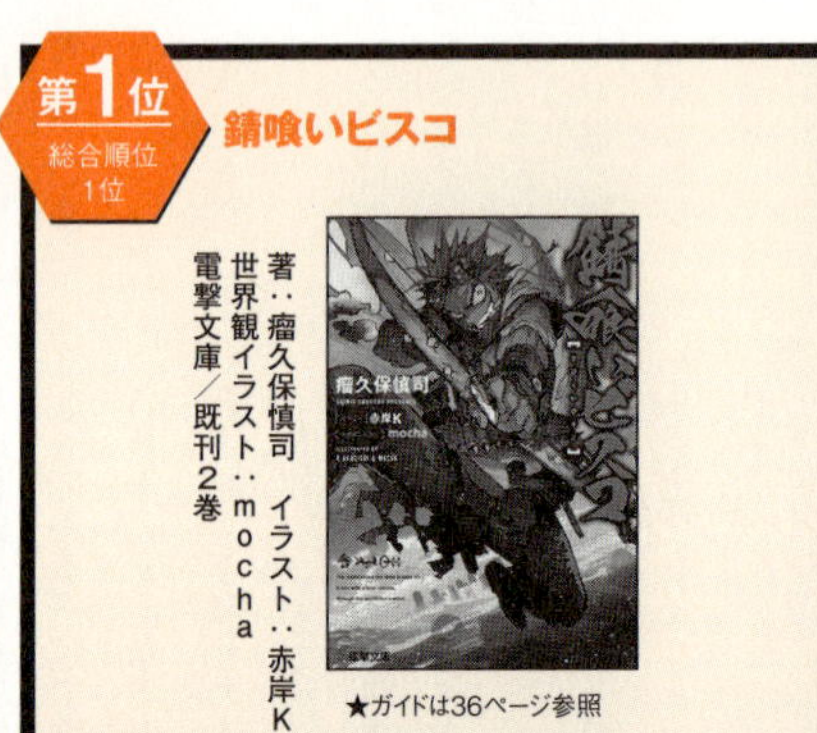

著：瘤久保慎司　イラスト：赤岸K
世界観イラスト：mocha
電撃文庫／既刊2巻

★ガイドは36ページ参照

第2位 ひげを剃る。そして女子高生を拾う。
総合順位 4位

著：しめさば
イラスト：ぶーた
角川スニーカー文庫／既刊2巻

★ガイドは38ページ参照

第3位 三角の距離は限りないゼロ
総合順位 8位

著：岬鷺宮
イラスト：Hiten
電撃文庫／既刊1巻

★ガイドは40ページ参照

第4位 天才王子の赤字国家再生術～そうだ、売国しよう～
総合順位 14位

著：鳥羽徹
イラスト：ファルまろ
GA文庫／既刊2巻

★ガイドは43ページ参照

第5位 先生とそのお布団
総合順位 15位

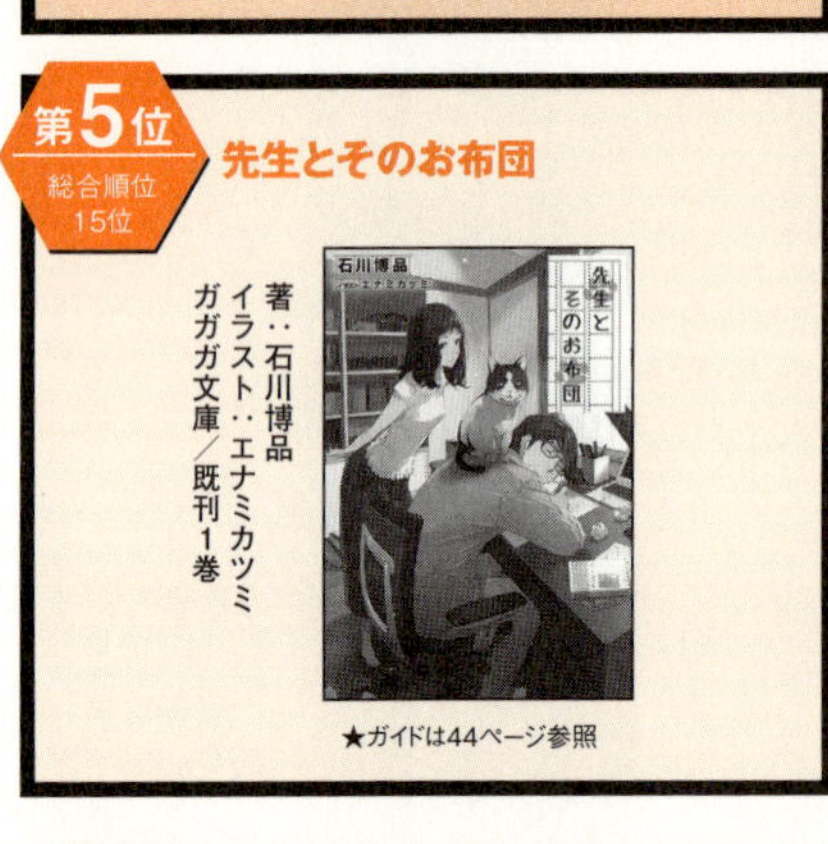

著：石川博品
イラスト：エナミカツミ
ガガガ文庫／既刊1巻

★ガイドは44ページ参照

第6位 西野　～学内カースト最下位にして異能世界最強の少年～
総合順位 20位

著：ぶんころり
イラスト：またのんき▼
MF文庫J／既刊3巻

★ガイドは46ページ参照

ワキヤくんの主役理論
著：涼暮 皐
イラスト：すし*
MF文庫J／既刊2巻

★ガイドは148ページ参照

「登場人物がみんなとにかく面倒臭くて愛おしいです。本当に面倒臭い……」（くーるびゅーちー鳥さん・20代前半♠Ⓗ）

「目指すもの以外が何もかも同じ2人の、意図せず噛み合う、2人の間でしか通じないめんどくさいやりとりが、読んでいて本当に楽しい作品です」（緋悠梨・20代前半♠協）

6番線に春は来る。そして今日、君はいなくなる。
著：大澤めぐみ
イラスト：もりちか
角川スニーカー文庫／既刊1巻

★ガイドは166ページ参照

「キャラクターが愛おしすぎて読み終わった後のロスがすごい」（瓜頭・30代♠Ⓗ）

「『おにぎりスタッバー』でマニアから注目された作者の新作は恋愛を巡る群像劇。魔法も異世界もない、等身大の高校生の巨大な感情の描写がうまい」（nyapoona・20代後半♠協）

裏方キャラの青木くんがラブコメを制すまで。
著：うさぎやすぽん
イラスト：前屋 進
角川スニーカー文庫／既刊１巻

★ガイドは162ページ参照

「文章のセンス、作者のラブコメへの想いがマグマの如き熱量になって流れ込んでくる」（西戸雄志・30代♠Ⓗ）

「陰キャならではの名言が沢山詰まっていて何度も胸を撃たれました。本当にこの本に出会えてよかったです。私が死んだら必ず棺桶に入れてほしい1冊です」（めがね・20代前半♥Ⓗ）

あまのじゃくな氷室さん 好感度100%から始める毒舌女子の落としかた
著：広ノ祥人
イラスト：うなさか
MF文庫J／既刊３巻

★ガイドは160ページ参照

「氷室さん可愛いヤッター！がすべての作品。が、その可愛さが別格なのでランクイン」（鹿島華氏・20代前半♠Ⓗ）

「常にニマニマしながら読めます。定番のイチャラブをぶっ壊しながら進んでいく感じがとても好きです」（saku・10代後半♥Ⓗ）

第11位
総合順位
35位

《このラブコメがすごい!!》堂々の三位!
著：飛田雲之
イラスト：かやはら
ガガガ文庫／既刊1巻

★ガイドは159ページ参照

「まとめサイトを運営する売上主義の主人公が、作家志望のヒロインにラノベの書き方をレクチャーするという新人賞受賞作とは思えない内容のラノベ。ラノベのマーケティング戦略やまとめサイト運営に興味があるなら読むべし」（八目・20代中盤♠Ⓗ）

「マーケティング的な視線で切り込む主人公のラノベ論が新鮮。「売れる≠面白い」という身もふたもない主張を堂々と俎上にのせてみせた挑戦的な作品だ」（UPMR・20代前半♠Ⓗ）

ちょっぴり年上でも彼女にしてくれますか?
著：望 公太
イラスト：ななせめるち
GA文庫／既刊２巻

★ガイドは161ページ参照

「断言します。あなたが例え年下好きであってもこのヒロインには心が撃ち落とされます」（ksk・20代中盤♠Ⓗ）

「ヒロインの隠し事は読者には早々に露呈するのだが、作中でも全然隠しきれていない感じが微笑ましい。そして、男子高校生とのジェネレーションギャップにショックを受ける姿がコミカルで実にいい」（わたー・20代後半♠Ⓗ）

Hello,Hello and Hello
著：葉月 文
イラスト：ぶーた
電撃文庫／既刊2巻

★ガイドは166ページ参照

「由希と春由の悲しくて淡い恋が胸に刺さった。Web上のお試しで読んで一気にハマった」（JJANN・20代前半♠Ⓗ）

「これほどに胸が締め付けられる話はなかなかない。こんなのはつらい！　と思いながらも、この話は、これでいい。と思わされる。すごい作品でした」（おさかな・20代中盤♠Ⓗ）

バブみネーター
著：壱日千次
イラスト：かとろく
MF文庫J／既刊１巻

★作品ガイドは164ページ参照

「タイトルの時点でズルい。著者の持ち味を遺憾なく発揮した究極のギャグラノベ。最早狂気すら感じるレベル」（お亀納豆・30代♠㊙）

「読んではいけないモノを読んでしまったのではないかという狂気の世界。意外と話はしっかりしている」（Number888・30代♠Ⓗ）

ファイフステル・サーガ
著：師走トオル
イラスト：有坂 あこ
ファンタジア文庫／既刊2巻

★作品ガイドは120ページ参照

「今最も王道をいく戦記ファンタジー！　1巻を読めばその凄さが理解できるはずです」（ナカショー・20代前半♠Ⓗ）

「魔王再臨のタイムリミットを迎えるそのとき、玉座に座っているのは果たして誰なのか。陰謀、策略、軍団戦、一騎当千。このファンタジーを読まないという選択肢はない」（suzu・30代♠㊙）

スカートのなかのひみつ。
著：宮入裕昂
イラスト：焦茶
電撃文庫／既刊１巻

★作品ガイドは148ページ参照

「読み進めるうち複数の視点で語られていた物語がつながり、ラストへ駆け抜ける疾走感が最高な群像劇でした！八坂幸喜真という男に惚れます。デブだけど」（Michika・20代中盤♥Ⓗ）

「女装男子と巨漢のコラボから生まれる爽快でパワフルな青春群像劇に痺れた」（みかこ・20代後半♥㊙）

好きって言えない彼女(わたし)じゃダメですか? 帆影さんはライトノベルを合理的に読みすぎる
著：玩具堂
イラスト：イセ川ヤスタカ
角川スニーカー文庫／既刊1巻

★作品ガイドは159ページ参照

「帆影さんがライトノベルから紡ぎ出す理論をもっと見てみたい」（Renee・20代前半♠Ⓗ）

「はっきりと書かれないのに痒いところまで手が届く心情描写が好きすぎて」（八岐・30代♠㊖）

「独特な哲学と文章のテンポが好き」（ルゥ・30代♠Ⓗ）

第18位
総合順位
53位

ウォーター＆ビスケットのテーマ
著：河野 裕、河端ジュンー
イラスト：椎名 優
角川スニーカー文庫／既刊2巻

★作品ガイドは129ページ参照

「主人公の能力がおもしろい、とにかく強さがわからない」（ライトノベル時臣・20代中盤♠Ⓗ）

「サクラダリセットの作者さんの新作です。この作者さんにしか書けない物語がここにあります」（D/I・20代後半♠Ⓗ）

数字で救う! 弱小国家
著：長田信織
イラスト：紅緒
電撃文庫／既刊3巻

★作品ガイドは121ページ参照

「数学の面白さ、奥深さがストーリーと相まって、読んでいて楽しい上に勉強にもなりました。続編楽しみにしております」（自人・10代後半♠Ⓗ）

「数学理論を武器に強国と戦う異世界系。理論を重視するが故の落とし穴まで描いていて展開のさせ方が巧み！と感じました」（otsuri・20代後半♠Ⓗ）

察知されない最強職(ルール・ブレイカー)
著：三上康明
イラスト：八城惺架
ヒーロー文庫／既刊2巻

★作品ガイドは144ページ参照

「文章が比較的整っていて読みやすいし、主人公が年齢相応の子供っぽさがあって好感が持てる」（たけのこ・10代後半♠Ⓗ）

「今後の展開が楽しみであり、「隠密」に着目した点も面白い」（パルス・50代♠Ⓗ）

「冷めたようで、熱い主人公がかわいい」（藤の木・40代♥Ⓗ）

絶対彼女作らせるガール!
著：まほろ勇太
イラスト：あやみ
MF文庫J／既刊２巻

★作品ガイドは162ページ参照

「無慈悲な世界と自分自身、そして目の前の女の子と向き合うこと。恋人作りを通してのメッセージ性に心打たれた」（西戸雄志・30代♠Ⓗ）

「頑張れ、大地。ページを捲る度そんな感情に駆られた」（ラノベの王女様・10代後半♥㊖）

ジャンル別ガイドは104ページから

ライトノベルの頂点はコレだ! BEST40発表!!

2018年度版
(2017年9月1日～2018年8月31日)

ライトノベルの新境地はどこまで広がるのか。
四六判・B6判・新書判を対象としたランキング！
文庫とは異なった文化圏ができている。

順位	作品(シリーズ名)	著者名／レーベル名	ポイント
1	本好きの下剋上 ～司書になるためには手段を選んでいられません～	香月美夜 TOブックス	169.87
2	海辺の病院で彼女と話した幾つかのこと★	石川博品 KADOKAWA	139.46
3	「物語」シリーズ	西尾維新 講談社BOX	127.38
4	オーバーロード	丸山くがね KADOKAWA(エンターブレイン)	123.69
5	転生したらスライムだった件	伏瀬 GCノベルズ	122.67
6	魔女の旅々	白石定規 GAノベル	119.24
7	JKハルは異世界で娼婦になった★	平鳥コウ 早川書房	113.00
8	無職転生 ～異世界行ったら本気だす～	理不尽な孫の手 MFブックス	107.54
9	スライム倒して300年、知らないうちにレベルMAXになってました	森田季節 GAノベル	102.34
10	蜘蛛ですが、なにか？	馬場 翁 カドカワBOOKS	101.72

順位	作品（シリーズ名）	著者名	レーベル名	ポイント
11	はぐるまどらいぶ。 ★	かばやきだれ	オーバーラップノベルス	76.49
12	ニンジャスレイヤー UP	ブラッドレー・ボンド、フィリップ・N・モーゼズ 訳：本兌有、杉ライカ	KADOKAWA（エンターブレイン）	64.67
13	百万光年のちょっと先 ★	古橋秀之	JUMP j BOOKS	64.50
14	「忘却探偵」シリーズ	西尾維新	講談社BOX	63.51
15	異世界料理道 ↑	EDA	HJノベルス	58.36
16	幼女戦記	カルロ・ゼン	KADOKAWA（エンターブレイン）	57.09
17	偏差値10の俺がい世界で知恵の勇者になれたワケ ★	ロリバス	KADOKAWA	53.75
18	うちの娘の為ならば、俺はもしかしたら魔王も倒せるかもしれない	CHIROLU	HJノベルス	52.34
19	黄昏のブッシャリオン ★	碌星らせん	カドカワBOOKS	48.26
20	インスタント・メサイア ★	田山翔太	オーバーラップノベルス	46.82
21	転生したら剣でした	棚架ユウ	GCノベルズ	46.39
22	異世界のんびり農家 ★	内藤騎之介	KADOKAWA（エンターブレイン）	43.95
23	この世界がゲームだと俺だけが知っている UP	ウスバー	KADOKAWA（エンターブレイン）	40.71
24	淡海乃海 水面が揺れる時 ～三英傑に嫌われた不運な男、朽木基綱の逆襲～ ★	イスラーフィール	TOブックス	40.02
25	異世界語入門 ～転生したけど日本語が通じなかった～ –	Fafs F. Sashimi	L-エンタメ小説	39.56
26	ログ・ホライズン	橙乃ままれ	KADOKAWA（エンターブレイン）	37.93
27	居酒屋ぼったくり ★	秋川滝美	アルファポリス	37.27
28	望まぬ不死の冒険者 ★	丘野 優	オーバーラップノベルス	33.15
29	田中 ～年齢イコール彼女いない歴の魔法使い～	ぶんころり	GCノベルズ	27.62
30	サン娘 ～Girl's Battle Bootlog ★	金田一秋良 原作：矢立肇	ブックブラスト	26.92
31	月が導く異世界道中 UP	あずみ圭	アルファポリス	25.27
32	リワールド・フロンティア	国広仙戯	TOブックス	24.14
33	とんでもスキルで異世界放浪メシ	江口 連	オーバーラップノベルス	23.47
34	神達に拾われた男 ★	Roy	HJノベルス	22.52
35	即死チートが最強すぎて、異世界のやつらがまるで相手にならないんですが。	藤孝剛志	アース・スターノベル	22.40
36	ロード・エルメロイⅡ世の事件簿 UP	三田 誠	TYPE-MOON BOOKS	22.34
37	痛いのは嫌なので防御力に極振りしたいと思います。 ★	夕蜜柑	カドカワBOOKS	22.34
38	失格紋の最強賢者 ～世界最強の賢者が更に強くなるために転生しました～ UP	進行諸島	GAノベル	21.76
39	生き残り錬金術師は街で静かに暮らしたい ★	のの原兎太	KADOKAWA（エンターブレイン）	21.70
40	魔王の娘は世界最強だけどヒキニート！ ～廃教会に引きこもってたら女神様として信仰されました～ ★	年中麦茶太郎	GAノベル	21.06

★＝期間内の新作及び単発作品　↑＝前年度から20位程度の順位UP　UP＝前年度圏外（60位以下）からのランクイン　–＝前年度の刊行なし

1位 本好きの下剋上 ～司書になるためには手段を選んでいられません～

著：香月美夜 ●イラスト：椎名 優 ●TOブックス／既刊16巻+外伝1巻

本好きのためのビブリオファンタジー 領主候補生となって貴族院へご入学

本に埋もれて死んでしまった本好きの女子大生が、異世界で兵士の娘マインとして目覚める。本が読みたくても庶民には手の届かない贅沢品。本がないなら自分で作ればいい！ 商人や職人と手を組み、前世の知識を活かして植物紙やインクを開発し、印刷事業を立ち上げる。最新刊では、領主候補生として貴族になるための学校「貴族院」へ入学したマインだが、夢にまでに見た図書室を前にして自称「図書委員」を名乗り始めて側近たちは大わらわ。超虚弱体質なのに大胆な行動力で周囲を振り回して世界を変えていくマインの姿が微笑ましい。（愛咲）

「本が読みたい。ただそれだけの理由で起こす行動力と、回りの人間を振り回すローゼマインがとても好き」（mana♪♪・40代♠HP）

「暴走マインとそれに振り回されながら幸せになっていく人たちを見るとほっこりします」（ろっそ・30代♠Ⓗ）

「どのキャラクターが主人公になってもちゃんとした物語になりそうな位に設定がしっかりしており、主人公以外の視点も楽しく読める」（くみこ・30代♥Ⓗ）

「こんなに好きになったのは初めてです！とても長いのに、もっと続いてほしいと思ってしまいます。世界観がとても好みです」（モカ・10代前半♥Ⓗ）

「本と魔法のビブリア・ファンタジー。大長編となるこの作品もようやく折り返し地点？本のためなら止まらない！！各部ごとに異なる面白さを見せてくれるこの作品が好きです」（鈴雪・10代後半♥Ⓗ）

「本を読むのはこんなにも面白かったのか、と思い出させてくれる名作」（万葉さん・20代前半♥Ⓗ）

「チートな能力を持たない主人公がただ本を読みたいためだけに紙から本を作ろうとする姿は、誌面の向こうの読者達に訴えかけるものがあると思います。書籍界のダッシュ村と言っても過言ではないかも？」（中冨美子・40代♥Ⓗ）

「文句なし。基本はローゼマイン視点の目線であれよあれよという間に変わっていく立場や状況に翻弄されつつ、閑話での他人視点の情報補完や伏線が見事」（辰・40代♠Ⓗ）

「この作品に出会えて本当によかった。本を普及するために突進してるけど、軸にあるのは家族の話。何度も読み返している」（とき・30代♥Ⓗ）

「成長しつつも根の部分は変わらない、揺らぐことがない安心感はとても好感を覚える」（藤原夜純・20代後半♠Ⓗ）

2位 海辺の病院で彼女と話した幾つかのこと

著：石川博品　●イラスト：米山 舞　●KADOKAWA／既刊1巻

戦いを生き延びた少年が語るかつての記憶、そしてこれからのこと

謎の伝染病で住民のほとんどが死に絶えた地方都市。生き残った高校生の上原蒼は自分が特殊な力を得たことを知り、無人と化した街に巣食う謎の生物を殲滅することを自分の「夢」とした。そして戦いの日々から1年が経過した現在、仲間の見舞いに訪れる彼が語る当時の記憶とは……。一見、典型的な異能バトルものに思えるが、本作にはそれらの作品で見られる高揚感や爽快感はない。代わりに描かれるのは、戦いの殺伐さ、異様な状況下での青春模様、そして失われたものに対する哀しみと愛しさ。読者の心に消えない棘を残す一作だ。（柿崎）

「カテゴライズ不可能な面白さ。描写力の高さが尋常ではない」（田丸しんし・30代♠Ⓗ）

「パンデミックホラー、サバイバル、能力バトル、切ない恋愛ものと、読み進めていくうちに目まぐるしくジャンルが変遷していくので先が読めないワクワク感があった。『先生とそのお布団』とセットで読むとより面白い」（マスクド・ラブコメディ・30代♠㊧）

「ライト文芸なタイトルと表紙から、内容は宇宙人侵略モノ。度肝を抜かれました」（gurgur717・40代♠㊧）

「紛れもなく異能バトルでSF的なところもあるけども、読んでると一つの災害で生まれる被災者とその外の人たちについて深く考えさせられた。災害が起きた時に外にいる自分や中にいる自分はどのように考え行動するのか、そう聞かれているような」（まいにくん・20代後半♠Ⓗ）

「田舎の空気感、泥臭さを体感できる圧巻の文章力に脱帽です」（真一・20代後半♠Ⓗ）

「文章の力がみっちり詰まった長編。破滅へ向かってGO!」（まつだ・40代♠Ⓗ）

「既に変えようのない結果、そして未来へのほんの少しの希望。寂寥の色と希望の色が重なり合い、まるで夕焼けのような独特の雰囲気を醸し出している作品」（真白優樹・20代後半♠Ⓗ）

「単なる異能バトルで終わらない得も言われぬ切なさが胸に残る作品」（秋野ソラ・40代♠㊧）

「異能バトルで青春な悲しい恋のお話。予想できない展開とラストは必見です！」（夏鎖芽羽・20代前半♠㊧）

3位 「物語」シリーズ

著：西尾維新 ●イラスト：VOFAN ●講談社BOX／既刊24巻

青春×怪異の金字塔 まだまだ続く大学生編

様々な怪異に見舞われた少女と出会い、半身の吸血鬼を伴って解決に奔走する阿良々木暦による、大人気青春怪異譚。言葉遊びに溢れた軽妙な掛け合いが笑いを誘う一方で、何気ない会話からとんでもない真実が時折出てくることもあり油断できない。オフシーズン第2弾『宵物語』では女児誘拐事件の噂を聞きつけた暦が、神様となった八九寺のもとを訪れるところから始まる。次第に明らかになる真実はとても信じがたい狂気に満ちていたが、早く大人になりたい少女に対して八九寺のまっすぐな言葉が胸を打つ。まだまだ勢いは衰えない。（絵空）

「暦とヒロインたちのテンポのいい会話が面白いのと、世界観が素晴らしい！」（ニート有力者・20代中盤♠Ⓗ）

「どこまで読み進めても何かしら新鮮な驚きがあるのは凄いと思う」（ルゥ・30代♠Ⓗ）

「学生時代からずっと大好きな作品です。青春時代は化物語と一緒に過ごしました」（大和田・20代中盤♠Ⓗ）

「シリーズ初期のような雰囲気に戻ってきた。コミカルな掛け合いがやはり面白い」（風牙・20代後半♠Ⓗ）

4位 オーバーロード

著：丸山くがね ●イラスト：so-bin ●KADOKAWA（エンターブレイン）／既刊13巻

クリーチャーたちとの息を飲む戦闘！ 死の支配者アインズとして異世界攻略

ダイブ型MMORPGユグドラシルのサービス終了を1人で迎えるはずだったギルド長のモモンガは、一向にダイブが解けない異常事態に遭遇。彼は意思を持ったNPCを従えて、異世界を席巻する死の支配者（オーバーロード）アインズとして侵攻を始める。レベルを極めていたアインズは異世界と繋がっても最強の魔法使い。絶対服従を誓う数多のクリーチャーを配下に、アインズの小市民的な内面で笑いを入れつつ、圧倒的な戦闘力を見せつけます。ゲームと異世界が融合した魅力的な世界観の上で繰り広げられるバトルは毎回見応えたっぷり。巻は進んでもアインズ様の力は絶対、いや絶望的です！（勝木）

「ダークファンタジーだけどコミカルな表現が多く愛らしいキャラが魅力的」（ヒロりん・20代中盤♠Ⓗ）

「主人公がカッコよすぎる！最強だから安心して見れる！」（ティケ・10代前半♠Ⓗ）

「無双なのに小市民、しかも凄絶な女難を抱えた主人公像が実に味わい深いです。主人公こそが物語の中軸という真実を教えてくれる作品ですね」（高橋剛・40代♠Ⓗ）

「丁寧に丁寧に描写された次のページで焼き払われるモブが最高です」（mlmel・20代後半♠Ⓗ）

♠＝男性、♥＝女性、㊿＝協力者、Ⓗ＝宝島社ホームページアンケート回答者の略です。

5位 転生したらスライムだった件

著：伏瀬　●イラスト：みっつばー　●GCノベルズ／既刊13巻

最弱キャラスライムで異世界スタートスライムらしい柔軟性で魔物を統合!?

現代からの転生者であるスライムのリムルは多くの魔物を配下にし魔国連邦の盟主にまで成長。魔物としても魔王に進化し、軍事的外交的経済的文化的様々な方面で異世界開拓を進めていく。転生したては名もなきスライムだったリムルが瞬く間に異世界でのし上がっていく様子は痛快。かといってゴリゴリの戦闘狂かというとそうではなく、肩の力の抜けた（そもそもスライムに肩はない）性格でぽよぽよ和めるのはやっぱりスライムだから!?　帝国が過去にない大軍で魔国連邦に侵攻。様々な勢力とウインウインな関係を築いてきたリムルの今度の対応は!?（勝木）

「我々には某RPGの影響か最弱のイメージの根強いスライムからの成り上がり。仲間が増え、勢力が広がり、町ができ……。キャラの濃さもよい」（鈴雪・10代後半♥Ⓗ）

「僕の生きがいです。いつもいつも楽しませてもらえて感謝です」（奏・10代後半♠Ⓗ）

「WEB版とちがったルートになっており先が読めません。アニメ超期待してます」（たつなり・30代♠Ⓗ）

「スライムに転生した主人公が国を統治するという前代未聞のストーリーがとても面白い！」（満渡・10代後半♠Ⓗ）

6位 魔女の旅々

著：白石定規　●イラスト：あずーる　●GAノベル／既刊７巻

魔女の気ままな出会いと別れ冷たいけど温かい、そんな物語

目的もなく流浪の旅を続ける魔女のイレイナは、訪れた国で様々な人々との出会いと別れを繰り返していく。魔法使いや獣人、魔族との争いなどがあるファンタジーな世界だけれど、そこにあるのは人々の営み。腹黒で毒舌なイレイナは先々で面倒ごとに首を突っ込んでは、その後にやってくる「別れ」を楽しんでいるようでもあるのだった。連作短編で描かれる本作は、イレイナを取り巻く人間模様の妙が楽しい作品。女の子同士の絡みにも定評があるシリーズで、魔法が関わってくることで関係性もややこしくなる。そこがまた良い。（天条）

「訪れる国それぞれの特色がよく考えられてるなーと思います。伏線の張り方や回収の仕方も秀逸。女の子同士で友情それ以上な関係も描かれて最高ですね」（イチ太郎スマイル・20代後半♠Ⓗ）

「バリエーション豊かな旅のお話。世の中には良くも悪くもいろいろな人がいると思わされます。そしてイレイナの可愛さも健在です」（緋悠梨・20代前半♠㊎）

「教訓めいたちょっと考えさせられるお話と百合が混じると最強になりました」（プラ・30代♠HP）

7位 JKハルは異世界で娼婦になった

著：平鳥コウ ●イラスト：shimano ●早川書房／全1巻

女子高生が異世界に転移して娼婦に肌を重ねて生きていく少女の成長譚

女子高生・小山ハルはある日交通事故に遭遇し異世界に転移してしまう。男しか冒険者になれないその世界でハルは生活するため、酒場兼娼館となっている「夜想の青猫亭」で働くことに。現代日本とは異なって男尊女卑が根底にある世界で、理不尽なことも多く受けながらハルは運命に立ち向かっていく。同時に転移してきたクラスメイト・千葉セイジやハルに思いを寄せる現地人のスモーブなど、肌を重ねる相手とのエピソードがハルに待ち受ける運命を加速させる異色の異世界転移ファンタジー。怒濤の展開はエンディングまで続く！（羽海野）

「事故で異世界に転移した少女に異能がなく、職業として娼婦を選ばざるを得なかった設定がまず異色」（タニグチリウイチ・50代♠㊎）

「男尊女卑の世界観、それと対比するようなハルのサバサバとした語り口、終盤の怒涛の展開……不思議なものを読んだなぁという気持ちが強いです」（緋悠梨・20代前半♠㊎）

「缶蹴りのエピソードが、一見寄り道のようでいて一番大切なところです」（hatikaduki・30代♠Ⓗ）

「もてないやつはどうあろうともてないという絶望が心地よかったです」（gurgur717・40代♠㊎）

8位 無職転生 ～異世界行ったら本気だす～

著：理不尽な孫の手 ●イラスト：シロタカ ●MFブックス／既刊19巻

前世でやりきれなかった想いは今生で無職引きこもりの異世界やり直し人生

34歳無職引きこもりで死んだ記憶を持ったまま異世界転生したルーデウスは、今生こそは本気出すと奮起。幼少から魔術の才能を伸ばし、ぐいぐい成長して異世界を逞しく生き抜く様が楽しく、しかし前世では築けなかった家族の絆にホロリともさせられます。魔力災害に巻き込まれて大冒険を繰り広げたり、大切な家族がどんどん増えたり波乱万丈な人生となるのだけど、厳しい現実も彼を苛みます。あることをきっかけに自分の未来を知ってしまった彼ですが、それらは幼少期から続くヒトガミという存在の企み。悩むルーデウスの未来はどっちだ⁉（勝木）

「小説家になろう不動の1位！　1人の転生者の一生を綴った名作」（二色四季・20代前半♠Ⓗ）

「彼はこの物語の主人公であっても、この世界の主人公ではない。だからこそこの物語は良いのだ」（ぷどー・20代中盤♠Ⓗ）

「最強ではない主人公が必死に努力して家族を守る姿に燃える！　異世界転生系の中で頭一つ抜けて面白いと言える作品だ」（ゆきとも・20代後半♠㊎）

「熱くって素晴らしい作品です。キャラ達皆が格好良くて、泣けて笑えて、大好きです！！」（四月一日・10代後半♥Ⓗ）

♠＝男性、♥＝女性、㊎＝協力者、Ⓗ＝宝島社ホームページアンケート回答者の略です。

9位 スライム倒して300年、知らないうちにレベルMAXになってました

著：森田季節　●イラスト：紅緒　●GAノベル／既刊7巻

300年スライム倒してスローライフ 高原の家の大家族は今日も幸せ日和

過労で亡くなり異世界で不老不死の魔女として転生したアズサ。高原の一軒家で生活費の足しにスライムだけを倒して300年もスローライフを続けていたら、いつの間にかレベル99になっていた！　世界最強となったアズサのもとにはドラゴン少女を始め、スライムの精霊の双子、残念巨乳エルフ、魔族に幽霊と珍客が次々に訪れ、なんだかんだあって家族のように一緒に暮らすようになる。平穏とはほど遠い騒がしい日々を過ごすようになったけど、家族旅行したり、喫茶店をやったり、楽しみも尽きない大家族の暮らしぶりが癒やされます。（愛咲）

「ゆるい感じが好きです。ドラゴンにスライムにとモンスターなのにモンスター感がないのが逆に魅力？」（フクロウのアモン・30代♠Ⓗ）

「森田季節先生お得意の百合と紅緒先生のイラストがマッチしてる！」（ラノベの王女様・10代後半♥㊯）

「ゆるふわスローライフ物の決定版。現実に疲れたらぜひ！」（K.アキヒコ・20代後半♠Ⓗ）

「このゆるーい感じがいい。異世界のはずなのにどこか日本に似た感じが風刺されつつも楽しく描かれている」（くろのすけ・30代♠Ⓗ）

10位 蜘蛛ですが、なにか？

著：馬場 翁　●イラスト：輝竜司　●カドカワBOOKS／既刊9巻

あの手この手の快進撃でレベルアップ 蜘蛛のスキルで生き延びろ魔物の巣窟

異世界に蜘蛛型モンスターとして転生した私（通称・蜘蛛子）は魔物が跋扈するエルロー大迷宮で生存競争に明け暮れ天井知らずに成長。一方、元クラスメイトたちも転生しそれぞれに地位を築いていた。転生した途端に子蜘蛛たちを共食いし、自分より格上のモンスターたちをあの手この手でなんとか倒し、進化し続ける蜘蛛子の快進撃がとにかく痛快。進化と合わせて戦う敵も強くなり、繰り広げられるバトルの壮大さも見どころとなっています。それでいて女子高生っぽい楽天的な性格で肩の力が抜けててマル。最新刊では蜘蛛子の意外な正体が!?（勝木）

「コツコツレベル上げして、強くなっていくのがＲＰＧ的で面白い。そして、世界の謎が徐々に明かされていくので、次巻がすごく気になる作品」（むっきゅー・40代♠Ⓗ）

「主人公が強メンタルで普通なら絶望する所でも諦めない所が良い」（セッタ・30代♥Ⓗ）

「設定の細やかさが推しポイントです。序盤の、蜘蛛がどんどん成長していく様もカタルシスがあります」（桜井礫・20代後半♠Ⓗ）

「9巻にして明かされるタイトル『蜘蛛ですが、なにか？』の真の意味に度肝を抜かれる」（弓川帝一・20代中盤♠Ⓗ）

11位 はぐるまどらいぶ。

著：かばやきだれ　●イラスト：杉浩太郎　●オーバーラップノベルス／既刊１巻

なんでもありの歯車法で皆を救え！元気娘の痛快アクションファンタジー

15歳の誕生日、魔法が使えない少女アンティが魔無しにとっての最後の砦・能力おろしで得たスキルは、空中に歯車を出すだけという用途不明の謎能力「歯車法」だった。悲しがるアンティだが、実は万能だったその力を用いて周りの人たちを救っていく！　短いセンテンスで流れるように描かれていくスピーディーなアクションが魅力の今作。何かと行き当たりばったりだけれど、勇気と人を助けたいというまっすぐな気持ちは人一倍の主人公アンティの姿がとても痛快で、純粋に応援したくなってくる。相棒・クラウンとのバディ感もいい。（ペンキ）

「謎のスキル『歯車法』を手に入れたことで、ただの食堂の看板娘だったアンティが冒険者として駆け上がっていく姿に胸が踊ります」（愛咲優詩・30代♠㊋）

「熱血ヒロインの爽快なノリに思う存分巻き込まれたい物語」（you・30代♠Ⓗ）

「なろう系小説だと思わず少年漫画のノリで読んでほしい。非常に男前で少年漫画的な行動を取る主人公アンティ・キティラが好きならハマる小説です」（工藤淳・40代♠㊋）

「こういう明るさがライトノベルの価値なんだと思う。読んで良かった」（まつだ・40代♠Ⓗ）

12位 ニンジャスレイヤー

著：ブラッドレー・ボンド、フィリップ・N・モーゼズ　●訳：本兌 有、杉ライカ　●イラスト：わらいなく　●KADOKAWA（エンターブレイン）／既刊20巻

炸裂するカラテ！　爆散するニンジャ！米国が生んだ痛快ニンジャ活劇小説！

ニンジャに妻子を殺され復讐の化身と化した男ニンジャスレイヤーの戦いを描く本作品。奇天烈な日本語やシュールな日本の描写に目を奪われがちだが、物語自体は王道なのも大きな魅力だ。最新刊の「ロンゲスト・デイ・オブ・アマクダリ」では、ついに始動したアマクダリ・セクトの計画を阻止するべく、ニンジャスレイヤーが、そしてこれまで登場した数々のニンジャたちがそれぞれの戦いを開始し、敵味方入り乱れる一大群像劇が展開。第三部〝不滅のニンジャソウル〟もいよいよ大詰め。忍殺史上最も熱いこの24時間を見逃すことなかれ！（柿崎）

「一見トンチキ、中身は骨太サイバーパンク！　ワザマエ！」（K.アキヒコ・20代後半♠Ⓗ）

「ニンジャ語彙力から繰り出される暗黒ニンジャ・ワードによるブレインコントロール・ジツ！　読者はニンジャになる」（閃光のピカルウェイ・20代中盤♠Ⓗ）

「どの登場人物も、己の戦場で命とアイデンティティを懸けて戦っている。カラテがぶつかり合うイクサの場であっても、0と1が支配する電脳空間であっても、それは変わらない」（ミスターミスター・20代中盤♠Ⓗ）

♠＝男性、♥＝女性、㊋＝協力者、Ⓗ＝宝島社ホームページアンケート回答者の略です。

13位 百万光年のちょっと先

著：古橋秀之　●イラスト：矢吹健太朗　●JUMP j BOOKS／全１巻

メイド型アンドロイドが語るのは48のすこしふしぎな寝物語

全ての話が「百万光年のちょっと先、今よりほんの三秒むかし。」というフレーズから始まるショートショート集。その内容は戦争が終わってやることのなくなった不死身の兵士、植物から進化した知的生命体、ブラックホールで暮らす男などが主役のSFもあれば、竜退治に挑む刀鍛冶を描くファンタジー風の物語や童話のパロディもあって実に多彩。全ての話が10ページ以内で短くまとまっており、柔らかな語り口で紡がれる物語の数々には、いずれも小気味よいオチがついている。気軽に楽しい時間を約束してくれる秀逸な短編集だ。（柿崎）

「初出は少し前だが、今回、きちんとまとめられてうれしいかぎり」（KAPPA・40代♠Ⓗ）

「『卵を割らなきゃオムレツは』では、生まれた瞬間から人工子宮であり保育器でもあるパワードスーツに入って成長しながら戦場に立ち続ける子供たちが登場。その果てに起こった意外な出会いにニヤリ」（タニグチリウイチ・50代♠㊛）

「ＳＦ（少し不思議）なショートショートがたくさん読める！　『三倍返しの衛星』というお話はぜひ読んでみてください！」（夏鎖芽羽・20代前半♠㊛）

14位 「忘却探偵」シリーズ

著：西尾維新　●イラスト：VOFAN　●講談社BOX／既刊１１巻

眠ったら記憶がリセットされる探偵の“今日しかない”事件推理の記録

探偵事務所を営む白髪の美人探偵・掟上今日子は、類い稀なる推理力を持っているが、眠ってしまうと記憶がリセットされてしまう特異体質だった。それ故に彼女へ舞い込む依頼は機密性が高いものだったり、スピーディな解決が求められるものばかり……。『裏表紙』では逮捕された今日子さんは『色見本』では攫われた!?　雇われ警備員の親切守は、今日子さんを助けるために奔走するのだけど、攫われても奔放な今日子さんに振り回されっぱなし。いったい、彼女は何者なのか。シリーズ中、それがわかりそうでわからないのがもどかしい！（天条）

「眠ると記憶がリセットされてしまう掟上今日子。それでも周囲の人びとに記憶が積み重なっていくことによってできる人間関係が、この話のキモになっている。記憶をなくしても今日子さんは一人じゃない」（中富美子・40代♥㊛）

「最速の探偵は伊達じゃない。言葉の使い回し、テンポ、トリック、全てにおいて、完成されている」（夜海・20代前半♥Ⓗ）

「今日子さんの抱える大変さとそれを抱えながらの不思議さが魅力的」（しいろ・40代♥Ⓗ）

15位　異世界料理道

著：EDA　●イラスト：こちも　●HJノベルス／既刊15巻

食は人の腹を満たし、心を潤す 意地と意気の料理人物語

あることをきっかけに異世界へ飛ばされた見習い料理人の津留見明日太。危ういところを女狩人アイ＝ファに救われ、飯を食わせてもらうがまずい！　この世界、食に情熱がないようだ。うまいものを食いたい、食わせたい。そして明日太は共に飛ばされてきた相棒の三徳包丁を手に、未知なる食材へ立ち向かう。緻密な料理描写はもちろんだけど、その「うまい」が人々の心を打ち、和をもたらして輪を成す様こそが読みどころ！　明日太の包丁が切り拓く道は、決して料理ばかりのものじゃない。おいしくてうれしい異世界ドラマだ。（剛）

「主人公の料理がいわゆる必殺技ではなく、異なる文化同士をつなぐ架け橋のように表現されている点が新しい。禁忌と習わしの違いを明確に描いているのも巧い」（マスクド・ラブコメディ・30代♠㊙協）

「この物語の料理はグルメ的探求以上に“絆”を訴える要素がとても強くて大好きです。森辺の一族の高潔さや絆の強さ、街の人達との交流は読んでいてつい涙をこぼしてしまう程に」（suzu・30代♠協）

「正直、こんなにはまるとは思っていなかった作品です。料理を武器にのし上がっていく感じがたまらなく好きです」（ウォーリー・30代♠Ⓗ）

16位　幼女戦記

著：カルロ・ゼン　●イラスト：篠月しのぶ　●KADOKAWA（エンターブレイン）／既刊10巻

徹底した合理主義で戦争狂いの幼女⁉ 望まぬ前線に送られるターニャの活躍

エリートサラリーマンが戦火忍び寄る帝国に女児ターニャ・デグレチャフとして転生。孤児であることから幼くして士官学校へ、そして候補生時代から武勲を上げ昇進を重ねていく。上昇志向と徹底した合理主義、戦史の知識から活躍し、ターニャは平穏な後方勤務を望みながらも弾丸飛び交う最前線へ送られます。内面の思考はともあれ、敵からはラインの悪魔と恐れられる戦争狂。なんですが実のところ見た目幼女、中身かなり思考の偏った中年男性というギャップ。一時は帝国の完全勝利を目の前にしながら戦況は泥沼化。幼女、追い詰められてます？（勝木）

「悪魔のようで天使なデグ少佐が最高！シビアな世界観も魅力的」（オボロケ・20代後半♠Ⓗ）

「資料の読み込みが深く、仮想戦記ものとして説得力がある」（ゆうれい・20代後半♠Ⓗ）

「鉄板シリーズもの、いよいよ戦況が不利になって破滅しかみえないという雰囲気を重くしかし重くなりすぎないように描いていて引き込まれます」（RIN・40代♠Ⓗ）

「毎回あまりにも本が分厚すぎるのに、気がついたら読み終わってる」（山根冬季・20代前半♠Ⓗ）

17位 偏差値10の俺がい世界で知恵の勇者になれたワケ

著：ロリバス　●イラスト：中島 鯛　●KADOKAWA／全1巻

馬鹿しかいない異世界ならば小学生でも知恵の勇者になれるのだ！

異世界に転移してしまったおバカな小学生の竜一。チートもないし偏差値も10だし、すぐに死んでしまうのでは？　だが安心してほしい。本作の登場人物は皆竜一以上の馬鹿ばかりなのだ！　原住民は数を数えられず漢字も書けず、天井に紐で吊るされた聖剣を取ることすらできない。敵も四天王なのになぜか5人いる残念集団。その結果竜一の知識無双が炸裂！　彼のごく普通の行動に大げさに驚く人々の姿は、一部のWEB小説に対する皮肉も感じるが非常に笑えてしまうし、ラストで明かされるタイトルの真の意味には思わず感動してしまう。（柿崎）

「爆笑必至！頭脳の下限に挑戦するお馬鹿異世界冒険譚！ 4まで数えられる故に「四天王」！い世界で頭脳の極限を目撃せよ！」（名大SF研・20代前半♠㊙協）

「WEB連載のものに加筆修正が入ってさらに面白くなってます」（みず・30代♥協）

「学力だけが人の魅力ではないことを思い出させてくれました」（Galaxy・20代後半♠Ⓗ）

「文化資本が低くても主人公になれる！」（ラノベの王女様・10代後半♥協）

18位 うちの娘の為ならば、俺はもしかしたら魔王も倒せるかもしれない。

著：CHIROLU　●イラスト：景、トリュフ　●HJノベルス／既刊7巻

ラティナの可愛さをひたすら堪能 凄腕冒険者の溺愛保護者ライフ！

魔獣討伐の帰りにデイルは魔人族の子どもラティナを拾う。罪人の証として片角が折られた少女を見捨てることも出来ず宿へ連れ帰り仕方なく保護者となるが、その可愛さからあっという間に親バカ化するのだった。大きな事情を抱えている魔人族のラティナですが、感情表現が素直で頭も良く、年の割に小さい体で精一杯頑張る姿は微笑ましさと愛らしさの塊。ご厄介になっている宿屋の夫婦から店を利用するゴロツキまでメロメロに。もっとも重症なデイルの保護者ライフが楽しめます。畏怖の対象たる若き凄腕冒険者、のはずなんだがなー。（勝木）

「ラティナかわい過ぎる！これじゃあデイルが親バカになるのがわかる（でも行き過ぎる）。そんなやりとりが微笑ましい」（Yun・20代後半♥Ⓗ）

「少しずつ成長していく2人にとても惹き付けられました」（火垂・10代後半♠Ⓗ）

「親バカな主人公と一途でかわいいラフィナのほのぼのとした生活感が最高」（ごん・20代前半♠Ⓗ）

「タイトル通りの作品。主人公・デイルのコミカルな親バカっぷりが笑えるのに、いざとなるととてもカッコよくなる」（大樹・20代前半♠Ⓗ）

19位 黄昏のブッシャリオン

著：碌星らせん　●イラスト：タカヤマトシアキ　●カドカワBOOKS／既刊1巻

時はまさにアフター徳カリプス！仏教×サイバーパンクの新感覚SF！

功徳を源として無限の動力を引き出す『徳エネルギー』によって、人類は日々徳を積み、平和と無限のエネルギーが維持される理想郷を築き上げた。だが世界はある日『徳カリプス』によって滅び去る。文明は崩壊し、辛うじて生き延びた人々は仏像を模した自律型機械・得度兵器に襲われる……。あまりにシュールな設定につい笑ってしまうが物語自体は至ってシリアス。採掘屋コンビのガンジーとクーカイ（！）と1人の少女の出会いから始まる物語は作りこまれた独自設定とも相まって、誰も見たことのない壮大なサーガを予感させる！（柿崎）

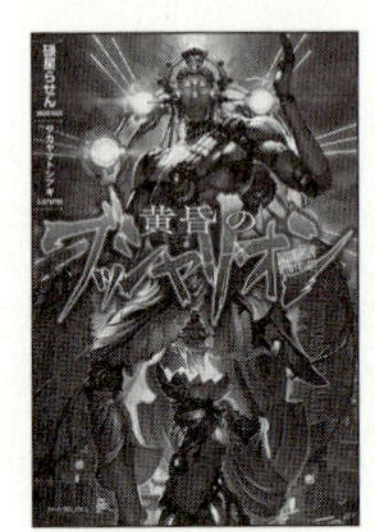

「世界観があまりにも独特。退廃的なポストアポカリプス的な空気と「強制成仏」をはじめとする意味不明な造語が魅力的すぎて圧倒されました。登場する単語の解説だけでめちゃくちゃ面白い」（相崎壁際・20代中盤♠Ⓗ）

「アイデアとネーミングセンスがすごい」（瓜頭（かず）・30代♠Ⓗ）

「設定が大好物。というか作者が頭ヤバイ系の作品。何かしらが原因で一度バズればえげつないことになるポテンシャルを秘めている。ていうかポテンシャルしかねえ」（リッターータ・オスマン・20代中盤♠Ⓗ）

20位 インスタント・メサイア

著：田山翔太　●イラスト：cinkai　●オーバーラップノベルス／既刊1巻

相対するのは人類の敵。たった1人の少年による復讐劇！

魔族によって愛する人々をすべて喪った少年・ナイン。10年の時を経て彼は憎き相手である魔族が住まう土地へ奴隷として売られたがために足を踏み入れることに。魔族相手に媚び諂うナインだったが、その真意は人類の敵への復讐だった。魔王の配下となり表面的には人類を憎む特異な奴隷として働くナインの姿に、魔王・クリステラたちは徐々に興味を抱いていくが。人生のすべてを賭けて、復讐を成そうとする主人公の姿が特徴的な作品。人類の敵に復讐しようとするナインの野望は果たされるのか、その行方から目が離せないダークファンタジーである。（羽海野）

「戦わない復讐譚！魔人の少女たちを愛して復讐するナインの姿がグッドです！」（夏鎖芽羽・20代前半♠㊙）

「まさしく至高のダークファンタジー。これほどの衝撃を受ける作品は他にないと断言できます」（フリーター番長・20代前半♠Ⓗ）

「他の作品には無い、光るモノがこの作品にはある。刺さる人には刺さる物語」（梅坊主・20代中盤♠Ⓗ）

「狂った世界で繰り広げられる狂気と愛の復讐譚。一味違った物語を望むひとは是非読もう」（二色四季・20代前半♠Ⓗ）

♠＝男性、♥＝女性、㊙＝協力者、Ⓗ＝宝島社ホームページアンケート回答者の略です。

2018 年度版

『このライトノベルがすごい！』ランキング解説

対象：2017 年9 月1日～ 2018 年8月31日刊行（公式発売日）のライトノベル作品およびシリーズ

アンケート回答数は過去最多となり、大盛況！ 人気シリーズも新規作品も「熱さ」がある！

■対象としたライトノベル

年に一度、最も熱く最も旬なライトノベルを決める、「このライトノベルがすごい！」が今年も開催されました。今年もマクロミルが運営する「Ｑｕｅｓｔａｎｔ」をアンケート集計に取り入れました。

▼対象作品

◎原則的に２０１７年9月1日～２０１８年8月31日に刊行（公式発売日）された単巻作品およびシリーズ。「文庫部門」「単行本・ノベルズ部門」と区別したため、それぞれ当てはまるものは全て対象。シリーズものは複数刊行されていても1シリーズとしてカウント。外伝、スピンオフなどで、それ自体がシリーズとして独立しているのであれば、別個のシリーズとしてカウント。対象期間に刊行がなかったシリーズは除外となります。

◎原則として、マンガ・アニメ・ゲーム・映画などのノベライズ、翻訳作品、ポルノ系、ボーイズラブ系作品は除きます。

以上にもとづいて編集部にて作品リストを提示し、アンケート回答者に提示しました。リストは基本的に男性向けライトノベルを扱っているレーベルをまとめました。膨大になるため、女性向け作品やライト文芸レーベルなどは含んでいませんが、回答者がライトノベルと思う対象期間内の作品であれば投票可能としました。なお、作品ランキングで1位を3連覇した作品は殿堂入りとし、次年度より対象外、としております。

▼宝島社の刊行作品は対象外です。

宝島社から刊行されている「このライトノベルがすごい！文庫」や単行本作品は、公正性を保つため、対象外としています。回答に含めること自体は制限しておりませんが、ランキングの集計には含まれません。

■作品（シリーズ）アンケート方法について

今年も昨年同様に書籍の判型によって部門分けをしました。近年、ＷＥＢ発のライトノベルは単行本で刊行されることが多くなり、刊行点数も一気に増えました。それを明確に捉えるためにも、文庫判ライトノベルとは区別するべきと判断いたしました。作品（シリーズ）の回答にあたっては、それぞれ解答欄を設けました。

アンケートは2種類を実施しました。

①協力者アンケート（以下［協力者］）

評論家、ライター、書店員、図書館司書、ライトノベル系イベント関係者、大学サークル、ライトノベル系ブログの管理人や、インターネット上での情報発信者など、ライトノベルに精通していると思われる方々に、編集部より依頼して実施しました（左ページ下段参照）。

②宝島社ホームページ（マクロミルのアンケートツール「Ｑｕｅｓｔａｎｔ」を使用）内でのアンケート（以下［ＨＰ］）募集期間：２０１８年9月4日～9月24日。

回答者を絞らない自由アンケートを実施。冷やかしを防ぐ意味もあり、回答は全て記入が必要なフリーアンサー方式としています。特定の作品・キャラクターへの多重投票が明らかなものは全て無効票としました。

■アンケートの内容と得点方法

アンケートの内容は5種類。好きな「文庫作品（シリーズ）」「単行本・ノベルズ作品（シリーズ）」「女性キャラクター」「男性キャラクター」「イラストレーター」を挙げてもらい、それぞれに好きな理由などのコメントを記入してもらいました。

好きな作品（シリーズ）は文庫、単行本・ノベルズ共に1位～5位まで。他の3種類は1～3位までの順位をつけてもらう形です。順位に応じてそれぞれ得点を設定しています。

［協力者］［HP］共に、作品（シリーズ）は、
1位＝10点　2位＝9点　3位＝8点
4位＝7点　5位＝6点
他の3種類は、1位＝3点　2位＝2点　3位＝1点
として得点を集計しています。

［HP］のアンケート回答者が増加した関係で、『このライトノベルがすごい！2012』より、アンケートで集計した得点を、それぞれのアンケートの回答者数に応じて傾斜を掛け、「ポイント」を算出しています。

アンケートの回答には傾向があり、
［HP］回答者＝アニメ化作品や現在の人気シリーズ
［協力者］＝これからの注目作、実力のある良作
というような特性が見られます。これらの特性を活かすため、現在のポイント方式を採用しました。ただし、キャラクター、イラストレーターのランキングは従来どおりの得点方式です。

過去に行っていた［モニター］アンケートを実施しない関係から、［HP］の得点配分を見直しました。その結果、上位作品とのポイント格差が大きくなりすぎないよう調整することができました。

アンケート回答者の年間読書冊数

1～10冊 23%
11～25冊 27.8%
26～50冊 21.3%
51～75冊 8.9%
76～100冊 6.2%
101～200冊 7.2%
201冊以上 5.6%

アンケート回答者の年齢分布

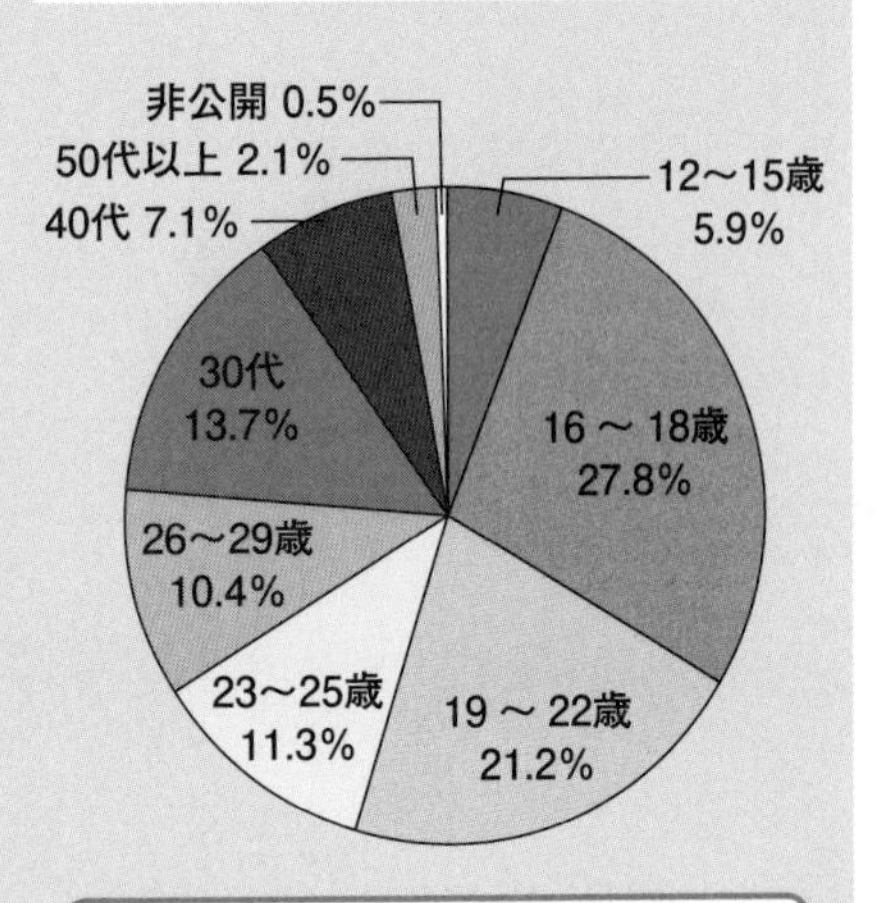

参加者男女比

［協力者］
男：86.5%　女：11.5%
［HP］
男：85.2%　女：14.5%　その他：0.3%
［総合］
男：85.2%　女：14.4%　その他：0.4%

アンケート回答を得た数

文庫作品：**678 作**
単行本・ノベルズ作品：**403 作**
女性キャラクター：**914 人**
男性キャラクター：**669 人**
イラストレーター：**412 人**

アンケート参加者一覧

■協力者

●書評家

タニグチリウイチ（積ん読パラダイス）

●ライター

愛咲優詩（ラノベ365日）
天野 建
羽海野渉（サークル「LandScape Plus」）
絵空那智（絵空事の切れ端）
柿崎 憲
髙橋 剛
髙橋義和
天条一花

●大学サークル・専門学校

東京大学新月お茶の会
名大SF研

●ライトノベル・フェスティバル関係者（LNF）関係者

勝木弘喜（ライター・LNF初代実行委員長）
中谷公彦（ライター・現LNF実行委員長）

●Web系情報発信者

秋野ソラ（にじみゅ～増刊号！）
アツシ@疾風（仮）（永遠のMelody）
田舎の少年（戯れ言ちゃんねる）
Valk（ラノベビブリオバトル放送局）
お亀納豆（お亀納豆のラノベとニチアサまっしぐら）
Kanadai（十七段雑記）
菊地（SNOW ILLUSION blog）
gurgur717（この世の全てはこともなし）
新型（いつも月夜に本と酒）
Suzu（ラノベニュースオンライン）
ツバサ（羽休みに娯楽を）
Deskyzer（デスカイザーのラノベ日誌）
てりあ（飼い犬にかまれ続けて）
永山祐介（My dear, my lover, my sister）
夏鎖芽羽（本達は荒野に眠る）
Nyapoona（小説☆ワンダーランド）
緋悠梨（あるいはラノベを読む緋色）
ふうら（旅に出よう、まだ見ぬセカイを求めて）
フラン（フラン☆Skin）
星野流人
マスクド・ラブコメディ
Maya（泣き言 in ライトノベル）
みかこ（晴れたら読書を）
みず
水無月冬弥（現代異能バトル三昧！）
村人（働きたくない村人のラノベ日記）
八岐（ブログ【徒然雑記】）
ゆきとも（積読バベルのふもとから）
よっち（読書する日々と備忘録）
読丸（読丸電視行）
ラノベの王女様（とある王女の書評空間（ラノベレビュー））
らのれびの中の人（らのれび）

●VTuber

本山らの

●書店員・図書館司書

工藤淳（まんが王倶楽部）
中冨美子（書泉グランデ）
田村恵子（書泉ブックタワー）
関東隅のラノベ担当
某書店のラノベ担当
Kasai（図書館司書）

【協力者　計52人】

■宝島社Webアンケート回答者（有効数）

【1639名】

総参加者数

【1691名】

ありがとうございました！

ライトノベルBEST ランキングまとめ

2018年度版

対象：2017年9月1日〜2018年8月31日刊行（公式発売日）のライトノベル作品（シリーズ）

バラエティに富んだラノベらしい結果 力強い新作シリーズの今後も楽しみ！

文庫部門は人気作品入り乱れる大混戦！ 一位を制したのはまさかの新作！

前年文庫部門ランキングで2連覇を果たした『りゅうおうのおしごと！』。今年はアニメ化もされ、将棋ブームも依然健在。3連覇も充分あり得ると思われたが、そこにまったをかけたのが『錆喰いビスコ』！　新人賞受賞作であり、期間内に始まった新シリーズでありながら、並み居る人気シリーズを抑えての1位となった。

新人賞受賞作が初登場年にそのまま1位となったのは、何と2007の『狼と香辛料』以来12年ぶりの快挙！

〝錆び風〟吹き荒れる荒廃した未来の日本を、キノコ守りの少年赤星ビスコが、弓矢を携え大暴れ、疾風怒濤の冒険活劇は、「協力者」だけでなく［HP］からも絶大な支持を受け、見事1位の座に輝いた。

今年惜しくも2位となったのは、未だ人気が衰えぬ『りゅうおうのおしごと！』。現実の将棋界では、藤井聡太が四段から七段に一気に駆け上がったり、竜王がタイトル百期を懸けて名人に挑戦したりなど、どちらがフィクションなのかわからないドラマチックな展開を見せているが、こちらも現実に負けない熱い展開の目白押し。現実とフィクションの相乗効果でますます熱い展開になるに違いない。

3位は昨年7位からランクアップした『弱キャラ友崎くん』。人生はクソゲーと嘯いていたゲーマー少年が、ある出会いをきっかけに人生の攻略に挑む青春レベルアップストーリー。努力を積み重ねて着実に成長していく友崎の姿は読者を勇気づけてくれる。ちなみに10代後半読者からの得点数では本作が1位。登場人物たちと同世代の読者にしっかり届いているようだ。

4位はカクヨム発の新作、『ひげを剃る。そして女子高生を拾う。』だ。失恋直後の冴えないサラリーマンが、家出中の女子高生と出会ったことから始まる、不思議な同居生活。JKとひとつ屋根の下、というある種の憧れの生活が始まろうとも、大人として節度を保った対応をする吉田さんが素敵。

5位は昨年2位の『86―エイティシックス―』。《有人の無人機》として戦うことを宿命づけられたエイティシックスたち。2、3巻では1巻ラストに至るまでの空白部分が語られていたが、4巻ではついに1巻ラストの続きが語られる。再会を果たして何やら甘い雰囲気を醸し出すシンとレーナだが、休息はほんの束の間、2人を待ち受けるのは更なる過酷な戦いだ。

6位は『ようこそ実力至上主義の教室へ』。元から人気作品だったが、アニメの影響もあって今年は10位以上ランクを上げる大躍進。大躍進といえば、初期はサブヒロイン枠だった軽井沢恵が一気にメインヒロイン候補に躍り出た。物語本編はもちろん、ヒロイン枠争奪戦からも目が離せない内容になっている。

昨年初登場6位となった『ぼくたちのリメイク』は今年は7位に。突然10年前に戻った橋場恭也は未来の記憶と培ってきた経験値で後の人気クリエイターの卵たちと共に、俺TUEEEなクリエイターライフを送ろうとするが現実は予想以上に甘くなく……今年度に

■文庫部門 アンケートポイント比較

順位	作品（シリーズ）名	総合ポイント	[HP]ポイント	[協力者]ポイント
1	錆喰いビスコ	335.76	68.46	267.31
2	りゅうおうのおしごと！	313.03	111.10	201.92
3	弱キャラ友崎くん	195.05	110.43	84.62
4	ひげを剃る。そして女子高生を拾う。	180.24	24.47	155.77
5	86―エイティシックス―	130.58	103.66	26.92
6	ようこそ実力至上主義の教室へ	106.81	89.51	17.31
7	ぼくたちのリメイク	101.38	32.15	69.23
8	三角の距離は限りないゼロ	98.56	8.18	90.38
9	「とある魔術の禁書目録」シリーズ	95.68	84.14	11.54
10	ソードアート・オンライン	94.92	77.61	17.31
11	ダンジョンに出会いを求めるのは間違っているだろうか	92.55	52.17	40.38
12	月とライカと吸血姫	81.34	21.72	59.62
13	賭博師は祈らない	80.42	28.49	51.92
14	天才王子の赤字国家再生術～そうだ、売国しよう～	75.06	7.75	67.31
15	先生とそのお布団	74.38	10.92	63.46
16	冴えない彼女の育てかた	73.82	33.44	40.38
17	<Infinite Dendrogram>―インフィニット・デンドログラム―	71.58	60.04	11.54
18	「青春ブタ野郎」シリーズ	71.14	71.14	0.00
19	この素晴らしい世界に祝福を！	68.76	68.76	0.00
20	西野　～学内カースト最下位にして異能世界最強の少年～	67.15	5.61	61.54
21	妹さえいればいい。	67.00	47.77	19.23
22	ワキヤくんの主役理論	63.64	11.71	51.92
23	ソードアート・オンライン オルタナティブ ガンゲイル・オンライン	63.63	19.40	44.23
24	6番線に春は来る。そして今日、君はいなくなる。	63.28	3.66	59.62
25	Re：ゼロから始める異世界生活	60.65	60.65	0.00
26	精霊幻想記	60.59	60.59	0.00
27	魔法科高校の劣等生	58.86	45.39	13.46
28	ありふれた職業で世界最強	58.16	38.93	19.23
29	異世界拷問姫	57.99	15.68	42.31
30	ソードアート・オンライン プログレッシブ	57.65	21.11	36.54
31	ノーゲーム・ノーライフ	54.00	54.00	0.00
32	俺を好きなのはお前だけかよ	52.22	15.68	36.54
33	裏方キャラの青木くんがラブコメを制すまで。	52.19	6.04	46.15
34	あまのじゃくな氷室さん 好感度100%から始める毒舌女子の落としかた	51.28	5.13	46.15
35	《このラブコメがすごい！！》堂々の三位！	50.82	2.75	48.08
36	異世界迷宮の最深部を目指そう	48.61	31.30	17.31
37	ちょっぴり年上でも彼女にしてくれますか？	48.32	7.93	40.38
38	Hello，Hello and Hello	47.98	13.36	34.62
39	GENESISシリーズ　境界線上のホライゾン	47.58	14.89	32.69
40	バブみネーター	46.55	2.32	44.23
41	始まりの魔法使い	46.15	11.53	34.62
42	ファイフステル・サーガ 再臨の魔王と聖女の傭兵団	45.42	3.11	42.31
43	ねじ巻き精霊戦記　天鏡のアルデラミン	45.14	12.45	32.69
44	スカートのなかのひみつ。	45.02	4.64	40.38
45	アクセル・ワールド	42.88	14.03	28.85
46	好きって言えない彼女じゃダメですか？　帆影さんはライトノベルを合理的に読みすぎる	42.67	4.21	38.46
47	薬屋のひとりごと	42.54	11.78	30.77
48	美少女作家と目指すミリオンセラアアアアアアアッ!!	41.91	9.21	32.69
49	ロクでなし魔術講師と禁忌教典	41.59	24.28	17.31
50	スーパーカブ	41.24	4.70	36.54

※３種のアンケートのポイント表示は小数点以下第３位を四捨五入しているため、合計が総合ポイントと異なる場合があります。

発売された3巻から4巻にかけての展開は驚いた読者も多いだろう。

8位は『三角の距離は限りないゼロ』。10代の多感な男女の心理描写に定評のある作者が新たな題材に選んだのは、少年と二重人格の少女で構成される奇妙な三角関係。2人なのに三角な秘密の関係がたどり着く先は果たして。

9位と10位は電撃文庫を代表する2大人気タイトル「とある魔術の禁書目録(インデックス)」シリーズと『ソードアート・オンライン』がランクイン。「禁書目録」は科学サイドと魔術サイドの全面対決が始まって、「新約」もいよいよクライマックスか。『SAO』は「ムーン・クレイドル」編が完結し、今後の展開が気になるところ。どちらも今秋からアニメが開始されており、本編だけでなくそちらも見逃せない。

様々なジャンルに別れた要注目の新登場作品

惜しくもトップ10には入らなかったが要注目の新作にも触れておきたい。

14位に入った『天才王子の赤字国家再生術～そうだ、売国しよう～』は、弱小国家の王子がその天才的な頭脳を活かして、好条件で国を売り払おうと目論む国家運営もの。色々策を弄した結果、予想以上に事態が上手く進んでしまい、国は栄え、本人の名声は高まる一方。本当は隠居希望なのにねえ。

15位の『先生とそのお布団』は売れないライトノベル作家、石川布団と喋るネコの先生の日常を描いた一品。ランキングムック『すごラノ』で上位にランクインしても続巻が刊行されないという現実は、作者本人だけではなく、『このラノ』編集部としても、とても残念だった。

20位の『西野 ～学内カースト最下位にして異能世界最強の少年～』はカクヨム発の学園ファンタジー。ハードボイルドな性格で最強の異能力を持つ西野だが、顔がフツメンだったために、学校内では空気の読めない痛い奴として扱われていっぱい悲しい。戦闘シーンではわりとかっこいいのにねえ……。

人気作が強さを見せた単行本ランキングやはり長編は強いのか?

「単行本・ノベルズ」部門では去年の人気作品が今年も安定した結果を見せることになった。1位となったのは昨年に引き続き、『本好きの下剋上 ～司書になるためには手段を選んでいられません～』。本編はいよいよ第4部に突入し、マインは貴族院に入学することに。学校の図書館に入り浸り順風満帆な学園生活を送っているようですが……。そんなマインに振り回される面々の様子は新刊の「貴族院外伝」の方をご覧下さい。

2位になったのは、文庫部門でも上位にランクインした石川博品の『海辺の病院で彼女と話した幾つかのこと』。タイトルと表紙から〝闘病もの〟のような雰囲気を臭わせていますが、それに留まらず、街を侵略する宇宙人との異能バトルを組み合わせるというのがこの作者ならではの一ひねり。

3位から5位には「物語」シリーズ、『オーバーロード』、『転生したらスライムだった件』の3作が3年連続、ベスト10入り。『転スラ』もつい先日アニメが放送開始され、いずれの作品もメディアミックスが絶好調で、その人気を盤石のものにしている。

6位と9位には、GAノベルから『魔女の旅々』『スライム倒して300年、知らないうちにレベルMAXになってました』がランクイン。どちらも女の子が主人公。ちなみに「単行本・ノベルズ」部門のトップ10では女性主人公の作品が半数を占める。こういった部分に文庫部門との微妙な読者層の違いが感じられる。どちらもドラマCD化を果たしているので、今後のメディア展開に期待大。

早川書房から出たことで話題にもなった『JKハルは異世界で娼婦になった』は7位にランクイン。異世界転生ものでありながら、生きていくために娼婦として働くしかないハルだが、それでも彼女のあっけらかんとした明るさには救われるものがある、良くも悪くも既存の異世界系とは毛色が異なる内容だ。

8位は『無職転生 ～異世界行ったら本気だす～』。現在19巻まで発売されている大河シリーズ。アスラ王国編も完結し、そろそろ終わりも見えてきただろうか。未読の人がシリーズを追いかけるにはいいタイミングかもしれない。

10位は『蜘蛛ですが、なにか?』。最新刊ではこれまでの伏線が怒濤の如く回収される急展開。WEB版とも異なる展開を見せ始め、アニメ化も決定したことだし、改めて読み直すにはまさに今が絶好のチャンス!

[HP] ランキング　トップ 30

順位	総合順位	作品（シリーズ）名	ポイント
1	2	りゅうおうのおしごと！	111.10
2	3	弱キャラ友崎くん	110.43
3	5	86―エイティシックス―	103.66
4	6	ようこそ実力至上主義の教室へ	89.51
5	9	「とある魔術の禁書目録」シリーズ	84.14
6	10	ソードアート・オンライン	77.61
7	18	「青春ブタ野郎」シリーズ	71.14
8	19	この素晴らしい世界に祝福を！	68.76
9	1	錆喰いビスコ	68.46
10	25	Re：ゼロから始める異世界生活	60.65
11	26	精霊幻想記	60.59
12	17	〈Infinite Dendrogram〉―インフィニット・デンドログラム―	60.04
13	31	ノーゲーム・ノーライフ	54.00
14	11	ダンジョンに出会いを求めるのは間違っているだろうか	52.17
15	21	妹さえいればいい。	47.77
16	27	魔法科高校の劣等生	45.39
17	28	ありふれた職業で世界最強	38.93
18	70	魔王学院の不適合者～史上最強の魔王の始祖転生して子孫たちの学校へ通う～	33.62
19	16	冴えない彼女の育てかた	33.44
20	7	ぼくたちのリメイク	32.15
21	36	異世界迷宮の最深部を目指そう	31.30
22	51	14歳とイラストレーター	29.16
23	13	賭博師は祈らない	28.49
24	57	察知されない最強職	27.64
25	85	ゲーマーズ！	26.60
26	4	ひげを剃る。そして女子高生を拾う。	24.47
27	49	ロクでなし魔術講師と禁忌教典	24.28
28	91	回復術士のやり直し～即死魔法とスキルコピーの超越ヒール～	23.86
29	52	キミと僕の最後の戦場、あるいは世界が始まる聖戦	23.37
30	97	緋弾のアリア	22.57

[協力者] ランキング　トップ 30

順位	総合順位	作品（シリーズ）名	ポイント
1	1	錆喰いビスコ	267.31
2	2	りゅうおうのおしごと！	201.92
3	4	ひげを剃る。そして女子高生を拾う。	155.77
4	8	三角の距離は限りないゼロ	90.38
5	3	弱キャラ友崎くん	84.62
6	7	ぼくたちのリメイク	69.23
7	14	天才王子の赤字国家再生術～そうだ、売国しよう～	67.31
8	15	先生とそのお布団	63.46
9	20	西野　～学内カースト最下位にして異能世界最強の少年～	61.54
10	24	6番線に春は来る。そして今日、君はいなくなる。	59.62
10	12	月とライカと吸血姫	59.62
12	13	賭博師は祈らない	51.92
12	22	ワキヤくんの主役理論	51.92
14	35	《このラブコメがすごい！！》堂々の三位！	48.08
15	34	あまのじゃくな氷室さん　好感度100%から始める毒舌女子攻略	46.15
15	33	裏方キャラの青木くんがラブコメを制すまで。	46.15
17	23	ソードアート・オンライン オルタナティブ ガンゲイル・オンライン	44.23
17	40	バブみネーター	44.23
19	29	異世界拷問姫	42.31
19	42	ファイフステル・サーガ	42.31
21	11	ダンジョンに出会いを求めるのは間違っているだろうか	40.38
21	16	冴えない彼女の育てかた	40.38
21	37	ちょっぴり年上でも彼女にしてくれますか?	40.38
21	44	スカートのなかのひみつ。	40.38
25	46	好きって言えない彼女じゃダメですか?　帆影さんはライトノベルを合理的に読みすぎる	38.46
26	50	スーパーカブ	36.54
26	30	ソードアート・オンライン プログレッシブ	36.54
28	32	俺を好きなのはお前だけかよ	36.54
28	68	彼女のL　～嘘つきたちの攻防戦～	34.62
28	53	ウォーター&ビスケットのテーマ	34.62
28	38	Hello, Hello and Hello	34.62
28	41	始まりの魔法使い	34.62

10位以降も要注目！見逃せない新作が続々登場

トップ10には入らなかったものの、トップ20には新作が複数ランクインした。

11位の『はぐるまどらいぶ。』は歯車を出す能力を得た少女・アンティが主人公。喋る歯車と熱血少女という異色のコンビの冒険譚の始まり始まり。

13位の『百万光年のちょっと先』は古橋秀之が2005年から2011年までSF雑誌に連載していたショート・ショートを一冊にまとめたもの。どの短編も粒ぞろいで、こうして書籍で読めることが何よりも嬉しい。

17位の『偏差値10の俺がい世界で知恵の勇者になれたワケ』はタイトルから分かるように主人公がすっごくアホの子。しかし転移先はそれ以上にアホの集まりだったので、ノープロブレム。偏差値10なのに知識チートが炸裂する異色のギャグ作品だ。

19位の『黄昏のブッシャリオン』は徳カリプスによって荒廃した世界で、仏舎利を求めて荒野を彷徨う採掘屋ガンジーとクーカイの物語。舎利ボーグとか得度兵器とか、シュールすぎる単語が飛び交う異色の仏教SFでギャグっぽいけどストーリーは結構ガチ。

20位の『インスタント・メサイア』は魔族に家族を殺された少年による復讐譚。その復讐方法が力によるものではなく、愛によるものというだから恐れ入る。狂気と化した歪な愛は魔族達にどのような変化をもたらすのか。

いずれも新作ながら、安定した上位陣に食い込むだけのインパクトを持った、強烈な作品であり、読み逃してしまうのはもったいない。WEBで読める作品も多いので、興味を持った方は是非ご一読を！

WEBアンケートでも上位に新作が過去のランキング作品が定番に

実はWEBアンケートでの1位作品は毎年移り変わっており、2015年は『やはり俺の青春ラブコメはまちがっている。』、2016年は「とある魔術の禁書目録」シリーズ、昨年は『ソードアート・オンライン』、今年は『りゅうおうのおしごと！』となっている。基本的には定番の人気作やアニメ化作品、近年の『このラノ』で上位にランクインした作品が順位を上げている。そんな中でも未アニメ化作品である、『弱キャラ友崎くん』『86―エイティシックス―』『精霊幻想記』『〈Infinite Dendrogram〉―インフィニット・デンドログラム―』などは、昨年から引き続き安定した支持を得ている。メディアミックスなど、今後の展開に期待できそうだ。協力者票で1位、WEB票でも9位に入ってきた今年の総合1位作品『錆喰いビスコ』は目を見張るものがある。巻数を重ねていけば、前述のシリーズのように次の展開も見えてくるだろう。

協力者の結果を見てみると『錆喰いビスコ』と『りゅうおうのおしごと！』のポイントが突出して高くなっている。やはり今回の期間内に刊行されたシリーズのなかでも、歴戦のラノベ読みたちを特に〝熱く〟させたのだろう。3位から6位に続くのは、ビターな要素も併せ持つ青春もの。ランキング上位に上がってくる作品は、こういった青春の〝痛さ〟や〝苦味〟をみせてくれるものが多い。『6番線に春は来る。そして今日、君はいなくなる。』『ワキヤくんの主役理論』『《このラブコメがすごい!!》堂々の三位！』などあとに続いている作品も、一筋縄ではいかない、恋や青春の複雑さを教えてくれる。誰だって生きていく上では失敗したくないし、誰かに認められたい。けれどすべてにおいて成功していけるわけではない。当たり前のことだけど、ぼんやりしている物事を、物語は実感のあるものだとして教えてくれる。だから読者の心に〝刺さる〟のだ。

『このラノ』ではWEBアンケートと協力者アンケートという2つのアンケートの回答を合わせて行っている。WEB側は多数の人々からの回答を得られることで、人気が盤石になってきた作品を知ることができる。協力者の回答からは、新作の注目作や巻数が進んだことで凄みが増してきた作品を知ることができる。どちらが自分に合った作品群かは、ぜひ本書の後半から始まる作品ガイドを読んで確かめてほしい。

文庫レーベルに加えて、B6判・四六判での書籍を出すレーベルがまだまだ増えていく昨今、毎月刊行されるライトノベルの冊数も膨大な数になってきている。その中から自分に合った作品を見つけるのは、至難の技になっている。本書の作品ガイドが、読者の手助けになってくれればよいと思う。

■ 単行本・ノベルズ部門　アンケートポイント比較

順位	作品(シリーズ)名	総合ポイント	[HP]ポイント	[協力者]ポイント
1	本好きの下剋上　～司書になるためには手段を選んでいられません～	169.87	54.48	115.38
2	海辺の病院で彼女と話した幾つかのこと	139.46	6.77	132.69
3	「物語」シリーズ	127.38	58.15	69.23
4	オーバーロード	123.69	89.08	34.62
5	転生したらスライムだった件	122.67	61.13	61.54
6	魔女の旅々	119.24	40.39	78.85
7	JKハルは異世界で娼婦になった	113.00	1.46	111.54
8	無職転生 ～異世界行ったら本気だす～	107.54	57.54	50.00
9	スライム倒して300年、知らないうちにレベルMAXになってました	102.34	19.65	82.69
10	蜘蛛ですが、なにか？	101.72	34.41	67.31
11	はぐるまどらいぶ。	76.49	7.26	69.23
12	ニンジャスレイヤー	64.67	12.75	51.92
13	百万光年のちょっと先	64.50	1.04	63.46
14	「忘却探偵」シリーズ	63.51	15.44	48.08
15	異世界料理道	58.36	4.51	53.85
16	幼女戦記	57.09	43.62	13.46
17	偏差値10の俺がい世界で知恵の勇者になれたワケ	53.75	1.83	51.92
18	うちの娘の為ならば、俺はもしかしたら魔王も倒せるかもしれない	52.34	19.65	32.69
19	黄昏のブッシャリオン	48.26	4.03	44.23
20	インスタント・メサイア	46.82	8.36	38.46
21	転生したら剣でした	46.39	11.78	34.62
22	異世界のんびり農家	43.95	9.33	34.62
23	この世界がゲームだと俺だけが知っている	40.71	9.95	30.77
24	淡海乃海 水面が揺れる時　～三英傑に嫌われた不運な男、朽木基綱の逆襲～	40.02	3.48	36.54
25	異世界語入門　～転生したけど日本語が通じなかった～	39.56	8.79	30.77
26	ログ・ホライズン	37.93	24.47	13.46
27	居酒屋ぼったくり	37.27	4.58	32.69
28	望まぬ不死の冒険者	33.15	6.22	26.92
29	田中　～年齢イコール彼女いない歴の魔法使い～	27.62	10.31	17.31
30	サン娘 ～Girl's Battle Bootlog	26.92	0.00	26.92

単行本・ノベルズ　[HP]　トップ10

順位	総合順位	作品（シリーズ）名	ポイント
1	4	オーバーロード	89.08
2	5	転生したらスライムだった件	61.13
3	3	「物語」シリーズ	58.15
4	8	無職転生 ～異世界行ったら本気だす～	57.54
5	1	本好きの下剋上　～司書になるためには手段を選んでいられません～	54.48
6	16	幼女戦記	43.62
7	6	魔女の旅々	40.39
8	10	蜘蛛ですが、なにか？	34.41
9	26	ログ・ホライズン	24.47
10	42	デスマーチからはじまる異世界狂想曲	20.87

単行本・ノベルズ　[協力者]　トップ10

順位	総合順位	作品（シリーズ）名	ポイント
1	2	海辺の病院で彼女と話した幾つかのこと	132.69
2	1	本好きの下剋上　～司書になるためには手段を選んでいられません～	115.38
3	7	JKハルは異世界で娼婦になった	111.54
4	9	スライム倒して300年、知らないうちにレベルMAXになってました	82.69
5	6	魔女の旅々	78.85
6	11	はぐるまどらいぶ。	69.23
7	3	「物語」シリーズ	69.23
8	10	蜘蛛ですが、なにか？	67.31
9	13	百万光年のちょっと先	63.46
10	5	転生したらスライムだった件	61.54

回答者年代別ランキング

20代前半

順位	作品(シリーズ)名	得点
1	「とある魔術の禁書目録(インデックス)」シリーズ	490
2	弱キャラ友崎くん	414
3	りゅうおうのおしごと!	387
4	ようこそ実力至上主義の教室へ	346
5	86 ―エイティシックス―	344
6	〈InfiniteDendrogram〉―インフィニット・デンドログラム―	326
7	「青春ブタ野郎」シリーズ	295
8	ソードアート・オンライン	273
9	精霊幻想記	251
10	ダンジョンに出会いを求めるのは間違っているだろうか	240

10代前半

順位	作品(シリーズ)名	得点
1	ソードアート・オンライン	147
2	妹さえいればいい。	137
3	りゅうおうのおしごと!	134
4	「とある魔術の禁書目録(インデックス)」シリーズ	121
5	86 ―エイティシックス―	113
6	ノーゲーム・ノーライフ	108
7	弱キャラ友崎くん	106
8	この素晴らしい世界に祝福を!	102
9	エロマンガ先生	90
10	ようこそ実力至上主義の教室へ	86

20代中盤

順位	作品(シリーズ)名	得点
1	りゅうおうのおしごと!	216
2	弱キャラ友崎くん	212
3	「とある魔術の禁書目録(インデックス)」シリーズ	187
4	Re:ゼロから始める異世界生活	163
5	86 ―エイティシックス―	158
6	ソードアート・オンライン	151
7	錆喰いビスコ	147
8	「青春ブタ野郎」シリーズ	142
9	ようこそ実力至上主義の教室へ	137
10	精霊幻想記	131

10代後半

順位	作品(シリーズ)名	得点
1	弱キャラ友崎くん	815
2	86 ―エイティシックス―	723
3	ようこそ実力至上主義の教室へ	643
4	りゅうおうのおしごと!	539
5	ソードアート・オンライン	447
6	「青春ブタ野郎」シリーズ	443
7	この素晴らしい世界に祝福を!	430
8	Re:ゼロから始める異世界生活	400
9	「とある魔術の禁書目録(インデックス)」シリーズ	386
10	妹さえいればいい。	344

40代以上

順位	作品（シリーズ）名	得点
1	錆喰いビスコ	186
2	察知されない最強職（ルール・ブレイカー）	151
3	りゅうおうのおしごと！	130
4	回復術士のやり直し ～即死魔法とスキルコピーの超越ヒール～	95
5	魔法科高校の劣等生	80
6	弱キャラ友崎くん	78
7	ありふれた職業で世界最強	71
8	精霊幻想記	70
9	薬屋のひとりごと	63
10	理想のヒモ生活	51

年代ごとに変わる人気！ジャンルの違いが明確に

世代別にランキングを分けると、それぞれの特徴が見えてくる。10代前半はやはり定番の人気シリーズが上位を占める。10代後半になると『弱キャラ友崎くん』がトップへ。20代前半～中盤でも2位に入っており、“高校生”という時代に親しい読者からかなりの支持を得ていることがわかる。『りゅうおうのおしごと！』は全ての世代から幅広く支持を受けていることが見受けられる。20代後半～40代以上になると『錆喰いビスコ』の人気が急上昇。オトナからの支持が厚いことがわかる。

20代後半

順位	作品（シリーズ）名	得点
1	りゅうおうのおしごと！	250
2	錆喰いビスコ	234
3	86 ―エイティシックス―	176
4	精霊幻想記	155
5	「青春ブタ野郎」シリーズ	121
6	弱キャラ友崎くん	119
7	この素晴らしい世界に祝福を！	115
8	ようこそ実力至上主義の教室へ	106
9	ソードアート・オンライン	105
10	ダンジョンに出会いを求めるのは間違っているだろうか	100

30代

順位	作品（シリーズ）名	得点
1	錆喰いビスコ	438
2	りゅうおうのおしごと！	252
3	86 ―エイティシックス―	150
4	察知されない最強職（ルール・ブレイカー）	133
5	ソードアート・オンライン	124
6	ようこそ実力至上主義の教室へ	124
7	弱キャラ友崎くん	110
8	この素晴らしい世界に祝福を！	109
9	精霊幻想記	104
10	魔法科高校の劣等生	102

いつもの面々に加えて、『86―エイティシックス―』のコンビが急上昇。
そしてメインヒロインを抑えてあの人が上位に……。

第1位
(260点／102票)

御坂美琴
みさか・みこと

『とある魔術の禁書目録(インデックス)』シリーズ
著：鎌池和馬
イラスト：はいむらきよたか
(電撃文庫)

今年度も堂々の一位!!

「彼女の魅力にハマってからかれこれ10年ほど経ちます。新しいライトノベルでどんなヒロインが出てこようと、自分にとって美琴が一番です」(n・20代中盤♥Ⓗ)

「女性ヒーローかくあるべし。彼女の思い人同様にこの一言で十分」(ここのそら・20代前半♠Ⓗ)

「まさにお姉様。慕いたくなるかっこよさ、たまに見せる可愛さ、全てに惹かれる」(哉・10代前半♥Ⓗ)

「全てを捧げても後悔しないくらいにかわいいです！」(いたち・永遠の17歳♥Ⓗ)

第2位
(192点／81票)

レーナ
(ヴラディレーナ・ミリーゼ)

『86―エイティシックス―』
著：安里アサト
イラスト：しらび
(電撃文庫)

凛々しき指揮官

「シンと一緒にいると年相応の少女になっているのが愛しいのなんの。いつか幸せになってほしい」
(某書店のラノベ担当・20代後半♠㊕)

「優秀な指揮官とポンコツな女の子とのギャップがたまりません！」(ペテロ・10代後半♠Ⓗ)

第3位
(169点／72票)

アスナ
(結城明日奈)
ゆうき・あすな

『ソードアート・オンライン』
著：川原 礫
イラスト：abec
(電撃文庫)

圧倒的嫁力の高さ

「キリトとの揺らがない信頼関係が好ましい、優しくて強い女性」(ゆかちー・20代前半♥Ⓗ)

「溌剌としたSAOPと成熟したSAO本編で2度美味しい」
(正宗・20代中盤♠Ⓗ)

第4位
(159点／79票)

空 銀子
そら・ぎんこ

『りゅうおうのおしごと！』
著：白鳥士郎
イラスト：しらび
(GA文庫)

修羅の道行く白雪姫

「恋する乙女と勝負師の両方の顔を持つのは反則（いいぞもっとやれ！）」
(レオ帰還・20代前半♠Ⓗ)

「もうイジメないであげて……、というくらい苦難の道を歩む子なので、どうか幸せになってほしい」(wetty・30代♠Ⓗ)

第5位
(149点／55票)

マイン
(ローゼマイン)

『本好きの下剋上 ～司書になるためには手段を選んでいられません～』
著：香月美夜
イラスト：椎名 優
(TOブックス)

全ては本のために！

「本好きたちの欲求を代弁している」
(とき・30代♥Ⓗ)

「何をしでかすかわからないところが好き。フェルディナンドとの会話が最高に面白いです」(モカ・10代前半♥Ⓗ)

このキャラクターがすごい!

第1位
(338点/128票)

上条当麻
かみじょう・とうま
「とある魔術の禁書目録(インデックス)」シリーズ
著:鎌池和馬
イラスト:はいむらきよたか
(電撃文庫)

熱い心と右手が武器

「善悪ではない、誰もを助ける生粋のヒーロー。純粋に憧れる人です」(日下部夕月・20代前半♥Ⓗ)
「どんな敵にも怯むことなく拳を握りしめ立ち向かう姿はヒーローと呼ぶにふさわしく憧れる」(CUMIN・20代前半♠Ⓗ)
「泥と血と絶望に塗れてもなお一直線な我らがヒーロー」(K.アキヒコ・20代前半♠Ⓗ)
「とあるのヒロインを輝かせてくれてハーレム野郎で羨ましい!さっさと美琴とくっつけ!」(赤羽 幸堵・10代前半♠Ⓗ)

第2位
(283点/113票)

比企谷八幡
ひきがや・はちまん
『やはり俺の青春ラブコメはまちがっている。』
著:渡 航
イラスト:ぽんかん⑧
(ガガガ文庫)

捻くれてても心は錦

「投げやりなわりに、根の優しさが垣間見えるところがいい!」(山根冬季・20代前半♠Ⓗ)
「多分友達にはなれないと思いますが、ひねくれた彼は結構好きです」(フクロウのアモン・30代♠Ⓗ)

第3位
(243点/107票)

キリト
(桐ヶ谷和人)
きりがや・かずと
『ソードアート・オンライン』
著:川原 礫
イラスト:abec
(電撃文庫)

二刀を操る黒の男

「巻を増すごとにどんどん大人っぽくなっていって、カッコよすぎる」(大和田・20代中盤♠Ⓗ)
「ゲーム世界で強くて、現実でもかっこ良くて、最高です!アスナとお幸せに!」(AYA・20代前半♥Ⓗ)

第4位
(234点/104票)

綾小路清隆
あやのこうじ・きよたか
『ようこそ実力至上主義の教室へ』
著:衣笠彰梧
イラスト:トモセシュンサク
(MF文庫J)

能ある鷹は爪を隠す

「常に冷静で冷酷な面もあるが、それがカッコよくもあるキャラクターです。毎巻、綾小路が何を考えて動いているのかが気になります」(you・20代中盤♠Ⓗ)
「普段の無気力な時と裏の顔であるミステリアスな雰囲気のギャップがクセになる!」(なぎ・30代♥Ⓗ)

第5位
(196点/84票)

シン
(シンエイ・ノウゼン)
『86—エイティシックス—』
著:安里アサト
イラスト:しらび
(電撃文庫)

死線を越える鉄の意志

「冷静沈着が一番似合う男。どれだけ平和な暮らしをしても自分を楽な状況に置かない圧倒的スパルタさが好きです」(わろりんてぃーぬ・男性 10代後半♠Ⓗ)
「無口で非情な感じであった主人公がどんどん柔らかくなっていく姿が素敵」(りんにー・20代中盤♠Ⓗ)

女性キャラランキング 6位 ››› 25位

順位	キャラクター名	作品名	DATA	得点／票数
6位	七海みなみ	『弱キャラ友崎くん』	著：屋久ユウキ／イラスト：フライ　ガガガ文庫	147／62
	桜島麻衣	「青春ブタ野郎」シリーズ	著：鴨志田一／イラスト：溝口ケージ　電撃文庫	147／61
8位	軽井沢恵	『ようこそ実力至上主義の教室へ』	著：衣笠彰梧　イラスト：トモセシュンサク　MF文庫J	144／63
9位	夜叉神天衣	『りゅうおうのおしごと!』	著：白鳥士郎／イラスト：しらび　GA文庫	134／63
10位	イレイナ	『魔女の旅々』	著：白石定規／イラスト：あずーる　GAノベル	131／47
11位	加藤恵	『冴えない彼女の育てかた』	著：丸戸史明／イラスト：深崎暮人　ファンタジア文庫	116／51
12位	セリア＝クレール	『精霊幻想記』	著：北山結莉／イラスト：Riv　HJ文庫	112／45
13位	インデックス	「とある魔術の禁書目録」シリーズ	著：鎌池和馬／イラスト：はいむらきよたか　電撃文庫	106／53
14位	雪ノ下雪乃	『やはり俺の青春ラブコメはまちがっている。』	著：渡 航／イラスト：ぽんかん⑧　ガガガ文庫	100／42
15位	めぐみん	『この素晴らしい世界に祝福を!』	著：暁なつめ／イラスト：三嶋くろね　角川スニーカー文庫	86／42
16位	オティヌス	「とある魔術の禁書目録」シリーズ	著：鎌池和馬／イラスト：はいむらきよたか　電撃文庫	81／38
17位	一色いろは	『やはり俺の青春ラブコメはまちがっている。』	著：渡 航／イラスト：ぽんかん⑧　ガガガ文庫	76／35
18位	レム	『Re：ゼロから始める異世界生活』	著：長月達平／イラスト：大塚真一郎　MF文庫J	66／32
19位	ラスティアラ・フーズヤーズ	『異世界迷宮の最深部を目指そう』	著：割内タリサ／イラスト：鵜飼沙樹　オーバーラップ文庫	65／25
20位	アリス・シンセシス・サーティ	『ソードアート・オンライン』	著：川原 礫／イラスト：abec　電撃文庫	60／32
21位	エミリア	『Re：ゼロから始める異世界生活』	著：長月達平／イラスト：大塚真一郎　MF文庫J	59／30
	菊池風香	『弱キャラ友崎くん』	著：屋久ユウキ／イラスト：フライ　ガガガ文庫	59／27
23位	猫柳パウー	『錆喰いビスコ』	著：瘤久保 慎司／イラスト：赤岸K、mocha　電撃文庫	58／23
24位	ネメシス	『<Infinite Dendrogram>-インフィニット・デンドログラム-』	著：海道左近／イラスト：タイキ　HJ文庫	57／23
25位	食蜂操祈	「とある魔術の禁書目録」シリーズ	著：鎌池和馬／イラスト：はいむらきよたか　電撃文庫	55／28

男性キャラランキング 6位 ››› 25位

順位	キャラクター名	作品名	DATA	得点／票数
6位	一方通行	「とある魔術の禁書目録」シリーズ	著：鎌池和馬／イラスト：はいむらきよたか　電撃文庫	193／91
7位	リオ(天川春人)	『精霊幻想記』	著：北山結莉／イラスト：Riv　HJ文庫	166／62
8位	赤星ビスコ	『錆喰いビスコ』	著：瘤久保 慎司／イラスト：赤岸K、mocha　電撃文庫	154／60
9位	カズマ(佐藤和真)	『この素晴らしい世界に祝福を!』	著：暁なつめ／イラスト：三嶋くろね　角川スニーカー文庫	130／65
	ベル・クラネル	『ダンジョンに出会いを求めるのは間違っているだろうか』	著：大森藤ノ／イラスト：ヤスダスズヒト　GA文庫	130／63
11位	司波達也	『魔法科高校の劣等生』	著：佐島 勤／イラスト：石田可奈　電撃文庫	129／59
12位	梓川咲太	「青春ブタ野郎」シリーズ	著：鴨志田一／イラスト：溝口ケージ　電撃文庫	123／53
13位	九頭竜八一	『りゅうおうのおしごと!』	著：白鳥士郎／イラスト：しらび　GA文庫	122／66
14位	フェルディナンド	『本好きの下剋上 ～司書になるためには手段を選んでいられません～』	著：香月美夜／イラスト：椎名 優　TOブックス	110／41
15位	レイ・スターリング	『<Infinite Dendrogram>-インフィニット・デンドログラム-』	著：海道左近／イラスト：タイキ　HJ文庫	108／44
16位	友崎文也	『弱キャラ友崎くん』	著：屋久ユウキ／イラスト：フライ　ガガガ文庫	98／49
17位	空	『ノーゲーム・ノーライフ』	著：榎宮 祐／イラスト：榎宮 祐　MF文庫J	86／44
18位	アノス・ヴォルディゴード	『魔王学院の不適合者 ～史上最強の魔王の始祖、転生して子孫たちの学校へ通う～』	著：秋／イラスト：しずまよしのり　電撃文庫	85／30
19位	猫柳ミロ	『錆喰いビスコ』	著：瘤久保 慎司／イラスト：赤岸K、mocha　電撃文庫	83／40
20位	アインズ・ウール・ゴウン	『オーバーロード』	著：丸山くがね／イラスト：so-bin　KADOKAWA（エンターブレイン）	78／38
21位	相川渦波	『異世界迷宮の最深部を目指そう』	著：割内タリサ／イラスト：鵜飼沙樹　オーバーラップ文庫	77／31
22位	ナツキ・スバル	『Re：ゼロから始める異世界生活』	著：長月達平／イラスト：大塚真一郎　MF文庫J	76／34
23位	グレン＝レーダス	『ロクでなし魔術講師と禁忌教典』	著：羊太郎／イラスト：三嶋くろね　ファンタジア文庫	68／35
24位	南雲ハジメ	『ありふれた職業で世界最強』	著：白米良／イラスト：たかやKi　オーバーラップ文庫	57／23
25位	遠山キンジ	『緋弾のアリア』	著：赤松中学／イラスト：こぶいち　MF文庫J	56／23

総合ランキング 1位 ▸▸▸ 50位

順位	キャラクター名	作品名	DATA	得点／票数
1位	上条当麻	「とある魔術の禁書目録」シリーズ	著：鎌池和馬／イラスト：はいむらきよたか　電撃文庫	338／128
2位	比企谷八幡	『やはり俺の青春ラブコメはまちがっている。』	著：渡 航／イラスト：ぽんかん⑧　ガガガ文庫	283／113
3位	御坂美琴	「とある魔術の禁書目録」シリーズ	著：鎌池和馬／イラスト：はいむらきよたか　電撃文庫	260／102
4位	キリト(桐ヶ谷和人)	『ソードアート・オンライン』	著：川原 礫／イラスト：abec　電撃文庫	243／107
5位	綾小路清隆	『ようこそ実力至上主義の教室へ』	著：衣笠彰梧　イラスト：トモセシュンサク　MF文庫J	234／104
6位	シン(シンエイ・ノウゼン)	『86―エイティシックス―』	著：安里アサト　イラスト：しらび　電撃文庫	196／84
7位	アクセラレータ	「とある魔術の禁書目録」シリーズ	著：鎌池和馬／イラスト：はいむらきよたか　電撃文庫	193／91
8位	レーナ	『86―エイティシックス―』	著：安里アサト　イラスト：しらび　電撃文庫	192／81
9位	アスナ(結城明日奈)	『ソードアート・オンライン』	著：川原 礫／イラスト：abec　電撃文庫	169／72
10位	リオ(天川春人)	『精霊幻想記』	著：北山結莉／イラスト：Riv　HJ文庫	166／62
11位	空銀子	『りゅうおうのおしごと!』	著：白鳥士郎／イラスト：しらび　GA文庫	159／79
12位	赤星ビスコ	『錆喰いビスコ』	著：瘤久保 慎司／イラスト：赤岸K、mocha　電撃文庫	154／60
13位	ローゼマイン	『本好きの下剋上 ～司書になるためには手段を選んでいられません～』	著：香月美夜　イラスト：椎名 優　TOブックス	149／55
14位	七海みなみ	『弱キャラ友崎くん』	著：屋久ユウキ／イラスト：フライ　ガガガ文庫	147／62
	桜島麻衣	「青春ブタ野郎」シリーズ	著：鴨志田一／イラスト：溝口ケージ　電撃文庫	147／61
16位	軽井沢恵	『ようこそ実力至上主義の教室へ』	著：衣笠彰梧　イラスト：トモセシュンサク　MF文庫J	144／63
17位	夜叉神天衣	『りゅうおうのおしごと!』	著：白鳥士郎／イラスト：しらび　GA文庫	134／63
18位	イレイナ	『魔女の旅々』	著：白石定規／イラスト：あずーる　GAノベル	131／47
19位	カズマ(佐藤和真)	『この素晴らしい世界に祝福を!』	著：暁なつめ／イラスト：三嶋くろね　角川スニーカー文庫	130／65
	ベル・クラネル	『ダンジョンに出会いを求めるのは間違っているだろうか』	著：大森藤ノ／イラスト：ヤスダスズヒト　GA文庫	130／63
21位	司波達也	『魔法科高校の劣等生』	著：佐島 勤／イラスト：石田可奈　電撃文庫	129／59
22位	梓川咲太	「青春ブタ野郎」シリーズ	著：鴨志田一／イラスト：溝口ケージ　電撃文庫	123／53
23位	九頭竜八一	『りゅうおうのおしごと!』	著：白鳥士郎　イラスト：しらび　GA文庫	122／66
24位	加藤恵	『冴えない彼女の育てかた』	著：丸戸史明／イラスト：深崎暮人　ファンタジア文庫	116／51
25位	セリア＝クレール	『精霊幻想記』	著：北山結莉／イラスト：Riv　HJ文庫	112／45
26位	フェルディナンド	『本好きの下剋上 ～司書になるためには手段を選んでいられません～』	著：香月美夜／イラスト：椎名 優　TOブックス	110／41
27位	レイ・スターリング	『<Infinite Dendrogram>-インフィニット・デンドログラム-』	著：海道左近／イラスト：タイキ　HJ文庫	108／44
28位	インデックス	「とある魔術の禁書目録」シリーズ	著：鎌池和馬／イラスト：はいむらきよたか　電撃文庫	106／53
29位	雪ノ下雪乃	『やはり俺の青春ラブコメはまちがっている。』	著：渡 航／イラスト：ぽんかん⑧　ガガガ文庫	100／42
30位	友崎文也	『弱キャラ友崎くん』	著：屋久ユウキ／イラスト：フライ　ガガガ文庫	98／49
31位	空	『ノーゲーム・ノーライフ』	著：榎宮 祐／イラスト：榎宮 祐　MF文庫J	86／44
	めぐみん	『この素晴らしい世界に祝福を!』	著：暁なつめ／イラスト：三嶋くろね　角川スニーカー文庫	86／42
33位	アノス・ヴォルディゴード	『魔王学院の不適合者 ～史上最強の魔王の始祖、転生して子孫たちの学校へ通う～』	著：秋／イラスト：しずまよしのり　電撃文庫	85／30
34位	猫柳ミロ	『錆喰いビスコ』	著：瘤久保 慎司／イラスト：赤岸K、mocha　電撃文庫	83／40
35位	オティヌス	「とある魔術の禁書目録」シリーズ	著：鎌池和馬／イラスト：はいむらきよたか　電撃文庫	81／38
36位	相川渦波	『異世界迷宮の最深部を目指そう』	著：割内タリサ／イラスト：鵜飼沙樹　オーバーラップ文庫	80／32
37位	アインズ・ウール・ゴウン	『オーバーロード』	著：丸山くがね／イラスト：so-bin　KADOKAWA（エンターブレイン）	78／38
38位	一色いろは	『やはり俺の青春ラブコメはまちがっている。』	著：渡 航／イラスト：ぽんかん⑧　ガガガ文庫	76／35
	ナツキ・スバル	『Re：ゼロから始める異世界生活』	著：長月達平／イラスト：大塚真一郎　MF文庫J	76／34
40位	グレン＝レーダス	『ロクでなし魔術講師と禁忌教典』	著：羊 太郎／イラスト：三嶋くろね　ファンタジア文庫	68／35
41位	レム	『Re：ゼロから始める異世界生活』	著：長月達平／イラスト：大塚真一郎　MF文庫J	66／32
42位	ラスティアラ・フーズヤーズ	『異世界迷宮の最深部を目指そう』	著：割内タリサ／イラスト：鵜飼沙樹　オーバーラップ文庫	65／25
43位	アリス・シンセシス・サーティ	『ソードアート・オンライン』	著：川原 礫／イラスト：abec　電撃文庫	60／32
44位	エミリア	『Re：ゼロから始める異世界生活』	著：長月達平／イラスト：大塚真一郎　MF文庫J	59／30
	菊池風香	『弱キャラ友崎くん』	著：屋久ユウキ／イラスト：フライ　ガガガ文庫	59／27
46位	猫柳パウー	『錆喰いビスコ』	著：瘤久保 慎司／イラスト：赤岸K、mocha　電撃文庫	58／23
47位	南雲ハジメ	『ありふれた職業で世界最強』	著：白米 良／イラスト：たかやKi　オーバーラップ文庫	57／23
	ネメシス	『<Infinite Dendrogram>-インフィニット・デンドログラム-』	著：海道左近／イラスト：タイキ　HJ文庫	57／23
49位	遠山キンジ	『緋弾のアリア』	著：赤松中学／イラスト：こぶいち　MF文庫J	56／23
50位	食蜂操祈	「とある魔術の禁書目録」シリーズ	著：鎌池和馬／イラスト：はいむらきよたか　電撃文庫	55／28
	日南葵	『弱キャラ友崎くん』	著：屋久ユウキ／イラスト：フライ　ガガガ文庫	55／25

※総合部門の得点・票数は、男女各部門へ投票されたものを合算しているため、男女各部門のものと異なる場合があります。

このイラストレーターがすごい！

しらびが初の1位！　順位を大幅に上げたイラストレーターも多数登場。

今年は昨年まで盤石だったトップ勢を抑え、しらびが初の1位を獲得！『りゅうおうのおしごと！』と『86―エイティシックス―』というまったく異なるジャンルの作品を手がけながら、どちらの魅力も最大限に引き出す作風の幅の広さが人気に繋がったのではないだろうか。

3位は昨年19位から急上昇したフライ。今年は『弱キャラ友崎くん』を始め、華やかな美少女のイラストで多くの作品を彩った。今後は青春ものジャンルを象徴するイラストレーターになるかもしれない。

今年の文庫部門1位『錆喰いビスコ』の赤岸Kは15位にランクイン。『錆喰いビスコ』の勢いある表紙は多くの読者の心を掴んだが、そちらとは雰囲気の異なる『悪魔の孤独と水銀糖の少女』のイラストも絶品。『ひげを剃る。そして女子高生を拾う。』、『Hello, Hello and Hello』と新作2本を手がけ、そのどちらでも存在感を示したぶーたも来年以降要注目だ。

イラストレーター人気ランキング 1位 ››› 10位

順位	イラストレーター名	代表作	得点／票数
1位	しらび	『りゅうおうのおしごと！』 著：白鳥士郎　GA文庫 『86―エイティシックス―』 著：安里アサト　電撃文庫	549／247
2位	はいむらきよたか	「とある魔術の禁書目録」シリーズ 著：鎌池和馬　電撃文庫 『ダンジョンに出会いを求めるのは間違っているだろうか外伝 ソード・オラトリア』 著：大森藤ノ　GA文庫	352／133
3位	フライ	『弱キャラ友崎くん』 著：屋久ユウキ　ガガガ文庫 『佐伯さんと、ひとつ屋根の下 I'll have Sherbet!』 著：九曜　ファミ通文庫	316／135
4位	カントク	『妹さえいればいい。』 著：平坂読　ガガガ文庫 『メルヘン・メドヘン』 著：松 智洋、StoryWorks　ダッシュエックス文庫	258／117
5位	三嶋くろね	「この素晴らしい世界に祝福を！」 著：暁 なつめ　角川スニーカー文庫 『ロクでなし魔術講師と禁忌教典(アカシックレコード)』 著：羊 太郎　ファンタジア文庫	249／113
6位	溝口ケージ	「青春ブタ野郎」シリーズ 著：鴨志田一　電撃文庫 『14歳とイラストレーター』 著：むらさきゆきや　MF文庫J	220／98
7位	abec	『ソードアート・オンライン』 著：川原 礫　電撃文庫 『ソードアート・オンライン プログレッシブ』 著：川原 礫　電撃文庫	185／86
8位	鵜飼沙樹	『異世界迷宮の最深部を目指そう』 著：割内タリサ　オーバーラップ文庫 『異世界拷問姫』 著：綾里けいし　MF文庫J	178／67
9位	Riv	『精霊幻想記』 著：北山結莉　HJ文庫	167／63
10位	トモセシュンサク	『ようこそ実力至上主義の教室へ』 著：衣笠彰梧　MF文庫J	159／71

第15位
117点/50票

あかぎし・K
赤岸K

一枚絵から伝わる疾走感

代表作
『錆喰いビスコ』
著：瘤久保慎司
電撃文庫

「野性味あふれるタッチが作品にベストマッチ！」（還・10代前半♠Ⓗ）
「本文そのものの熱さと描写されるキャラクター性に見事に噛み合ったデザインで、この作品にはこの方以外いないだろうという感じです。好き」（すずのき・30代♥Ⓗ）
「荒々しくて力強い線にカッコいい男がすごく映える」（八目・20代中盤♠Ⓗ）

タイキ

精緻なイラストが世界観を鮮明にする

代表作
『<Infinite Dendrogram>-インフィニット・デンドログラム-』
著：海道左近
HJ文庫

「デンドロのキービジュアルをネットで見た時、あまりに美しい街並みに涙が出そうなほどに感動したのを覚えています。ありがとう……」（ミズチ弾・10代前半♥Ⓗ）
「まるでゲームのように細かくて立体感のあるタッチ。儚い作風が好き」（哉・10代前半♥Ⓗ）
「背景が緻密で綺麗。しかし浮きすぎることは無く、キャラと背景が綺麗なバランスでいくらでも見れる」（みなは・20代前半♥Ⓗ）

かみや・ゆう
榎宮 祐

作家が思い描いた世界を忠実に再現!

代表作
『ノーゲーム・ノーライフ』
著：榎宮 祐
MF文庫J

「ゲーム中の怪しく光る目とかが駆け引きをより強く印象的にしている」（足軽・10代後半♠Ⓗ）
「イラストレーターなのか小説家なのか漫画家なのか。何であれ応援してます」（黒夜烏・20代前半♠Ⓗ）
「榎宮先生の塗り方はホントに凄いです！これどうなってんの？成り立つの？て最初思いましたが、成り立ち過ぎててw」（キリシェ・10代後半♠Ⓗ）

ぶーた

温かみのある柔らかなタッチ

代表作
『ひげを剃る。そして女子高生を拾う。』
著：しめさば
角川スニーカー文庫

「純朴な絵も、色気のある絵もいける。今年ナンバーワン」（ピョートル・20代中盤♠Ⓗ）
「タッチと垂れ目が最高！」（トゥーレ・10代後半♠Ⓗ）
「ふわっとした中に、芯の強さを感じさせる女の子の絵が多くて好きです」（緋悠梨・20代前半♠Ⓦ）

第11位
149点/66票

みさき・くれひと
深崎暮人

冴えカノを彩る立役者

代表作
『冴えない彼女の育てかた』
著：丸戸史明
富士見ファンタジア文庫

「圧倒的画力。冴えカノのイラストが深崎さんじゃなければあれだけ金は突っ込まなかった……」（ふぇい・20代中盤♠Ⓗ）
「可愛さだけじゃなくそこに品がある綺麗なイラスト。♠キャラですら美しい」（トロピカル山岸・20代後半♠Ⓗ）
「見ていて一番画風に変化があったイラストレーターさん。今後の進化も楽しみです」（わろりんてぃーぬ・10代後半♠Ⓗ）

ぽんかん⑧

明るい少女達が見せる一瞬の儚い表情

代表作
『やはり俺の青春ラブコメはまちがっている。』
著：渡 航
ガガガ文庫

「最高です!!目の書き方が真似できません!!」（とらさん・10代後半♠Ⓗ）
「キャラクターをあんな輝かしくかけるのはこの人しかいない！」（mito・10代前半♠Ⓗ）
「常に成長を続ける先生に、単純にすごいなと感じます」（丹羽ほうき・10代後半♠Ⓗ）

くろぼし・こうはく
黒星紅白

女の子から銃火器まで

代表作
『キノの旅 -the Beautiful World-』
著：時雨沢恵一
電撃文庫

「柔らかそうな肌、理想的なくびれ、温かくて落ち着く作風が大好き」（so - ta・10代後半♠Ⓗ）
「愛嬌のあるキャラとそれに反する戦闘シーンのアンバランスさが逆にいい」（Terra・10代後半♠Ⓗ）
「シンプルなラインで表情は豊か。特にモノクロイラストの説得力の高さはすばらしいですね」（髙橋剛・40代♠Ⓦ）

あずーる

表情豊かな少女たち

代表作
『魔女の旅々』
著：白石定規
GAノベル

「可愛らしくほんわかとした女の子が魅力的。7巻の表紙は特に美しいものでした」（イチ太郎スマイル・20代後半♠Ⓗ）
「魔女の旅々のゲストキャラがいつも可愛すぎて困る！」（山根冬季・20代前半♠Ⓗ）
「作品にでてくる人たちの笑顔が最高です」（カケル20代後半♠Ⓗ）

第21位 79点／30票

konomi（きのこのみ）

女の子の可愛さを最大限に引き出す

代表作
『クロス・コネクト』
著：久追遥希
MF文庫J

「本当にもう大好きです。いつもkonomiさんのイラストを見にネットの海を漂ってます」（DAICHI・20代前半♠Ⓗ）

「可愛いキャラが多いですが、その部分の中でも目が綺麗だと思います！」（yami・10代後半♠Ⓗ）

「髪の毛の細かい感じと背景のマッチ感がすごく好き！」（クロ・10代後半♠Ⓗ）

かんざきひろ

ぷにっとした女の子と言えば

代表作
『エロマンガ先生』
著：伏見つかさ
電撃文庫

「ほっぺがぷにぷに。目がまあるくてかわいい」（腐あゆ・10代前半♥Ⓗ）

「女の子が可愛い。線が多くないからシンプルですっきりしている」（Yun・20代後半Ⓗ）

「プニプニとした触りたくなるような質感のイラストを描かせたら、恐らく右に出る者はいない」（アッシ@疾風（仮）・30代♠Ⓗ）

椎名 優（しいな・ゆう）

ファンタジーから現代劇までこなす

代表作
『本好きの下剋上 ～司書になるためには手段を選んでいられません～』
著：香月美夜 TOブックス

「とても優しいタッチでほわっとなるイラスト。大好きです！」（山本元・30代♠Ⓗ）

「書き分けもすごいけど、書き込みもきれい！！挿絵楽しみです！」（なご茶・30代♥Ⓗ）

「多数のキャラクター設定、衣装・意匠設定が素晴らしい」（辰・40代♠Ⓗ）

第20位 81点／31票

しずまよしのり

光の描き方が印象的

代表作
『魔王学院の不適合者 ～史上最強の魔王の始祖、転生して子孫たちの学校へ通う～』
著：秋 電撃文庫

「細部にこだわる作画にキャラクターの美麗な姿がとてもすごいです。とても魅力が溢れる絵を描くイラストレーターはそんなにいないのではと思うほどです」（ノエル・10代後半♠Ⓗ）

「女性は超かわいく男性は超三枚目！安心！笑」（Grao・40代♠Ⓗ）

「とっても可愛いです、小柄な感じのキャラを書かせたらこの方が一番かと思います」（松沢健斗・20代中盤♠Ⓗ）

順位	イラストレーター名	代表作	得点／票数
23位	ヤスダスズヒト	『ダンジョンに出会いを求めるのは間違っているだろうか』 著：大森藤ノ GA文庫	65／34
24位	so-bin	『オーバーロード』 著：丸山くがね KADOKAWA（エンターブレイン）	63／32
25位	大塚真一郎	『Re:ゼロから始める異世界生活』 著：長月達平 MF文庫J	61／32
26位	Mika Pikazo	『キラプリおじさんと幼女先輩』 著：岩沢 藍 電撃文庫	58／33
27位	たかやKi	『ありふれた職業で世界最強』 著：白米 良 オーバーラップ文庫	52／23
28位	紅緒	『友人キャラは大変ですか？』 著：伊達 康 ガガガ文庫	51／23
29位	Hiten	『三角の距離は限りないゼロ』 著：岬 鷺宮 電撃文庫	50／23
30位	ニリツ	『賭博師は祈らない』 著：周藤 蓮 電撃文庫	49／25
31位	ファルまろ	『天才王子の赤字国家再生術 ～そうだ、売国しよう～』 著：鳥羽 徹 GA文庫	48／22
32位	こぶいち	『緋弾のアリア』 著：赤松中学 MF文庫J	40／19
	ブリキ	『俺を好きなのはお前だけかよ』 著：駱駝 電撃文庫	40／19
34位	つなこ	『デート・ア・ライブ』 著：橘 公司 ファンタジア文庫	36／22
35位	えれっと	『ぼくたちのリメイク』 著：木緒なち MF文庫J	32／20
36位	ももこ	『教え子に脅迫されるのは犯罪ですか？』 著：さがら総 MF文庫J	31／16
	さとやす（TENKY）	『GENESISシリーズ 境界線上のホライゾン』 著：川上 稔 電撃文庫	31／14
38位	sune	『可愛ければ変態でも好きになってくれますか？』 著：花間 燈 MF文庫J	30／15
39位	るろお	『転生したら剣でした』 著：棚架ユウ GCノベルズ	29／14
40位	藤ちょこ	『賢者の弟子を名乗る賢者』 著：りゅうせんひろつぐ GCノベルズ	29／16
41位	BUNBUN	『神域のカンピオーネス』 著：丈月 城 ダッシュエックス文庫	26／14
42位	切符	『それでも異能兵器はラブコメがしたい』 著：カミツキレイニー 角川スニーカー文庫	25／11
43位	春日歩	『俺、ツインテールになります。』 著：水沢 夢 ガガガ文庫	23／10
	猫鍋蒼	『キミと僕の最後の戦場、あるいは世界が始まる聖戦』 著：細音 啓 ファンタジア文庫	23／11
45位	茨乃	『理想の娘なら世界最強でも可愛がってくれますか？』 著：三河ごーすと MF文庫J	22／12
46位	かにビーム	『フリーライフ ～異世界何でも屋奮闘記～』 著：気がつけば毛玉 角川スニーカー文庫	21／13
	仙人掌	『ゲーマーズ！』 著：葵せきな ファンタジア文庫	21／11
	みっつばー	『転生したらスライムだった件』 著：伏瀬 GCノベルズ	21／10
	ミユキルリア	『最強魔法師の隠遁計画』 著：イズシロ HJ文庫	21／10

「このライトノベルがすごい！2019」
文庫部門ランキング
総合第**3**位

弱キャラ友崎くん

The Low Tier Character "TOMOZAKI-kun", Level1

屋久ユウキ インタビュー

人生を攻略すべく、
徐々にリア充へと近づいていく友崎。
ではその小説を手がける作者は
どのような人物なのか。
友崎のようなガチオタなのか、
それとも日南のようなリア充なのか？
今回のインタビューでは、
屋久ユウキ先生の小説家になるまでの意外な経歴から、
作品の今後の展望についてまで、余すことなく語ってもらったぞ！

取材・文：柿崎 憲　イラスト：フライ

PROFILE

屋久ユウキ
（やく・ゆうき）

第10回小学館ライトノベル大賞にて『満点飾りのがんばり論！』が優秀賞を受賞し、同作を改題した『弱キャラ友崎くん』で2016年にデビュー。

人気が盤石になりトップ3に！
著者の経験が作品に活かされる

——『弱キャラ友崎くん』は『このライトノベルがすごい！』のランキングで、前々年に初登場8位、前年に7位、そして今年3位と着実にランクアップしています。今のご感想をお聞かせください。

屋久　とても嬉しいです。僕的には、これまで2回ランクインしていたので、投票している人たちも「『友崎くん』はもういいでしょ」と新しい作品を推すのかなあと予想してたんです。だから最初に3位と聞いたときは、とても驚いて、電話口で「えっ！」って声が出てしまいました。3年目になっても熱いファンの方々が多く推してくれているということを強く実感して、もっと頑張っていきたいなと思いましたね。

——最初は協力者層からの投票が多かったのですが、一般の投票者数も年々増えてきまして、今年は10代後半の投票者からの得点では1位を獲得しました。

屋久　それは嬉しいですね！　是非その世代に読んでほしいという内容でもあるので。

——投票した人たちからは「教室の空気の描き方に凄く臨場感がある」という声も多く見られました。

屋久　そうなんですね。僕が高校生のときぐらいから、周りをちょっと一歩引いた目線で見ながら生活していて、面白いってなんだろうとかこれはどうやってできているんだろうという構造の部分を言語化するのが好きだったので、そういう経験が物語に組み込むときに生かされているのかもしれません。

——作中で日南が実践しているように周りを観察していた高校生だったんですね。

屋久　高校時代は結構明るめに振る舞っていたんですけど、心のどこかには日南がいましたね（笑）。けど空気を読みながら振る舞うところも多かったので、実際は泉優鈴みたいなところが近いのかなと思います。

——友崎や水沢みたいな男性キャラではなく、女性キャラに近いんですね。

屋久　男性キャラではないですね。あと自分で水沢に似てるっていうのは恥ずかしいじゃないですか（笑）。

——でも、6巻で水沢が使っていたナンパテクを屋久先生が実践しているのを、悠寐ナギ先生（※1）が目撃したという話も耳にしましたが……。

屋久　（笑）彼は僕のそういうところを見ている数少ない作家なので。彼と一緒にアニクラっていう、アニソンが流れるクラブイベントっていうのに行ったときに、そこで男女問わず話しかけている姿を横から見られていたんです。ああいうところは色んな人に話しかけて知り合いを増やすのも楽しみの一つなので。

——いかにも陽キャラっていう感じですね！

屋久　まあでもこのキャラは作ってるって感じなんですけどね。僕が元々根っから明るい人間じゃなくて、心に日南を飼いながらどうしたら明るく振る舞えるのかというところを分析的に考えて、それを実践した経験があるからこそ、『弱キャラ友崎くん』がこのような構造になったのかなと思います。

日南葵
文武両道、才色兼備のパーフェクトヒロインだが、その裏ではめっちゃ努力の人。とあるきっかけで友崎の人生攻略の指南役に。

——作中でも日南が友崎に教える様々なトレーニング方法が印象的ですが、あれはどのように考えたのでしょうか？

屋久　基本的にオリジナルが多いですね。単純に自己啓発とかハウツー本を使っても良かったんですけど、小説にするからには特訓自体に面白みがないといけないので、既存のトレーニングを参考にしつつ、そこにワンアイデアを加えて別の見せ方にしています。

——6巻での友人の普段見られない表情を撮ってインスタグラムにアップするという発想も面白かったですね。

屋久　今の高校生ってSNSが生活に密着してるじゃないですか。だからそういうのを出した方が、より今のリアルに近づくなと考えて登場させました。

——屋久先生と今の高校生の間では年齢的にギャップがあるわけですが、それを埋める工夫はありますか？

屋久　僕が高校生の頃に見てきたものと較べて、今はインスタグラムとかYouTubeとか、ガワの部分はいろいろ変わっていってると思いますね。だけど、根本的な構造の部分は、多分何百年、何千年と、変わらず繰り返されていると思っているので、いまの高校生が何に関心を持っているのかというガワを勉強していけば、それに合わせてお話を作れるのかなと思っています。あと単純に僕が新しいもの好きで、YouTuberとかも楽しんでいるので、そのあたりで若い感覚にも合わせやすい性格なのかなって思いますね。

友崎文也

『アタファミ』で全国一の腕前を持つ高校二年生。「人生はクソゲー」と主張していたが日南の指導によって徐々に成長中。

お笑い芸人から小説家へ転身 面白いものを作りたいという想い

——作家になる前はお笑い芸人だった、という珍しい経歴だそうですが、小説を新人賞に投稿しようと思ったきっかけを教えてください。

屋久　元々、自分の考えた面白いものをみんなに伝わる形に変えて、それを仕事にしたいというざっくりした気持ちがあったんです。僕がけっこうお笑い好きで、面白いものを作るのもわりと得意だったので、一度芸人になって。そこから動画投稿とかもやっていた時期もあったんですけど、そのときに思いついたアイデアのひとつを、小説の形にしてキャラクターを動かしたら多くの人に伝わるんじゃないかなって考えついたんです。そこへアイデアを積み上げていくうちに、いけそうな構成が出来あがったので、それを書き上げたのが『弱キャラ友崎くん』っていう感じですね。だから自分の中では芸人活動も小説執筆も、面白いものを届けるという意味では変わらないんです。

——いきなり書き始めて、小説が書きあがるというのは凄いですね。

屋久　18歳のときから7年ぐらい芸人生活を続けてきて、その時間はずっと下積みみたいな感じでした。ネタを作って人に見せてリアクションを受けて「ここがウケた」「ウケると思っていたのにウケなかった」「ここ意外とウケた」みたいな修正をずっと繰り返してきました。そういう意味では、一発目でいきなり良い小説が偶然書けたというよりも、僕の中では積み上げてきたものを活かした結果、できあがったという感じですね。

――小説を書くにあたって、何かトレーニングなどはされましたか？

屋久　何でもいっぱい読むというタイプではなくて、好きな作家や好きな作品を繰り返し読むタイプなんです。その中でも舞城王太郎さんや綿矢りささんの文体のリズム感がとても好きだったので、作中の好きなシーンを書き写しつつ暗記するトレーニングはしました。

――小説を書く上で芸人時代の経験が生かされているという部分はありますか？

屋久　具体的な何かがあるわけじゃないんですけど、全般的なセリフ回しや、退屈させないために気になる伏線を残しておくとか、全体的な読者を飽きさせない工夫で役に立っていますね。会話でも、あんまり寒くならないように進めようという意識にも繋がっています。

七海みなみ
通称みみみ。陸上部所属で元気が取り柄のムードメーカー。いつも明るく振る舞っているようで、時には色々思い悩んだりも。

――逆に勝手が違うなって感じるところは？

屋久　コントだと「このセリフをこういうイントネーションで言うから面白い」とか「このセリフはこれぐらいのテンポで喰い気味に言うから笑えるけど、溜めて言うと普通すぎてつまらない」みたいなことが結構あるんですけど、小説は人によって読むテンポが変わってしまうので、タイミングやイントネーションとは関係なく内容だけで成立させないといけないという縛りはありますね。

――友崎といえばガチのゲーマーですが、屋久先生ご自身はゲームはお好きなのですか？

屋久　最近そんなにやらないんですけど、巷で『アタファミ』の元ネタと言われている（笑）『大乱闘スマッシュブラザーズ』は、高校生ぐらいの頃まではやりこんでいました。僕の世代だと『DX』の頃ですね。高校の文化祭でゲームセンターみたいなお店を開いて、その中の一つでスマブラを繋いでやっていました。そこでクラスメイトに強い人が一人いて、それが現在ライトノベル作家をやっている涼暮皐（※2）なんですけど、その涼暮が一回も勝てない奴がいて、そいつと何十戦もして一回しか負けなかったのが僕ですね。大会に出たことはないんですけど、校内では一番強いぐらいのレベルにはなっていました。

――1巻のアタファミの描写は凄く細かいところまで書いていて驚きました。

屋久　けど、1巻ではそれに関して、一部では誤解があって叩かれてたんですよ（笑）（※3）

――他にハマったゲームはありますか？

屋久　結構前から『ミリオンダウト』っていう、トランプのダウトと大富豪が合わさったようなゲームをやっていて、一時期やりこんでいた時期は一か月の平均レートで全国5位にまで食い込みましたね。ずっと順位をキープできていたわけじゃないので微妙ですけど。

――めっちゃガチ勢じゃないですか……。

屋久　全般的に何事もやるわけじゃないんですが、好きなゲームは凄くやるタイプですね。

ヒロインそれぞれの魅力を描く挑戦の中で見つけていく繋がり

――今年は作品ランキングだけではなく、キャラクターランキングでもみみみ（七海みなみ）が上位に食い込みました。屋久先生は最初からみみみがここまで人気になるとは思ってましたか？

屋久　みみみはヒロインの中でも一番普通の女の子というイメージで書いていて、本作で人気になるんだったらみみみだなって話は担当さんとしていましたね。けど、1巻の段階では想像以上に菊池さん推しが強くて（笑）。でも書いていく内に、どんどんみみみの人気がガーって来たという感じなので、そこまでびっくりした感じではないですね。

——菊池さんは登場するたびに友崎のモノローグがファンタジックになりますが、あれはどうやって思いついたんですか？

屋久　ずっと友崎の一人称で同じ口調が続いていたのでリズムを変えるという意味でもやってみたら、これ面白いじゃんみたいな感じですね。自分ではギャグのつもりで始めたんですけど。

——他に文体で遊んでみたところはありますか？

屋久　1巻の後半で友崎がアタファミで中村を一方的にやっつけているところは、他の部分とは違う書き方では書いてますね。あと最新の6.5巻では、各ヒロインの一人称や、菊池さんが書いたという設定の文章も書いていて、文体を色々試したという意味では6.5巻が作家として挑戦が多い内容になっていますね。

——6.5巻は短編集ですが、本編が盛り上がったこのタイミングでほぼ書き下ろしの短編集を出すというのは珍しいですよね。

屋久　『友崎くん』はずっと友崎の一人称で語っているので、彼の視点からじゃ絶対見えない部分がありますよね。それぞれのヒロインが友崎のことをどういう風に思っているのか、過去にどういった思いを抱えていて、それがどう現在に繋がっているのか。そういう部分をいまのうちに書いておいたほうが、7巻で書く展開がより説得力を増すと思ったので、一度各キャラクターの心情や価値観を掘り下げておきたかったんです。

——ちなみに、みみみに対してメインヒロインの日南の人気が……

屋久　だろうなとは思っていました（笑）。僕は『友崎くん』を青春ラブコメとして書いてはいるんですけど、恋愛面を物語の主軸に置いてるかと言われたらそうでもなくて、人と人の繋がりを書けるのであれば、別に恋愛じゃなくてもいいと思っているんです。なので、日南がみみみに人気で負けてるとしても、そんなにダメとは思わないですね。最近はヒロインじゃなくてラスボスって言われてますし（笑）。

——5巻の日南はすごかったですね……。そんな複数の魅力的なヒロインがいる中で、友崎は日南から「どの娘と付き合いたいか」と訊かれて大変迷っていましたが、屋久先生だったら、作中の人物では誰と一番付き合いたいですか？

屋久　そこですよねえ……ちゃんと答えるなら、たまちゃん（夏林花火）かもしれないですね。

——それは意外な答えですね。

屋久　自立してる女の子が好きなので、ごく個人的な意見でいうとたまちゃんなんですけど、ただ各キャラ気に入って書いているので迷いますよね（笑）。けど一人選べって言うならたまちゃんです。多分ファンの方ではみみ

菊池風香
いつも図書室で本を読む大人しい性格の美少女。一つの誤解をきっかけに友崎と仲良くなっていく。バイト中はメガネっ娘モードに。

みとか、菊池さんが人気なんだろうなって思うんですけど。

――屋久先生はあとがきで毎回フライ先生のイラストを絶賛してますが、フライ先生のイラストでは一番気に入っているものはありますか？

屋久　僕の中で特に印象的なイラストが一つあって5巻のラストのたまちゃんの笑顔ですね。ここのシーンは、4巻から続いていた、ちょっと暗いお話をパッと華やかに締める重要な場面なので、ここは挿絵にしないで読者の想像に任せるべきではという話を担当さんとしてたんです。でもフライさんだからお任せしようということでお願いしたところ、僕が頭に思い描いていた理想を超えた理想の挿絵が届いたので「これはすごい」って驚いて。本当にもう鳥肌が立つ絵でしたね。

――あとがきではフライ先生のこだわりポイントをピックアップされていますが、逆に屋久先生がキャラクターを書く上でこだわっているところってありますか？

屋久　僕がキャラクターを書く上で基本的に意識しているのは、「女の子ってこういうところあるよね」「こういう女の子いるよね」っていう生っぽいところをテーマとして用意して、それにポップなキャラクター像を被せて書くことです。表面の部分ではライトノベルを意識しているんですが、中身の価値観とか判断基準みたいなものは、最初から最後までぶれてない女の子として描こうという意識です。物語の途中で成長したりして変わったりもするんですけど、それでも一本繋がっている形になるように気を付けています。

挑戦して、成長する物語 気になる『友崎くん』の今後は？

――「成長」というのが本作のテーマの一つだと思います。屋久先生ご自身が小説家になったこの2年間で成長したと思うところは？

屋久　えーっと、どこだろう？　担当さん的にはどうですか？　ちょっと自分ではわからないんで。

編集I　どこだろう……最近、スケジュール感覚は良くなってきた気がします。最後の最後まで物語をいじるのが屋久先生の持ち味で、発売直前の一か月に物語の重要なところが決まっていくぐらいの勢いで変わっていくんですよ。それが一番きつかったのが5巻のときで、結果的にライブ感が生まれて作品自体はよくなったんですけど、本当に次から何とかしようなって話をしたら、6巻では少し改善されましたね。

屋久　えらいですね。

編集I　えらいえらい（笑）。だから成長という点では、スケジュールとクオリティというものを共存させられるようになってきているのかもしれないですね。屋久ユウキレベル6.5的な。

――6巻と6.5巻には菊池さんが書いたファンタジー風の小説や菊池さんが好きなマイケル・アンディの小説が出てきますが、ああいう作品は以前にも書いたことがあったのですか？

水沢孝弘
美容師志望の爽やかイケメンリア充。何でもできるようでいて、自分には無いものを持っている友崎のことを一目置いている。

屋久　今回が初めてですね。ファンタジーならではの舞台装置というものはあると思うんですけど、お話の起承転結や全体の流れ自体は『弱キャラ友崎くん』の構造とそんなに変わりがないと思ったりするんで、ファンタジーだから書くのが難しいとか、特別に意識したというところはあまりないですね。

——今後こういう小説も書いてみたいと思っていますか？

屋久　6.5巻では、アンディ作品のプロットぐらいまでは書いていて、それが自分的にもいい感じで描けたという手応えはあるので、それをちゃんと形にできたら面白いのかなとはふわっと思っています。

——やはりまずは『友崎くん』ですよね。物語の着地点はもう決まっているのですか？

屋久　結末に至るまでの過程は、話の中でキャラクターがどう動くかに合わせた方が感情移入できるものになると思っているので、しっかりとは決めてないんですけど、大雑把な通過点は決まっています。決まっている点をどう線で繋げていくかは、書きながら考えたり、そのときのキャラの感情に合わせて変えていこうかなと。

——ちなみに作品全体の進行度は？

屋久　三分の二は進んでますかね。もう半分は過ぎていると思います。

編集I　けど屋久さんの作品は、プロットからもだいぶ変わったりするので、今はそう思っていても今後変わっていくかもしれないですね。6巻のラストの展開は私も原稿を読んで初めて知りましたから（笑）。

——じゃあ大学生編もあるかもしれないと。では、今後の『友崎くん』の展開について教えてください。

屋久　これは僕の言えることではないので、担当さんにお任せします。

編集I　メディアミックスでは『ガンガンJOKER』でコミカライズをやっていただいて、先日発売されたコミックス2巻で、小説版1巻までの内容を描いていただいて、いったん終わったのですけど、次に向けてやっていければいいねという前向きな終わり方なので、次の展開を我々も期待しています。あと最近はよくネットの方で「アニメ化しろよ」っていう、圧を感じるんですけど……やっぱりアニメとなると色んな人の思惑がありますので、なかなか皆さんの望むとおりの答えが返せないのはもどかしいんですけど、頑張ってます。

屋久　アニメ化に関しては、「いつかします」っていう、屋久ユウキの意志として言っておきます。あくまで僕個人の意志として（笑）。

——では、最後に7巻の展開を可能な限りで教えてください。

屋久　今までで言うと、3巻が第一部完みたいな区切りになっているんですけど、その流れでいうと7巻がもう一つの大きな区切りになるのかなという気はしていますね。そこは楽しみにしてください！

※１：ライトノベル作家。『→ぱすてるぴんく。』（Ｐ１６３参照）の作者。悠寐先生がデビュー前に屋久先生のサイン会に参加したことをきっかけに交流が始まる。
※２：ライトノベル作家。『やりなおし英雄の教育日誌』、『ワキヤくんの主役理論』（Ｐ１１８, １４８参照）。屋久先生の高校時代のクラスメート。デビュー後しばらくは互いの存在に気づいてなかったが、ファンからの「埼玉周辺の書き方が似ている」というニッチな指摘をきっかけにお互いが作家になっていたことに気づく。
※３：原因は１巻終盤の友崎の「いいか、二戦目二機目で俺のコンボを抜けたときの動き！　あれはなあ！　めちゃくちゃ難しいんだよ！（中略）猶予フレーム数十！」という発言。屋久先生は「フレーム数、十」のつもりで書いたのに、「数十フレームも猶予があったら余裕じゃん」と解釈されて、地元じゃ負け知らずな屋久先生がにわか扱いされた悲しい事件。現在の重版分では表現が少し変わっているので、興味を持った人は確かめてみよう！

キミの好きな作品がきっと見つかる!

愛咲優詩／天野建／羽海野渉／絵空那智／柿崎憲
勝木弘喜／Ｋ泉ペンキ／髙橋剛／髙橋義和
茶務夏／天条一花／中谷公彦

ライトノベルジャンル別ガイド

いざ、冒険へ! P106
バトル! バトル! バトル! P112
世界の命運 P116
戦乱の時代 P120
忍び寄る闇 P124
ゲームの世界へ! P128
異世界で暮らす P132
絶品グルメ P138
働く人々 P140

262作品(column含む)

ジャンル別ガイド&要素アイコン付き

2017年9月1日から2018年8月31日までに刊行された文庫・単行本ライトノベル作品は1950作品以上。シリーズ数で見ても1140シリーズを超える。男性向けレーベルのみでこの数まで膨れ上がっている。

愛しき日常 P148
愛しき・非日常 P152
恋がいっぱい P158
レッツ倒錯! P164
微笑みと涙と P166
ボーダーズ P170
ノベライズ P176
リプレイ P178

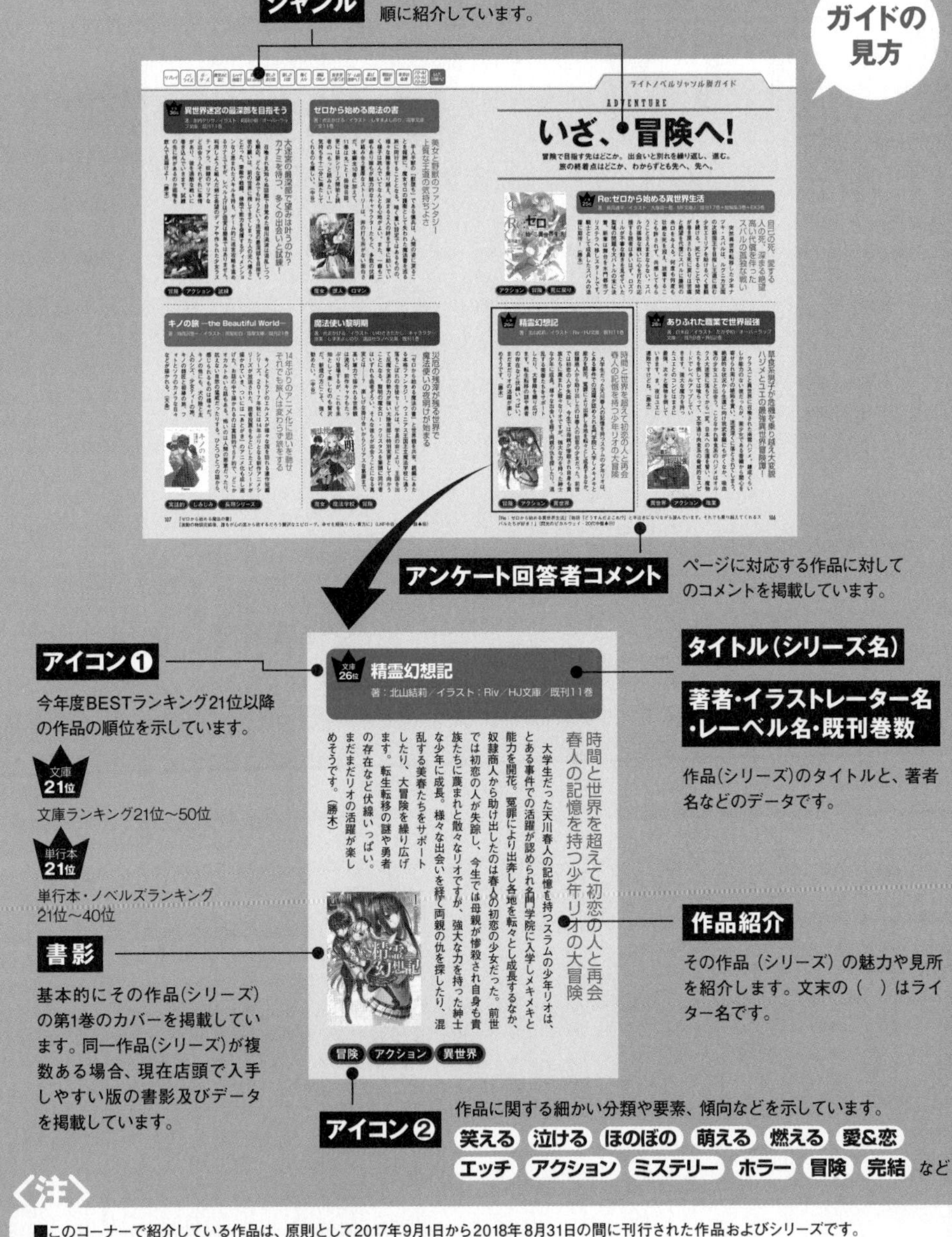

〈注〉

■このコーナーで紹介している作品は、原則として2017年9月1日から2018年8月31日の間に刊行された作品およびシリーズです。
■シリーズ化されている作品は、シリーズ名で記載しています。
■シリーズのうち、本編とは別枠で刊行が続いていっている外伝などは、個別のシリーズとして扱っています。
■著者・イラストレーターに途中で変更があった作品については、連名で記載しています。
■既刊数などのデータは、2018年10月31日時点でのデータです。
■価格は、シリーズ作品など各巻によって異なる場合があること、また価格表示の変更などがあり、統一が難しいため省略させていただきました。

ADVENTURE

いざ、冒険へ！

冒険で目指す先はどこか。出会いと別れを繰り返し、進む。
旅の終着点はどこか、わからずとも先へ、先へ。

文庫25位 Re:ゼロから始める異世界生活

著：長月達平／イラスト：大塚真一郎／MF文庫J／既刊17巻＋短編集3巻＋EX3巻

自己の死、愛する人の死、深まる絶望 高い代償を伴ったスバルの孤独な戦い

突然異世界転移した少年ナツキ・スバルは、ルグニカ王国の次期国王を目指し王選に挑む少女エミリアを助けるべく奮闘を続ける。死亡することで時間が巻き戻される死に戻りは苦痛と絶望を代償にスバルに勝利の糸口を与える。何度も何度も壮絶な死を迎え、放棄することも許されず、共感してもらうことさえままならない。スバルの孤独な戦いに心を打たれ応援する読者は多いはず。ロズワールが不審な動きを見せていた聖域の問題も大バトルの末に決着、新章は舞台を水門都市プリステラへ移しスタートです。騎士として成長したスバルの活躍に期待！（勝木）

アクション　冒険　死に戻り

文庫28位 ありふれた職業で世界最強

著：白米良／イラスト：たかやKi／オーバーラップ文庫／／既刊8巻＋外伝2巻

草食系男子が危機を乗り越え大変貌 ハジメとユエの最強異世界冒険譚！

クラスごと異世界に召喚された南雲ハジメ。錬成くらいしか能力のない彼だったが、美少女である香織から関心を寄せられ周りの嫉妬を買い、迷宮深くに落とされてしまう。絶望的な状況から生還に向け我武者羅にもがくなか、吸血鬼の少女ユエと出会う。ことなかれ草食系のハジメはオルクス大迷宮に落ちてから一変。日本への生還を誓い、魔物たちを倒しては喰らって、文字通り肉食系の脅威的なスピードでレベルアップしていきます。強大な魔力を持ったユエとのコンビはまさに最強、次々と魔物を倒していきます。ま、夜はユエに連敗ですけどね。（勝木）

異世界　アクション　職業

文庫26位 精霊幻想記

著：北山結莉／イラスト：Riv／HJ文庫／既刊11巻

時間と世界を超えて初恋の人と再会 春人の記憶を持つ少年リオの大冒険

大学生だった天川春人の記憶を持つスラムの少年リオは、とある事件での活躍が認められ名門学院に入学しメキメキと能力を開花。冤罪により出奔し各地を転々とし成長するなか、奴隷商人から助け出したのは春人の初恋の少女だった。前世では初恋の人が失踪し、今生では母親が惨殺され自身も貴族たちに蔑まれと散々なリオですが、強大な力を持った紳士な少年に成長。様々な出会いを経て両親の仇を探したり、混乱する美春たちをサポートしたり、大冒険を繰り広げます。転生転移の謎や勇者の存在など伏線いっぱい。まだまだリオの活躍が楽しめそうです。（勝木）

冒険　アクション　異世界

『Re：ゼロから始める異世界生活』「毎回『どうすんだよこれ!?』と半泣きになりながら読んでいます。それでも乗り越えてくれるスバルたちが好き！」（閃光のピカルウェイ・20代中盤♠Ⓗ）

ゼロから始める魔法の書

著：虎走かける／イラスト：しずまよしのり／電撃文庫／全11巻

美女と野獣のファンタジー 上質な王道の気持ちよさ

半人半獣の「獣堕ち」である傭兵は、人間の姿に戻ることを報酬に、魔女ゼロの護衛として失われた魔法書を巡る旅に同行することとなる。暗く重い設定ではあるものの、様々な障害を乗り越え、深まる2人の絆を丁寧に紡いでいく様子は読んでいてなんとも心地がよい。また、一癖も二癖もあり誰もが魅力的なキャラクターたちと、多数の伏線が絡み合う重厚なストーリーは、非の打ち所がない面白さだ。本編全10巻に加えて、11巻は丸ごと1冊後日談、更には新シリーズ開始と読者の「もっと読みたい！」気持ちを十二分に満たしてくれるのも嬉しい。（中谷）

魔女　獣人　ロマン

異世界迷宮の最深部を目指そう

文庫36位

著：割内タリサ／イラスト：鵜飼沙樹／オーバーラップ文庫／既刊11巻

大迷宮の最深部で望みは叶うのか？ カナミを待つ、多くの出会いと試練！

召喚され見知らぬ回廊で目覚めた相川渦波は混乱しつつも順応、どんな望みでも叶うという迷宮の最深部を目指す。彼の願いは、前の世界に残してきてしまった人の元へ帰ることだった。索敵や戦闘、検地で能力を発揮するディメンションなど恵まれたスキルを持ち、ゲーム的に迷宮攻略を進めるカナミですが、レベル上げほど現実は簡単ではありません。利用しようと組んだ剣士希望のディアや作られた少女ラスティアラ、奴隷のマリアなど出会う人それぞれに事情があり、彼を過酷な戦いに巻き込んでいきます。試練の先に何があるのか固唾を飲んで見届けよ！（勝木）

冒険　アクション　試練

魔法使い黎明期

著：虎走かける／イラスト：いわさきたかし／キャラクター原案：しずまよしのり／講談社ラノベ文庫／既刊1巻

災厄の残滓が残る世界で 魔法使いの夜明けが始まる

『ゼロから始める魔法の書』と世界観を共有、続編にあたる本格ファンタジー。ウェニアス王国王立魔法学校に通う落ちこぼれの生徒セービルは、学長の命により、王国を出て反魔女派の勢力が強い大陸南部に特別実習として向かうことになる。黎明の魔女ロー・クリスタスを筆頭に同行者はいずれも曲者ぞろい、そんな彼らが出会うことになる真実とは……？　楽しげな掛け合いからシリアスな葛藤まで、高い筆力で描かれる世界観は流石。前作キャラもたっぷり登場するが、これを未知として楽しむのも贅沢だ。新規の方にこそ、強く勧めたい。（中谷）

魔女　魔法学校　冒険

キノの旅 —the Beautiful World—

著：時雨沢恵一／イラスト：黒星紅白／電撃文庫／既刊21巻

14年ぶりのアニメ化に思いを馳せ それでも旅人は変わらず旅をする

キノとモトラドのエルメスが様々な国を訪れる連作短編シリーズ。2017年秋には14年ぶりとなる新作アニメシリーズが放送された。読者投票をもとにしたエピソードが描かれていき、ついには「あとがき」のアニメ化も成し遂げた。お話の中で描かれるのは寓話的でSF的で、どこかオカルトめいた話もある。怖いのは人間の悪意だったり、抗えない自然の猛威だったりする。ひとつひとつの話から、感じられるものは様々だ。キノの他にも、犬の陸と主人のシズ、少女ティーの旅、キノの師匠と相棒の旅、フォトとソウのカメラな日々などが描かれる。（天条）

寓話的　しみじみ　長期シリーズ

『ゼロから始める魔法の書』

「激動の物語完結後、誰もが心の底から欲するだろう贅沢なエピローグ。幸せを頬張りたい貴方に」（LNF中谷・20代中盤♠協）

最果てのパラディン

著：柳野かなた／イラスト：輪くすさが／オーバーラップ文庫／既刊5巻

最果ての死者の街より旅立ったのは、灯火によって人々を導く聖騎士！

神官でミイラのマリー、剣士でスケルトンのブラッド、魔法使いでゴーストのガス。人の存在しない荒廃した最果ての地で拾われ、3人のアンデッドに育てられたウィリアムは、前世の後悔についての記憶を持った転生者だった。無力感に苛まれるも、3人から教えと深い愛を受け成長したウィリアムは、彼らが抱えた大きな秘密を知ることとなり、聖騎士への道を歩み始める！　ウィリアムが経験する悪神や邪竜などとの壮絶な戦い、仲間たちとの別れと出会いに胸が熱くなる。彼が行き着くその先を、これからも追いかけていきたい。（天野）

人外　成長譚　バトル

世界の果てのランダム・ウォーカー

著：西 条陽／イラスト：細居美恵子／電撃文庫／既刊2巻

まだ見ぬ世界の未知を探して神秘の謎を解き明かす新感覚ＳＦ

遥か上空に浮かぶ天空都市セントラルの調査員ヨキとシュカの仕事は、地上で起こる不可思議な出来事の現地調査だ。都市ごとに文化も違えば、技術レベルも異なる歪な社会を築いている地上世界には様々な神秘が溢れている。生物が石化する山、無限に湧く泉と七日間で建てられた街、子供が鉱物化する謎の奇病、不可解な超常現象に科学のメスを入れていく、ときには倫理に反した危険な技術や遺失物を巡って諍いが起こることもある。人知の及ばぬ巨大生物、人類未踏の大自然の壮大さに好奇心を掻き立てられる驚きとロマンに満ちたＳＦ。（愛咲）

神秘　空想科学　超常現象

文庫41位　始まりの魔法使い

著：石之宮カント／イラスト：ファルまろ／ファンタジア文庫／既刊4巻

オカルト研究家が竜として異世界転生 未開の地で何世代も様々な種族を教育

魔法に惹かれオカルト研究家としての生涯を終えた私は、魔法が存在する異世界に竜として転生。この神秘体験の感動を伝えようと人間を探すが、そこは会話もままならない原始時代。自ら教師として文明を開拓することに。人間に限らず様々な種族と交流し、言葉と文字を普及し産業を発展させ、魔法の理を探求し伝えていく。瞬く間に発展していく世界を長命種ならではのマクロな視点で楽しめます。それは同時に、無数に繰り返される儚い命との別れの歴史でもあったり。いつまでもピュアな気持ちで一人一人と向き合う、理想の先生像かもしれません。（勝木）

異世界　開拓　長寿

空飛ぶ卵の右舷砲

著：喜多川信／イラスト：こずみっく／ガガガ文庫／既刊1巻

異形の植物に覆われた終末世界 小型ヘリを駆り樹竜を狩る近未来ＳＦ

人造の豊穣神ユグドシラルによって人類の半数以上が死に絶え、樹獣と樹竜が出現した『大崩壊』から数十年。十八歳の青年ヤブサメは小型ヘリ〈静かなる女王号〉の副操縦士として、師である年齢不詳の美女モズと樹竜狩りを生業としていた。東京湾海上都市を訪れた二人は、東京第一空団副長セキレイに失われた知識や技術が眠る旧新宿への大規模探索作戦への協力を依頼される。小型ヘリで廃墟のビル群を駆け抜け、襲いかかる樹竜を紙一重で躱し、右舷に取り付けた巨大な艦載砲で標的をなぎ倒していく興奮度最高潮のスカイアクションだ。（愛咲）

ヘリ　大自然　SF

『始まりの魔法使い』

「毎巻泣かされてるシリーズ。分かっていても確実に泣けてくる愛をテーマにした話が素晴らしい」（アウル・30代♠Ⓗ）

ダンジョンに出会いを求めるのは間違っているだろうか　外伝
ソード・オラトリア

著：大森藤ノ／イラスト：はいむらきよたか／キャラクター原案：ヤスダスズヒト／GA文庫／既巻10巻

迷宮都市に燦然と輝く最強の剣士　アイズの視点で描く熱量に満ちた外伝

冒険者たちがしのぎを削る迷宮都市で最強の剣士として名を馳せる【剣姫】アイズ・ヴァレンシュタインを主人公に据えた『ダンまち』外伝。都市最強ファミリアならではのスケールの大きな冒険が一番の見所。都市の裏で蠢く陰謀など、本編以上に世界の謎に迫っている部分も多く、外伝ならぬもうひとつの本編と言って全く差し支えない濃密ぶりだ。本編では主人公・ベルの憧れとして描かれるアイズだが、こちらを読むと実は彼女の方もベルのことを気にしていることが分かる。相乗効果で高め合っていく2人の主人公から目が離せない。（ペンキ）

ファンタジー　バトル　ヒロイン視点

単行本28位　望まぬ不死の冒険者

著：丘野　優／イラスト：じゃいあん／オーバーラップノベルス／既刊3巻

発想は転換するもの！　元底辺冒険者が最上級を目指す！

経験は長いがレベルが低い冒険者レントは、既知の迷宮内で見つかった新たな路へ踏み込み、龍に食われて死んだはずが、目覚めてみればスケルトン化してしまっていた！というわけで、彼はなかった才能を魔物力で補い、上級冒険者兼上級モンスターを目指そうと決意するわけだが、慣れない魔物の体を動かすだけで一苦労だ。そう、レントは実にめずらしい超ザコ主人公！　それが必死で戦い、進化する中で言葉や理解者を得て一歩ずつ、階段ならぬ怪段を這い上がっていく。切なさをぶっちぎる熱さが魅力の、正統派で怪奇系な成り上がり物語！（剛）

熱い　冒険　アクション

昔勇者で今は骨

著：佐伯庸介／イラスト：白狼／電撃文庫／既刊3巻

骨生活を満喫する元勇者が冒険再開？　少し弱くなったけどまあがんばります

魔王との最終決戦中に死んでしまい、やむなく死霊術でスケルトンとして復活、勝利した勇者アル。世間的には相討ちということにして、墓場でのんきに暮らしていたが、かつての仲間にせっつかれ重い腰を上げる。勇者マニアの女剣士が仲間になり、思わぬ子育てをし、不思議な村を訪れ……。悩みを抱えながらもお気楽に振る舞い、弱きを助け魔王軍の残党や始まろうとする戦争に立ち向かうアルの姿は、骨であっても多少弱くなってもまさしく勇者。平和になりつつある世界で繰り広げられる、勇者の冒険の知られざる第二章はどんな結末を迎える？（義和）

ほのぼの　しみじみ　燃える

単行本26位　ログ・ホライズン

著：橙乃ままれ／イラスト：ハラカズヒロ／KADOKAWA（エンターブレイン）／既刊11巻

ゲームのようで、ゲームじゃない　新たな大地で社会の秩序を作る

MMORPG〈エルダー・テイル〉にそっくりな異世界へと何万人ものプレイヤーが転移してしまった。スキルは使えるし死んでも生き返るが、ゲームとはちょっと仕様がことなるようで……。主人公のシロエは有力ギルドとの会議に参加しながら、街の秩序を保ち、そしてこの世界の謎に迫っていく。緻密に作られた世界のルールと、そこで戸惑いながらも生活していく人々の様子が、リアリティのあるものとして描かれていく作品。2年半ぶりとなる最新刊では、中国サーバーに飛ばされたメガネの騎士・クラスティの活躍が描かれる。（天条）

ゲーム　内政　愛＆恋

『昔勇者で今は骨』「しっかり作り込まれた世界観と、コミカルなやり取り、そして主人公が骨という意外性。骨なのにカッコいいとか、本当にずるい」（文教堂の回し者・20代後半♠Ⓗ）

単行本31位

月が導く異世界道中

著：あずみ圭／イラスト：マツモトミツアキ／アルファポリス／既刊15巻

異世界召喚と思いきやあっさり放逐？ モンスターたちと行く気ままな旅物語

両親の代からの因縁で異世界に召喚されることになった深澄真。しかし現地の女神に顔が気に入らないという理由であっさり世界の果てに捨てられ、さらにモンスターの言葉はわかるのに、現地人の言葉は理解できないという嫌がらせを受けてしまう。だが、捨てられたということは自由を約束されたということ！ 女神とは別ルートでチートな力を手に入れた真は美女二人（正体は竜と大蜘蛛！）をお供に従え、悠々自適な旅に出る。行く先々で様々なトラブルに巻き込まれながらも、徐々に異世界で存在感を増していく様子が楽しい一作だ。（柿崎）

冒険　異世界　人外

先輩冒険者さんが助けてくれるのできっと大丈夫なのです！

新米冒険者の日記帳

著：荒木 シオン／イラスト：bun150／カドカワBOOKS／既刊1巻

家出少女クレア（仮名）は冒険者志願！ 悪戦苦闘の中、人の縁には恵まれて…

家出して冒険者になった女の子。なけなしの金で装備を準備しギルドに登録するが、最初の仕事は薬草採取や雑魚モンスターの討伐くらい。変なあだ名を得てしまいつつもがんばるうちに、次第にいろんな仕事が回ってきて、さらには仲間も……。ネットで、毎日一日分の日記形式が投稿された作品。初心者の地道で誠実な成長が続くものの、どこかとぼけた文体ですらすら読ませ、毎日の終わりの収支決算が生活感に溢れている。周囲の人たちとのやり取りも楽しいし、日記として手短にまとめられている部分も想像力を刺激し、読み始めると止まらない。（義和）

ドタバタ　しみじみ　日記

単行本38位

失格紋の最強賢者

～世界最強の賢者が更に強くなるために転生しました～

著：進行諸島／イラスト：風花風花／GAノベル／既刊6巻

転生して最強を目指せ！ 最強賢者が紡ぐ新たな成長ストーリー

持つ者の魔法の性質を決定付ける紋章が特性によって分けられ、第四紋が最も強いものである世界。紋章は生まれた時点で決められており、必ず変わることはない。第一紋を持つ男・ガイアスは転生魔法を使うことで第四紋を持つ少年・マティアスとなることに成功する。しかしマティアスの生きる時代では第四紋が失格紋と呼ばれ最弱とされていた。しかしマティアスはくじけることなく、最強を求めて動き出す。理不尽な出来事の連続でも決して諦めず前向きに自分の理想を追い求めるマティアスの快進撃が止まらない。読者を元気にさせる爽快な一作だ。（羽海野）

ファンタジー　冒険　成り上がり

単行本32位

リワールド・フロンティア

著：国広仙戯／イラスト：東西／TOブックス／既刊3巻

目指すは世界の最前線！ 古代人の遺跡を攻略せよ！

終末戦争後に遺された、月まで屹立する塔の遺跡ルナティック・バベル。浮遊島に集まった探検者たちは、いつも調査のためのパーティーを探していた。そんな中で、見かけ倒しの大剣を持った剣士・ラトは、使い勝手の悪い支援術式くらいしか取り柄がないために、いつも1人ぼっち。そんな彼が偶然にもパーティーを組むことになったのは、雅な口調の不思議な少女ハヌ。この出会いが、ラトを世界の最前線へと導いていく。古代人が遺した超技術と、塔型ダンジョンの攻略という要素が合わさったファンタジー。弱気な少年がフロンティアを目指す！（天条）

ダンジョン　支援術式　のじゃロリ

『リワールド・フロンティア　―最弱にして最強の支援術式使い―』
「バトルの熱さ、外道な悪役を叩きつぶす爽快感、ヒロインたちの魅力。どれを取っても一級品の面白さ！」（フラン・30代♠㊙）

回復術士のやり直し ～即死魔法とスキルコピーの超越ヒール～

著：月夜 涙／イラスト：しおこんぶ／角川スニーカー文庫／既刊4巻

蔑まれ虐げられた記憶と共に過去へ！ 回復術士の暴力と快楽が渦巻く復讐劇

戦闘に向かない回復術士であることから薬漬けにされ勇者パーティで虐待されていたケヤルは、魔王討伐を機に反逆。賢者の石の力を利用し4年前に逆行、国に勇者に危害をもたらす者に復讐の牙を向ける。後方支援要員としか認識されていない回復術士ですが、ケヤルの能力は特殊。回復の副作用で対象者の技術を模倣し、戦闘力を急上昇させていきます。ケヤルを家畜のように扱っていた王女フレアを犯し人格を奪い、利己的理由で略奪を働く王国軍を陥れ次々に復讐を果たしていきます。女は奪い利用し暴力を存分に行使する、復讐の快楽にゾクゾク！（勝木）

復讐　暴力　エッチ

魔王討伐したあと、目立ちたくないのでギルドマスターになった

著：朱月十話／イラスト：鳴瀬ひろふみ／ファンタジア文庫／既刊5巻

最強のギルドマスターは目立たない！ でも超モテるから超困る！

勇者パーティーのリーダーを務めた〝忘却の何とか〟ことディック・シルバーは、魔王討伐の褒美に中古ギルドのマスター位を所望した。そして彼は、目立たないからこそ誰からも妬まれず、しかし最高ランクの依頼をこなす理想のギルド作りを開始する。超級の剣技と魔法を振るうギルドマスターのこっそり痛快劇！　なのだが、ディックのまわりに集まる女子たちがいい！　勇者仲間や元魔王、姫、依頼者……立場も個性もとりどりな女の子によるアプローチ、読んでいるだけで漲ります！　ストレスフリーなハーレムアクション物語だ。（剛）

異世界　愛&恋　こっそり

Column 01

ライトノベルの伝説が今甦る リナ=インバース堂々帰還！

文・柿崎憲

その伝説は1990年に始まった。「ファンタジア長編小説大賞」の第一回受賞作にして、シリーズ累計二千万部突破、度重なるアニメ化にゲーム化で多くのメディアミックスを果たした怪物的作品、それが『スレイヤーズ』だ！

「ドラゴンもまたいで通る」天才美少女魔術師リナ=インバースと相棒の剣士・ガウリィが仲間と共に各地で起こす大騒動を描いたファンタジー。シリアスな魔法バトルと魅力的なキャラのギャグの応酬は多くの読者を魅了すると同時に現代ライトノベルのファンタジー作品の基礎を作ったと言っても過言ではないだろう。

シリーズ本編は2000年に完結。その後も短編はしばらく発表されていたが、ここ数年はそれも途絶えていた。

そんな中で新作、それも長編の続編が発表されて各地で驚きと喜びの声が続々上がった。気になる物語の内容は魔族との戦いもひと段落し、リナとガウリィが一度里帰りしようとしたところからスタート。しかし偶然立ち寄ったアテッサの街でエルフが絡んだ新たな事件に巻き込まれてしまい……。新たなる冒険の始まりというよりは本編の後日談的内容だが、変わらぬ軽快な文章に懐かしの呪文詠唱、そして2部では登場しなかったアメリアやゼルガディスの再登場と読者が読みたかったものをきっちり揃えて、当時と変わらぬ空気を堪能させてくれる。売り上げの方も各地の書店で売り切れが相次ぐ絶好調！

これは当然更なる続きを期待してもいいんですよね!?

スレイヤーズ

著：神坂一／イラスト：あらいずみるい／ファンタジア文庫／既刊16巻＋短編集35巻

魔王との戦いを終え、故郷へ向かうリナとガウリイ。その途中で夜盗騒ぎと遭遇し……

『回復術士のやり直し～即死魔法とスキルコピーの超越ヒール～』「中身はエッチなシーンが多いけど、復讐劇としても楽しめる。こういう両立した作品を求めていたんだ!!（エレンかわ…エロい！）」（Sora・20代前半♠Ⓗ）

BATTLE! BATTLE! BATTLE!

バトル!バトル!バトル!

敵を打ち倒すため、その力を解放しろ!
そのパワーは規格外!? 魔術も剣術も、乱れ飛ぶ!

魔法科高校の劣等生

文庫27位

著:佐島 勤/イラスト:石田可奈/電撃文庫/既刊26巻+SS1巻+外伝1巻

規格外の劣等生が魔法の常識を変える新たな魔法の開発で世界を変えていく

近未来の科学によって「魔法」が現実の技術として認められた世界。国立魔法大学付属第一高校に劣等生の兄・司馬達也と優等生の妹・司馬深雪が入学した日から、波乱の日々が幕を開けた。近刊では達也と光宣という規格外な2人の魔法師が対立したことで、暗殺されそうになったスターズ最強の魔法師・リーナが達也の元へ逃れてくるなど、物語はクライマックスへと加速していく。ハラハラさせる先の読めない展開から目が離せない。彼らがたどり着く結末を、ぜひその目で見届けて。(天野)

SF バトル 最強

アクセル・ワールド

文庫45位

著:川原 礫/イラスト:HIMA/電撃文庫/既刊23巻

バトルだけじゃあない! 語り尽くせぬ、圧倒的〝贅沢〟さ

舞台は2046年。VR・ARといった技術を容易に実現する、量子接続通信端末が一般に普及した世界。スクールカースト最底辺であるハルユキの人生は、現実世界の1000倍の思考加速を得る《加速世界》との出会いで一変、対戦格闘ゲーム《ブレイン・バースト》で繰り広げられる戦いに身を投じていく。加速世界で長い時間を過ごした登場人物たちは、大人顔負けの老獪さを発揮することもあり、張り巡らされた陰謀と、明かされていく世界の真相は圧巻の一言に尽きる。多種多様な要素を包括する本作は、読み返すたび新たな魅力を発見できるだろう。(中谷)

拡張現実 アクション ゲーム

ゴブリンスレイヤー

著:蝸牛くも/イラスト:神奈月昇/GA文庫/既刊8巻

彼が興味を示すのはゴブリン退治のみ 戦いの緊迫感、ゆえに引き立つ優しさ

ゴブリンスレイヤー。荒くれものの多いギルド内で異質な存在感を放つ彼は、序列三位の銀等級ながらゴブリン退治にしか興味を示さない。駆け出し冒険者にもあなどられる小鬼どもを、呼び名の通り一片の容赦もなくただひたすらに屠っていく。RPGでは雑魚キャラのゴブリンですが、群れを成し姑息に人を襲う様は生々しくグロテスク。それを時に罠を張り、時に奇襲し、刺し斬り殴り潰し殲滅していくゴブリンスレイヤーもともすれば怪奇に映ります。少しの隙も許さぬ生きざま、だからこそ仲間たちとの交流が読者の心に優しく沁み渡ります。(勝木)

冒険 暴力 小鬼殺し

『ゴブリンスレイヤー』「憎しみなどの理由でゴブリンを倒し続ける『楽しくなさそうな冒険』を続ける主人公と、その主人公を『楽しい冒険』に誘おうとする仲間の掛け合いが好きです」(さるかに太郎・20代後半♠Ⓗ)

文庫49位

ロクでなし魔術講師と禁忌教典（アカシックレコード）

著：羊 太郎／イラスト：三嶋くろね／ファンタジア文庫／既刊12巻＋短編集3巻

ダメ講師グレンとともに世界を救え！加速が止まらない学園ファンタジー

魔術学院のロクでなし講師・グレンが、頼りになる教え子や仲間たちとともに、様々な困難や襲いくる敵に打ち勝っていく大人気学園ファンタジー。普段はダメ人間まっしぐらなグレンが、いざという時に見せる格好良さときたら！　一番弟子・システィーナをはじめとした生徒たちの成長ぶりも著しく、守るべき存在から、背中を預けて戦う戦友にランクアップした感すらある。近刊では世界の秘密がいくつか明かされ、全体のストーリーも佳境を迎えてきた。どんどんスケールの大きくなる本編はもちろん、ギャグ多めの短編集も楽しい。（ペンキ）

ファンタジー　学園　バトル

ナイツ＆マジック

著：天酒之瓢／イラスト：黒銀／ヒーロー文庫／既刊9巻

メカオタクが異世界転生。巨大人型兵器を前に、狂喜乱舞＆猪突猛進！

重度のメカオタク青年が、巨大人型兵器の存在する異世界に転生。思う存分本物のロボットを操る……という筋書きなのだが、とにかくこの主人公・エルネスティの行動力が凄い。美少年として転生したエルは、元プログラマーとしての才能を遺憾なく発揮し、メカ以外には目もくれず、幼少期から目標に向け一直線に邁進していく。バトルも熱いが、ただロボットに乗れるだけで大喜び、より良い機体を開発するためには手段も選ばない。同じメカオタクとして、これほど応援したくなる主人公がいるとは……。今後もエルの活躍に期待したい。（中谷）

異世界転生　メカ　アクション

ラストラウンド・アーサーズ

著：羊 太郎／イラスト：はいむらきよたか／ファンタジア文庫／既刊1巻

新たな王様候補はロクでなしJK!?現代のアーサー王伝説がここに開幕！

生まれつきチート的な能力を持っており、人生に退屈していた真神凜太朗。そんな彼が目をつけたのは次世代のアーサー王を決める《アーサー王継承戦》。多くの継承者候補の中から瑠奈＝アルトゥールに力を貸すと決めた彼だが、瑠奈は最弱の候補と評されている上に、継承戦に必要な聖剣を金のために売り払うロクでなしだった……。優れた能力ゆえに鬱屈していた凜太朗と、何も考えていないようでいてたまに王の器を見せる瑠奈の凸凹コンビっぷりが実に楽しく、騎士を召喚し互いに聖剣を振るう継承者同士のバトルは非常に熱い！（柿崎）

バトル　燃える　アーサー王伝説

私、能力は平均値でって言ったよね！

著：FUNA／イラスト：亜方逸樹／アース・スターノベル／既刊8巻

その世界での〝平均〟は規格外の強さ　転生少女は普通に暮らしたかったのに！

10歳になった少女は、自分の前世の記憶を思い出す。彼女が転生前に出会った『神』のような存在に願ったのは「能力は平均値で」ということだった。しかしそれは曲解され、全ての種族の平均――つまり人間としては驚異的な能力を得ていたのだった。前世では『天才』と言われ周囲から孤立していた彼女は、自分の能力を隠しつつ、平凡な女の子として生きようとする。学園に入ってからはマイルと名乗った彼女は、至る所で能力を発揮。すぐにハンターとしての頭角を現して、最強の魔法剣士へとなっていく。平均値って何だっけ？（天条）

主人公最強　ハンター　ドタバタ

『私、能力は平均値でって言ったよね！』

「最強の主人公と仲間たちが繰り広げる冒険が愉快でかわいい！」（ごん・20代前半♠Ⓗ）

魔王学院の不適合者
～史上最強の魔王の始祖、転生して子孫たちの学校へ通う～

著：秋／イラスト：しずまよしのり／電撃文庫／既刊2巻

2000年後の世界に転生した暴虐魔王！入学した魔王学院では落ちこぼれ!?

延々と続く闘争に飽き、平和な世の中を夢見て、2000年後の世界に転生した暴虐の魔王アノス。しかし、転生した彼を待っていたのは、弱くなりすぎた子孫たちと衰退した魔法、誰もが魔王アノス・ヴォルディゴードの名前と存在を忘れた世界だった。入学試験では魔力が強すぎて測定不能でゼロ扱い、適正試験でも不遇な結果に。アノスは、不適合者の烙印を押されてしまう。果たして、彼は魔王の転生者と認めてもらえるのか？　自分や配下に弓引くものは、運命だろうと摂理だろうと捻じ曲げ、滅ぼしつくす！　今、熱い作品はこれだ！（天野）

魔王　主人公最強　学園

賢者の孫

著：吉岡 剛／イラスト：菊池政治／ファミ通文庫／既刊8巻＋外伝2巻

才能を開花させる最高のポジション開発討伐私生活に賢者の孫が大活躍

賢者マーリンに拾われた赤ん坊はシンと名付けられすくすく成長。前世の記憶や導師メリダの指導もあり、能力を開花させていく。常識を身に着けるため高等魔法学院に入学するが、桁違いの活躍で注目を集めるのだった。賢者の孫という恵まれた環境で育ったシンは、体術も魔法も規格外。社会勉強不足から防御力が異常に高い服や革新的な通信法など異世界常識外れの魔導具を次々制作し、国を滅ぼすレベルの魔人を難なく討伐していきます。王太子を友人に子爵家の令嬢を婚約者にリアルも充実。近刊では失敗するもやはり活躍、もはやじいちゃん超!?（勝木）

冒険　異世界　孫

ロード・オブ・リライト
―最強スキル《魔眼》で始める反英雄譚―

著：十本スイ／イラスト：柴乃櫂人／ファンタジア文庫／既刊3巻

傲慢なる眼は世界を革命する力！少年は反旗を掲げ、強大なる敵へ挑む

捨子だったアクス・オーダーは女戦士に拾われた。そのとき彼が持っていたのは、自分が転生したのだというだけの記憶と、腕にはまった不可思議な腕輪のみ。それでも穏やかに成長していく彼だったが、神聖ガンエデン帝国から世界に恵みをもたらす〝神樹〟を取り戻すべく戦う革命団の一員として、激しい戦いへ踏み込んでいくこととなる。伝説に語られる〝七つの大罪〟の力を不屈の心で繰り、強大な敵へと向かうアクス、その生き様こそが本作の魅力！　痛快な異能力バトルと、王道ネタに輝きを与える彼の謎の真相にも要注目だ。（剛）

異世界転生　燃える　アクション

アサシンズプライド

著：天城ケイ／イラスト：ニノモトニノ／ファンタジア文庫／既刊8巻＋短編集1巻

誇り高き少女の願いを実らせるため冷徹な暗殺者は凄腕家庭教師となる！

マナを持つ貴族のみが魔物に対抗できる世界。だが、名門公爵家に生まれたメリダは全くマナを使うことができず周囲から〈無能才女〉と嘲られていた。そんな彼女の運命を変えたのは家庭教師のクーファ。優しげな態度を取る彼だが、その正体はメリダの出生に疑問を持った貴族が派遣した暗殺者……！　当初は任務のため冷徹に動いていた彼が、努力を諦めないメリダに心打たれ本気で教育していくという関係性の変化が楽しい一作。物語が進むにつれてメリダのアプローチは強まっていくが、果たして教師と生徒という一線は超えられるのか？（柿崎）

バトル　愛&恋　燃える

『魔王学院の不適合者～史上最強の魔王の始祖転生して子孫たちの学校へ通う～』「緻密に張り巡らされた伏線、譲れない信念を抱える仲間たち、そしてあらゆる理不尽をねじ伏せる主人公アノス。読んでいて爽快な最強ものです」（川村圭田・20代前半♠Ⓗ）

幼女さまとゼロ級守護者さま

著：すかぢ／イラスト：狗神煌／GA文庫／既刊2巻

"共闘"と"欺き"先の読めない迷宮探索の果てにあるものとは……

PCゲームプレイヤーにはお馴染み、すかぢ先生&狗神煌先生による異能力作品。冒頭から『論理哲学論考』の引用など、氏の個性はラノベでも全力全開。類まれで濃厚な世界観、独特な人物描写は馴染みある人に面白さ保証済み、そうでない人にも味わって頂きたい。名だたる能力使いである「十三血流」の眷属による、陰謀張り巡らされる迷宮探索。幼女さまを狙う刺客は／それを守る「守護者」とは一体誰なのか？様々な思惑が交錯する忌まわしき天球儀ゲームの行方は――。僅かでも興味惹かれる要素があった諸兄姉には堂々とお勧めしたい、本年必読の1冊だ。（中谷）

ダンジョン　学園　ロリ

知識チートVS時間ループ

著：葛西伸哉／イラスト：長浜めぐみ／HJ文庫／既刊1巻

異世界転移者が人族を率い魔族に抗すだが魔族側にはもう1人の転移者が…

大学生の和斗は救世主として異世界に召喚された。タブレットからいくらでも知識を引き出せることを活用して、彼は劣勢にある人類を救うために動き出す。一方、同じ世界にバイトをクビになったフリーターの朗も迷い込み、魔族軍の中のはぐれ者を寄せ集めた小隊に拾われていた。彼には、彼か小隊メンバーの死をトリガーとする時間逆行能力が備わっていて……。大局的には人類側の逆襲を描きつつ、局地的には弱い立場にある朗の小隊の成り上がりも描く。非常に対照的な和斗と朗の、やがて訪れるであろう激突あるいは共闘が待ち遠しい作品だ。（義和）

異世界召喚　ダブル主人公

即死チートが最強すぎて、異世界のやつらがまるで相手にならないんですが。

単行本35位

著：藤孝剛志／イラスト：成瀬ちさと／アース・スターノベル／既刊5巻

思った瞬間、相手は即死!!絶対最強の能力が異世界を蹂躙する！

修学旅行中、突然バスごと異世界に転移させられた高遠夜霧。他のクラスメートが異世界人からチート能力を与えられる中、寝ていた彼には何の力も与えられない。しかし、彼はこの世界に来る以前から『任意の対象を即死させる』という《即死能力》を持っていたのだ！　敵対する現地の住人やクラスメートたちは、他の作品ならば主人公やボスクラスのチート能力持ちだが、そんなものを意に介さず問答無用で即死させていく夜霧の圧倒的な強さは読んでいて変な笑いがこみあげてくる。敵キャラがクズ揃いなので、読後の爽快感も抜群だ！（柿崎）

チート　クラス転移　主人公最強

メルヘン・メドヘン

著：松智洋、StoryWorks／イラスト：カントク／ダッシュエックス文庫／全4巻+外伝1巻

各国対抗のメルヘン魔法合戦が開催！初心者葉月はエース静をどう助ける？

読書に逃避するのが癖の葉月はある日、世界の裏に存在する魔法使いの学校に迷い込み、『シンデレラ』の原書に選ばれ、物語の力を操る見習い魔法使いメドヘンになった。折しも各国代表メドヘンによるバトル大会ヘクセンナハトの開催中。強力な原書と契約した葉月は日本校チームで戦うことになり……。『かぐや姫』『マッチ売りの少女』など、有名な物語に基づく魔法戦闘は読者の想像力を強く刺激する。オリジナルアニメが原作だが、小説ではロシア校戦を略すなど大胆な構成で、葉月と日本校リーダー静の関係に焦点を絞り、物語に決着をつけた。（義和）

ドタバタ　ほのぼの　百合

『メルヘン・メドヘン』「友達もいない、本ばかり読んで空想好きな女の子が急に魔法少女に!?運命の出会いを果たした葉月が仲間達と一歩ずつ成長していく姿が眩しいです」（いろはす・10代前半♠Ⓗ）

DESTINY

世界の命運

世界の行く末は、その手に掛かっている。
全身全霊を込めた戦いが、心を震わせる……!!

文庫31位 ノーゲーム・ノーライフ

著：榎宮 祐／イラスト：榎宮 祐／MF文庫J／既刊10巻＋短編集1巻

白に妹属性の最大のライバル、現る!? 兄の好みの褐色ロリな鬼っ娘、登場！

ゲーマー兄妹である空と白。最強ゲーマーだった彼らが神によって召喚されたのは、戦争が禁じられ、"全てがゲームで決まる"異世界だった。たちまちゲームにて【十六種族（イクシード）】の序列最下位である『人類種（イマニティ）』の全権代理者となった彼らは、他の種族にも勝負を挑み、唯一神・テトとのゲームを目指す。最新巻では、ついに位階序列八位の『地精種（ドワーフ）』が登場！ 兄である空の好みにドストライクな地精種（ドワーフ）少女の姿に、妹の白はかつてない危機感を覚える。国を賭けたゲームもこっそり進行し、またまたゲームが始まる!?（天野）

異世界召喚　ゲーム　ドタバタ

デート・ア・ライブ

著：橘 公司／イラスト：つなこ／ファンタジア文庫／既刊19巻＋アンコール8巻＋マテリアル1巻

強大な力を持つ精霊を救う方法は……「デートして、デレさせる」こと？

主人公の五河士道が担ったのは、世界を滅ぼす災厄・精霊とデートをすること！ デートの内容は「秘密組織のメンバーが大真面目にギャルゲーやったら」という着想を元にしただけあって、てんやわんやの大騒ぎ。選択肢は多数決、好感度の進退に皆で一喜一憂……そんなとんでもない方法で世界を救う物語。ストーリーは遂にクライマックス。苛烈極まる戦場で、士道は世界を、精霊を救うことができるのか？ つなこ先生の可愛らしい＆恰好いいイラストにも注目。各巻見開きの迫力は筆舌尽くし難く、毎回視線が釘付けになること間違いなしだ。（中谷）

アクション　ラブコメ　熱い

デート・ア・ライブ フラグメント デート・ア・バレット

著：東出祐一郎／原案・監修：橘 公司／イラスト：NOCO/ファンタジア文庫/既刊4巻

新たな視点で描かれる少女たちの隣界地獄（？）巡り

実力作家による『デート・ア・ライブ』のスピンオフ。主人公は作中で最も特異な精霊・時崎狂三（ときさきくるみ）。謎に包まれていた隣界を舞台に、少女たちの新たな戦争が始まる――。シリーズ開始当初は本編の肝である「デートして、デレさせる」要素がなくなってしまうのではないかという疑念があったが、それは杞憂であった。原作への確かなリスペクトから紡がれるストーリーだが、こちらだけでも成り立つ骨太なものとなっている。さらに、こちらの予測を遥かに上回る描写もあり、特に支配者側と叛逆軍の戦争が描かれる4巻ラストは感動しきりであった。（中谷）

アクション　熱い　スピンオフ

『ノーゲーム・ノーライフ』「最初にアニメから入ったのだが、これは買って良かったと思わせてくれた作品。何より見ていて気持ちの良い駆け引きが特にポイント」（まつたけ・10代後半♠Ⓗ）

なぜ僕の世界を誰も覚えていないのか?

著:細音 啓/イラスト:neco/MF文庫J/既刊5巻

一瞬の上書きでカイの世界は覆される大胆且つドラマチックな細音ワールド

幼馴染の少女ジャンヌの目の前でカイの知る世界は「上書き」された。預言者シドが英雄として人類を救った痕跡は跡形もなく消え去り、友人たちにカイを知るものはいなかった。混乱するカイは奇妙な翼を持つ捕らわれの少女リンネと出会う。地上の覇権を巡って対立する五種族や大戦を制した英雄シドなど独自世界観の前提が、「上書き」で覆されドラマチックに展開していく。そしてカイの新たな出会いや戦闘がドラマチックに加速する。上書きされた世界の目的や白黒の翼と高い能力を持ったリンネの生い立ちなど謎が散りばめられ先の読めない物語。細音ワールド!(勝木)

アクション 謎 上書き

GENESISシリーズ 境界線上のホライゾン

文庫39位

著:川上 稔/イラスト:さとやす(TENKY)/電撃文庫/既刊28巻+カールズトーク3巻

人類が再び天上へ至るための軌跡 歴史を再現し「やり直す」大河活劇

かつて汚染された地球を飛び出した人類が、再び地球へと戻ってきた「GENESIS」の時代。終焉である「末世」へと向かい始めた世界で、戦国時代の歴史再現をしながら戦いを繰り広げる、葵・トーリと巨大航空都市艦「武蔵」の面々の物語。物理的に重厚であり、設定や世界観の構造、歴史、政治、SF、ファンタジーが共存して描かれていく物語。本編はついに最終局面に突入し、歴史再現は「関ヶ原の戦い」と30年戦争の終結である「ヴェストファーレン会議」が描かれる! 刊行開始から10年、ついにクライマックスが見えてきた。(天条)

歴史 アクション 長期シリーズ

キミと僕の最後の戦場、あるいは世界が始まる聖戦

著:細音 啓/イラスト:猫鍋 蒼/ファンタジア文庫/既刊5巻

黒鋼の後継、氷禍の魔女、2人の邂逅 敵対しながらも惹かれあう運命の悪戯

機械文明の発達した帝国の剣士、黒鋼の後継イスカ。星霊を宿したものが住まうネビュリス皇庁の最高位星霊使い、氷禍の魔女アリスリーゼ。永く続く二大国の戦争で、敵同士として出会った2人はお互いを好敵手と認め合い意識しあっていく。歴史的思想的政治的二国の対立からお互いを倒すべき相手としか認識できないイスカとアリスですが、本能的には惹かれあっているという微妙な関係。中立地帯で偶然鉢合わせしたり、会いたいときには会えなかったり、運命の悪戯に翻弄されます。暗躍する周りの動きも激しくなり、複雑化する今後の展開に括目!(勝木)

アクション 愛&恋 文明

ストライク・ザ・ブラッド

著:三雲岳斗/イラスト:マニャ子/電撃文庫/既刊18巻+APPEND2巻

世界最強の吸血鬼と剣巫の少女 常夏の人工島での学園アクション

魔族と人間が共存する世界で、政府の特務機関に所属する少女・姫柊雪菜は、伝説的存在の吸血鬼〝第四真祖〟の監視を命じられる。その対象は、人工島に住む高校生・暁古城だった。真面目な性格の雪菜と、なんだかヒロインとフラグを立て、力を使うためには直接吸血しなければいけない古城は、いがみ合いながらもバディとして敵に立ち向かっていく。第四真祖としての力を受け継いだ古城は、自らの過去と他の真祖とも向き合っていく。

15巻で第1部が完結し、物語は第2部へ。アニメはOVAシリーズで第3期が展開されている。(天条)

吸血鬼 アクション 学園

『GENESISシリーズ境界線上のホライゾン』
「クライマックスへの盛り上がり方が半端ない!厚さなんて気にならない!」(昼御前・20代前半♠Ⓗ)

神域のカンピオーネス

著：丈月 城／イラスト：BUNBUN／ダッシュエックス文庫／既刊3巻

神をもって神を制す！ 人の世を侵す神話をリライトせよ

空間歪曲により、神話に語られる神世が実際のものとして顕われるようになった世界。甚大な被害をもたらす魔物や神に対抗するため、六波羅蓮は下した神より受け継いだ力を振るって戦いを挑む。――エンディングの定まった「神話の筋書き」を変えたがために！　というわけで、作者の大ヒット作『カンピオーネ！』のパラレルストーリーがこちら。個性まんまんな神々、どハデな権能バトル、神話をベースに敷いた伏線……前作の設定やテイストを継承しながらも本作ならではの展開が楽しめるのが特徴。爽快な異能力バトルを楽しもう！（剛）

アクション　神話

やりなおし英雄の教育日誌

著：涼暮 皐／イラスト：桑島黎音／HJ文庫／既刊3巻

バッドエンドを回避するため 2周目の世界で、未来を救え！

魔界からの侵略を受けている世界。聖痕が刻まれた選ばれし救世科の面々は魔族との決戦に望むが、敗北を喫し世界は滅んでしまった。魔女の力により過去へと戻った青年・アキ＝フォルトヴァールは救世科の教師となり、かつての仲間を導くことで、世界と仲間を救おうと試みるが、やり直された世界では記憶にない出来事まで起こり始める。世界を救うために選ばれた個性あふれる少年少女たちが送る日常と、世界の命運を揺るがす魔族との戦いが入り乱れる学園バトルアクションの最前線。徐々に展開していく恋愛模様の行方からも目が離せない。（羽海野）

燃える　学園　バトル

ヒマワリ：unUtopial World

著：林トモアキ／イラスト：マニャ子／角川スニーカー文庫／既刊6巻

何でもありの無差別バトル 混沌を極め、遂に最終局面へ――

4年前のある事件をきっかけに、前向きさを失ってしまった少女・ヒマワリこと日向葵。ひょんなことから、彼女は無差別バトルゲーム〝ルール・オブ・ルーラー〟に巻き込まれることとなってしまう。「精霊サーガ完結編」と銘打たれた当シリーズは、刊行作品すべてが世界観を同じくしている著者の集大成ともいえる超大作。持ち味とされる大風呂敷はかつてない規模になっており、物語の熱量からファンの期待まで、全てが尋常でない高まりを見せている。舞台はいよいよ終盤戦、伝説の目撃者になるなら今しかない。（中谷）

バトル　学園もの　サバイバル

やがて恋するヴィヴィ・レイン

著：犬村小六／イラスト：岩崎美奈子／ガガガ文庫／全7巻

交錯する数奇な運命がルカたちを翻弄 ヴィヴィを巡る鮮烈なファンタジー！

義妹の遺言に従いヴィヴィ・レインを探し求めるルカはガルメンディア王国王女ファニアに見いだされ近衛兵となる。最強の機械兵ミカエルの襲撃を受け、壊滅状態に陥った王国軍からファニアを救いだしたルカは決死の逃避行に出るが……。スラム上がりでやがて革命軍を率いるルカ、貴族社会の腐敗に抗おうとする王女ファニア、寿命の決められたミカエルのパイロット・アステル、数奇な運命を背負った若者たちが交差する様子は何もかもがドラマチック。七巻で大団円。時代の流れの中、自己の立場に翻弄された若者たちの決断を見届けられたし。（勝木）

数奇　ドラマ　運命

『やがて恋するヴィヴィ・レイン』

「不思議な世界観の上で成り立つ王道のボーイミーツガール。犬村小六先生、完結お疲れ様でした」（soraKING・20代中盤♠Ⓗ）

百神百年大戦

著:あわむら赤光/イラスト:かかげ/GA文庫/既刊1巻

あきらめていた剣神と憤る姫 2人の出逢いが世界を変える!

力の源たる〝龍脈〟を巡る神々の〝大戦〟。その争いに負けて別の神に従属し、やり過ごすばかりの毎日を過ごす古き剣神リクドーは、彼の敗北によって権勢を失った王家の姫ミリアルージュと出逢い、再び戦いの渦へ踏み込んで行くこととなる。練り込まれた設定もすばらしいが、リクドーとミリアの人間ドラマ! 大戦という理不尽の内で一度は打ちひしがれた神と人が、最悪の出逢いから互いに戦う理由を見いだして心を重ね、立ち上がる――その熱さこそが最大の見どころだ。いいキャラ、いい設定、いい話、三拍子そろった一作!(剛)

燃える　アクション　ドラマ

世界を終わらせる少女と死にたがりの英雄

著:桜咲 良/イラスト:ねぶそく/電撃文庫/既刊1巻

世界に潜む危険な怪物を駆逐せよ! 死にたがりの少年が紡ぐ命懸けの英雄譚

幼い頃から死にたいと願っている少年・織田由星は、意思に反して神から不死の特性が与えられてしまい、英雄として現代社会に潜む怪物と戦う日々を過ごしていた。そんなある日、幼少期に別れた幼馴染の少女・椿真奈と再会する。由星は予測できない言動を起こしまくる真奈に翻弄されまくるが、その再会によって世界を揺るがす大事件の幕が開くのだった……! スリリングな展開の連続と、魅力的なキャラクターたちが縦横無尽に駆け巡る異能アクションファンタジー。命の意味を問うボーイミーツガールが心を揺さぶる作品となっている。(羽海野)

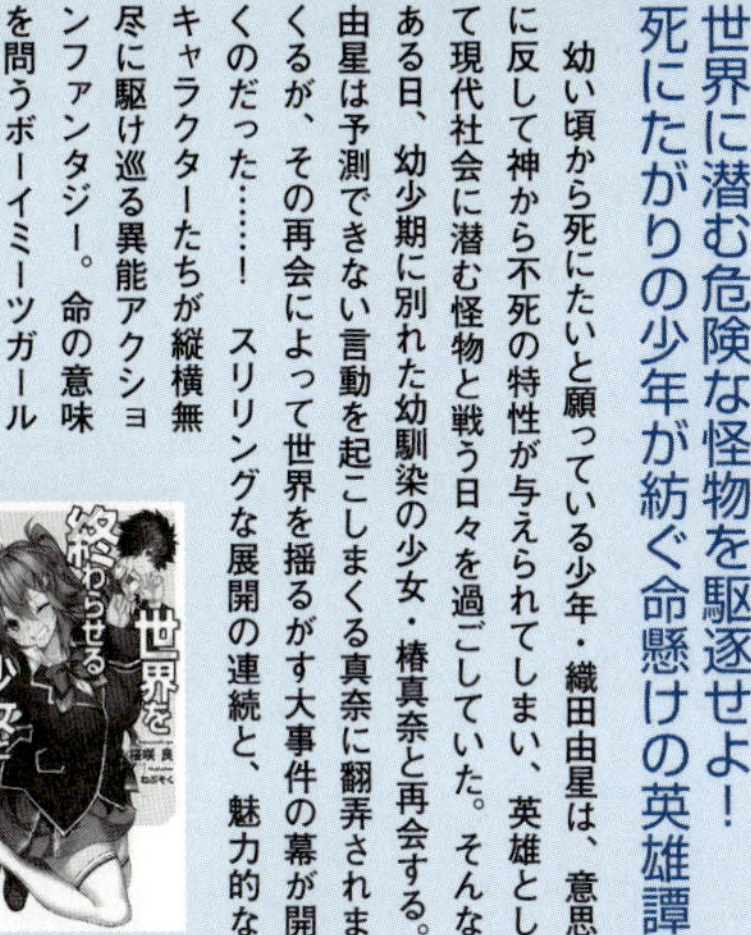

異能　アクション　燃える

皇女の騎士 壊れた世界と姫君の楽園

著:やのゆい/イラスト:mmu/ファミ通文庫/既刊1巻

空飛ぶ船と魔法に敗退した亡国の騎士 敵国の少女と宿屋を経営することに?!

王国最強の騎士として戦をなくすべく世界統一を目指していたアルスだが、ある日現れた空飛ぶ戦艦と魔法使いたちにより、土と戦友をあっさり殺される。逃げ延びて復讐の機会を狙うアルスは、ある村で妙な少女と出会い……。そして描かれるのは、超有能騎士による宿屋繁盛の成功譚であり、半端に天才過ぎた少女の絶望の物語であり、復讐と愛と人生の物語であり、勝ち目などない絶望的な戦いに挑む戦士たちの物語であり、ひとつの奇跡が宇宙の運命すら変える大逆転の物語である。1冊によくこれだけ詰め込んだものだと思わせる、奔放この上ない傑作。(義和)

しみじみ　ドタバタ　愛&恋

ガーリー・エアフォース

著:夏海公司/イラスト:遠坂あさぎ/電撃文庫/既刊9巻

人類の存亡をかけ空へ舞え 熱き空戦のボーイミーツガール

人類の前に突如出現した謎の飛翔体〝ザイ〟。通常の兵器は通用せず、厄災を意味するそれに対抗するべく開発されたのは、既存の機体に特殊なチューニングを施したドーターと呼ばれる兵器。その操縦機構は、アニマという少女の形をした存在だった。〝ザイ〟によって母親を亡くした鳴谷慧がアニマのグリペンと出会い、彼女と共に空を翔ける物語。個性の強いアニマたちはそれぞれタイプも違い、対立することもしばしば。そんなアニマたちをまとめるにも一苦労だが、ひとたび空に出ればスピード感溢れるドッグファイトが魅力の一作。(絵空)

アクション　戦闘機　戦争

『皇女の騎士　壊れた世界と姫君の楽園』「加速度的にでっかくなっていくスケールとこじんまりしたちっちゃなものを両立させた、とびっきりのSF作品でした」(八岐・30代♠協)

WAR HISTORY

戦乱の時代

国を動かすような時代のうねりに呑み込まれる。大局を見据えながら動く、人々の行方……。

文庫43位 ねじ巻き精霊戦記　天鏡のアルデラミン

著：宇野朴人／イラスト：竜徹／キャラクター原案：さんば挿／電撃文庫／全14巻

激突！常怠常勝の智将VS不眠の輝将 英雄となった少年の生涯最後の奇策

アルデラ教が秘匿してきた古（いにしえ）の科学の遺産を巡り、ついにカトヴァーナ帝国とキオカ共和国との決戦の幕が開かれた。圧倒的大火力の爆砲を武器に帝国領土へ侵略する敵将ジャンに対し、防衛戦を強いられる帝国軍は元帥イクタの提唱する「イクタ・ドクトリン」に基づく新戦略で応じる。壮大な盤上で繰り広げられる二人の駆け引きに注目だ。果たして勝利するのは常怠常勝（じょうたいじょうしょう）の智将（ちしょう）イクタか、それとも不眠（ねむらず）の輝将（きしょう）ジャンか。そして戦いの果てにシャミーユへ捧げるイクタの無償の愛が胸を締めつけられる。涙なくしては語れないシリーズ完結編。（愛咲）

戦争　知略　愛

ユリシーズ　ジャンヌ・ダルクと錬金の騎士

著：春日みかげ／イラスト：メロントマリ／ダッシュエックス文庫／既刊5巻＋短編集1巻

15世紀、ヨーロッパの百年戦争 錬金術師と少女が運命を翻す叙事詩

王位継承権をめぐり、イングランドと熾烈な戦いを繰り返していた百年戦争最中のフランス。王立騎士養成学校の劣等生・モンモランシはリッシュモンをはじめとする三姫騎士候補生と出会う。しかしアザンタールの戦いによって彼らの運命は一変。学校は閉鎖され彼らは散り散りに。7年後、モンモランシは取り込んだ者を不老不死にする賢者の石の力を得るため訪れた村で不思議な少女、ジャンヌ・ダルクと出会う。運命に翻弄される少年少女の姿を描いた西洋歴史ファンタジー。魅力的なヒロインが紡ぐ世界の命運を見届けてほしい。（羽海野）

戦記　ファンタジー　燃える

文庫42位 ファイフステル・サーガ

著：師走トオル／イラスト：有坂あこ／ファンタジア文庫／既刊2巻

魔王再臨による破滅の未来を救え 五芒国を舞台に紡ぐ新たな英雄譚

魔王戦役（グローテ・オールログ）より198年後。「自分の死を夢見る」という異能を持つアレンヘム公国の公女セシリアは、2年後に魔王が再臨し、人類が滅亡する未来を予見する。公国直属の傭兵団《狂嗤の団（バルダー・ブリガーデ）》の青年カレルは、その才能を見込まれて次期団長とセシリアの婚約者となって破滅を回避すべく策を練る。そして王国の皇太子ヴァッセルは、盆暗王子の仮面を捨て妹女王の摂政として権謀術数をめぐらす。世界の危機を目前に英雄英傑の素質を持った若者たちが表舞台に名乗りを上げ、乱れた五芒国（ファイフステル・ランデン）の未来を切り開いていく姿に今後の展開への期待が高まる。（愛咲）

未来予知　傭兵団　英雄譚

『ねじ巻き精霊戦記 天鏡のアルデラミン』「シリーズ完結おめでとう！　幾度となく泣かされてきたこの作品、最後は嬉し泣きで本を閉じることができてよかった！」（オダティー・10代後半♠Ⓗ）

魔弾の王と戦姫(ヴァナディース)

著：川口 士／イラスト：片桐雛太、よし☆ヲ／MF文庫J／全18巻

弓矢使いの少年と美しき戦姫の本格戦記ファンタジー堂々完結!

強大な力を持ち隣国に恐れられる〝ジスタートの七戦姫〟と、ブリューヌ王国小貴族の少年ティグルが織りなす戦記ファンタジー。超常の武具を振るい戦場を駆ける戦姫の美しさに見惚れることはもちろん、「一兵卒では手も足も出ない存在」と誠実に向き合った戦術描写は必見。また、それぞれの国に住まう人々の暮らしの隅々までもが丁寧に描かれており、その世界観の緻密さには驚かされるばかりだ。それでいて、ちょっとエッチなハプニングや、渋いおじさんの活躍まで描かれているというのだから、これはもうこの濃厚さにひたすら酔いしれるしかないだろう。（中谷）

英雄譚　戦争　完結

ウォルテニア戦記

著：保利亮太／イラスト：bob／HJノベルス／既刊10巻

生き残るためには修羅となる軍略でのし上がる異世界戦記

異世界・リアースに召喚された御子柴亮真(みこしばりょうま)は、持ち前の戦闘力で覇道を突き進むことになった。卓越した戦闘力と判断力、統率力を発揮して戦いを勝利に導いていく。ローゼリア王国の内紛を終わらせた亮真は、男爵から「ウォルテニア半島」という未開地を賜り、帝国から開放した戦奴隷たちと共に半島を開拓、次はオルトメア帝国と三王国連合軍の長い戦乱へと加わっていく。戦乱に続く戦乱の中、亮真は鬼神のような働きを見せる。国同士の策謀が渦巻く中、亮真がどのように動いて戦況をかき回すのかが楽しい作品だ。（天条）

軍略　戦争　熱い

数字で救う！ 弱小国家

著：長田信織／イラスト：紅緒／電撃文庫／既刊３巻

異世界でも数学は唯一不変の法則 弱小国家がゲーム理論で挑む数学戦記

異世界に迷い込んでしまった数学者の孫・芹沢直希（ナオキ）は、小国ファヴェールの王女ソアラと出会う。隣国との開戦が迫る祖国を救う道をナオキの数学の理論に見出したソアラは、彼を師として王宮に迎え入れる。しかし宗教の信仰が強い王国では、ナオキとソアラの数学的思考は周囲から理解を得られず孤立してしまう。お互い以外に頼れるもののない状況下で、己の頭脳と数学の理論だけを武器に戦争に立ち向かう2人の勇姿に注目だ。難しい数学の理論をわかりやすく解説していて、数学の面白さに気づかされる新感覚の戦記ファンタジーだ。（愛咲）

異世界　国家運営　数学

我が驍勇(ぎょうゆう)にふるえよ天地 ～アレクシス帝国興隆記～

著：あわむら赤光／イラスト：卵の黄身／GA文庫／既刊８巻

〝伝説伝承〟が少年を英雄へと変える後に一大帝国を築く男の戦記ロマン

クロード帝国の第八皇子に生まれながら若くして母と死に別れたレオナート。さらに戦の最中に後見人の伯母を貴族の裏切りによって失い、味方を見捨てて生き延びた〝吸血皇子(ノスフェラトゥ)〟と非難されることに。だが彼は少女軍師シェーラが構想した伝説伝承(フォークロア)を使った策で、悪名を勇名に変えていく。全ては腐敗した国を正すために。最新刊では、宿敵アドモフ帝国を打倒したレオナートを新たな敵が待ち受ける。異母兄である〝冷血皇子(ボレアス)〟キルクスに、ガビロン帝国皇子カトルシヴァ。それぞれの野望を懸けた三つ巴の戦いがここに幕を開ける。（柿崎）

歴史　熱い　戦争

『魔弾の王と戦姫』
「最終巻すばらしかったです。別レーベルからの新作も期待」（係長・30代♠Ⓗ）

現実主義勇者の王国再建記

著：どぜう丸／イラスト：冬ゆき／オーバーラップ文庫／既刊8巻

現実主義勇者の国家再建ファンタジー 新たな仲間との出会いが待つ外遊編！

魔王領の脅威が迫る異世界のエルフリーデン王国に召喚された勇者・相馬一也（ソーマ）は、暫定国王となって王女リーシアと国家の再建に着手する。ソーマの現実主義な政策と、彼が見出した多芸多才な仲間の努力が実を結び、財政難、食糧難に陥っていた国家の危機を脱出。さらに長年王国に敵対し続けてきたアミドニア公国を併呑。産業や文化、マスメディアも発展し始め、つかの間の休息を得たソーマは、諸外国との同盟を結ぶために外遊の旅へ出る。竜が棲む星竜連峰、獣人族が治めるトルギス共和国……新たな出会いと恋の予感に胸が踊る。（愛咲）

異世界　現実主義　国家運営

常敗将軍、また敗れる

著：北条新九郎／イラスト：伊藤宗一／HJ文庫／既刊1巻

友軍から最高に疎まれる常敗の男 その力をもって一国を救う

戦に出ればかならず敗北するという傭兵ドゥ・ダーカス。ヘイミナル王国では〝常敗将軍〟と呼ばれていた。しかし、大国ザルツボルグに追い詰められた王国は、彼の備える無二の能力に活路を見出し、協力を求めた。ダーカスの能力は被害を抑えて戦い続けることだ。その戦略には確実な利があり、戦術には確固たる意志がある。それをして敗戦を重ねる彼の、なにより無情で強い有り様は、読者を知らず知らず惹き込んでしまう。戦記ものの主人公にふさわしい能力を備えながら、ここまでの人間的魅力を魅せてくれるのはダーカスだけだ！（剛）

燃える　戦争　軍師

死神に育てられた少女は漆黒の剣を胸に抱く

著：彩峰舞人／イラスト：シエラ／オーバーラップ文庫／既刊1巻

死神に育てられた少女は無邪気で非情 漆黒の英雄と呼ばれる少女の最強戦記

人間の魂を刈り取るといわれる死神ゼットは、深い森の神殿で捨て子を拾う。オリビアと名付けられた少女は、ゼットから語学、兵学、剣術、格闘術などを教えられ美しく成長する。漆黒の剣を残して消えたゼットを捜し、森を出たオリビアは帝国と王国の戦争に介入する。可愛らしい見た目と裏腹に人間離れした強さで劣勢だった王国軍を救い、やがてオリビアは英雄となっていく。世間知らずで美味しい食事と読書が好きな無邪気さと、人を殺すことに何の躊躇いもない酷薄さを併せ持つオリビアの魔性の魅力に背筋をゾクゾクさせられる。（愛咲）

死神　少女　戦争

単行本24位 淡海乃海（あふみのうみ） 水面が揺れる時 ～三英傑に嫌われた不運な男、朽木基綱の逆襲～

著：イスラーフィール／イラスト：碧 風羽／TOブックス／既刊3巻

小領地から歴史の知識で目指せ天下人 史実を塗り替えて朽木基綱が大活躍！

父親の死によりたった2歳で近江の小領地朽木の当主となった朽木基綱。彼にはなんと前世、歴史好き現代日本人の記憶があった。戦国乱世で生き残るため、領地を改革し降りかかる火の粉を振り払い、天下人を目指す。歴史の知識を持った基綱は様々な政を即導入。清酒や石鹸などの特産品を製造、関所を廃して楽市楽座、戦では鉄砲を揃えて三段撃ち。信長などが行った当時革新的だった手法を実施し史実を塗り替え勢力を拡大します。モデルとなっているのは朽木元綱（実在）なので、戦国時代の武将や文化が好きな方にはたまらない内容です。（勝木）

仮想戦記　戦国時代　下剋上

『淡海乃海 水面が揺れる時　～三英傑に嫌われた不運な男、朽木基綱の逆襲～』「歴史上有名でない主人公だけど、人物や背景がしっかりしているので、読んでいて歴史の中に居ると思える。楽しい」（とき・30代♥Ⓗ）

戦国小町苦労譚

著：夾竹桃／イラスト：平沢下戸／アース・スターノベル／既刊9巻

戦国時代の尾張にタイムスリップ!? 歴史好き女子高生が農業で成り上がる

農業高校に通う歴史好き女子高生・綾小路静子が、戦国時代へとタイムスリップしてしまう。織田信長と出会った静子は、「農業の才」で身を立てることに。貧しい農村を託された静子は土作りから農業改革に乗り出す。現代知識に基づく静子の農業指導と産業開発は実を結び、潤沢な資金と兵站を得た織田家は連戦連勝。ついに織田信長は京都への上洛を果たす。しかし勢力を強める織田家に脅威を抱く周辺の戦国大名たちは、織田を包囲して襲いかかる。農業から工業、兵器へと事業を拡大していく静子を描いたこれはまさに戦国ビジネス伝記だ。（愛咲）

歴史　農業　ビジネス

真・三国志妹

著：春日みかげ／イラスト：をん／ファンタジア文庫／既刊3巻

すべては妹たちのために! シスコン劉備の燃え萌え戦記

水城秀一は母の離婚で妹と引き離されて父の再婚で新たな妹を得た、超シスコンの三国志マニアだ。そんな彼が新妹の那波と2人、三国志世界に召喚される。しかもそこには元々の妹である雪乃もいて……彼は妹たちを元の世界へ還すため、劉備となって立ち上がる！　正史&演義の小ネタとぶっ飛ばすノリ、シスコンと好意値極高な妹、彼ら同様、現代からやってきた他の武将とのバトル。これでもかってくらい詰め込まれた要素を焦さずおいしく焼き上げているのはさすがのひと言。読めば三国志本編が知りたくなることまちがいなしだ。（剛）

燃える　萌える　三国志

八十八を三に割る　妹達のためならば天下も獲れる、かもしれない。

著：友野 詳／イラスト：おりょう／MF文庫J／既刊1巻

さあ世界中に掲げよう、妹たちの旗を 野生児の兄とモン娘妹たちの兄妹戦記

八十八の種族が共生する星球儀世界。種族の繁栄を司る姫巫女が穢され、種族全体が欲望と暴力に支配される〈闇墜ち〉の勢力が台頭し、世界中がその脅威に晒されていた。聖獣ストームライオンに育てられた少年フェリクスは、女神リルアリアを崇める教団に勇者の子として見出され、聖杖ガンダルヴァを手に八十八種族の争いを止めるべく旅立つ。様々な種族の思惑が絡み合った世界情勢の中で、すべての姫巫女を自分の妹にするというシンプルな信念を貫き、世界統一を目指すフェリクスの破天荒な活躍が痛快な戦記ファンタジーだ。（愛咲）

異種族　兄妹　戦記

三国破譚　孔明になったけど仕えた劉備は美少女でゲスでニート志望だったの事

著：波口まにま／イラスト：saraki／ファミ通文庫／既刊1巻

外つ国より来たりし臥竜 知謀をもって三国を制す

『三国志』の中でも武によらず大戦に勝利してきた諸葛亮を愛する少年、中原天人。そんな彼が三国時代へタイムスリップ！　死にゆく諸葛亮の代わりに三顧の礼を受け、劉備軍に迎えられることに！　あげく武将たちはそろって女子で、肝心要の劉備はやる気ゼロのわがまま女だった！　ゲームではおなじみの設定ながら、物語は実に忠実な三国志なところが面白い。そのハイブリッドの設定をきっちり練り込んだ世界のただ中で、三国志マニアの少年が奮戦する……IFの魅力も半端なし。歴史ラノベに疑問ありな人、刮目の一作です！（剛）

燃える　萌える　三国志

『戦国小町苦労譚』

「歴史改変もので、詳しい歴史その他の知識も魅力。農業改革で戦国時代に革命を!?」（鈴雪・10代後半♥Ⓗ）

UNDERGROUND

忍び寄る闇

突然に、理不尽に、巻き込まれる混沌。
絶望と恐怖が支配する、暗い世界へようこそ。

タタの魔法使い

著：うーぱー／イラスト：佐藤ショウジ／電撃文庫／既刊２巻

全校生徒が叶えた「将来の夢」が能力に。悪夢と絶望の冒険の幕が開ける。

ごく普通の公立高校の全校生徒と教員が世界から消失した。タタと名乗る魔法使いによって異世界に飛ばされた彼らは卒業文集に書いた「将来の夢」が叶えられ、それぞれ力を持っていた。スポーツ選手、軍人、医者などの現実的な職業から、変身ヒーローや魔法少女といった超常の力を得た者までいた。異世界の過酷なサバイバル生活の中で約２００名以上の死傷者を出しながらも、青木洋（ひろし）を始めとした1年A組が力を合わせ友情や恋を育んで成長していく姿が胸を打つ。ある種のホラーでもあり青春群像劇のようでもある異色のファンタジーだ。（愛咲）

異世界　夢　絶望

カネは敗者のまわりもの

著：玖城ナギ／イラスト：Mika Pikazo／ファンタジア文庫／既刊３巻

カネ至上主義者が手にしたのは奴隷!? 奇跡を買える金《魔石通貨》でバトル

奇跡さえ買える《魔石通貨》を奪い合うバトル《取引》で、失井敗斗が手に入れた《資産》は奴隷を名乗る少女メリアだった。カネ至上主義の敗斗は税金対策にすぐさま売り飛ばそうとするが、なぜかそれができなかった。タイトルからわかるようにマネーものなんですが、ギャンブルや駆け引きではなくがっつりとしたバトル展開に驚き。それもそのはず、やりとりされる魔石通貨は、瞬間移動や変身能力など特殊な力を買えるシロモノ。けれど命を懸けた死闘や大儲けの後に残るのはやっぱり幸せなどではなくて。うむむ、バトル×マネー、すげえのきた！（勝木）

アクション　バトル　カネ

図書迷宮

著：十字 静／イラスト：しらび／MF文庫J／全１巻

吸血鬼の少女と「あなた」の冒険譚！二人称×メタ小説という超意欲作！

数多の書物が眠る図書迷宮。吸血鬼の真祖（ハイ・デイライトウォーカー）の少女・アルテリアを胸に抱き、迫る殺人鬼から逃げる「あなた」。遂に追いつかれ惨殺されたはずのあなたは、吸血鬼の力で蘇る——ただし、記憶を失って。失われていく記憶を魔導書によって補いながら、少女とともに父親の仇を探す魔導ファンタジー。本が読者に語りかけてくる二人称小説にして、実際の本と作中の魔導書が連動するメタ小説という意欲作だ。かなり特殊な文体ながら、あたかも自分が物語の主人公になったかのように思えてくるのが最大の魅力。ぜひ紙の本で読んでほしい。（ペンキ）

ファンタジー　魔法　メタ

『図書迷宮』「展開が怒濤で波乱過ぎるどんでん返し。さっきまでのページの予想が覆されるがそれが爽快で厚いのに手が止まらない。エンタメとして高い領域にある」（Ns12・20代前半♠Ⓗ）

処刑タロット

著：土橋真二郎／イラスト：植田 亮／電撃文庫／既刊2巻

タロットカードが司るのは少女の命運 彼女を救うため少年は死へ立ち向かう

冷静さと大胆さを兼ね備え、製作者がしかけた謎をことごとくを暴いてきたゲーマー、鳴海恭平。彼はある事情から伊刈梨々花という少女を追っており、ゆえに自分の命をチップとして賭け続けなければならないデスゲーム、『サドンデス』へ身を投じることとなる。悪意に満ち満ちたゲームのルールとギミック！　生と死の間で交錯する登場キャラの心情！　目的の完遂だけを目指す主人公の、情熱的で冷酷な有り様！　そして梨々花を支配する〝処刑タロット〟の謎……。土橋節全開、謎が畳みかける〝悪〟の人間ドラマはやっぱり極上！（剛）

デスゲーム　人間ドラマ

六人の赤ずきんは今夜食べられる

著：氷桃甘雪／イラスト：シソ／ガガガ文庫／全1巻

六人の赤ずきんを狼から守れるか⁉ 一夜の対決を描くサスペンスホラー

過去の罪を悔いながら各地を旅する猟師の青年。彼はある日訪れた村で、秘薬を作る赤ずきんたちと、赤い月の夜に彼女らを喰らおうと襲いくるオオカミの化け物の存在を知る。奇しくも赤い月の夜当日。六人の赤ずきんを守るべく、命がけで化け物に対峙することを決意するが……。ものの匂いを消したり目に見えなくしたりする秘薬の力を用いて化け物に立ち向かうのだが、常軌を逸した敵の強さ賢さに裏をかかれ、守ろうとした命が失われていく衝撃。そして赤ずきんの中に潜む裏切り者。最後まで緊張感が解けない戦慄の一夜をご覧あれ。（ペンキ）

童話　ファンタジー　サスペンス

魔王の処刑人

著：真島文吉／イラスト：とよた瑣織／ヒーロー文庫／既刊1巻

「不死の水」を求め、集う探索者たち 命を懸けた冒険の記録がここに

上陸した者が誰1人帰らぬ「魔の島」に眠る「不死の水」。古代の文明が遺したその財宝を求め、探索者たちは今日も島に足を踏み入れる。王家の処刑人サビトガもそんな探索者の1人だ。島で出会った原住民の少女、カカシをかついだ妙な男、英雄譚に憧れる騎士という癖の強い連中ばかりと共に探索を開始するが、命がけの島を訪れるだけあって彼らの背景は皆壮絶。中でもサビトガの過去は強烈で、なぜ処刑人の彼がこのような任務に就いたのか？　そこに隠されたおぞましき陰謀と、決して誇りを失わない彼の姿は読者の心を強く惹きつける。（柿崎）

冒険　アクション　ダーク

限界集落・オブ・ザ・デッド

著：ロッキン神経痛／イラスト：六七質・かんくろう／カドカワBOOKS／全1巻

田舎町を襲うゾンビの群れ 立ち向かうは最強の〝送り人〟‼

木帰町――山奥にある田舎町。そこでひとりの老婆が〝留人（るじん）〟となった。留人とは早い話、ゾンビである。古き甲冑に身を包んだ〝送り人〟たる恐山は、留人を人へ還して葬る仕事を全うするべく、その前へ立つ。最大の特徴は、ライトタッチな物語と見せかけて、実はしっかり読ませてくれる骨太な物語であることだ。ひとつの事件をきっかけにして露わとなっていく大事件。それに立ち向かう恐山の「かっこいいじいさん」感は、まさに極上としか言い様なし！　文章ならではの叙情を見せるシリアスなゾンビパニックだ。（剛）

アクション　渋い　ゾンビ

『限界集落・オブ・ザ・デッド』「昭和風の限界集落にゾンビの群れが襲ってくる、このシチュエーションだけでごはん3杯はいける作品でした」（gurgur717・40代♠協）

いまコレが熱い！
9月以降スタートの
新作ファンタジー

投票の対象期間外ながらも決して見逃せない新作ファンタジーをご紹介。来年のアンケート回答の参考にもどうぞ。

文・柿崎 憲

『七つの魔剣が支配する』
著：宇野朴人／イラスト：ミユキルリア／電撃文庫／既刊1巻

キンバリー魔法学校に入学することになったオリバーは、腰に日本刀を提げたサムライ少女、ナナオと遭遇する。

魔法バトル×剣戟！ そしてファンタジーVSSF！

投票期間外の、9月以降も注目の作品は続々登場している。そこで本コラムでは発売されて間もない注目の作品をファンタジージャンルに絞ってピックアップ！

まずは『ねじ巻き精霊戦記 天鏡のアルデラミン』を完結させた宇野朴人がその翌月にさっそく発表した新作『七つの魔剣が支配する』。キンバリー魔法学院に入学することになったオリバー＝ホーンと同期生の活躍を描く学園ファンタジーだが、舞台が魔法学院である以上本作で特徴的なのは当然魔法……だけではなく冴えわたる剣戟の数々！ 接近戦では詠唱に時間がかかる魔法は剣に遅れを取るという思想の下、魔法使いも剣術が使えなくてはならないというこの世界。魔法と剣術を組み合わせた独自の魔法剣の設定が面白く、中でも魔法使いや魔獣相手に大立ち回りを演じる東方からやってきたナナオの剣さばきが印象的。普段はござる口調でどこかとぼけた雰囲気もあるが、一度刀を持てば最愛の相手と命を懸けて斬り結ぶことを至上の喜びとするサムライガールに。大変かっこかわいいヒロインだ。

また剣の設定以外はややベタな内容であるかに見せかけて、1巻エピローグで明かされるこの物語本来の姿は、今後の展開をいやがうえにも期待させられる！

同じく要注目なのが岩井恭平の新作『リオランド』。リオランド王国で年若いながらも騎士団の団長を任されるミカド・キャバレッティ。任務中に、空に現れた《天穹門》を目撃し、そこから飛来したあるものを拾ったことで、大きな歴史の流れに巻き込まれていく。

著者が初めて挑むファンタジー世界の物語だが、『ムシウタ』『東京侵域：クローズドエデン』を手掛けてきた著者の作品である以上当然ただのファンタジーではない。この《天穹門》の正体はワームホールであり、そこからやってきたのは現代よりも遥

『リオランド』
著：岩井恭平／イラスト：れい亜／角川スニーカー文庫／既刊1巻

リオランド王国の騎士ミカドは異世界からやってきた少女エチカと出会い惹かれあうが、エチカの世界からの侵攻が予言され……。

かに発達した地球文明の人間たちだ。つまり本作で描かれるのはファンタジー世界の住人VSＳＦ世界の住人なのだ！　科学兵器で武装した地球人相手に、魔法や特殊な武器で戦う騎士団の戦いは実に新鮮！　1巻では個人の戦いが中心に描かれていたが、2巻以降では地球軍と騎士団の戦争に発展するという予告もあり、大規模になっていく戦いをどう描いていくのか非常に先が楽しみな1作だ。

装いも新たに描かれる あの人気作のもう1つの歴史！

意外な新作として紹介したいのが、ダッシュエックス文庫から発売された『魔弾の王と凍漣の雪姫（ミーチェリア）』。MF文庫Jの人気作『魔弾の王と戦姫（ヴァナディース）』を彷彿とさせるタイトルだが、それもそのはず本作は『魔弾の王と戦姫』と同じく弓使いのティグルが主人公。しかし父親の有無など、設定が一部異なっており、それに伴い作中で描かれる歴史も変化。中でも一番の変化は、前作でサブヒロインだったリュミドラが本作のメインヒロインとなっていること！

単純な続編でもスピンオフでもなく並行世界を舞台として、新たにシリーズが刊行されるというなかなか珍しい試み。設定の大部分やキャラクターや地名などの固有名詞は引き継いでいるが、紡がれる物語は全くの別物で、登場人物の性格も微妙に変わっているのが面白い。

本作が前作に続きヒットすることになれば、今後追随する作品も現れるかもしれない。ひょっとするとライトノベル界全体に影響を及ぼすかもしれない重要な1作だ。

最後に紹介するのが『君は世界災厄の魔女、あるいはひとりぼっちの救世主』。これまで現代を舞台に女子高生たちを主人公にした作品を描いてきた作者が初めて手掛けるファンタジー世界の物語。

本作の主人公は、【災厄の魔女】の二つ名を持つ、アンナ＝マリア。長年の戦争が終結し、ようやく世界に平和が訪れたにもかかわらず、戦死者を悼む慰霊祭の場に現れて、その場にいた人間を皆殺しにするという冒頭からヤバいぐらいの苛烈さを発揮する。果たして何が彼女を駆りたてるのか。3年前と現在を行き来しながら、彼女と世界に何が起きたのかを彼女の弟の視点から追っていくファンタジーだ。

これまでの作品同様の爽快なやりとりは健在で死とはなにか、人間とはなにかといった哲学的問題に触れつつも、物語全体に大きな企みを仕掛けた意欲作。ラストまで読んでから改めて読み直すと、最初とは全く異なる印象を味わえるだろう。

『魔弾の王と凍漣の雪姫』
著：川口 士／イラスト：美弥月いつか／ダッシュエックス文庫／既刊1巻

父に代わり戦場に向かったティグルは、敵の奇襲を受け敗走する中、2年前に己に指針をくれた少女・リュミドラと再会する。

『君は世界災厄の魔女、あるいはひとりぼっちの救世主』
著：大澤めぐみ／イラスト：切符／角川スニーカー文庫／既刊1巻

世界最強の方術士アンナ＝マリアと「神の槌」の力を持つアーロンの姉弟はある目的のために全世界を敵に回す戦いを続ける。

GAME WORLD

ゲームの世界へ!

この世界が《ゲーム》でも、プレイヤーにとっての《リアル》！
スキルを駆使して、過酷なゲームを勝ち上がれ!

ソードアート・オンライン プログレッシブ

文庫30位

著：川原 礫／イラスト：abec／電撃文庫／既刊6巻

キリトとアスナの出会い、「アインクラッド」攻略をじっくり描いていく、もうひとつのSAO

VRMMO「ソードアート・オンライン」の世界に閉じ込められた、約1万人のプレイヤー。突然始まったデスゲームから脱出するには「浮遊城アインクラッド」の最上部第100層を攻略しなければならない。本編の『SAO』では事件発生の2年後から描かれるが、「プログレッシブ」では第1層攻略から描かれる。デスゲームという極限状態の中で、プレイヤーたちの諍いや強大なボスモンスターに立ち向かいながらも、キリトとアスナは着実に階層を上がっていく。攻略に必要な《秘鍵》を探す2人に迫るのは、高性能なNPCや、PK集団。まだ攻略は第6層。先は長い。（天条）

デスゲーム　バトル

ソードアート・オンライン オルタナティブ ガンゲイル・オンライン

文庫23位

著：時雨沢恵一／イラスト：黒星紅白／原案・監修：川原 礫／電撃文庫／既刊8巻

銃と硝煙の世界を駆けるピンクの少女 波乱万丈のチームバトルロイヤル

荒廃した未来の地球を舞台に異形の怪物やプレイヤーを相手に銃撃戦を繰り広げるVRMMORPG『ガンゲイル・オンライン』。180㎝を超える長身にコンプレックスを持つ小比類巻香蓮は、念願の小柄な女の子アバター・レンとなって短機関銃P90を手に戦場を駆け巡る。ライバルの女傑ピトフーイ、寡黙な大男エム、親友のフカ次郎らと力を合わせチーム戦大会「スクワッド・ジャム」で繰り広げる激戦が手に汗握る。新たなメンバーも加えて挑む第四回SJでは新ルールの追加や香蓮の結婚話も絡んできて、息つく間もない大混戦から目が離せない。（愛咲）

VRMMO　FPS　チーム戦

ソードアート・オンライン オルタナティブ クローバーズ・リグレット

著：渡瀬草一郎／イラスト：ぎん太／原案・監修：川原 礫／電撃文庫／全3巻

SAOの懐の広さからなるすこし不思議で、とても優しい物語。

『ソードアート・オンライン』の外伝作品で、こちらは和風VRMMO《アスカ・エンパイア》が舞台。戦巫女のナユタと忍者のコヨミが、探偵業を営むクレーヴェルと出会い、様々な事件・謎解きに挑んでいくストーリー。それぞれの人物に葛藤があり、決して明るいだけの物語ではないが、大きな争いもない《アスカ・エンパイア》はどことなく穏やかで、リラックスして読める短編も多め。ベテラン作家による軽妙な筆致はシリーズファンのみならずお勧めだ。もちろん、本編に繋がる骨太エピソードも備えているので、そこは存分に安心して頂きたい。（中谷）

VRMMO　和風　ほのぼの

『ソードアート・オンライン オルタナティブ ガンゲイル・オンライン』「銃弾飛び交う作品なのに硝煙の匂いより甘酸っぱい青春の方が香ってくる、銃器初心者にピッタリの作品」（臣下の零・20代中盤♠Ⓗ）

単行本23位

この世界がゲームだと俺だけが知っている

著：ウスバー／イラスト：イチゼン／KADOKAWA（エンターブレイン）／全9巻

バグだらけゲームから脱出!? 裏技を駆使してイベント解決

ぼっちゲーマーのソーマは、バグだらけで悪名高いVRゲーム・通称〈猫耳猫〉の世界へと入り込んでしまう。ある意味〝仕様〟である数多のバグを逆手に取って、ソーマのサバイバルが始まる！　ゲーマーなら覚えのあるクソみたいなバグと、とんでもなくクセの強いヒロインたちが織りなす物語も完結へ。ギャグのような多くのバグも、世界の秘密やソーマに降りかかる試練へと繋がっていく。それらの伏線回収は、〈猫耳猫〉の制作者に踊らされているような気分。しかし盛りだくさんなイベントとソーマの活躍にはスカッとする。（天条）

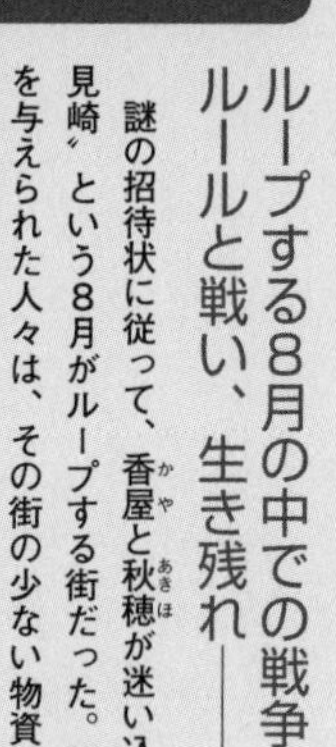

バグ技　ドタバタ　完結

ウォーター＆ビスケットのテーマ

著：河野 裕、河端ジュンー／イラスト：椎名 優／角川スニーカー文庫／既刊2巻

ループする8月の中での戦争 ルールと戦い、生き残れ――

謎の招待状に従って、香屋（かや）と秋穂（あきほ）が迷い込んだのは、〝架見崎〟という8月がループする街だった。様々な特殊能力を与えられた人々は、その街の少ない物資を巡って領土を奪い合う戦争を行っていた。この命懸けのゲームには厳密なルールが設定されているのだが、主人公の香屋が持つのはルールに干渉する能力だというのが面白い。戦闘には役立たないが、ゲームをひっくり返すほどの力を秘めた臆病な少年。彼はこの〝架見崎〟を変え、やがてこの「世界」の運営者に届くのか。散らばったパズルのピースを集めていくような作品だ。（天条）

戦争　異能力　ミステリー

クロス・コネクト

著：久追遥希／イラスト：konomi（きのこのみ）／MF文庫J／既刊3巻

電脳少女と入れ替わってゲーム攻略?! 元天才少年は絶対の不利を覆せるか？

4年前から人間不信に陥っている夕凪は、ある日電脳世界に引きずり込まれ、しかも美少女になっていた。それは勝てばどんな願いでも叶う裏ゲーム。だが彼に与えられた役割は他のプレイヤーにひたすら狙われる最弱の「姫」。そんなものに関わりたくない夕凪だが、彼のプレイ放棄は1人の少女の死と絶望を意味していた。それを知った彼は、4年前の裏ゲームで勝ち抜いた能力をフル回転させていく！入れ替わりと、毎回アイデアが凝らされた特殊ゲームとが織りなすストーリーが魅力的。3巻は実に気になるところで終わっていて4巻が待ち遠しい。（茶）

入れ替わり　燃える

自称Fランクのお兄さまがゲームで評価される学園の頂点に君臨するそうですよ？

著：三河ごーすと／イラスト：ねこめたる／MF文庫J／既刊5巻

学校内はゲームが支配する異常地帯 平穏を求めてFランクに留まる最強

世界を動かす裏のゲーム界で五年間不敗をほこる砕城紅蓮（さいじょうぐれん）は、その醜悪な生業に嫌気がさし引退。普通の日常を切望して妹の通う獅子王学園に入るが、そこもゲームが支配する異常地帯だった。実力を隠しFランクとなるが状況は彼を逃さなかった。遊戯のみでランク付けされる学園は弱肉強食の修羅場。下着をつける権利、人として扱われる権利など、敗者はあらゆる権利を奪われ蔑まれる。弱者を食い物にし横暴の限りを働くランカーを、底辺の紅蓮が余裕でしかも完膚なきまでに叩きのめすのは痛快。けれどお兄さまの日常は遠ざかっているようですよ？（勝木）

ゲーム　ランク　最強

『クロス・コネクト』

「予想を良い意味で覆すゲームの攻略法が面白い。なにより、電脳神姫がみんな可愛い」（Number888・30代♠Ⓗ）

通常攻撃が全体攻撃で二回攻撃のお母さんは好きですか？

著：井中だちま／イラスト：飯田ぽち。／ファンタジア文庫／既刊6巻

憧れのゲーム世界での冒険は若々しいだだ甘お母さん同伴で……

憧れのMMOの世界に転送されて大喜びの大好真人。だがそれも束の間、そこにはちゃっかり一緒に転送された母親の真々子が!? 何かと母親補正が効いてるゲーム世界で、やたらお母さんが活躍するものだから、最初はがっくりして八つ当たりもするマー君だけど、冒険を通して徐々にお母さんを思いやれるようになる姿にほっこり、他の母子の様々な問題を解決してヒロインたちもにっこり、毎回様々なコスプレ姿を披露する真々子さんに読者もうっとり。軽いギャグを交えながら「母子」というテーマをしっかり突き詰めた良質のファンタジーだ。（柿崎）

母親　MMO　冒険

暗殺拳はチートに含まれますか？～彼女と目指す最強ゲーマー～

著：渡葉たびびと／イラスト：きただりょうま／ファンタジア文庫／既刊3巻

暗殺拳を継ぐ少女、VR格闘に参戦!? 特殊な強さはゲームに何をもたらす？

高校生にしてVR格闘ゲーム「プラネット」のプロである鋭一は、同じ学年の不思議少女・葵の着替え現場に遭遇、目潰しを食らいかけるも回避する。葵は一子相伝の暗殺拳を受け継いでいたのだ。互いに相手に興味を覚え、鋭一は葵をゲームへ誘い……同時に、なぜか葵の彼氏になっていた。一方、自分の技を全力で振るっていい場を初めて知り、台風の目となる葵。ゲームの想定を超えた一撃必殺技が炸裂し、しかしゲーム内の特殊スキルに苦戦する。素直で良い子と凶悪な技のミスマッチが最高で、ゲームへの愛に満ちた作品。初々しいカップルも可愛い。（義和）

燃える　ドタバタ　格闘ゲーム

痛いのは嫌なので防御力に極振りしたいと思います。

単行本37位

著：夕蜜柑／イラスト：狐印／カドカワBOOKS／既刊4巻

ステータスポイントを全て防御力へ 鉄壁だけどどこかゆるーい楓の冒険

理沙に薦められるままVRMMO「NewWorld Online」を始めたゲーム初心者の楓は、ダメージを嫌ってステータスを防御力に極振り。運良く絶対防御スキルを獲得し、大盾使いのルーキー・メイプルとして注目を集めるのだった。ゲーマーの友人の誘いでゲームを始めたメイプルですが、初心者ならではの非常識な選択、VITにステ振り、兎モンスターと戯れるうちにスキル獲得、一撃必殺の毒ゲット、で急成長していきます。動く要塞みたいに堅牢な防御を誇るメイプルですが、戦闘シーンはどことなく緊迫感なくゆるーい感じ。ツンデレならぬカタゆるか!?（勝木）

冒険　ほのぼの　防御力

ガチャを回して仲間を増やす最強の美少女軍団を作り上げろ

著：ちんくるり／イラスト：イセ川ヤスタカ／GCノベルズ／既刊5巻

ガチャを回してゲーム世界へ転移!? URユニットで作る美少女パーティ

美少女を育てて軍団を作るソシャゲ「Girls Corps」にハマる大倉は、ガチャで引き当てた【UR異世界への招待状】を使用、ゲーム世界に転移してしまう。URユニットの美少女たちとの冒険が始まる。ガチャにつぎ込んでいた大倉は異世界でもガチャ頼り。通常のレベル上げそっちのけで魔石を集めガチャに突っ込みます。ヘルム常着で素顔を晒さない騎士、見た目幼女だが大人びた口ぶりの魔導士、美人のお姉さんだけど武闘派な神官など、ちょっと残念な美少女URユニットや使い勝手は良いが不審者となってしまう装備を当てガチャ充状態。煽られますな！（勝木）

冒険　異世界　ガチャ

『暗殺拳はチートに含まれますか？～彼女と目指す最強ゲーマー～』

「作中ゲーム自体の魅力とキャラクター達の活劇が双方リンクして非常に楽しく面白いです」（Galaxy・20代後半♠Ⓗ）

Column 02

文・髙橋 剛

ストレスフルな世界が求めた至高の癒やし、それは"もふもふ"！

ライトノベルは癒やしの娯楽。ストレスはいらない！　揺るぎない安心感が欲しい！　そんな感じで異世界チートは大人気なわけだけど、ジャンルが成熟するにつれて細分化していくのは世の常。その中でもぐいっと勢力拡大してる題材こそが「動物のもふ毛」だ！

もふもふ系は大きく分けて2つの流れがある。1つは異世界転生して動物になるもの。もうひとつは異世界で動物を愛でまくるもの。

前者の場合は現代知識とか転生のボーナスで得た超常の力もありつつ、主人公がその毛で異世界女子をめろめろに。ついに生きてるだけでチート無双が実現！　自分が転生してイケメンになるなんて想像のハードルが高いけど、犬（フェンリル）とかシロクマなら顔関係ないし、愛される喜びを純粋に感じられる、言わば受け身の物語だ。

後者は転生者や異世界人が主人公になり、魔獣なんかと交流する。当コラムでも紹介している『異世界でもふもふなでなでするためにがんばってます。』はまさにど真ん中！　もふるために主人公が突撃、全身で毛並を味わうカタルシスは、自発の物語ってことになるだろう。

しかもこのジャンルのすごいところは、いろいろな要素と併せられるってこと。先に述べた現代知識やチート能力もそうだし、動物的な筋力や魔物としての能力を駆使したバトルなんかとも相性抜群。そして受けるにせよ行くにせよ、先に待つものはふっかふかな癒やし！

揺るぎない安心で全読者を包み込んでくれる『もふ系』、ぜひ注目してほしいもふ。

異世界でもふもふなでなでするためにがんばってます。

著：向日葵／イラスト：雀葵蘭／Mノベルス／既刊5巻

疲れていたから癒やされたい！
転生した少女はもふ毛を目ざす！

突然死した秋津みどりは神との取引を経て異世界へ転生した。代償にもらった「人間以外の生物に好かれる」チート能力を抱えてうきうきと……。ネフェルティマ・オスフェとして生まれ出でた彼女のもふり生活は、その瞬間から始まる！

ワンワン物語 ～金持ちの犬にしてとは言ったが、フェンリルにしろとは言ってねえ！～

著：犬魔人／イラスト：こちも／角川スニーカー文庫／既刊3巻

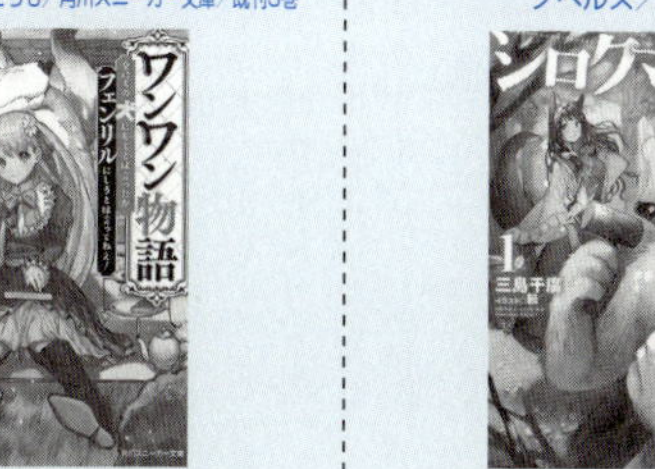

目ざすものはぐうたら生活！
犬を騙る魔獣の（ある意味）奮戦記！

大神朗太は過労死する間際に願った。来世は金持ちの犬としてぐうたら生きたい！　そして再び目を醒ましてみれば、貴族兼大商人の飼い犬ロウタになっていた。ついに気楽な飼い犬生活がスタート！と思いきや、自分が強力な魔狼王であると判明！　それでも彼は犬であることをあきらめず、抗う！

シロクマ転生 ―森の守護神になったぞ伝説―

著：三島千廣／イラスト：転／HJノベルス／既刊5巻

森のクマさんは転生者！
守りたいもののため、クマがんばる

趣味の登山の最中で命を落とした久間田熊吉。目覚めてみればなにやらおかしい……そう、彼は屈強でもふもふなホッキョクグマに転生してしまっていたのだ！　ひょんなことから助けることになったウェアウルフの姉妹と始める、もふられ＆サバイバル生活。基本ほのぼのだけど野生の厳しさもあるよ！

魔欠落者の収納魔法 フェンリルが住み着きました

著：富士とまと／イラスト：sime／Mノベルス／既刊2巻

行き場をなくした少女が手にしたもの
それはフェンリルの加護

魔欠落者とは、誰もが使える6種の魔法を満足に使えない出来損ない。収納魔法を使えるだけの少女トゥエイルは迫害され、安住の地を求めてさまよう。しかし旅は唐突に終わりを告げる――はずだった。先に収納していた青き巨狼ブルーがいなければ。少女と伝説の獣が織り成すやさしい物語。

『ワンワン物語～金持ちの犬にしてとは言ったが、フェンリルにしろとは言ってねえ！～』
「ただの愛玩動物かと思いきや振り切った設定がとても面白いです」（クロット・40代♠Ⓗ）

FANTASY LIFE

異世界で暮らす

**異世界でどんなことがしたい？　スローライフを楽しみたい！
大変なことはいろいろあるけれど、楽しく暮らしたいよね。**

異世界魔王と召喚少女の奴隷魔術

著：むらさきゆきや／イラスト：鶴崎貴大／講談社ラノベ文庫／既刊11巻

異世界召喚は美少女奴隷2人付き!? 魔王キャラだけど心は優しく異世界席巻

MMORPGで魔王と恐れられていた拓真は、ゲーム内の姿でレムとシェラという2人の少女に異世界召喚される。隷従させられるところを魔術反射で逆隷従し、異世界の魔王ディアヴロとして振舞うのだった。ゲーム世界の能力そのままに最強なディアヴロは、魔族も陰謀も悉く蹴散らし向かうところ敵なし。かと思えば中身は女の子に免疫力ない男子そのものでギャップに微笑が漏れます。周りの女の子たちも魔王的な発言の数々にも惑わされず内面の優しさに気づいているようで好感度↑。毎度肌色率も高くえっち～のもよい！（勝木）

魔王　エッチ　奴隷少女

異世界はスマートフォンとともに。

著：冬原パトラ／イラスト：兎塚エイジ／HJノベルス／既刊14巻

スマホ片手に異世界で生き抜け九人の妻と一緒にほのぼのライフ

神様の手違いで死んでしまった少年、望月冬夜は異世界へ転生。神の力でいつでも使用可能なスマートフォンを片手に、様々なスキルも駆使して様々な難事件を解決していく。近刊では冒険の中で出会った9人もの女の子たちを妻として迎え入れ、ブリュンヒルド王国の王としてほのぼのハーレム生活を送る冬夜の姿が描かれている。一見羨ましい描写だが、ただ羨ましいだけには終わらない！　頻発する諸外国との問題を自身とスマホ、妻たちの力を駆使して戦い抜く。スピーディーな展開が心地よく、すらっと読める。アニメ化もされた今が読む好機だ。（羽海野）

スローライフ　異世界転生　ハーレム

デスマーチからはじまる異世界狂想曲

著：愛七ひろ／イラスト：shri／カドカワBOOKS／既刊14巻+Ex1巻

いきなり殲滅魔法でステータス爆上げグルメ、観光、冒険で異世界を満喫！

ゲーム制作下請け会社のプログラマーだった鈴木一郎は修羅場後に仮眠、気が付くと手がけたゲームのような異世界にいた。早速バケモノの軍団に襲われ、実装アイテム流星雨を選択。視界全体の敵が殲滅され、膨大なステータスと富を得るのだった。いきなりの異世界にあっさり順応し、仕事の糧にと行商人サトゥーとして異世界を満喫することにした鈴木。現代日本的な倫理観にお金も力もあるとなれば、助けた女性魔法兵や少女奴隷たちにモテモテでハーレム状態です。サトゥー視点で巡る異世界旅行をたっぷり堪能しよう。（勝木）

冒険　グルメ　観光

『異世界魔王と召喚少女の奴隷魔術』

「アニメ化万歳！　ケモミミ好きなのでレムが動いているのを見るだけでも満足です！」（田村・40代♥㊗）

アラフォー賢者の異世界生活日記

著：寿安清／イラスト：ジョンディー／MFブックス／既刊7巻

カンストスキルを維持したまま転生 平穏を求めおっさん賢者が大活躍！

VRRPGのトッププレイヤーだった聡はゲーム中の事故で死亡。プレイキャラのゼロスとしてステータスを引き継いだままゲーム世界に転生するが、転生先はモンスター蔓延(はびこ)る大深緑地帯。平穏な生活を求めおっさんの異世界生活が始まる。社内のごたごたによってリストラされた元プログラマーの聡は、反動で平穏がモットー。異世界においても穏やかな日々を望みますが、ほぼカンスト状態のスキルですぐに一目置かれる存在となっていきます。平穏、遠くない？　家庭教師や子供たちの実践訓練など様々な依頼を達成してきたゼロス、次は拉致られる!?（勝木）

冒険　賢者　おっさん

真の仲間じゃないと勇者のパーティーを追い出されたので、辺境でスローライフすることにしました

著：ざっぽん／イラスト：やすも／角川スニーカー文庫／既刊2巻

英雄を首になったので田舎に転居 お姫様との暮らしを始めよう

勇者パーティーにいた主人公は、自身の加護レベルがパーティーと釣り合わなくなり、ついには追い出されてしまう。辺境の地ゾルダンへ行きレッドと名乗り、小さな薬草屋を開業するのだが、そこに現れたのはかつて一緒に旅をしていたお姫様・リットだった。一緒にお店で働くというリットとの、イチャイチャスローライフが始まる。その一方で、レッドが抜けた勇者パーティーはかつてない大ピンチに陥っていた、という対比が面白い。飛び抜けた才能を持っているわけではないが、真面目に慎ましく暮らすレッドに好感が持てる作品だ。（天条）

追放もの　スローライフ

単行本29位　田中 ～年齢イコール彼女いない歴の魔法使い～

著：ぶんころり／イラスト：MだSたろう／GCノベルズ／既刊8巻

ブサメン30代童貞が異世界で大活躍 エロ妄想たっぷりで築く異世界の地位

神の手違いで死んだ30代ブサメンの田中は回復魔法チートを貰い異世界転生。幾多の危険も回復魔法で即時復活して順調にレベルアップ、処女で童貞を捨てる夢を抱きつつ異世界での地位を築くのだった。日本人らしい良識的態度により異世界社会で一目置かれるまで成長する田中ですが、頭の中は童貞を拗(こじ)らせたエロ妄想でいっぱい。人間、エルフ、ドラゴンなどたくさんの美女美少女をエロ視線で楽しみます。奥手なのに初体験は処女と、という信念を貫くあたり魔法使い力ハンパないです。魔王様が復活し事態は急展開。果たして田中の童貞の行方は!?（勝木）

エッチ　急成長　おっさん

単行本21位　転生したら剣でした

著：棚架ユウ／イラスト：るろお／GCノベルズ／既刊6巻

剣に転生した男は猫耳少女に出会う 奇妙な師弟の異世界冒険譚！

車に轢かれて死んだはずの男は、目が覚めると異世界で〝剣〟になっていた。何やら剣としてのステータスは良い彼は、動けなくなってしまったところを奴隷の猫耳少女に抜かれる。彼は師匠となり、少女フランを強くするのだと意気込むのだった。獣人の中でも黒猫族は下っ端扱いであるらしく、フランの容姿も相まってなかなか冒険者として認められないのだが、そこは師匠が頑張るしかない！　どこか庇護欲を誘うフランの愛らしさと、親バカのようになりつつある師匠、剣と少女の二人三脚なやりとりが微笑ましく、応援したくなる。（天条）

人外転生　ダンジョン　師弟

『転生したら剣でした』

「初めて読んだ無機物転生物。フランと師匠の最強となる道のりに、手に汗握って読みました！」（蒼乃ツバサ・20代前半♠Ⓗ）

たとえばラストダンジョン前の村の少年が序盤の街で暮らすような物語

著:サトウとシオ/イラスト:和狸ナオ/GA文庫/既刊5巻

その強さ、知らぬは本人ばかりなり!!
村では最弱だったのに、王都では最強!?

村人の誰もが反対する中、軍人になる夢を捨てきれず、王都へと旅立った少年ロイド。村で一番弱い男と言われていた彼だったが、別の街へと行ってみれば身体能力は抜群、古代魔法を使いこなし、家事もパーフェクト!! 実は、ロイドを含め村人は誰1人として知らなかったのだ。彼らの村が、ラストダンジョン前の人外魔境で、異常なほどに強い人々が集まっていたことを! 周りが凄過ぎたせいで、自己評価と本当の実力に大きな相違がある少年が、無自覚に大金星をあげていく姿は爽快だ。コミカライズも絶好調の、気楽に楽しめるコメディ作品だ。(天野)

コメディ ほのぼの 勘違い

ポーション頼みで生き延びます!

著:FUNA/イラスト:すきま/Kラノベブックス/既刊3巻

ポーション生成能力が巻き起こす奇跡
異世界を生き抜く逞しいカオルの活躍

時空のゆがみの影響で死亡した長瀬香は、世界の管理者によって異世界転生。提案されたチート能力にはポーション生成をお願いし、押しの強さでその他次々要求。盤石の態勢で挑むカオルだが、予想以上に異世界のレベルが低く騒動を起こしてしまう。健康や生活に困らないようあれこれ注文をつけ転生したカオルですが、アイテムボックスで楽々移動、ポーションを作れば奇跡を起こし、女神セレスの友人として国が動く事態に。平穏な結婚生活を求めて移動しては影響を大きくしていきます。能力もすごいけど何事にもひるまない逞しさ、見習いたいなぁ。(勝木)

異世界転生 冒険 ポーション

おかしな転生

著:古流望/イラスト:珠梨やすゆき/TOブックス/既刊10巻

この痩せた大地をお菓子で満たす!
甘い夢を胸に次期領主、奔走す!

パティシエ世界大会のクライマックスで死を遂げた天才パティシエがいた。彼はその記憶を持ったまま異世界に転生し、貧乏貴族の嫡男ペイストリー=ミル=モルテールンとして痩せた領地に立つ。だからこそ彼は決めたわけだ。この大地を富ませ、いつかお菓子でいっぱいにするのだと。かくて山積みの内政問題、襲い来る外政問題、踏み込まなければならない社交、諸々の難題へ立ち向かうペイストリー。その奮闘、実に読ませます。そしてエピソードの最後にふるまわれるお菓子、輝いてます。設定重視派の人に読んでほしい物語。(剛)

政治 外交 お菓子

単行本34位 神達に拾われた男

著:Roy/イラスト:りりんら/HJノベルス/既刊4巻

スライムが進化!? しかも有能!?
異世界生活をスライムと一緒に満喫!!

中年サラリーマン・竹林竜馬の生涯は、恵まれないままあっけなく幕を閉じた。死後、三柱の神に協力を求められ、剣と魔法の異世界へと子どもの姿で転生することになった竜馬は、神々から手厚い加護を貰い受け、森でスローライフを始める。そんな中、竜馬が最も熱心に取り組んだのは、生活の中で使役することができたスライムたちの研究だった……。なんと言っても登場する多種多様なスライムたちが面白い! 思わぬ種類、思わぬ特性、思わぬ進化。スライム愛に溢れた作品です。優しい人々に囲まれた、竜馬の第2の人生に幸あれ!(天野)

スローライフ スライム 研究

『たとえばラストダンジョン前の村の少年が序盤の街で暮らすような物語』「自称最弱ロイド君と愉快な仲間達、そして童話調の語りは他にない物語を作り出しています」(フリーター番長・20代前半♠Ⓗ)

女神の勇者を倒すゲスな方法

著：笹木さくま／イラスト：遠坂あさぎ／ファミ通文庫／既刊5巻

物理的攻撃が効かない勇者を倒すゲスなやり方 それは心理的に抹殺するゲスなやり方

魔王によって異世界召喚された外山真一は、殺しても殺しても蘇ってくるうっとうしい勇者どもの攻略を引き受ける。肉体的攻撃が効かない勇者に対して真一がとった行動は、心をへし折るゲスいやり方だった。大した力もない真一ですが、恥ずかしい動画を撮影して脅したり、ボッチの女勇者を籠絡したりとやり方がチンピラです。その手口に当の魔族もドン引き、というか魔王が子煩悩だったり魔王の娘（可愛い）がマジ天使だったり、魔族意外と良い奴らじゃん。そして何だかんだで人の道から外れない真一も良い奴なんだよなー。完結目前で恋愛加速!?（勝木）

異世界 笑える ゲス

心理学で異世界ハーレム建国記

著：ゆうきゆう／イラスト：Blue_Gk／MF文庫J／既刊2巻

女が苦手な女好きによる異世界女子口説き落とし物語！

お年頃まっただ中な高校3年生、難波心太は不治の病を患った。病名は〝女好き〟。しかし彼は超級の女性恐怖症のため、女の子に近づけないというジレンマを抱えていた。このままでは問題だということで、彼は意識だけを別世界へ飛ばす「ファンタジー治療器」を装着することに。そんな心太の武器はチート知識でも剣でも魔法でもない、にわか仕込みの心理学！ なにも持たない彼が必死に言葉を繰り、ファンタジー女子をめろめろにしていく姿、実に趣深くて熱い！ 精神科医である著者さんだからこその心理学的知識も満載な一作です。（剛）

ハーレム 愛＆恋 心理学

異世界語入門 ～転生したけど日本語が通じなかった～

単行本25位

著：Fafs F. Sashimi／イラスト：藤ちょこ／L-エンタメ小説／既刊1巻

言葉は通じない、だって異世界だもの 世界初（!?）異世界語学習物語！

気が付くと異世界に転移していた八ヶ崎翠。しかし彼にはこの手の物語でお約束のチート能力は与えられず、それどころか言葉すら通じなかった！ 本作で異世界人が話す言語は作者が一から作った架空言語。おかげで翠はもちろん読者にも原住民が話している言葉の意味がさっぱりわからない。この状況下で、翠が様々な手法で単語や文法の法則性を見つけ出し少しずつ言葉を習得していく過程が実に新鮮で、本作ならではの知的興奮を味わえる。ところでこの世界色々物騒な気がするんだけど、異世界ハーレムよりも生還を目指した方が……。（柿崎）

言語学習 異世界 ノーチート

絶対に働きたくないダンジョンマスターが惰眠をむさぼるまで

著：鬼影スパナ／イラスト：よう太／オーバーラップ文庫／既刊8巻

異世界ダンジョンマスターは働かない 楽して儲ける異世界迷宮経営戦略

異世界迷宮のダンジョンコアである金髪美少女ロクコによって日本から召喚された主人公・増田桂馬（ケーマ）は、働かずに寝て過ごすのが好きなニート志望の怠け者。ダメダメなロクコに代わってダンジョンマスターとしてダンジョン運営に携わるうちに、いつの間にか迷宮の周囲は冒険者の活気が溢れる村として発展していた。ダンジョンコアにバトルを挑まれたり、勇者がやってきたり、領主から依頼がきたりと難題が降りかかるが、怠けたい一心からの機転と発想でピンチを切り抜けていく悪知恵に、その手があったかと毎回唸らされてしまう。（愛咲）

異世界召喚 迷宮運営

『女神の勇者を倒すゲスな方法』

「とにかく主人公が繰り出す敵側への策がゲスい!! そこが気持ち良いです!!」（コロロ少尉・20代中盤♠Ⓗ）

単行本22位 異世界のんびり農家

著：内藤騎之介／イラスト：やすも／KADOKAWA（エンターブレイン）／既刊３巻

異世界で農業スローライフがしたい！ 神様の「万能農具」でらくらく村作り

「農業がしたいです」。異世界へ転移する間際、創造神にそう願った街尾火楽（まちおひらく）は、「万能農具」を得て異世界へと降り立つ。クワ、ノコギリ、シャベル、どんな道具にも変形し、硬い地面も耕せ、魔物も一撃で肥料にする「万能農具」で、死の森と怖れられる超危険地帯で畑を耕す。大蜘蛛のザブトンや狼のクロを従え、吸血鬼のルーや天使族のティアをお嫁さんにし、火楽は村長として「大樹の村」を発展させていく。チート能力を持っていても偉ぶらず、それでいて人間離れした偉業を平然と行い周囲を唖然とさせる村長の暮らしがほのぼの和む。（愛咲）

異世界　農業　ほのぼの

Sランクモンスターの《ベヒーモス》だけど、猫と間違われてエルフ娘の騎士として暮らしてます

著：銀翼のぞみ／イラスト：夜ノみつき／GCノベルズ／既刊２巻

目覚めてみたらモンスター！ 〝最強の猫〟爆誕!!

人の世界を守る騎士として仇敵たる魔族と戦い、そして斃（たお）れた主人公だが、目覚めた先は天国ならぬ迷宮で、その体はS級にランクされた天災級モンスター、ベヒーモスの幼体となっていた！　生きるために彼は迷宮で戦って戦って、ついに斃れようとしたとき、エルフの少女で冒険者のアリアに救われ、エレメンタルキャットだと勘違いされてペット〝タマ〟となる。そこから始まるのは、可愛いお顔と良い体を持つアリアの護衛生活。リズミカルなバトルアクションと、その合間で重ねられる苦労とラッキースケベ、存分に召し上がれ！（剛）

冒険　アクション　メロン！

単行本40位 魔王の娘は世界最強だけどヒキニート！ ～廃教会に引きこもってたら女神様として信仰されました～

著：年中麦茶太郎／イラスト：椎野せら／GAノベル／既刊２巻

人間を滅ぼすのが生まれた理由だけど めんどくさいのでニートはじめました

大魔王の遺伝子を用いて作られた最強の生物兵器、アイリス＝クライシス。彼女は人間を滅ぼし世界を支配するために生を受けた存在で、その存在理由の遂行のために人間界に行くことに。しかし、アイリスは生粋の面倒くさがりで、廃教会を見つけるや否やすぐに引きこもり生活を始めてしまう。果てにはそんな彼女を女神として信仰する人間が現れて!?　人類を滅ぼすという目標とは遠く離れた、生物兵器たちのほっこり何もしない生活の一部を覗いてみるのも面白いかも。最強の能力とは裏腹にアイリスたちの可愛らしい一面も窺えるコメディです。（羽海野）

コメディ　魔王　ニート

勇者召喚に巻き込まれたけど、異世界は平和でした

著：灯台／イラスト：おちゃう／モーニングスターブックス／既刊４巻

間違って召喚されたけど高待遇 異世界でゆったりと過ごそう

１人の勇者を召喚するはずが、彼の近くにいた女子高生２人と、主人公の大学生・宮間快人も異世界へと召喚されてしまう。戦乱に巻き込まれてしまうのかと思いきや、魔王は千年前に倒され、魔族とも友好な関係を築いた平和な世になっていた。不手際を謝罪され、元の世界へ帰れる一年後まで、優雅に暮らすことになる。快人は本当になんの能力も持たない大学生。彼は異世界の王国では女の子たちとゆったりとラブコメを繰り広げつつ暮らしていく。ストレスフリーなほのぼの物語だ。魔族の少女・クロムエイナとの交流も、心をくすぐる。（天条）

ほのぼの　ラブコメ　平和

『異世界のんびり農家』「一人で始めた農家が様々な人々を惹きつけていき、いつしか魅力的な町となり、人々から一目置かれていく。まったりのんびりリラックスして読める異世界転生作品」（ゆきとも・20代後半♠⑯）

Column 03

文・柿崎 憲

様々な困難がつきまとう!? ファンタジー世界の恋愛や如何に？

家の都合や身分の違いなど、恋愛において様々な障害が存在するファンタジー世界。我々とは異なる世界で生きる彼らの恋愛事情を少し覗いてみよう。

『最強同士がお見合いした結果』では、両国の最強２人がお見合いをすることに。戦場では最強でも恋愛はド素人の２人。壁ドンをすれば建物が崩壊し、手を繋ごうとすれば突然ハイレベルの組み手になってしまう。けど、本人同士は楽しそうなので、これはこれで。

『魔王の俺が奴隷エルフを嫁にしたんだが、どう愛でればいい？』は、魔術師ザガンがエルフの奴隷ネフェリアをオークションで競り落とす。ネフェリアからどうして自分を買ったか訊かれるが、一目惚れしたからと正直に言えず、口下手なせいで怖い感じの対応に。最初はすれ違いばかりだけど、一緒に暮らす中で徐々に誤解は解け始め気づけばすっかりイチャイチャに。

『魔王を倒した俺に待っていたのは、世話好きなヨメとのイチャイチャ錬金生活だった。』はだいたいタイトル通り。他人に魔力を分け与える力を得たイザヤは、魔力不足の錬金術師ヨーメリアと出会い、彼女と暮らすことに。新生活でのイザヤの仕事は、1日1回ヨーメリアの手を握って魔力を与えることだけ……。実に立派なヒモっぷり。

『異世界嫁ごはん』は異世界に転生したニテツが専業主夫として愛する妻のために日々料理を作る物語。外ではクールなニコールが夫の前でだけ甘えん坊な本性を見せる姿がたまらない。

このようにファンタジー世界での恋愛は難しい……って皆充分イチャついてるな……。

異世界嫁ごはん ～最強の専業主夫に転職しました!～

著：九重七六八／イラスト：VM500／オーバーラップノベルス／既刊２巻

異世界に転生した板前の二徹は、紆余曲折を経て立派な専業主夫に。普段は料理を作って軍人の妻の帰りを待ちながら、時には能力を使って妻の仕事を助けたりと、家の中でも外でも大活躍！

魔王を倒した俺に待っていたのは、世話好きなヨメとのイチャイチャ錬金生活だった。

著：かじいたかし／イラスト：ふーみ／HJ文庫／既刊２巻

逃亡生活がヨメとの暮らしに２人の甘い日々が始まる

魔王を倒した冒険者のイザヤは、死に際の魔王にムリヤリ力を押しつけられて国から追われる身に。だが逃亡生活中に出会った錬金術師の少女ヨーメリアから色々とお世話を焼かれてしまい、２人はそのまま一緒に暮らすことに！

魔王の俺が奴隷エルフを嫁にしたんだが、どう愛でればいい？

著：手島史詞／イラスト：COMTA／HJ文庫／既刊６巻

恋に落ちた不器用な魔術師は少女に想いを伝えたいが……

人々に恐れられる魔術師ザガンは、ある日闇オークションで見つけた奴隷エルフの少女・ネフィに一目惚れ。全財産をはたいて彼女を手に入れたもののどう接すればいいかわからず戸惑うザガン。共同生活の中で２人は打ち解け始める。

最強同士がお見合いした結果

著：菱川さかく／イラスト：U35／GA文庫／既刊２巻

戦場最強の２人は恋愛最弱!? 恋愛未経験同士の恋愛心理戦

長年敵対していた２国の講和のため、お見合いをすることになった最強の剣士アグニスと最強の魔術師レファ。だが講和に見せかけた裏では相手を籠絡して自国に取り込もうとする謀略があった。恋愛ド素人の２人はどうなる!?

 『最強同士がお見合いした結果』「ポンコツなラブコメがほんと面白くて好き、甘々すぎる!!」（ふうら・20代中盤♠㊙）

GOURMET

絶品グルメ

美味しい料理でみんな幸せ。食べるという至高の行為。
思わずよだれが出てくる、美味しい物語をあなたに。

異世界転移　通販　スキル

とんでもスキルで異世界放浪メシ

単行本33位

著：江口 連／イラスト：雅／オーバーラップノベルス／既刊5巻

スキルを使ってお取り寄せグルメ！三匹と青年の美食探訪冒険譚

現代の日本から異世界へとやってきたサラリーマンのムコーダ。「勇者召喚」に巻き込まれただけの一般人だったが、日本から商品を取り寄せられる固有スキル「ネットスーパー」を持っていた。彼の作る異世界の料理を目当てに伝説の魔獣フェンリルを始め強力な従魔たちが仲間に加わり、さらには神様たちまで美味しい物をねだってくる。Sランク冒険者として成功しつつも、神様への貢物と従魔の食事の世話にかかりきりになる姿が親しみを抱く。ムコーダの作る料理は、市販の調味料を使ったお手軽レシピも多く、思わず試してみたくなる。（愛咲）

エノク第二部隊の遠征ごはん

著：江本マシメサ／イラスト：赤井てら／GCノベルズ／既刊4巻

遠征中でも美味しいものが食べたい！残念系森の妖精のお料理奮闘記

貧乏で無魔力、そして婚約破棄までされてしまったフォレ・エルフのメル。妹たちに貧乏な重いはさせたくないと王国騎士団エノクへと就職することになるが、所属した第二遠征部隊は食事環境が最悪だった！　マズメシもメルの料理知識で美味しくできる。素朴だけど美味しい料理によって繋がる人間関係がこの話の中心。メルも山賊みたいな隊長のもとでたくましく成長していき、グリフォンのアメリアにはよく懐かれ、金髪碧眼の美形青年ザラとの関係も進展していく。仲間も料理のレパートリーも増える、ほのぼのファンタジーだ。（天条）

エルフ　ほのぼの　愛＆恋

異世界健康食堂 ～アラサー栄養士のセカンドライフ～

著：お米ゴハン／イラスト：ななひめ／L-エンタメ小説／既刊1巻

異世界人に美味しい食事と健康を！栄養学で人々の心と身体を救う料理人

ある日、異世界に飛ばされてしまったアラサーの管理栄養士・朝山橙也と妹の桃香。治安がよく食材も豊富な国ミレイスカイにたどり着くが、栄養学が発展していない異世界では、「健康食は不味い」という偏見が根付いていた。縁あって寂れた食事処「健康食堂」の料理人となった橙也の作る「美味しい健康食」は噂となり、ストレスを抱えた女役人、体調不良の領主、肥満の中年男性など、健康に不安を持つ街の人々から愛されるようになる。「異世界グルメ」という最近では定番化したジャンルに栄養学という新しい切り口で挑んだ意欲作だ。（愛咲）

異世界　料理　栄養学

『とんでもスキルで異世界放浪メシ』「こんな旅ならしてみたい！最強の飯テロ小説（笑）！数ある異世界召喚物の中でも、トップクラスに平和だと思う」（蒼乃ツバサ・20代前半♠Ⓗ）

フェンリル母さんとあったかご飯
～異世界もふもふ生活～

著：はらくろ／イラスト：カット／TOブックス／既刊２巻

伝説の神獣フェンリルの愛情たっぷり絆深める美味しいご飯ともふもふ生活

高貴な血筋に転生したものの、父親から忌み子と嫌われ捨てられた赤子は、モンスターの餌食になるところをフェンリル・リーダに助けられる。彼女の死んだ息子の名前フェルムードをもらい、愛情たっぷりに育てられるのだった。伝説の神獣フェンリルですが、自身の子を亡くしていることもあってフェルムードを甲斐甲斐しくお世話。フェルムードも感謝して素直に成長。豊富な知識で美味しいご飯を作って親孝行するのでした。豚のごとき実父、ろくでなしの養母の元夫などいますが、そんなのより美味しいご飯ともふもふ生活がメインです！（勝木）

愛情　グルメ　もふもふ

森のほとりでジャムを煮る
～異世界ではじめる田舎暮らし（スローライフ）～

著：小鳩子鈴／イラスト：村上ゆいち／カドカワBOOKS／既刊2巻

異世界転移したアラサー女子が、美味しいご飯とスローライフを満喫！

勤務中に事故に遭ってしまったことをきっかけに、異世界転移したアラサー女子のマーガレット。瀕死の状態のところをご隠居貴族の老婦人に助けられ、居候させてもらうことになったのだが――そこで待っていたのは、多忙な前世とは真逆の田舎生活（スローライフ）だった！　マーガレットは『精霊の招き人』という特別な存在としてこの世界に召還されたと判明するのだが、美味しいご飯を食べられるならそれでよし!!　とマイペースに過ごすのだった。食いしん坊で料理上手のマーガレットが可愛らしい、癒し満載の物語だ。（天条）

異世界転移　スローライフ　グルメ

ダンジョン村のパン屋さん

著：丁 謡／イラスト：mepo／カドカワBOOKS／既刊3巻

転生パン屋少女がいろいろやらかす！おいしくて楽しい辺境旅物語！

チート能力と現代知識をもって、転生先の地で数々の偉業を成し遂げたパン屋の娘アマーリエ・モルシェン。その能力ゆえに方々から狙われる彼女を守るため、領主は世界の端っこ、上級ダンジョンのそばにあるアルバン村へ行かせることを決めた。そこから始まる珍道中（原因はアマーリエ）！　パンだけじゃなく、いろいろな料理を調理過程から見せてくれるのもおもしろいんだけど、アマーリエから溢れ出すチートなやらかしが引き起こすドタバタが楽しめるのも見逃せない。それを十全に見せてくれる軽妙な会話劇もたまりませんよ！（剛）

異世界　チート　グルメ

だからオカズは選べない

著：天秤☆矢口／イラスト：葉山えいし／講談社ラノベ文庫／既刊２巻

白いご飯に一番合うオカズはどれだ!?主食男子とオカズ女子の料理ラブコメ

料理好きな少年・真白悟飯（ましろごはん）が入学した「つくば家庭料理学園」は、政府によって集められた「料理の魂」を持つ主食男子とオカズ女子のための学校だった。彼らの感情や人間関係が世界中の料理の味に影響する。そして真白は、どんなオカズとも相性バツグンの主食の王様「白いご飯」の魂を持つ主食男子だった。食べ合わせが何より重視される学園なだけにオカズ女子にモテモテ！　パワフル能天気な豚の生姜焼き女子の薑猪子（はじかみいのこ）や、生真面目優等生の焼きジャケ女子の赤鮭栞（あかさけしおり）など、美少女たちに迫られまくりのお料理ギャグ満載な必笑ラブコメだ。（愛咲）

主食　オカズ　ラブコメ

『エノク第二部隊の遠征ごはん』「リスリス衛生兵が所属する第二部隊のほわほわ感満載な日常を描いている飯テロ作品です。第二部隊のメンバーが皆個性的なのも読んでいて楽しいです」（みんみん・40代♥Ⓗ）

WORKERS

働く人々

働かざる者食うべからず……そんな古の掟に従って
それぞれスキルを活かし今日も労働に勤しみます。

ラブコメ　妹　出版業界

妹さえいればいい。

文庫21位

著：平坂読／イラスト：カントク／ガガガ文庫／既刊10巻

妹大好きラノベ作家が織りなす「主人公」になるための青春群像劇

ライトノベル作家の羽島伊月(はしまいつき)は（妄想上の）妹好きの青年。現実に妹がいないためにこじらせてしまい、執筆する作品全てに妹を登場させるほどだった。そんな伊月の周りには売れっ子ラノベ作家の可児那由多(かになゆた)や不破春斗(ふわはると)、大学時代の同級生・白川京(しらかわみやこ)、義弟の羽島千尋たちが集まってくる。自作『妹のすべて』のアニメ化にレーベルの後輩作家たちの苦悩、恋愛関係と絶えない問題が連発する中で、伊月が選ぶ道とは？　ライトノベル作家としての満たされつつも二転三転する日常からは目が離せない。どこへ着地するのか予想もつかないシリーズだ。（羽海野）

14歳とイラストレーター

著：むらさきゆきや／イラスト・企画：溝口ケージ／MF文庫J／既刊5巻

営業に打ち合わせ、交流に作業の連続イラストレーターの多忙な日常を描く

プロイラストレーターの京橋悠斗(きょうばしゆうと)は制作に集中し雑になった家事を、14歳のコスプレイヤー乃ノ香にお願いすることになる。絵師仲間、作家、編集、目標とする姉。悠斗の周りには様々な人々が取り巻く。小説家を題材にした作品は多いですが、本作は珍しいイラストレーターがメインの物語。コミケで本を売ったり、ラノベの挿絵を担当したり、イラストレーター仲間と交流したり、絵師の日常が綴られます。好きなことを仕事にしていても現実は様々な問題の連続。ほのぼのした日々のなかに絵師としての在り方が垣間見えます。プロを目指す人は必読の一冊！（勝木）

日常　ほのぼの　出版業界

エロマンガ先生

著：伏見つかさ／イラスト：かんざきひろ／電撃文庫／既刊10巻

エロマンガ先生の正体は義理の妹!?　2人を繋いだのは創作の絆

高校生ラノベ作家・マサムネは引きこもりの妹・紗霧(さぎり)に手を焼いていた。1年前からロクに顔も見せず、床ドンでご飯を要求する始末。しかしマサムネが描く作品のイラストレーター『エロマンガ先生』の正体が紗霧であることがわかり、止まったままの関係が一変する——アニメ化も果たした大人気兄妹ラブコメディ。キャラクターのかわいさもさることながら、創作に対するそれぞれのアプローチも違っておもしろい。近刊ではついにマサムネと紗霧の関係が進展しニヤニヤ度がパワーアップ。この結末がどうなるのかが楽しみだ。（絵空）

愛＆恋　笑える　出版業界

『妹さえいればいい』「随所に盛り込まれる業界ネタに笑いつつ創作者達の本気の想いが盛り込まれて良い塩梅の作品。これからどうなるのか本当に楽しみ」（くれいん・20代前半♠Ⓗ）

編集長殺し

著：川岸殴魚／イラスト：クロ／ガガガ文庫／既刊3巻

ドSロリ編集長の下で目指せヒット作 個性的な美女ばかりのラノベ編集部！

川田桃香はライトノベルレーベルギギギ文庫の新人編集。個性的で美女ばかりの先輩編集者に支えられ、担当する作家・絵師を飴と鞭で奮い立たせ、厳しいドSロリ編集長の下ヒット作と校了目指し仕事に励む。グチと闇とハードワークが織りなす編集部コメディ。レーベル名からして笑いを誘いますが、毒舌幼女編集長を筆頭に曲者揃いの編集部の日常が普通であるはずなく毎度仕事内容がエスカレート。カバーイラストの資料にコスプレ写真撮影会を始め、深夜残業の果てに酒盛り、女子高生に扮して逃げる絵師を釣り上げます。編集の厳しさを知るべし!?（勝木）

笑える　美少女　出版業界

俺が好きなのは妹だけど妹じゃない

著：恵比須清司／イラスト：ぎん太郎／ファンタジア文庫／既刊8巻

妹がラノベ作家デビューで兄は代理 創作活動のために……いちゃいちゃ？

ライトノベル作家を目指して新人賞へ応募し続けている高校生・永見祐（ながみゆう）だが、いつも一次選考で落ちてしまっていた。しかし妹の涼花が気まぐれで出した作品が大賞を受賞してしまった！　しかも内容は兄妹恋愛もの!?　事情により祐が代理人を引き受け「永遠野誓（とわのちかい）」としてデビューするが……。凡人で空回りする兄と、優秀だけどブラコンな妹の出版業界ラブコメ。創作について思い悩むことはあるけれど、もっと大変なのは兄と妹のいちゃいちゃっぷり。家でも仕事でも学校でも、一緒にいるようになった兄妹の関係はどうなる……!?（天条）

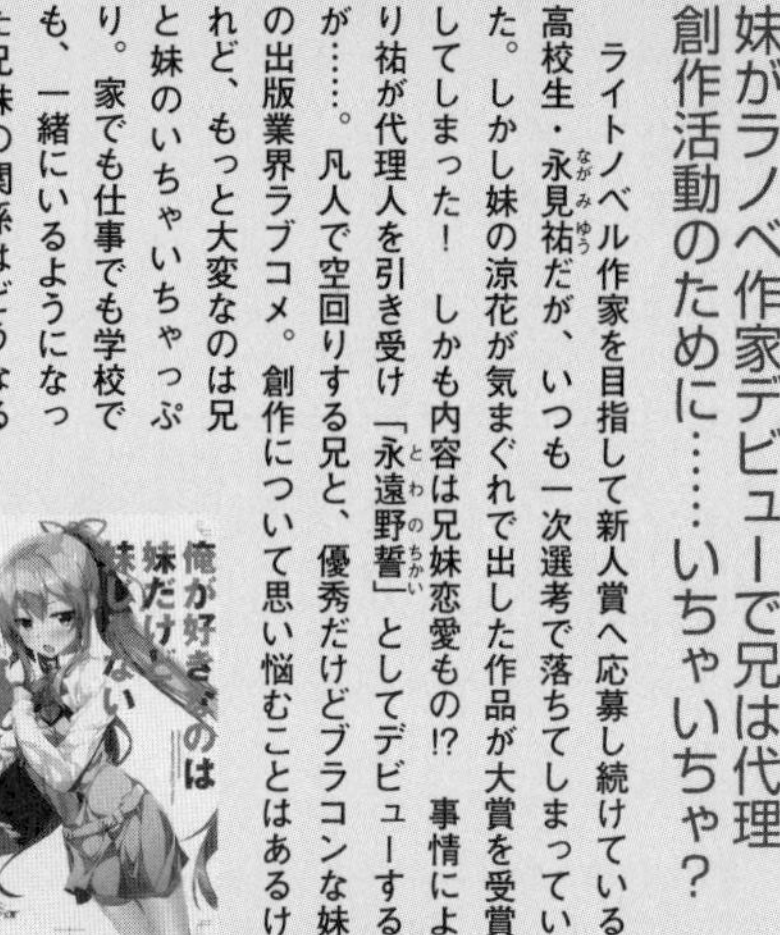

出版業界　兄妹　ドタバタ

語り部は悪魔と本を編む

著：川添枯美／イラスト：himesuz／ファミ通文庫／既刊1巻

作家の卵が得た恋人は、担当編集者?! だが2人の努力は編集長に阻まれ……

ラノベの新人賞に応募してヤクザみたいな編集長に拾い上げられた雄一だが、3年半書き続けてもデビューには至らない。そんな折、偶然知り合った絵美瑠（えみる）という美人ととんとん拍子に交際まで漕ぎつけるが、彼女は雄一の新しい担当編集者でもあった！　デビューのため新作に取り組む2人だけれど、編集長が立ち塞がり……。恋人でありながら作家と担当でもある2人が、微妙な疑心暗鬼の中、強権的で高圧的な悪魔（編集長）に振り回される展開が読みどころ。編集長らが語る業界事情やラノベ論、そしてデビューを目指す雄一の焦燥が実に生々しい。（義和）

愛&恋　せつない　燃える

美少女作家と目指すミリオンセラアアアアアアアッ!!

文庫48位

著：春日部タケル／イラスト：Mika Pikazo／角川スニーカー文庫／既刊4巻

作家のためにも、売れる作品を出す！ 若き編集者清純の活躍！（と周囲の恋）

新人の清純はラノベを扱うS（サンダル）文庫へ配属される。女子高生作家にして前シリーズが大ヒットした天花、OLとの兼業で過去作は打ち切りばかりのひよこ、挿絵担当のイラストレーターらに、時に翻弄されつつも、清純は仕事に励む。ラノベ業界ものにも各種あるが、この作品は「面白ければ売れる」優しい世界を舞台に、才能溢れるクリエイターたちの実力をいかに発揮させるかという方向性が基本。自分の恋愛には超鈍感な清純に振り回される天花たちもまた可愛い。波乱の新人賞選考（4巻）を経て、清純自身の問題も大きく関わる次の展開にも期待大だ。（義和）

ドタバタ　燃える　愛&恋

『編集長殺し』「とってもリアルでちょっぴりブラックなお仕事ラノベ！　編集部の裏側を垣間見ているような感覚も覚える、読んでいて楽しい作品でした」（本山 らの・10代後半♥(協)）

教え子に脅迫されるのは犯罪ですか？

著：さがら総／イラスト：ももこ／MF文庫J／既刊2巻

塾講師を女子中学生が脅迫⁉ お仕事と生徒で揺れる年の差ラブコメ！

中高受験指導塾に勤める講師の天神は、担当する小中学生の生徒たちに対してあくまで仕事としながらも関わって生活していた。小学生からからかわれたり抱きつかれたりすることも日常茶飯事で飽き飽きしていた天神だったが、ある日生徒にスリスリされている様子を中学生・星花に撮影されてしまう。天神はデータを消すように要求するが、星花は代わりに「夜の個人レッスンをしてください」と脅迫してきて……⁉ 小中学生の人間関係を塾講師という教師よりちょっと離れた立場から描写した本作。魅力的なキャラクターからも目が離せない。（羽海野）

ラブコメ　歳の差　塾講師

戦闘員、派遣します！

著：暁なつめ／イラスト：カカオ・ランタン／角川スニーカー文庫／既刊2巻

悪の組織はこの世界に二つもいらない 新惑星ではじまる戦闘員のスパイ活動

地球征服を目前とした秘密結社キサラギに所属する戦闘員六号は、幹部たちの手によって更なる侵略地の開拓を命令される。アンドロイドのキサラギ=アリスと共に送り込まれた先は新惑星だった⁉ そこで六号はグレイス王国の騎士としてスパイをしつつ、虎視眈々と侵略活動を開始するが……。鼻つまみ者集団としてお調子者女騎士のスノウやキメラのロゼ、ビッチ大司教のグリムらと共に魔王軍と戦っていく。六号をはじめとする一癖も二癖もあるキャラクターたちの掛け合いが面白い冒険譚。魔王軍と相対する秘密結社。世界の命運はどっちだ？（羽海野）

ドタバタ　アクション　燃える

せんせーのおよめさんになりたいおんなのこはみーんな16さいだよっ？

著：さくらいたろう／イラスト：もきゅ／MF文庫J／既刊2巻

この中に1人合法ロリがいる！ 小学生の中から許嫁を探しだせ

教師を目指す男子高校生・六浦利孝は圧倒的な権力を持つ徳田院家の当主であり義父の大五郎に呼び出される。大五郎は利孝に対して次期当主にならなければ教師にさせないと言い渡される。しかし当主になる条件は、どこからどう見ても小学生にしか見えない4人の中から合法ロリである許嫁を当てること！ もし間違えばロリコン認定の上、夢が潰えるという極限下で利孝はただ一人の合法ロリを見つけられるのか？ どの女の子もどこか大人らしさがあって魅力的。次々起こるえっちな展開にニヤニヤが止まらないロシアンルーレットラブコメ！（羽海野）

ロリ　萌える　ラブコメ

「まもの」の君に僕は「せんせい」と呼ばれたい

著：花井利徳／イラスト：お久しぶり／ダッシュエックス文庫／既刊1巻

舞台は魔物の通う学園 失格教師と問題児が織り成す成長物語

教師を志しながらも2年連続で採用試験落ち、面接官から適性がないとまで言われた衣笠大地は、駅で「出来損ない」呼ばわりされている女の子を発見、助けに入ってしまう。その時出会った少女は、人間世界へ出て行くために魔物が学ぶ学園の理事長を名乗り、彼を教師として迎え入れたいと申し出るのだった。魔物ゆえの悩みや複雑な事情を抱えた魔物の少女たちへ、大地はまっすぐに突っ込んでいく。そんな彼の空回りと熱さ、無様だけど本当に気持ちいいのだ。生徒と新米教師が本気でぶつかり合い、共に成長していくカタルシスは最高としか言い様なし！（剛）

燃える　教師

『教え子に脅迫されるのは犯罪ですか？』

「塾講師の業は深い。軽薄な言い回しに隠された重いテーマというギャップが面白い」（リク・20代中盤♠Ⓗ）

美人上司とダンジョンに潜るのは残業ですか？

著：七菜なな／イラスト：にぃと／ノベルゼロ／全3巻

鬼の美人上司は実はへっぽこ!? 業務後に始まるダンジョンライフ

業務後、平凡な会社員・牧野祐介は美人の上司・黒木姫乃に呼び出される。それは説教でもデートでもなく、ダンジョンアタックの同行命令だった。しかし姫乃は普段の気の強い姿とは裏腹に、ダンジョン内では常にへっぽこで……。ダンジョンが世界の至る所に発生してしまい、アクティビティのひとつとしてダンジョンアタックが浸透した現代を舞台に、姫乃を一流のハンターに育て上げる祐介の姿を描いたファンタジー作品。仕事中とダンジョン内部でのギャップに思わずニヤニヤ。胸がときめくラブコメとアクションのどちらもたまらない！（羽海野）

冒険　仕事　コメディ

異世界薬局

著：高山理図／イラスト：keepout／MFブックス／既刊6巻

この知識と力は救いのために！ 転生薬師は仁の志を貫き通す！

誰かのために薬の研究に明け暮れ、その末に過労死した薬学者、薬谷完治は異世界で目覚めた。そして自分が雷に打たれて昏倒した宮廷薬師の次男ファルマ・ド・メディシスとなっていることを知る。とまどった彼だが、地球の近代薬学と異世界の神術（魔法）を武器に、人を救うという志を貫くことを決めるのだった。がん研究に取り組む研究者という作者ならではの医療知識の数々がしっかりと異世界、魔法と絡みついていて、読みやすいのに深みある物語を魅せてくれているのがすばらしい！　リアリティとエンタメの共鳴が体感できる一作だ。（剛）

異世界　薬学　医学

魔法塾　生涯777連敗の魔術師だった私がニート講師のおかげで飛躍できました。

著：壱日千次／イラスト：リン☆ユウ／MF文庫J／既刊1巻

日本最強からニートに落ちぶれた青年 塾の講師となり、生徒を飛躍させる！

魔法が実在するようになった世界。皇一郎は高校時代に魔法塾へ通ったことで劇的に成長し、日本最強の魔術師となった。しかしある時、仲間たちに裏切られ、能力を発揮しきれなくなる呪いをかけられた上に、濡れ衣で汚名まで着せられ、普通の就職もできぬニートに成り果てる。そんな彼の元を、恩師の娘が訪れた。塾を再建するため講師になってほしいという声に応じ、ゼロからの挑戦が始まる。作者得意のおバカと変態てんこ盛りなギャグのインパクトが強いが、生徒たちへの教育は非常に真っ当。バトルは熱いし、笑いながらも感動させられる。（義和）

育成　ドタバタ　しみじみ

エレメンタル・カウンセラー ―ひよっこ星守りと精霊科医―

著：西塔 鼎／イラスト：風花風花／電撃文庫／既刊1巻

精霊たちの狂乱の原因は精神的な病!? 巫女と異世界の精神科医が治療開始！

駆け出し巫女のナニカは、精霊たちと対話して鎮めるための旅をしている。「精霊病」に罹った彼らをなだめすかし、自然現象を司る彼らが討伐するしかない「災害」へと転じてしまうのを防ぐ仕事だ。そんな彼女が出会ったのは、オトギという「外なるもの（アウター）」の男。ナニカの知らない用語を駆使する彼は言う。精霊病は治すことができる、と……。ファンタジー世界での精霊の精神医療という組み合わせが目を惹くが、精霊の悲しみや苦しみの原因を突き止め、時に魔法的な形で刺激を与え治療する手順は不思議な説得力がある。医療者の心意気が伝わる物語。（義和）

しみじみ　ほのぼの　燃える

『異世界薬局』

「現役薬剤師です。もしも異世界に飛ばされたときのためのバイブルにします」（イチ太郎スマイル・20代後半♠Ⓗ）

薬屋のひとりごと

文庫47位

著：日向夏／イラスト：しのとうこ／ヒーロー文庫／既刊7巻

「毒味役」の侍女が事件解決 東洋の宮中が舞台のミステリー

宮廷へ連れ去られ下女として働くようになった猫猫は、後宮で起こった乳児の連続死亡に際して薬の知識を買われて皇帝の寵妃の侍女となった。思わぬ躍進だったがその実は毒味役。だが彼女には自ら身につけた毒への耐性と、薬と読み書きの知識があった。陰謀渦巻く宮中で起きる難事件に、猫猫は挑んでいく。無愛想で無口な猫猫だが、その理知的な言動で人々を病気から救い、事件をも解決していく様子はかっこいい。宮中でも次第に認められていき、宦官である壬氏との関係にも発展が……？　しっかりと組み立てられた後宮ミステリーだ。（天条）

東洋　医療　ミステリー

こちら異世界転生取締局

著：愛坂タカト／イラスト：檜坂はざら／講談社ラノベ文庫／既刊2巻

異世界転生は世界を滅ぼす犯罪です！ 神々のくだらぬ陰謀をぶちのめせ!!

カイトはトラックに轢かれて死亡し、神にチート能力を授かって異世界へ転生する。しかしそこで現れたのが、異世界転生取締局のイズミ。彼女に無力化されたカイトは、しかし現実世界への帰還を頑なに拒み、取締局で働くことにする。イズミと組んで仕事をこなしていくが、ある時、農業チートしか持たない善良な転生者に出会い……。チートや現代知識込みの転生者がいかに悪影響を与えるかを描き、そんなものが多発するのはなぜかにも理由を設定している。後悔を抱えながらも強く生きる取締局の面々の活躍を軽やかに描いた物語だ。（義和）

ドタバタ　しみじみ　燃える

察知されない最強職（ルール・ブレイカー）

著：三上康明／イラスト：八城惺架／ヒーロー文庫／既刊2巻

誰にも気づかれずに少女を救え！ 隠密スキルで無双する転生ファンタジー

交通事故で命を落とした少年ヒカル。彼は死後の世界で、異世界の貴族ローランドからとある頼み事を受ける。それはローランドの身体に魂ごと転生し、彼の命を奪った仇を暗殺してほしいというものだった。転生の際に得た高レベルの隠密スキルのおかげで、ヒカルは依頼を達成する……。隠密＆暗殺スキルという、とても主人公らしからぬ能力を活かしまくって陰ながら無双していくのが楽しい異世界転生ファンタジー。様々な少女たちから想いを寄せられながらも、助けると決めた1人の女の子にどこまでも一途なヒカルの姿も好感。（ペンキ）

異世界　転生　隠密

勇者、辞めます～次の職場は魔王城～

著：クオンタム／イラスト：天野 英／カドカワBOOKS／既刊3巻

勇者の再就職先は魔王城!? 宿敵の部下として働く日々の幕開け

魔王軍との戦いに勝利し、世界を救った勇者、レオ・デモンハート。しかし彼は強すぎるが故に国から追放され、行き着いた先は自らが倒した魔王軍だった。正体を隠し魔王軍の部下として様々な仕事をこなしていくレオ。しかしそんな彼には魔王軍を再生する以外にも行おうとしている野望があって……？　かつての宿敵のもとではじまる勇者のお仕事は地道なものから戦闘までとバリエーション豊か。何故レオは魔王軍の元に来たのか？　その意味が分かったとき、あなたは必ず涙する。コメディと感動のどちらも味わえる極上のファンタジー！（羽海野）

魔王　お仕事　熱血

『勇者、辞めます　～次の職場は魔王城～』

「仕事とは、人の生き方とは。色々なことを考えさせられながらも面白い作品でした」（Galaxy・20代後半♠Ⓗ）

シャバの「普通」は難しい

著：中村颯希／イラスト：村カルキ／KADOKAWA（エンターブレイン）／既刊2巻

凄まじき才と6つの教え！
天才少女は普通の女の子を目ざす！

ルーデン王国の外れに建つ大罪人専用監獄ヴァルツァーは、そこに収監された凄まじい能力を備える悪党6名に統べられている。そして、その1人であるハイデマリーが当時身ごもっていた娘エルマは、成長の後に勅命で解放され……王宮に使えるメイドとなった。6人の技をもれなく叩き込まれたエルマは、力を普通のものとして振るい、王宮に至福と賛美をもたらしていくわけだが。ナチュラルボーンジーニアスは母の言いつけ――〝シャバ〟で真の「普通」を学べるのか？　料理、マグロ解体、外科手術、社交ダンス、見どころも満載！（剛）

メイド　天才

戦国商人立志伝　～転生したのでチートな武器提供や交易の儲けで成り上がる～

著：須崎正太郎／イラスト：KASEN／L-エンタメ小説／既刊1巻

戦国の世を商人として成り上がる
歴史上の人物と歩む天下泰平の道

現代日本で落雷によって死んだ青年・山田俊明は、時を遡り戦国時代の尾張国の寒村の少年・弥五郎として転生する。村を襲った盗賊団に家族を殺され天涯孤独となった弥五郎は、生前に武器マニアの叔父から教えられた武器製造の知識を用い、新型銃の開発で商人として成り上がる。金髪碧眼の美少女カンナを始め、志を同じくする仲間を集め、弱者でも幸せに生きられる天下泰平の世を目指して金を稼ぎ、侍や忍びを雇い、武器を揃える。織田家に仕える若き日の豊臣秀吉（藤吉郎）や歴史上の偉人たちとの出会いにも歴史ロマンを感じる一作だ。（愛咲）

商人　戦国時代　銃器製造

我が姫にささぐダーティープレイ

著：小山恭平／イラスト：ファルまろ／講談社ラノベ文庫／既刊2巻

ダークでダーティな頭脳戦
策士は手段を選ばず敵を堕とす

鎧塚貝斗は文武両道にして人付き合いにも長け、唯一王となる器だけが足りない少年だった。それを自覚した彼は、自らが見込んだ王となりうる者を補佐することに価値を見いだして生き、その手口のえげつなさから殺されて……他人任せで成り上がりたいライ・アッフィードの執事〝ヨロイヅカカイト〟として転生する。というわけで、カイトは異世界でも自らの特性を最大に活用し、主の邪魔となる者を緻密な計算と外道な策をもって次々籠絡、引きずり落としていく。英雄譚ではありえない、ダークなカタルシスに満ち満ちた策士譚！（剛）

ダーク　策士

居酒屋ぼったくり

単行本26位

著：秋川滝美／イラスト：しわすだ／アルファポリス／既刊10巻

恋も仕事も、ひとつ選ぶのが難しい
下町の居酒屋人情物語

東京下町に店を構える居酒屋ぼったくりは、物騒な名前だが良心的で温かなお店。親から店を継いだ美音は、妹と共に常連さんに囲まれながら小さな居酒屋を営んでいく。登場するのは家庭的な料理なのだが、どれも創意工夫があって、自分でも試したくなってしまうものばかり。登場する実在のお酒の解説も付いているのが興味をそそる。そして物語に流れるのは人間模様とその変化。とある事情のある会社員の要と美音の関係も、なかなかにじれったく進んでいく。そんな義理人情に囲まれた、優しい物語。あなたも一杯、どうですか？（天条）

人情　居酒屋　お酒

『シャバの「普通」は難しい』
「予想もつかない方法で監獄のなかでの普通をシャバで披露して周りを驚かせるのがとても面白いです」（ノエル・10代後半♠Ⓗ）

いまコレが熱い!
主人公はお父さん!?
父娘ものシリーズ

パパになりたい!?　突然できた娘との生活や冒険に父性が高まる。近頃人気急上昇な父娘ものをご紹介。

文・柿崎 憲

『パパ!パパ!好き!好き!超超愛してる』
著:なめこ印/イラスト:るろお/
ファンタジア文庫/既刊2巻

双子の娘を持つ夏目此葉は栃木の女子寮の管理人に。娘達と住人に振り回される多忙な日々が始まる。

子育てブーム来たる!?
父親と娘の日常の様子とは

近頃のライトノベルで流行しつつあるジャンル、それが「父娘」ものだ。元々は中高生を主なターゲットにしていたライトノベルだが、ジャンル人気がすっかり定着した現在では徐々に年長の読者も増え始めている。そうした読者を想定したのか、アラサーの主人公というのも決して今では珍しくない。

その中でも娘をヒロインとした子育てもののジャンルが急増中。というわけで今回は「父娘もの」の作品をまとめてご紹介しよう。

まず最初は『パパ!パパ!好き!好き!超超愛してる』。本作に登場するお父さんは、双子の娘を持つ夏目此葉(29)。2人とも中学生になったばかりなのだが、姉のキララは超ファザコンで、下着を選んでもらおうとしたり、お風呂に入ってきたりと超甘えん坊。一方、妹のセイラは年頃らしく表向きは反抗期のような態度を取っているが、彼女は彼女で特殊な趣味を持っていて……。娘2人の世話だけでも大変なのに、さらには女子寮の管理人として個性的な住人に此葉が振り回される様子が楽しいコメディだ。

それに対してアクション要素が強いのが『理想の娘なら世界最強でも可愛がってくれますか?』。物語の舞台は、突然発生した胞子獣によって人類が地下へと追いやられた世界。主人公の白銀冬真はある日地上での戦闘中に1人の赤ん坊を拾う。そして時は流れ、赤ん坊は少女へと成長し、胞子獣と戦う魔法騎士を育成する学園に入学することに。しかし、なぜかこの年から『親子同伴通学』が施行されて、冬真(30)は娘の雪奈(14)と共に学園へ通うことになってしまう。タイトルにもあるように娘は学園でも最強クラスのSランク。一方冬真はDランクの平凡な一般人に見えるが、実は他にはない能力を備えており……。普段は娘の学園内での活躍や友達作

『理想の娘なら世界最強でも可愛がってくれますか?』
著:三河 ごーすと/イラスト:茨乃/
MF文庫J/既刊1巻

《第一魔法騎士学園》に娘の雪奈と共に通うことになった白銀冬真。その裏には極秘の指令が……。

りや活躍を見守りつつも、その裏では特殊組織の一員として大活躍する冬真。１冊の中に娘とのイチャイチャから、異能バトル要素や、未知の生物との絶望的な戦いなど様々な要素を盛り込んだ贅沢な作品だ。

引退した冒険者たちは第二の人生で娘を育てる

引退した冒険者が娘を拾うというパターンも近頃の流行である。

『冒険者になりたいと都に出て行った娘がSランクになってた』では、片足を失い冒険者を引退したベルグリフが、森で拾った子にアンジェリンと名付け育てることに。成長した彼女は村を出て5年後には都でSランクの冒険者に大出世。意気揚々と里帰りしようとするアンジェリン（17）だが、立て続けに依頼が来るせいでなかなか実家に帰れない！　お父さん（42）には会いたいけれど、自分がいなくては犠牲が出るかもしれないと、一生懸命働くアンジェリンが健気で大変微笑ましい。お父さん、娘さんは立派に育ちましたよ……けど、勝手にベルグリフに〝赤鬼〟っていう異名をつけて、その凄さを周りにアピールするのはどうなのかな？　自覚もないのに勝手に有名人になっててお父さん困惑してるんだけど……。

『冒険者になりたいと都に出て行った娘がSランクになってた』
著：門司柿家／イラスト：toi8／
アース・スターノベル／既刊３巻

Sランクの称号を持つアンジェリンは、長期休暇を取って愛する父・ベルグリフの元へ帰ろうとするが、いつも魔物に邪魔されて……

一方ギルドから戦力外通告を受けて引退直後の中年冒険者・アレンが娘を２人拾うのが『おっさん、勇者と魔王を拾う』。拾った赤子はスクスク育って8歳に成長。娘２人は自分たちが普通の人間ではないことを理解し、さらに２人を狙って様々な組織が暗躍するが、アレン（40半ば）はそんなことは気にしない。冒険者時代に学んだ剣と魔法を娘に教え込み、２人のピンチの時には体を張って大活躍。自分たちが勇者と魔王という対立する宿命にあると知りつつも、それを無視して仲良くしている娘２人の姿が健気で和みます。

これ以外でも近刊では、急川回レの『娘が一人の女として父親に迫って来るのだが!?』（ノベルゼロ）や高橋弘の『異世界帰りのおっさんは父性スキルでファザコン娘達をトロトロに』（オーバーラップ文庫）など、子育てを通り越して娘側から露骨なアプローチを仕掛ける作品まで登場しており、今後も父娘ものブームは続くのではないだろうか。

倫理的にはどうなのかという心配もあるが、お父さんは意志が強いのできっと大丈夫！　それに母親がヒロインだったり、年上ヒロインの作品も増えたりしてるので、ライトノベル全体の平均年齢で見れば、そんなに問題ないんじゃないかな……多分。

『おっさん、勇者と魔王を拾う』
著：チョコカレー／イラスト：miyo.N／
TOブックス／既刊１巻

ギルドをクビになり故郷へ戻るアレンは、途中で2人の赤子を拾うが彼女たちの両手には不思議議な紋章が刻まれていた。

DEAR DAILY LIFE 1

愛しき日常

学校を中心に描かれる小さなドラマ
決して色あせることのないかけがえのない日々

ラブコメ 青春 同居

文庫22位 ワキヤくんの主役理論

著：涼暮 皐／イラスト：すし*／MF文庫J／既刊２巻

主役理論少年と脇役哲学少女2人が始める同棲生活の行方は⁉

高校３年間を最大限に青春するため、自らを主役として行動をする《主役理論》を掲げて一人暮らしを始めた少年・我喜屋未那。彼が最初に出会ったクラスメイトの友利叶は未那と正反対の《脇役哲学》を掲げる相容れない存在だった。だが彼女はアパートの隣室に住み、バイト先も同じ。さらには部屋を遮る壁が壊れてしまい同棲生活が始まることに。周囲が２人の関係を怪しむのとは裏腹に、未那と叶はいがみ合うばかり。自分にとって最大限の青春を掴み取るために動く２人のもどかしさが止まらない。濃度１００％の青春活劇の行方はどっちだ⁉（羽海野）

文庫44位 スカートのなかのひみつ。

著：宮入裕昂／イラスト：焦茶／電撃文庫／既刊１巻

乙女のスカートの下は秘密がいっぱい夢と希望を届けるサンタになったデブ

男子高校生・天野翔は、趣味の女装をして街を歩いているところを同級生の八坂幸喜真（こうきしん）に見破られた。百キロを超す巨漢で陽気な人気者である八坂の口車に乗せられ、八坂のプロデュースで女装アイドルとして動画サイトやＳＮＳで有名になっていく。一方、いつもラインカーを押す美少女・丸井宴花は、八千万円の価値があるというタイヤを盗もうと企む。八坂と丸井の行動の裏には、ある１人の女の子の存在が……。変わり者の高校生たちの想いが、やがてひとつの奇跡を起こす。思春期を生きる少年少女の愛と優しさが心に染みわたる青春物語。（愛咲）

女装 愛 サンタ

ジャナ研の憂鬱な事件簿

著：酒井田寛太郎／イラスト：白身魚／ガガガ文庫／既刊４巻

もやもやした違和感が謎解きの始まり推論と仮説の繰り返しで見える真相！

海新高校２年の工藤啓介はジャーナリズム研究会、通称ジャナ研唯一の部員。人付き合いを最小限に止めトラブルを避けていたが、校内でも一目置かれる美人の先輩白鳥真冬と出会い、様々な事件を解決していくことになる。隠されたノート、教室に仕掛けられた盗聴器、退学した生徒の残した暗号。好奇心旺盛な真冬と、推論と仮説を重ねる啓介が扱うのは、普通は見過ごしてしまうような日常の小さな違和感。そこから辿り着く驚きの真相は、人間の闇を浮き彫りにする。だが、それもまた青春や人生の本質だ。苦さを知るのも成長？（勝木）

青春 成長 ミステリー

『ジャナ研の憂鬱な事件』「米澤穂信の系譜に連なる非常に良質な青春ビター・ミステリ。ミステリとしての完成度、真相を突き止めることへの葛藤、そしてほろ苦い青春。すべてがバランスよく混ざりあい、とても完成度が高い」（UPMR・20代前半♠Ⓗ）

スーパーカブ

文庫50位

著：トネ・コーケン／イラスト：博／角川スニーカー文庫／既刊3巻

スーパーカブが変える少女の生き方 バイク禁止を迫られた彼女の選択は？

母が失踪し、高校生にして1人で生きることになった小熊。他人への関心が薄いため寂しさや苦しさは感じないが、孤独に静かに生きる日々。しかし通学に原付を利用してはと思い立ったとき、その人生が動き出す。生活の中にスーパーカブが入り込み、カブが生活の形を変えていく。同級生のカブマニアと関わるようになり、文化祭をきっかけに新たな友人もでき、季節の変化や故障を乗り越え。だが進学後に入居予定の寮ではバイク禁止と言い渡され……。リアリティ豊かな「カブと共にある生活」の描写が全編に満ちていて、彼女の決意に説得力を与える。（義和）

元気になる　しみじみ

キラプリおじさんと幼女先輩

著：岩沢 藍／イラスト：Mika Pikazo／電撃文庫／既刊3巻

女児向けゲームにはまった男子高校生 女子小学生とガチで闘い魂を燃やす！

女の子向けアイドルゲーム「キラプリ」に本州西端で熱中する高校生の翔悟は、行きつけのゲーセンでの1位の座を転校してきた小学5年生の千鶴に奪われる。彼女は全国20位を窺う猛者だった。初対面の印象は互いに最悪で、翔悟は千鶴を倒すべくキラプリに励むが、幼馴染らの視線は厳しくて……。一途に打ち込む翔悟の姿はとても熱く、最初は笑うつもりで読んでいた読者もいつしか手に汗握るのではないか。そしてライバルの千鶴との間に芽生える友情や、そこから発展する親愛の念も実にいい。近隣地方に関するかなりきついギャグも印象的。（義和）

燃える　萌える　しみじみ

ピンポンラバー

著：谷山走太／イラスト：みっつばー／ガガガ文庫／既刊2巻

白星(ピンポン玉)をその手に完全燃焼の凄絶スポ根 卓球で強いヤツが一番カッコイイんだ

全国から卓球のエリートが集まる私立卓越学園。かつて『音速の鳥(ソニックバード)』と呼ばれた天才少年・飛鳥翔星(あすかしょうせい)は、怪我による3年間のリハビリを乗り越え、編入生として学園の門をくぐる。全ては小学生時代に唯一敗北を喫した少女を見つけ出し再戦を果たすために。『氷結の瑠璃姫』の異名を持つ美少女・白鳳院瑠璃(はくほういんるり)を始め、一癖も二癖もある強豪たちとの激闘が手に汗握る。鉄壁のカウンター、変幻自在の魔球、瞬速のフットワーク、そして体力の限界を超えたラリーの応酬。ピンポン玉にすべてを捧げた高校生たちの熱き戦いをその目に焼きつけろ！（愛咲）

卓球　魔球　熱い

エートスの窓から見上げる空 老人と女子高生

著：かめのまぶた／イラスト：エナミカツミ／ファミ通文庫／既刊1巻

何はともあれ女子高生の太ももだ！ エロ女子＆爺が覗きしながら謎を解く

女子高に通う少々ネガティブだが一見普通のJKである憂海(うみ)だけど、昼休みには校内の半地下エリアで窓を見上げて他の女子の太ももを観察する変態でもある。そしてそこにはもう1人、好々爺然とした風貌で生徒にも好かれている豊橋教師の姿もあった。2人はこの隠れスポットで日々美しい光景を鑑賞しつつ、時折、気になることについて話し合う。それは憧れの先輩の街中での不審な徘徊だったり、パリピ部で発生した人間消失だったり……。謎解きと青春模様が絶妙に絡み合い、それを推理する2人の掘り下げにもなっていく。読み逃すには惜しい作品。（義和）

ミステリー　しみじみ　青春

『エートスの窓から見上げる空　老人と女子高生』「女好きな女子高生と老教師の掛け合いから紐解かれる日常の謎とは。ほのぼのとしているだけじゃなく、ちょっと切なくて本格ミステリな展開が素晴らしかった」（nyapoona・20代後半♠㊗）

陰キャになりたい陽乃森さん

著：岬 鷺宮／イラスト：Bison倉鼠／電撃文庫／既刊2巻

クラス最上位の陽キャが陰キャ志願!? なれるか、なってしまっていいのか!?

常にクラスの中心にいる、明朗快活文武両道才色兼備の陽キャ代表な陽乃森さん。だが彼女は陰キャ代表の鹿家野（かげの）に接触、さらには彼の部活——陰キャばかり集う通称「陰キャ部」にまで押しかけ、陰キャになりたいとほざく。そこには理解できる事情があったものの、日々の態度もファッションセンスも違えば、ゲームに取り組んでも明るくこなしてしまう彼女は、やはり陰キャには一番遠い存在。しかしその無造作な距離感の詰め方に鹿家野が怒りを見せた後……。1巻後半の展開は、キャラ変貌好きとしては実にゾクゾクさせられるものがありました。（茶）

ドタバタ　しみじみ　キャラ変貌

ぼくたちの青春は覇権を取れない。—昇陽高校アニメーション研究部・活動録—

著：有象利路／イラスト：うまくち醤油／電撃文庫／既刊1巻

部員を集め生徒会と戦いつつ謎を解く アニメーション研究部は生き残れるか

春から早くも廃部の危機にあるアニ研。2年生部員坂井は、同じクラスの美少女にして壊滅的に口下手な岩根さんが坂井のDVDに興味を示したのを見て勧誘するが、彼女は11年前に観た題名もストーリーも覚えていないアニメをもう一度観たいと言い出して……。部員集めやアニメ嫌いな生徒会長による廃部要求。それらにまつわる些細だったり壮大だったりする謎を、坂井は仲間の手を借りて解いていく。アニオタを究めつつ洞察力や行動力が名探偵の域に達している部長や、彼の世話焼きツンデレ幼なじみの馬越先輩など、各キャラが濃くて魅力的。（義和）

ドタバタ　しみじみ　ミステリー

陰キャラな俺とイチャつきたいってマジかよ……

著：佐倉 唄／イラスト：桝石きのと／ファンタジア文庫／既刊2巻

リア充美少女は陰キャと付き合いたい 陰キャと陽キャのすれ違いラブコメ

休み時間は机で寝たふり、一緒に昼食を食べる友達もいない陰キャラの主人公・九条静紀が、学園一陽キャラな美少女・春日陽奈に告白される。戸惑いつつも陽奈の懇願で放課後デートに付き合うが、リア充のハイテンションに堪えきれずに決裂してしまう。それでも「理想の女の子に変えてください！」と食い下がる陽奈に負けて、彼女を陰キャラな女の子に変えようと奮闘する。陰キャと陽キャの価値観のすれ違いが可笑しい。陽キャラと陰キャラ、どちらも良し悪しあり、どちらも同じくらい面倒くさく不器用な2人の姿がもどかしいラブコメだ。（愛咲）

陰キャラ　陽キャラ　すれ違い

オタギャルの相原さんは誰にでも優しい

著：葉村 哲／イラスト：あゆま紗由／MF文庫J／既刊1巻

オタクでギャルな美少女と送る 明るく楽しいカレシカノジョごっこ！

モブキャラでオタクなアキラのもとに突然やってきた、オタクでギャルな美少女・相原璃子。「オタクにはオタクの青春がある」という彼女に促されるまま、アキラは璃子とカレシカノジョ（仮）として女の子との恋愛を学ぶことに！　距離感が近くグイグイ来るギャル、なのにヘヴィなオタクという、全オタク男子が泣いて喜びそうなヒロイン・璃子がとにかく最高。友達以上恋人未満の女の子とのイチャイチャがただひたすらに楽しいラブコメと思いきや、チクリと切ない展開も見所だ。本気になってしまった恋愛ごっこの行く末はいかに。（ペンキ）

ラブコメ　イチャイチャ　恋愛ごっこ

『ぼくたちの青春は覇権を取れない。～昇陽高校アニメーション研究部・活動録～』「アニメをテーマにしたミステリというのが意外で、キャラクターの個性も強く、新鮮味ある面白さでした」（しゅん・20代後半♠Ⓗ）

クロハルメイカーズ

著：砂義出雲／イラスト：冬馬来彩／ガガガ文庫／既刊2巻

創造部は今日も創作に明け暮れる！作り上げるは黒歴史か、それとも……

創造部は創作全般を扱い、イラストや3DCGから声優や動画実況まで、多様にして変人揃いの人材が集う。湊介はサブカル全般に通じ、部を取りまとめるハイパークリエイトプロデューサーを称する。制作指揮した部活紹介の映画がクソすぎてまたも校内に悪名を轟かせるが、なぜかその映画が刺さったお嬢様の比香里が入部。オタク知識皆無で素直な彼女にあれこれ指南していた湊介だが、小説の読書量を下地に伸びゆく彼女の才能に嫉妬と焦りを覚えて……。ネタまみれのドタバタの中に、ひりつくような感覚が混じり、それでいてラストは熱い。（義和）

痛い　ドタバタ　青春

公園で高校生達が遊ぶだけ

著：園生 凪／イラスト：トコビ／講談社ラノベ文庫／既刊1巻

高校生よ。本気で遊べ！公園を舞台にした日常ラノベ来る

吾妻千里と瀬川エリカは幼馴染み。彼らは小学生から現在の高校生に至るまで、どちらからともなく公園で遊ぶことを続けている。ときには兄妹や友人をも巻き込み、今日も彼らは公園であるべき日常を紡いでいく。タイトルに偽りなし。本当にただ『高校生達が公園で遊ぶだけ』の小説である。しかしながら徹底的な日常描写と軽快な掛け合いから生まれた空気が独特で、童心に返るようなノスタルジーに浸れること請け合い。千里とエリカの近すぎる関係性もこそばゆく、名前呼びや交換日記などのエピソードは特にラブコメ濃度が高い。（絵空）

笑える　遊ぶ

年下寮母（おかーさん）に甘えていいですよ？

著：今慈ムジナ／イラスト：はねこと／ガガガ文庫／既刊2巻

自立したい少年の前に現れた寮母さん 甘やかしたがる彼女に彼はどうする？

祖父の死により学生寮へ入ることになった優斗。自立を志す彼だが、なんと寮母のあるては中学生にしか見えないのに「おかーさん」を自称して彼を甘やかそうとする！おかしな寮生に囲まれつつ、あるてと甘える甘えないで大騒ぎを繰り返す優斗だが……。「大人になるんだと強がってしまい、そのせいで甘えられない」優斗の性格は、その幼さまで含めて、ある意味高校生としてすごくリアル。そんな彼や他の子をとことん包み込むあるての存在は、少し不思議な世界設定と相まって、独自の魅力あり。前作『ふあゆ』も独特で、気になる作者です。（義和）

青春　ドタバタ　バブみ

「生徒会の一存」シリーズ

著：葵せきな／イラスト：狗神煌／ファンタジア文庫／既刊19巻＋外伝2巻

生徒会室掛け合い漫才久々の復活！生徒会シリーズは続くよ永遠に?!

生徒会室を舞台に、生徒会のハーレム化を目指す副会長の杉崎鍵（けん）と、生徒会長で何もかもがお子様の桜野くりむ、書記でドSな紅葉知弦、もう一人の副会長にして熱血バトル大好きな椎名深夏に、深夏の妹で会計で腐女子の真冬、以上5人がとことん駄弁るのが基本のこのシリーズ。あれこれドラマもあったけど、その末の最新巻では原点回帰のように1巻を読んだ時の楽しさが思い起こされて、今後もいくらでも続けられるのではと思わされる。メタなネタやパロディを多用しつつも、キャラの掛け合いの愉快さこそが核で、そこはまったくぶれていない。（義和）

ドタバタ　ハーレム？

『クロハルメイカーズ』「こんな青春を過ごしたかったと思わせてくれる作品。サブカルを知らない少女がサブカルに触れる時、未知との遭遇が始まる！」（柴犬大好き・20代中盤♠Ⓗ）

DEAR DAILY LIFE 2

愛しき非日常

日常の中で起きた奇妙な出来事の数々を描いた作品たち
それに加えてファンタジー世界の人々の日常もご紹介

友人キャラは大変ですか？

著：伊達 康／イラスト：紅緒／ガガガ文庫／既刊５巻

友人として主人公を盛り立てねばならぬ！一郎の思いが状況をより混乱させる！

主人公の友人キャラであることに無二の喜びを覚える一郎。高校で彼が出会った龍牙は、複数の美少女とともに、人目を忍んで魔神やその使徒と異能バトルを繰り広げる、まさにザ・主役。そんな龍牙を日常面で支えようとしていた一郎だが、バトル方面にまで関わってしまい、仲間にも隠している龍牙たち各人の秘密を知ることになってしまい、さらには魔神サイドとも仲良くなってしまい……。いっそお前が主役になっちまえと言いたくなる立場になっても一郎の姿勢は変わらず、事態は笑えるくらい混迷の度を深めていく。今後も目の離せない作品だ。（義和）

ドタバタ　脇役　メタ

生意気なお嬢様を従順にする方法（メソッド）

著：田口 一／イラスト：ねづみどし／MF文庫J／既刊１巻

同級生のお嬢様がAIと入れ替わり!? リアル美少女に従順な意識が宿るが…

広十は電脳教育のエリート校に通うが、目的は二次元のエロ追求で、クラス委員の璃々七（りりな）には目の敵にされる。ホログラフによる完璧な造形と高度なAIを持つ自分だけのバーチャルアテンダントを購入し、素直な性格に設定してリーナと名付けた広十だが、落雷によって同系統別システムの起動をしていた璃々七の心がリーナと入れ替わってしまった！　璃々七に身近で日々罵られつつ、璃々七の身体に宿るリーナには現実にご奉仕される広十だが、やがてAI化した璃々七がおかしなことに……。軽いタッチながら入れ替わりのツボを押さえた一品。（茶）

ドタバタ　愛＆恋　キャラ変貌

異世界クエストは放課後に！

著：空埜一樹／イラスト：児玉 酉／HJ文庫／既刊３巻

冷然とした先輩が異世界ではお茶目！異世界で楽しく冒険するうち2人は…

神様にスカウトされて、地球と異世界を行き来できるようになった風也。異世界での安全なゲームめいた冒険を満喫していた彼は、ある日新人冒険者に出会う。それは彼と同じ学校の先輩で、クールな完璧美少女として名高い千紘だったが……学校とは打って変わってテンションが高く人懐っこい。名家に生まれ親に厳しくしつけられた彼女は、普段は素の自分を出せずにいたのだ。千紘の面倒を見ることになった風也は、彼女にどんどん惹かれ……。千紘先輩の仮面と素顔のギャップがとにかく可愛い作品。ひたすら2人の恋愛と冒険を楽しみましょう。（義和）

ほのぼの　愛＆恋　いちゃいちゃ

『友人キャラは大変ですか？』
「とにかく笑える。どんなシリアス展開でもギャグを忘れない生粋のコメディ小説」（ゲン・20代後半♠Ⓗ）

クズと天使の二周目生活

著：天津 向／イラスト：うかみ／ガガガ文庫／既刊3巻

この人生が「捨て回」でも、次回があればいいよね！

売れないラジオ構成作家・雪枝桃也。かつての情熱を失い、鬱屈した日々を送る彼は天使のエリィエルの〝手違い〟による落下事故に巻き込まれ、命を落としてしまう。天の法によって過去に戻れることを知った桃也は、エリィエルを丸め込んで10年前へのタイムスリップを敢行する——。あのとき、ああしていれば。「たらればノート」という大きな武器はあるものの、過去改変に対する障害は大きく、もどかしい思いをさせられる。しかし軽快な筆致と、うかみ先生による可愛らしいイラストによって、決して重すぎない、楽しい作品となっている。（中谷）

時間遡行　切ない　ドタバタ

魔王の娘だと疑われてタイヘンです！

著：姫ノ木あく／イラスト：よう太／GA文庫／既刊1巻

魔王の娘だと疑われていますが、とってもいい子なんです。

勇者リクドウ一行により魔王が滅ぼされて12年。魔王の居城で発見され、周囲の反対を押し切り元勇者によって育てられた娘エリナのもとに、謎の転校生カナーンが現れる。天真爛漫・健やかに育ったエリナに対しても、カナーンはなかなか打ち解けてはくれない。そんな折に「魔王復活」が起こる。そしてエリナ自身がその魔王の隠し子だという噂が広がって……!? 魔王復活をめぐる王道ファンタジーであり、血の繋がらない父と娘の物語でもありながら、女の子達のいちゃいちゃも楽しめる。なんとも贅沢な仕上がりに、今後も目が離せない。（中谷）

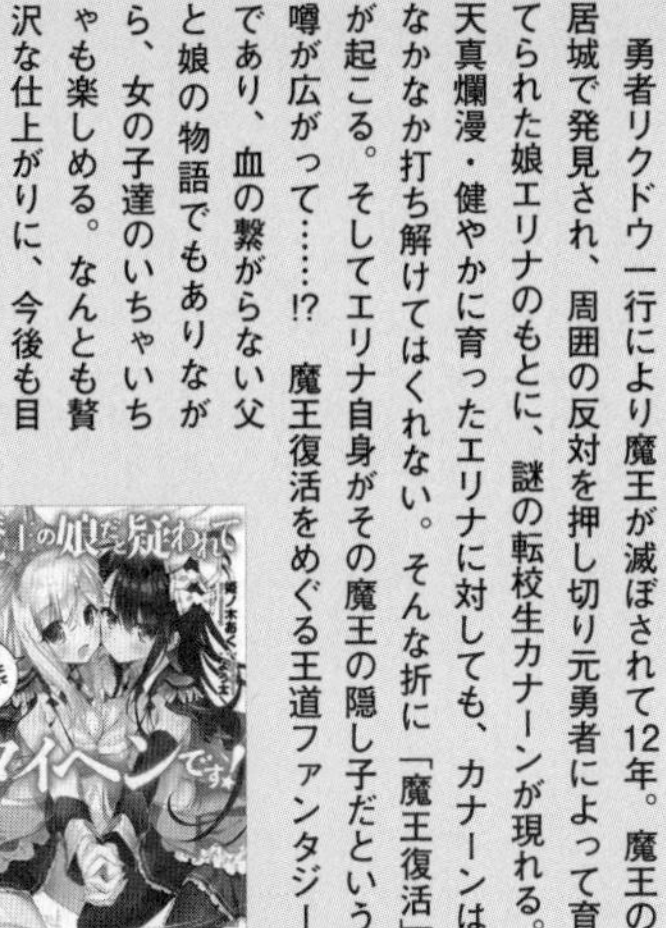

魔王　父娘　ドタバタ

顔が可愛ければそれで勝ちっ!!
バカとメイドの勇者制度攻略法

著：斎藤 ニコ／イラスト：もきゅ／角川スニーカー文庫／既刊1巻

憧れの学園生活はオンボロ寮でバカたちが織りなす青春コメディ

青春の学園生活を夢見て姫八（ひめはち）学園に入学した国立大理（くにたちだいり）を待っていたのは、女子寮と差がありすぎるオンボロ男子寮と、異様な付きまとい方をしてくる幼馴染や先輩、そして愛すべきバカな男友達……。こんな待遇気にくわない！というところで出会ったのが、昼はメイドで夜間の学校に通う東條風花という女の子。けれど彼女は退学の危機にあるという。大理は彼女を救うため〈勇者制度〉で願いを叶えようとする。クセのあるヒロインたちとバカな男子がおかしな学園で繰り広げるドタバタコメディ！ 理不尽な世の中でも顔が可愛ければ勝てる!?（天条）

コメディ　ドタバタ　愛&恋

魔王は服の着方がわからない

著：長岡マキ子／企画協力・監修：MB／イラスト：U35／ファンタジア文庫／既刊2巻

魔界は空前の日本コンテンツブーム！ しかし魔王の服装は、ダサかった！

魔界から日本へやってきた魔王は憧れの秋葉原に目を輝かせていたのも束の間、乳母のマリルダによって川口市で暮らす高校生としての身分を与えられる。私服通学であるその高校で、魔王——真野央大は、オタク丸出しクソダサファッションで初日から浮いてしまっていた。隣人として知り合った白石乃音の力を借りて、ファッションセンスを叩き直すことになる。監修にファッションブロガーのMBが関わっていることもあって、読んでいるだけで男性向けのファッション指南になる本書。着るものなんてどうでもいい、なんて言わないで！（天条）

ファッション　ドタバタ　オタク

『顔が可愛ければそれで勝ちっ!!バカとメイドの勇者制度攻略法』

「麦茶だと思ったら濃縮めんつゆだったみたいな濃さで押し寄せるボケの応酬」（deskyzer・20代中盤♠㊭）

魔法少女さんだいめっ☆

著：栗ノ原草介／イラスト：風の子／ガガガ文庫／既刊2巻

才能豊かな二代目と才能皆無の三代目 第三世代の魔法少女2人が紡ぐ物語！

かつて世界を救った魔法少女ぷるりら☆遥奈。彼女は二児の母となった今も魔法少女を続けていたが、魔力が次第に衰えていた。魔法少女を嫌う息子のハルが騙されて二代目の契約をしてしまうが、自分がやりたくない彼は、同じ高校に入学した満咲（みさき）が魔法少女の熱烈なファンと知りスカウト。しかし彼女の魔法少女への適性は無きに等しく……。遥奈の敵だった幼女悪魔コロネや彼女に心酔して悪魔化する少女散華（さんげ）も交え、基本は魔法少女の認知された世界でのドタバタなのだけれど、才能を巡るドラマは真剣で、ゆえに決して諦めない満咲の姿が胸を打つ。（義和）

ドタバタ　しみじみ　燃える

勇者の活躍はこれからだ！ 異世界からの出戻り勇者は平穏に暮らしたい

著：Y.A／イラスト：Enji／オーバーラップノベルス／既刊2巻

帰還した勇者は暗い現実を打ち倒し、スローライフへ邁進する

高校入学を控えた春休みに異世界へ召喚され、勇者として生きざるをえなかった御影達也。15年をかけてレベルアップに励み、魔王をあっさり倒した彼は、面倒を見てきたアサシンの少女アンリと竜のモモを連れて日本へ帰還する。──わけだが、15年間失踪していて実年齢30歳（就職経験なし）の彼を待ち受けていたのは、勇者としての能力や経験がまったく生かせない、厳しい現実だった。そう、この物語の見どころは痛快な異世界トリップものじゃないところ。リアルでダークな展開を突き崩す、達也の迷いなき強さをご覧あれ！（剛）

スローライフ　ダーク　勇者

幼馴染の山吹さん

著：道草よもぎ／イラスト：かにビーム／電撃文庫／既刊1巻

幼馴染が呪いのせいで消失の危機！ 青春の試練をこなして助けられるか？

喜一郎の幼馴染・山吹さんは、すっかり高嶺の花の美少女になっていた。しかし告白を振りまくっていた彼女は呪いを受けてしまって物に触れなくなり、やがて消えてしまうと宣告される。その場に居合わせた喜一郎は彼女を救うために必要な「青春ミッション」とやらをこなすと誓うが、それは山吹さんと手をつないで歩けなど恥ずかしいものばかり！ 羞恥心をこらえて達成していくけど……。甘酸っぱいイチャイチャがたまらない一品。作者の別作品でストレートな青春小説『学校の屋上から君とあの歌を贈ろう』（メディアワークス文庫）も実にいい。（義和）

しみじみ　イチャイチャ　愛&恋

ギルドの新人教育係（自称）

著：浜柔／イラスト：むに／オーバーラップノベルス／全1巻

夢も希望も捨てたおっさん冒険者が自らの誇りを取り戻す物語

カーマセンは自分が頭打ちであることを自覚し、向上心を失くした冒険者だ。食えればいいという怠惰な生活を送っていた彼はやがて、冒険者の心得や知識を弁えぬ者へそれを押しつける〝新人教育係〟を、誰の許可も得ないまま開始したのだった。とまあ、若い者にからむダメなおっさんが主人公なのだが、読んでいけばわかるはず。これはダメなおっさんが見下していた若者と関わり、生き死にを見送る中で、捨ててしまった自らの有り様を再生していく物語だと。濃密な人間ドラマの果てにカーマセンが至るエンディング、最高です。（剛）

切ない　泣ける　人間ドラマ

『魔法少女さんだいめっ☆』「たとえ才能がなくても努力がどんなに報われなくても、『好きだ』という気持ちで突き進む少女の姿はなんと眩しいことか」（suzu・30代♠協）

生き残り錬金術師は街で静かに暮らしたい

著：のの原兎太／イラスト：ox／KADOKAWA（エンターブレイン）／既刊4巻

錬金術師が一眠りした先は200年後!? 新たな世界で始まるスローライフ

「魔の森の氾濫」によって命の危機にさらされていた錬金術師の少女・マリエラ。自分を仮死状態にしたマリエラが目を覚ますと、そこは200年後の世界だった。自分の住んでいたエンダルジア王国も滅んでしまい、自分以外の錬金術師も死に絶えてしまっていた。そんな世界の中でマリエラは夢のスローライフを目指して生活を始めるが……？　マリエラが誰も知り合いがいない世界で動き回る様が健気で可愛い！　周りのキャラクターも魅力的で、世界がいっそう華やかに彩られていく。そんなほっこりスローライフのはじまりはじまりです。（羽海野）

錬金術　ほっこり　スローライフ

真ハイスクールD×D

著：石踏一榮／イラスト：みやま零／ファンタジア文庫／既刊25巻＋DX4巻＋メモリアル1巻＋真1巻

最後の高校生活、上級悪魔の活動開始! イッセーハーレム、メンバー増員中!?

彼女いない歴＝年齢だった兵藤一誠は、堕天使に殺されたところを上級悪魔リアス・グレモリーによって助けられる。彼女の下僕悪魔に転生したイッセーは、勢いと煩悩を力にハーレム王を目指し、邁進する。それから一年。仲間と共に死線を潜り抜け、力を付けたイッセーはたくさんの婚約者に囲まれて公私ともに順風満帆。上級悪魔となり力を付けたイッセーの成長ぶりには目を見張るが、スケベなところは変わらない！　新ヒロインのイングヴィルドも眷属に加え、イッセーは新たなステージへ！　前シリーズ1巻をなぞるような展開もそそる！（天野）

悪魔　エロ　熱い

はじらいサキュバスがドヤ顔かわいい。

著：旭 蓑雄／イラスト：なたーしゃ／電撃文庫／既刊1巻

えっちなことが苦手なサキュバスと励む仮恋人とのいちゃらぶライフ!

現実の女子に性欲を抱けない高校生・津雲康史、通称ヤス。彼は同人誌即売会で憧れの絵師であるヨミに出会う。二次元でしか興奮しないことをヨミに伝えたヤスのもとに、その夜彼女はやってくる。実はヨミは性欲を集める淫魔のサキュバスで、毎月ノルマを集める必要があるという。しかしえっちなことが苦手なヨミは代わりにイラストを描くことでノルマを達成していた。そこでヨミはヤスを用いて男性に慣れていこうと試みるが……？　恋人のフリをすることになった2人の日常にニヤニヤが止まらない。かわいいヨミの姿にキミも惚れ込もう！（羽海野）

ラブコメ　サキュバス　青春

お助けキャラに彼女がいるわけないじゃないですか

著：はむばね／イラスト：sune／ファンタジア文庫／既刊3巻

天然魔光少女の正体バレを防げ! 怒濤の勢いですれ違う勘違いラブコメ

高校生の平地は偶然にも魔光少女マホマホの正体が同級生の庄川真帆だと知ってしまう。さらに真帆が予想外のうっかりさんだったため、あっさりバレそうになる彼女の正体を守ろうと、あの手この手で必死のフォロー。そんな流れで気づけば彼女とお付き合いをすることに……。平地はあくまでサポートのつもりで下心を抑えているのに、真帆は気づけば平地を本気で好きになってしまい、真帆の友達の翔子は平地がイケメン男子とBLな関係だと勘違い。それぞれのすれ違いが、混乱した状況を加速させ更なる笑いを生む強烈なラブコメだ。（柿崎）

ギャグ　勘違い　魔法少女

『はじらいサキュバスがドヤ顔かわいい。』「何気なくするっと読んだけど、ギャグの回し方と、自然な伏線の張り方がとてもうまい。ずっと続いて欲しいと思えるラブコメ」（まいにくん・20代後半♠Ⓗ）

いまコレが熱い！
９月以降スタートの
新作青春・ラブコメ

今年度の対象期間からは外れてしまったけれど、期待のできる作品の中から青春・ラブコメジャンル作品をチョイス!

文・天条一花

『キミの忘れかたを教えて』
著：あまさきみりと／イラスト：フライ／角川スニーカー文庫／既刊１巻

余命宣告を受けたニート青年・修は、シンガーソングライターとして活躍していた幼馴染・鞘音と再会するのだが……。

"苦味"も"痛み"も抱えた青春 この新作がぐさりと心に刺さる！

青春や恋愛を扱った作品は、設定やキャラクターの書き方、著者が込めたいものが絶妙に絡み合ったものになってくる。文章によって綴られる小説だからこそ、登場キャラたちの心情をまざまざと見せつけられたり、セリフから感じる感情や関係性が、心を揺さぶってくる。人の心は、特殊能力でもない限り覗き見ることはできない。だからこそすれ違ったり勘違いしたり、悲しませたり怒らせたりしてしまう。それが青春、恋愛の醍醐味なのだ。

『キミの忘れかたを教えて』は、そんなキラキラした青春から逃げ続けた松本修が主人公。大学は中退、働きもせず引きこもりのニート生活をしていたら余命宣告を受け、手術をしなければ1年足らずで死んでしまう……しかし逃げ続けたゴミクズである自分はいつ死んだって構わない。そんなふうに思っていた彼は、活動休止して田舎に戻ってきていたシンガーソングライターの幼馴染・桐山鞘音と再会してしまう。挫折して、逃げてきた2人が、関係性を取り戻していく話。嫌な現実から逃げ続けた男が、もがいてもがいてやっと前を向く物語には、自分の心の柔らかい部分を突き刺されるようだ。

続いては大学生同士の恋愛が展開される『理想の彼女と不健全なつきあい方』。大学に入った高幡陸生は、郷土史研究会という、活動内容はユルいサークルのコンパに参加する。そこでオタクだと知った眼鏡でおさげの海音寺美優は、人気コスプレイヤーの「μ」だった。偶然の出会いと秘密の共有から、微妙な距離感の契約関係が始まる。『星刻の竜騎士』で知られる瑞智士記の新作は恋愛もの！ "オタバレ"を心配しつつコスプレ活動を続ける美優をサポートする陸生の行動力には感心する。恋というよりも、青春を楽しんでいるキラキラを感じられる作品だ。

こちらも青春……というかアイドルオタ

『理想の彼女と不健全なつきあい方』
著：瑞智士記／イラスト：フミオ／ファミ通文庫／既刊１巻

大学のコンパで陸生が知り合ったのは、人気コスプレイヤーの「μ」本人だった。秘密共有することになった２人の、微妙な関係。

クとして命を懸けているのが『NGな彼女。は推せますか?』だ。才能が光る学生たちが集まる学院都市へやってきた中嶋拓人は、地味な眼鏡っ子・滝沢一花と運命の出会いをする。彼女こそアイドルの原石だと思ってスカウトするのだが、答えは「NG」。無理矢理芸能プロダクションを設立するのだけど、生徒会長から言い渡された継続の条件は、学院都市の特徴である評価ポイントを500集めることだった。過酷な状況でも、拓人はなんとか一花を口説き、アイドルとして成長させていく。地味っ子な一花ががんばる姿、推せる!

　高校に入学したことで心機一転、というならこちらの『おまえ本当に俺のカノジョなの?』の主人公・小野瀬優哉もがんばった。中学時代は「逃げ」を選択したが、高校入学でリスタート。クラスメイト、生徒会長、バスケ部マネージャーと、3人の女の子と仲良くなり、ゆるい関係を続けていた。そこに現れたのが、小学生のときに引っ越して離れ離れになっていた、久城望海だった。彼女は2人が「交際歴6年」だと言い始めてしまう。幼い頃の告白なんて無効だと思いきや、学校中には2人が付き合っているという噂が。もちろん仲良しの女子たちも聞きつけているわけで……こんなドタバタが楽しいラブコメ。誰とも付き合わず八方美人な関係を続けていた優哉はどんな選択をするのか、楽しみな作品だ。

『NGな彼女。は推せますか?』
著：海津ゆたか／イラスト：前屋 進／ガガガ文庫／既刊1巻

アイドルプロデューサーになるため、特殊な学院都市に合格した拓人。彼が出会ったのは残念で地味な少女・一花だった。

青春・恋愛は普遍的な物語 受け入れられる読者層も広い

　今年度のランキングにも〝苦さ〟と〝痛さ〟を持った青春・恋愛作品は多数ランクインしている。恋愛のドキドキだけでは済まされない、人間関係の難しさや、成長するにあたっての困難が、しっかりとしたリアリティを持って描かれている作品が多い。仕事も趣味もアイドル活動も、すべてがサクサクうまくいくわけじゃない。だからこそ逃げたいし、やめてしまいたい。それでも背を向けずに向き合うことで、ドラマが生まれていくのだ。それでこそ「青春!」なのだ。

　青春や恋愛ジャンルを多く出しているのは「ライト文芸」という作品群だが、これらが増大している昨今、近しい感性の作品がライトノベルレーベルからも出るようになった。

　ファミ通文庫は「ファミ通文庫ネクスト」というレーベル内レーベルを立ち上げて、ライト文芸に近しい作品を刊行している（背表紙のFBが白くなっているのが目印）。講談社ラノベ文庫も、ライト文芸的な作品は背表紙のデザインを変更している。青春・恋愛関係の作品に関しては、ライトノベルとライト文芸の境界はかなり曖昧なものになっているだろう。

『おまえ本当に俺のカノジョなの?』
著：落合祐輔／イラスト：ろうか／MF文庫J／既刊1巻

高校デビューして、仲良し美少女3人との青春を謳歌していた優哉。彼の前に彼女を自称する幼馴染が現れた!

LOVE STORY

恋がいっぱい

**意中のヒロインは、JCからOLまでよりどりみどり!
近頃は年上ヒロインもだいぶ増えましたね。多様性はいいことです。**

愛&恋　笑える

文庫32位 俺を好きなのはお前だけかよ

著：駱駝／イラスト：ブリキ／電撃文庫／既刊9巻

想定外の波乱万丈 ズレた展開に驚き 普通のラブコメに飽きた貴方へ

鈍感無害なキャラを演じていた如月雨露は、生徒会長のコスモスと幼馴染のひまわりからデートに誘われる。しかしそれらの想いは、雨露にではなく彼の親友である大賀太陽に向けてのものだった。そんなことではへこたれない雨露は彼女らの恋の相談に乗る体で距離を縮めようとするが、彼の天敵である三色院菫子から突如告白を受ける。本作はそれぞれの思惑が交錯するちょっぴり変わったラブコメディだ。主人公の雨露にこれでもかというくらい無理難題を吹っ掛け、ヒロインズの信頼を得たり失ったりしながらどん底から這い上がる展開が見もの。（絵空）

ゲーマーズ！

著：葵せきな／イラスト：仙人掌／富士見ファンタジア文庫／既刊11巻＋短編集1巻

拗らせゲーマーたちのカオスな青春 すれ違いばかりの人間模様の行方は

趣味はゲーム以外特筆すべきことのないモブキャラのような主人公・雨野景太は、ある日学園一の美少女・天道花憐からゲーム部への勧誘を受ける。ゲームが好きな景太にとっては願ってもない誘いだったはずなのに、スタンスの違いから断ってしまう。しかし始まらないはずだった物語は思わぬ形で動き出す――そんな錯綜系青春ラブコメディ。ヒロインとくっついたり離れたり、最終的な勝者が巻を増すごとにわからなくなるのもこの作品の醍醐味。近刊ではついに千秋が本格的なアプローチを見せてきたりと、いよいよ目が離せない。（絵空）

愛&恋　笑える

乃木坂明日夏の秘密

著：五十嵐雄策／イラスト：しゃあ／電撃文庫／既刊2巻

懐かしのあのキャラが続々登場!? 彼女の秘密はアキバ系じゃないこと？

容姿端麗で成績優秀な白城学園のアイドル乃木坂明日夏。完全無欠で、アニメ・マンガ研究会の部員として、アキバ系の知識すら披露していた。ひょんなことから彼女の秘密を知ってしまった平民代表（自称）の澤村善人は、彼女の秘密を守るため様々な協力をし、絆を深めていく。大人気作『乃木坂春香の秘密』の次世代の物語が登場!! 前作を未読の方も楽しめますが、前作を知っているとよりクスッと笑える部分満載で、懐かしのあのキャラたちも続々と登場します。いろいろな秘密を持つ明日夏の虜になること間違いなし！（天野）

愛&恋　アキバ系　秘密

『俺を好きなのはお前だけかよ』「普通に読んでいた部分、もしくは読み流していた部分が実は伏線だったということがかなり多い。その伏線回収の鮮やかさは見事と言うしかない」（アツシ@疾風（仮）・30代♠協）

15歳でも俺の嫁！

著：庵田定夏／イラスト：はまけん。／MF文庫J／既刊2巻

初対面の女子中学生から求婚!? その裏に潜む出版業界の陰謀とは？

大手出版販売会社に勤務する火野坂賢一は、接待で訪れた高級居酒屋で見知らぬ少女・君坂アリサから求婚される。動揺している中、アリサの自宅に連れられていく賢一。そこで求婚を承諾してしまい、2人の同棲生活がスタートする。しかしその裏には出版業会を揺るがす大きな問題が関わっていた。タイトル通りの年の差ラブコメディと並行して取次会社と大手書店、インターネット書店という三者によるドラマが見どころの本作。2人の仲にキュンキュンするも良し、出版業界の行く末にハラハラするも良しの熱い展開を是非読んでほしい！（羽海野）

ラブコメ　歳の差　出版業界

好きって言えない彼女（わたし）じゃダメですか？ 帆影さんはライトノベルを合理的に読みすぎる

文庫46位

著：玩具堂／イラスト：イセ川ヤスタカ／角川スニーカー文庫／既刊1巻

ライトノベルに隠された深い秘密を帆影さんが軽やかに読み解く

ライトノベルを馬鹿にしたことが原因で親友と喧嘩したと妹から相談された新巻天太。彼は妹に正しい知識を授けるため学校の友人に相談するが、そこには彼女の帆影さんも同席していて……。「なぜ表紙に巨乳の女の子が多いのか？」、「ハーレムものの主人公は不誠実では？」、そうした妹の疑問に対して、帆影さんが人文学・生物学的見地から独自の理論を繰り広げて正当化する様子が大変面白い。そして博識だけれど人間感情の機微には疎い帆影さんが、ライトノベルや妹の相談を参考に彼女らしく振舞おうとする姿は非常にグッときます。（柿崎）

恋愛　ライトノベル　笑える

《このラブコメがすごい！！》堂々の三位！

文庫35位

著：飛田雲之／イラスト：かやはら／ガガガ文庫／既刊1巻

ライトノベルに面白さはいらない!? まとめサイト管理人と作家志望の挑戦

姫宮新は、大手ライトノベル系まとめサイト「ラノベのラ猫」の管理人をしている高校生。ある日、彼が片思いするクラスメイトの京月陽文が、ネットで小説投稿している作家志望だということを知る。陽文に「ラ猫」の管理人と見破られた新は、「ラブコメの書き方を教えてほしい」と頼まれ、彼女の作品をラブコメの小説賞の一位に導く手を貸すことになる。ラノベの流行や人気作品は面白さではなく話題性で評価されたり、計算高い作家が炎上マーケティングを仕掛けたり、現実でも「もしかしたら」と思わせる業界の裏側のリアリティが絶妙なのだ。（愛咲）

ラノベ　まとめサイト　作家志望

29とJK

著：裕時悠示／イラスト：Yan-Yam／GA文庫／既刊5巻

社畜とＪＫ。大人と子供 禁断の年の差ラブコメディ

休日のネカフェを癒やしとする29歳の社畜・槍羽鋭二は、とある縁で14歳年下の女子高生・南里花恋から告白を受ける。きっぱりとお断りする鋭二であったが、後日社長から呼び出され花恋との交際を命じられる。彼女は社長の孫娘であり、拒否権を持たない鋭二をよそに形だけの恋人関係が始まってしまうドタバタ年の差ラブコメディ。日々積み重なる業務に加え、特大の爆弾を抱えた鋭二の心労は計り知れないが、それでもきちんと花恋と向き合っていくのが好感的。作家を目指す彼女に、かつて諦めてしまった自分の夢を託す展開も熱い。（絵空）

社畜　愛＆恋

『29とＪＫ』「ＪＫといちゃいちゃするだけのラブコメかと思いきや、本格的なお仕事もの。鬱屈した社会人生活を送る全ての人に読んでスカッとしてほしい」（お亀納豆・30代♠⑫）

文庫34位

あまのじゃくな氷室さん 好感度100%から始める毒舌女子の落としかた

著：広ノ祥人／イラスト：うなさか／MF文庫J／既刊3巻

恋する人の心が聞こえ両想いと判明！ でも彼女はとことん素直でなくて……

生徒会副会長の田島は会長の氷室さんに恋していたが、クールな彼女は口を開けば毒舌ばかり。だがある日、恋愛の神様ナンナの力で田島は彼女の内心を聞けるようになる。田島に実はベタ惚れな氷室さん。両想いならと勇んで告白したが、混乱した相手はいつもの癖で完膚なきまでに彼を振ってしまい……。二重人格レベルで発言と内面が乖離している氷室さんのポンコツぶりがとてつもなく可愛いです。そして彼女の本心は知らない体で会話していく田島と氷室さんとのやり取りは、めんどくさくも微笑ましい。ニヤニヤせずにいられないラブコメの逸品！（義和）

萌える　ドタバタ　愛&恋

可愛い女の子に攻略されるのは好きですか？

著：天乃聖樹／イラスト：kakao／GA文庫／既刊3巻

犬猿の仲の相手と始まる恋愛ゲーム！ 相手を求めたら負け。その行方は？

日本の将来を担う2つの家系。その1つ、北御門家に生まれた少年・帝はある日、もう1つの名家の娘・南条姫沙から「恋愛ゲーム」に誘われる。ゲームの行方は「相手を求める」ことに左右され、惚れたら負けとなるルール。その敗者は勝者に服従することとなり、それは2人の家系も巻き込む決闘となるのだった。という物々しい設定とは裏腹に続けられる宿敵以上恋人未満のイチャイチャライフ。果たしてどちらが先に折れるのか？　間に入り込む帝の許嫁の存在も見逃せない。彼らの一つ一つの所作に胸の悶えが止まらない描写が魅力的だ。（羽海野）

恋&愛　政敵　学園

僕の知らないラブコメ

著：樫本 燕／イラスト：ぴょん吉／MF文庫J／既刊2巻

知らない間に不良なあの子が彼女に!? 記憶のスキップが招く甘いトラブル！

人生を楽に過ごしたいと願っていた主人公、芦屋優太はとある出来事をきっかけに記憶をスキップさせることができるように。良い能力を得たと喜ぶ優太だったが、黒い噂が付きまとう恐怖の対象柳戸希美の彼氏となっていることに愕然とするのだった。不良な彼女が出来ていたり、別の美少女とも仲良くなっていたり、自分でない自分に振り回される様子に笑。暴力に怯えビビりながら柳戸に甘えられる姿はしっかりラブコメしてます。ストレスから逃げたいとさらに時間をスキップしてどつぼるのには人としての在り方を考えさせられたり。なかなか奥が深い。（勝木）

愛&恋　青春　スキップ

俺もおまえもちょろすぎないか

著：保住 圭／イラスト：すいみゃ／MF文庫J／既刊2巻

出会ってすぐに告白&お付き合い！ 年の差カップルの甘々ラブコメディ

少しでも「いい」と思ったらすぐに告白してしまう少年・功成（こうせい）は、周囲の女の子から敬遠される存在。しかしある日、そんな功成のことを理解してくれようとする中等部の少女・つぶらと出会う。早速告白する功成。生真面目な性格のつぶらは、告白されて嬉しいと思った自分の気持ちを理解するため、彼と付き合ってみることに！　速攻で告白、お付き合いとトントン拍子のようでいて、2人とも恋愛初心者すぎて不器用に進んでいく恋愛劇にひたすらニヤニヤさせられるラブコメディ。地味に高1と中2の年の差カップルなのがニクい。（ペンキ）

ラブコメ　カップル　年の差

『俺もおまえもちょろすぎないか』「萌えゲーと言ったら保住圭、保住圭と言ったら萌えゲー！　そんな保住先生の書いた甘々なラブコメ、好きにならないはずがない……」（くーるびゅーちー鳥さん・20代前半♠Ⓗ）

文庫37位

ちょっぴり年上でも彼女にしてくれますか？

著：望 公太／イラスト：ななせめるち／GA文庫／既刊2巻

一目惚れしたJKの正体は27歳のOL!? 高校生とお姉さんの年の差恋愛劇開幕

男子高校生の桃田薫は電車で学校に向かう途中、痴漢に襲われていた女子高生・織原姫を救う。姫に一目惚れした薫は姫とのデート中に思わず告白するも、なぜか答えはNO!?。それもそのはず、姫の正体は薫より一回り年上のOL。流石に高校生と付き合うわけには、と断ったものの薫はそれでもと告白し、2人は付き合うことに。恋愛経験皆無の男子高校生とOLのお姉さんの2人が織り成す年の差ラブコメディ。世間体はなんのその。2人の恋路の向かう先は？　人を好きになるということ。その先行きが非常にクセになる。年上お姉さんとのラブコメを楽しみたい方は是非。（羽海野）

歳の差　お姉さん　ラブコメ

佐伯さんと、ひとつ屋根の下 I'll have Sherbet!

著：九曜／イラスト：フライ／ファミ通文庫／全５巻

期せずして美少女佐伯さんと同棲生活 振り回され振り回す二人の微妙な距離

高校２年から一人暮らしを始める弓月恭嗣は、アパートが二重契約となっていたことに困惑。バッティング相手の佐伯貴理華はシェアハウスを提案し、強引に進めてしまう。とびきりの美少女との共同生活が始まった。新婚のように家事に張り切り、風呂上りに無防備な恰好で現れ、遠ざけても懲りずに近づいてくる。思わぬ同居者ができた弓月くんですが、奔放な佐伯さんのあからさまなアプローチに振り回されます。冷静沈着な弓月くんの対応に佐伯さんも振り回されているみたいで意外にお似合い？　５巻で完結、絶妙な関係をずっと楽しみたかった！（勝木）

愛＆恋　青春　完結

高２にタイムリープした俺が、当時好きだった先生に告った結果

著：ケンノジ／イラスト：やすゆき／GA文庫／既刊３巻

アラサー社畜が高２にタイムリープ 憧れの教師に告白して始まる男女交際

アラサー会社員の真田誠治が目を覚ますと、高校２年生の春にタイムリープしていた。そこで出会った世界史の教師・柊木春香に恋心を抱いていたことを思い出し、今度こそ告白をしてみると答えはまさかのOK。見事付き合えることになり、いざ接してみると彼女は常に誠治を甘やかすベタ惚れな女の人だった!?　禁断の恋だけに妹や友達にも見つかってはいけないのに、教室や部室、職員室と所構わず甘えてくる憧れの人にドキドキが止まらない。連作掌編の形で描かれる甘酸っぱいやり直し高校生活。これでもかと山積みにされた甘酸っぱさをご賞味あれ！（羽海野）

ラブコメ　年の差　教師

廻る学園と、先輩と僕 Simple Life

著：九曜／イラスト：和遙キナ／ファミ通文庫／既刊２巻

憧れの先輩と、可愛い後輩と。初めての恋が紡ぐ学園恋愛物語

高校に入学して１ヶ月。１年生の千秋那智は友人に連れられ、学園一の美少女と称される２年の先輩・片瀬司を見物することに。そこで那智は彼女と目が合ったような気がして……。それを期に、ひょんなことから那智と司の距離が急接近。２人は互いのことをどう想っているのか……。初めての恋ってこんなにもどかしかったっけ、と思っちゃうほどに胸が締め付けられるラブストーリー。可憐な先輩と。可愛らしい後輩と。互いを想う気持ちが交差していくとき、那智の過去が明らかになる。人生で一度きりの青春に飢えているあなたに送ります。（羽海野）

学園　恋＆愛　青春

『佐伯さんと、ひとつ屋根の下 I'll have Sherbet!』「ぇろかわいい佐伯さんとクールな弓月くんのルームシェア生活は、こんな学生生活送れたらどんなに幸せなのかなと想像してしまいました」（ウォーリー・30代♠Ⓗ）

文庫33位 裏方キャラの青木くんがラブコメを制すまで。

著：うさぎやすぽん／イラスト：前屋 進／角川スニーカー文庫／既刊1巻

恋もしたことないのに俺が恋愛指導!? 演劇部のヒロインとのロマンス開幕！

学校の中でも日陰者で、ようやく編集担当がついたくらいの「日陰作家」を自称する高校生・青木タダハル。主にラブコメを書いているものの、青木には実際の恋愛経験がなかった。そんな青木が文芸部で執筆した作品を読んだ演劇部のエースヒロイン・綾瀬マイは、彼を師と仰ぎ「恋を教えてください」と頼み込む。恋愛経験皆無ながら妄想でラブコメを執筆する男子高校生と、恋愛経験皆無なので教えを請おうとする健気なヒロインの微妙な距離に思わず微笑する。恋に立ち向かう少年少女の想いの交錯が面白い作品だ。2人の想いの結末にも注目だ。（羽海野）

学園　愛&恋　演劇

貴方がわたしを好きになる自信はありませんが、わたしが貴方を好きになる自信はあります

著：鈴木大輔／イラスト：タイキ／ダッシュエックス文庫／既刊3巻

吸血鬼と狩人、年の差もあるけど愛さえあれば関係ないよねっ！

ごく普通の人が突然発症して人々を襲い出す吸血鬼の存在が世間に現れて30年。池袋の片隅で小さなバーを経営する傍ら、公安の依頼を受けて吸血鬼を狩る猟犬（ハンター）の神谷誠一郎（二十八歳）のもとに、吸血鬼の美少女・綾瀬真（十四歳）が訪ねてくる。かつての師であり、恋人でもあった女性の娘を名乗る彼女を匿い、2人の奇妙な同居生活が始まる。愛する人と慎ましい日常を過ごしながらも吸血鬼の謎を巡る騒動に巻き込まれていく。大人びた知性を持ちながらも年頃の乙女らしい恋愛脳で誠一郎に果敢に迫る真の積極性が魅力的な年の差ラブコメ。（愛咲）

吸血鬼　年の差　ラブコメ

恋してるひまがあるならガチャ回せ！

著：杉井 光／イラスト：橘 由宇／電撃文庫／既刊２巻

廃課金者のライバルは箱入りお嬢様!? スマホゲーが繋ぐ二人の絆の行方は？

学業も人間関係も投げ捨てて、バイトの収入を全部スマホゲーのガチャにつぎ込む廃課金大学生の遠野啓太。そんな彼の下にお嬢様で知られる薗村紗雪がゲーム内のフレンドになって欲しいと頼みに来た。だが廃課金者のプライドが安易なフラグ立てを許さず、力強く申し出を断る！ これをきっかけにゲーマー同士の意地の張り合いが幕を開けた。SSRを引くためにオカルトに走り、ゲームについて熱弁してドン引きされ、留年覚悟でイベントに専念……世間的には不毛な生活のはずなのに、何だかとても充実しているように見えるから不思議！（柿崎）

ガチャ　廃課金　愛&恋

絶対彼女作らせるガール！

著：まほろ勇太／イラスト：あやみ／MF文庫J／既刊2巻

学園の女神が大地の恋を本気で応援！ 女神の信奉者による改造計画開始！

白星絵馬は善意の塊のような明るい笑顔の美少女で、絶大な人気を誇る。そんな彼女が、冴えない男子である大地の「死ねばよかった」という一言に激しく反応、彼の片思いを訊き出し、全力で応援すると宣言。すると直後から、絵馬を守護する2人、モデルのみりあと小説家のエレナが大地をモテるように教育し始めた!? 2人の指南は昨今流行りのオタク改善ラノベの感覚で興味深く読める。そして、やがて明らかになる絵馬自身の物語。大地の恋がどうなるのか、そこに絵馬たち3人や周囲の女子たちはどう関わっていくのか、気になってたまらない。（義和）

ドタバタ　しみじみ　ハウツー

『貴方がわたしを好きになる自信はありませんが、わたしが貴方を好きになる自信はあります』「どのラノベよりも、雰囲気が気に入っています。血と硝煙と煙草と珈琲の香りがするラノベです」（キョウ・20代後半♠Ⓗ）

それでも異能兵器はラブコメがしたい

著：カミツキレイニー／イラスト：切符／角川スニーカー文庫／既刊1巻

最強の兵器が望んだものは〝日常〟少年は命がけで青春を届ける

小学生時代の想い人・市ヶ谷すずと高校で再会した辰巳千樫。しかしすずは国家間のパワーバランスをも変える強大な力に目覚めた〝異能兵器〟に認定され、それゆえに他国の異能兵器に狙われていて……。千樫は国から命じられ、すずが日本に留まり、普通の青春を送るための演出家にされる。そして何度も抗争に巻き込まれては死に、何度も生き返らせられて、繰り返し繰り返し。シュールギャグのようでもありながら、その根底には純粋な少女の願いと少年の思いがあって、胸を締めつけられてしまう。一途で切ない淡恋セカイです。（剛）

セカイ　アクション　愛&恋

オミサワさんは次元がちがう

著：桐山なると／イラスト：ヤマウチシズ／ファミ通文庫／既刊1巻

孤独な天才のヒロインと織りなす驚きと切なさに満ちたラブストーリー

雪斗が所属する大学の芸術科で天才と呼ばれる画家・小海澤有紗。なぜか誰とも関わろうとしない彼女のことが気になる雪斗は連日通いつめ、たまに会話をするくらいの関係にまでこぎつける。ところがその頃から雪斗の周囲で異変が起きはじめ……。少し変わったヒロインとの青春恋愛劇かと思いきや一変、ホラーかと疑うような急展開が。文字通り「次元がちがう」小海澤との恋愛にはいくつもの障害があって、それでも相手と一緒にいたいと願う雪斗の想いにグッとくる。最後まで読んだ時、きっともう一度読み返したくなることだろう。（ペンキ）

大学生　恋愛　驚き

→ぱすてるぴんく。

著：悠寐ナギ／イラスト：和錆／講談社ラノベ文庫／既刊2巻

ネット越しの彼女がリアルに急接近！恋愛がより盛り上がるかと思いきや…

ネットで出会い恋愛関係になった緋色とスモモ。そして新年度、スモモは緋色の近所に引っ越してきて、緋色と同じ高校に入学する！　驚きつつも、後輩になったスモモと現実に毎日出会えるようになって悪くない気分の緋色。しかし彼にはスモモと出会う前に短期間付き合っていた同級生の彼女がいた。そしてスモモのネットへの書き込みと緋色の対応ミスが事件を起こし……。タイトルやイラストほど可愛さやイチャラブ要素は強くなく、中高時代特有の痛さや苦しさやもどかしさがむしろ印象的。ネットが絡む今風ながらも、普遍性のある青春恋愛物語なのだ。（義和）

痛い　愛&恋

パンツあたためますか？

著：石山雄規／イラスト：bun150／角川スニーカー文庫／既刊2巻

揺れる女心に振り回されるダメ男 不器用な男と女のひねくれラブコメ

一旦は破局した落ちこぼれ大学生・久瀬直樹とストーカー少女・北原真央だが、2巻ではお互いに離れながらも手紙のやり取りが続いていた。だらだらと大学生活とバイトの日々を過ごす彼の周囲には、相変わらず問題を抱えた女の子ばかりが集まってくる。オカルト研究会の同級生に迫られたり、隣人に不法侵入されたり、バイト先の後輩がデレてきたり、難ありな女の子たちに翻弄されるなか、イブの夜に久瀬が選ぶのは誰か。生き辛さを抱える現代の女の子の不安定な内面を描きだし、読者の心に一筋の感傷を刻みつける青春純愛ストーリー。（愛咲）

ヤンデレ　切ない　ラブコメ

『オミサワさんは次元がちがう』「怪作にして傑作。青春モノから怪現象に日常が侵食されていくＳＦへと変貌し、最後の1頁で全く違う『画』が現れて仰天させられる騙し絵的作品」（ヤボ夫・40代以上♠Ⓗ）

ABNORMAL

レッツ倒錯!

変態だっていいじゃない!　人間だもの。
えっちでフェティッシュな、めくるめく世界へ。

可愛ければ変態でも好きになってくれますか？

著：花間 燈／イラスト：ｓｕｎｅ／MF文庫J／既刊６巻

ドS、ドM、腐女子、下着ラブレター ヒロイン皆特殊性癖 とんでもラブコメ

桐生慧輝がもらったラブレターには名前がなく、パンティが添えられていた！　状況から書道部の関係者と考え差出人探しに乗り出すが、美少女揃いでハズレ知らずの候補者たちは実はとんでもない性癖を持っていた……。モテモテの主人公なんて有り勝ちな設定、と思いきや好意を寄せてくるヒロインが全員変態、いやド変態というのはなんとも。美人の先輩はドM、可愛い後輩はドS、ツンデレな同級生は腐女子。続々と変態属性が暴露されていくのでした。そりゃ、ノーサンキューになるのも仕方なし。でも探している相手も恋文に下着を着けるような変態なのでは？（勝木）

笑える　愛&恋　変態

出会ってひと突きで絶頂除霊！

著：赤城大空／イラスト：魔太郎／ガガガ文庫／既刊３巻

死者さえひと突きで昇天させる強力さ しかし人前ではさらせない破廉恥能力

退魔学園に通う古屋晴久は対象を絶頂させて除霊するという強力だけど変態的な能力を持つが、それを隠しているためいつも成績最下位。どのチームにも入れずにいたが、名門宗谷家の美咲に勧誘される。彼女も人の性癖がわかる淫魔眼に悩まされていた。下ネタを書かせたらラノベ界トップの著者新シリーズ。見抜いた性癖を除霊や懐柔に使う美咲、可愛い子限定捕縛術の使い手烏丸葵とチームメイトもさることながら古屋の生者も死者もひと突きで昇天させる能力が羨ましいほど残念！　悪霊や怪異をびくんびくん除霊します。公序良俗健全育成法完全アウト！（勝木）

エッチ　アクション　笑える

バブみネーター

文庫40位

著：壱日千次／イラスト：かとろく／MF文庫J／既刊1巻

年下義母と義姉に甘えると世界滅亡!? 狂気とバブみに溢れた物語が始まる！

神童の誉れ高い一徹の人生は、高2で大きく変わった。高1の義母と小6の義姉が彼をとことん甘やかし、彼もひたすら甘えまくるようになったのだ。年下女性に母性を感じるバブみにとりつかれた彼は、その頭脳をフル回転させて日々バブみを堪能する「バブみの修羅」と化した。だがそこへララァと名乗る少女が現れる。義母と義姉は未来から一徹を堕落させるために派遣された人造人間、彼がバブみに溺れると未来が破滅すると言われ……。冒頭から人目を気にせぬ一徹たちの振る舞いは、脳が異常動作を起こしそうになる破壊力。とにかくすごい！（義和）

クレイジー　笑える　萌える？

『出会ってひと突きで絶頂除霊！』
「面白すぎる突き抜けた下ネタギャグと、熱いバトル展開の二面性をうまく両立している快作」（たまこ・20代後半♠Ⓗ）

青春失格男と、ビタースイートキャット。

著：長友一馬／イラスト：いけや／ファンタジア文庫／既刊1巻

二人だけの孤立した楽園を目指す青春不感症男と天才少女の純粋（アブノーマル）な関係

高校入学初日、清楚系美少女・宮村花恋からラブレターをもらった主人公・野田進。だが、彼は青春や恋愛に興味を持てない「青春不感症」だった。彼の特異性を見抜いた天才少女・西条理々は彼に提案を持ちかける。それは友人や家族を含め、他人との煩わしい人間関係を徐々に断ち、二人だけの平穏な世界を作るという「楽園追放計画」だった。正しい生き方のわからない進と、支配することでしか他人と繋がれない理々の、どこか歪んでいながら傷つきやすく、現代社会に生き辛さを抱える2人の哀愁に胸を締め付けられる異色の青春恋愛劇だ。（愛咲）

青春（？） 切ない ペロペロ

王女様の高級尋問官

著：兎月竜之介／イラスト：睦茸／ダッシュエックス文庫／既刊2巻

弱点を突いた尋問で刺客を堕とせ 尋問官はSMプレイのテクニシャン!?

足の怪我が原因で騎士団を辞めることになったアレンは、突然第二王女エルフィリアから呼び出される。表向きは護衛役、秘密裏に頼まれたのは「高級尋問官」。手のひらで尻を叩いてほしいというエルフィリアの要望に見事応えたアレンは、王女からの任務を賜ることになる。堅物で真面目なアレンは、尋問で嘘を暴いて弱点を見つけると、そこを責めていくのだが、これが刺客たちの性的嗜好にマッチしてしまうので大変。なぜだか絶頂していく少女たちには、さらなる“おしおき”が必要ですね。叱られることに快感を覚える王女様、生粋のドMです。（天条）

SM 変態 エロい

特殊性癖教室へようこそ

著：中西 鼎／イラスト：魔太郎／角川スニーカー文庫／既刊2巻

新卒教師が配属された特殊性癖教室。そこは変態生徒たちの巣窟だった！

就活に失敗した青年・伊藤真実は、祖父が理事長を務める高校の教師としてあるクラスの担任をすることになる。そのクラスは教師たちに「特殊性癖教室」と呼ばれ、生徒全員が何かしらの性的嗜好をこじらせていた。真実はそんな生徒たちの性癖を正す訳でもなくむしろ伸ばすことを学校に求められ、困惑しながらも教師生活に励むことになる。様々な嗜好が飛び交う教室はまさに誰も見たことがない世界。可憐な少女たちも必ず何かしらの性癖を持っている。世の中の常識とは隔絶したアブノーマルな日常が繰り広げられる学園コメディの開幕です！（羽海野）

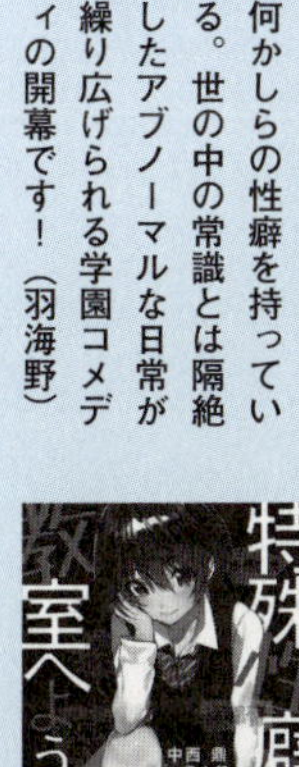

学園 性癖 エロコメディ

こいつらの正体が女だと俺だけが知っている

著：猫又ぬこ／イラスト：伍長／講談社ラノベ文庫／既刊2巻

憧れの男2人の正体は女の子!? 互いの性別を隠し通すサポートの日々

佐伯竜之介は幼馴染み、花城真琴と胡桃沢忍のことを「憧れの男」だと思っていた。月日が経ち、竜之介は今年から共学になった白椿女学院に3人目の男子生徒として入学することに。先に入学していたのは真琴と忍の2人。7年ぶりに再会することとなり楽しい同居生活が始まるかと思えば、竜之介は2人がそれぞれ女の子であることを知ってしまう。彼女たちは男の中の男となりボディーガードとなるため性別をお互いに隠しているというが。突然の同居から始まるドタバタコメディ。繰り広げられるちょっぴりえっちな展開が見どころの作品だ。（羽海野）

ラブコメ ハーレム 男装

『青春失格男と、ビタースイートキャット』

「閉塞した環境で背徳的な関係を築きあげる青春もの！フェチがヤバいですよ！」（夏鎖芽羽・20代前半♠㊯）

MOVE TO TEARS

微笑みと涙と

まっすぐな願いとやりきれない現実の狭間で
彼らは何を想うのか。切なく、美しい珠玉の物語。

愛&恋　切ない　泣ける

Hello,Hello and Hello

文庫38位

著：葉月文／イラスト：ぶーた／電撃文庫／既刊2巻

不思議な少女との消えた約束 初めましてを重ねる出会いと別れ

お人好しだが何事にも熱が持てない瀬川春由は、初対面のはずなのに「由くん」と親しげに呼びかける不思議な少女・椎名由希と出会う。彼女から感じる桜の香りと寂しそうな笑顔に惹かれていく、214回の〝Hello（初めまして）〟から始まった恋物語。とにかく構成が見事。最初は違和感を覚えた台詞も、真相に近づくにつれてどういう想いが込められていたかがわかり、切なさが止まらない。何度忘れられても、積み重ねてきた想いを伝えることを諦めない由希のひたむきさにも心打たれる。誰かの心に残れる幸せが、じんわり胸に滲む。（絵空）

6番線に春は来る。そして今日、君はいなくなる。

文庫24位

著：大澤めぐみ／イラスト：もりちか／角川スニーカー文庫／既刊1巻

高校生の男女4人の視点で描く切なさ満点の恋と別れの青春群像劇

松本に住む高校生の香衣は、やりたいことも特に見つからず、彼氏かもしれない同級生・隆生のことを気にしながらも流されるように毎日を送る少女。そんな彼女を含む男女4人の視点から描かれる、恋とすれ違いと別れの青春群像劇。特別大きな事件が起こるわけでもなく、淡々とした高校生たちの日常が描かれていくのだが、その日常の切り取り方が抜群に巧い作品。喋っているときは楽しいのに振り返ると中身がなにもない、そんな会話劇からは、「高校生の頃の会話ってこんな風だったなあ」というノスタルジーすら感じさせてくれる。（ペンキ）

高校生　淡い恋模様　切ない

彼女のL　～嘘つきたちの攻防戦～

著：三田千恵／イラスト：しぐれうい／ファミ通文庫／既刊1巻

その嘘は誰のためにあるか 優しさの裏に隠れた残酷な真実

嘘がわかる特異体質を持つ遠藤正樹は、決して嘘をつかない川端小百合から親友を殺した犯人を一緒に探してほしいと頼まれる。表向きには自殺とされていたが小百合はあくまで「彼女は殺された」と言い張る。その可能性がもっとも高い人物として挙がったのが、学校のアイドルでもある佐倉成美――常に嘘を振りまいている少女だった。本作は嘘に込められた優しさと願いが交錯するトライアングル青春ミステリーだ。その力のせいで嘘をつくことを嫌悪していた正樹が、この事件を通して他人を守る嘘もあることを知っていくのが良かった。（絵空）

ミステリー　泣ける　家族

『彼女のL～嘘つきたちの攻防戦～』
「真実に向き合ったからこそ気づくことができた想いとはっとさせられるような結末がとても印象的でした」（よっち・40代以上♠協）

君死にたもう流星群

著：松山 剛／イラスト：珈琲貴族／MF文庫J／既刊2巻

宇宙で独り命を散らした彼女を救え！青年は時間を逆行し8年前に戻るが…

3年前、テロ事件で星乃は死んだ。そこで大地は人生を踏み外すが、天才の星乃が作り上げていた装置によって自身の精神を逆行させられることに気づき、8年前へと戻る。しかしそれは、人間嫌いだった彼女との関係を出会いからやり直すことでもあった。過去の記憶を完全に持ち越せたわけではないし、彼の行動によって周囲の人たちの未来は良い方向にも悪い方向にも変わりうる。コスパ重視を標榜し面倒を避けていた大地は2周目でそのツケを払うことになるのだが……そこからの展開が熱い。愚直な想いが未来を切り開いていく、直球勝負の作品だ。（義和）

タイムリープ　愛＆恋　青春

優雅な歌声が最高の復讐である

著：樹戸英斗／イラスト：U35／電撃文庫／全1巻

夢を諦めた少年と歌姫が織り成す珠玉のボーイミーツガール

怪我が原因でサッカー選手になる夢を断った少年・荒巻隼人は、取り柄を失い灰色の高校生活を送っていた。しかし、高校2年生の新しいクラスに転校してきた少女・倉嶋瑠子と出会ったことで生活は一変する。瑠子は世界的に注目されている歌姫・RUKOその人で、なぜこの学校に来たのか理由もわからない。加えて瑠子は、隼人をクラス対抗合唱コンクールの指揮者に指名してきて……。挫折に挫折を重ね心に闇を抱えた隼人と瑠子の2人が出会うことで開幕するヒーリングラブストーリー。涙すること間違いなしなドラマを是非一読あれ。（羽海野）

青春　愛＆恋　学園

あんたなんかと付き合えるわけないじゃん！ムリ！ムリ！大好き！

著：内堀優一／イラスト：希望つばめ／HJ文庫／全3巻

好き合っているのに付き合えない理由 真相と向き合う友人恋人たちの姿に涙

幼馴染の杉崎小春に告白した大貫悟郎は即フラれた上、彼女を作るように言われる始末。学校の放送ではネタにされ散々だが、小春の態度は言葉とは裏腹に悟郎にべったり。さらにもう1人の幼馴染・明菜が現われ、事態は思わぬ方向に!? 素直になれない小春と一途すぎる悟郎のイチャイチャ具合を楽しんで、やりすぎ感漂う友人たちの暴走に笑うラブコメ。というのはまだまだ導入で、タイトル通り付き合えるわけない理由に直面し思考停止させられます。それでも好きを大事にして進む悟郎と2人を支える友人たちの姿に涙。泣けるラブコメです。（勝木）

愛＆恋　泣ける　完結

余命六ヶ月延長してもらったから、ここからは私の時間です

著：編乃肌／イラスト：ひだかなみ／モーニングスターブックス／全3巻

魔法使いの学校で私を殺したのは誰？限られた余命で悔いない人生を過ごせ

野花三葉は中学3年生の卒業式の日、魔法適性が発現し急遽魔法高校に入ることとなる。とはいえ、発現したばかりの三葉は魔法が使えずクラスでも孤立。担任には虐められ、ペアを組んだ不良の男子とは喋ることもままならない。そんな不幸が続く中、三葉は階段で何者かに突き落とされ死んでしまう。しかし、三葉は天使の力によって六ヶ月だけ余命を与えられ生き返ることになり、犯人捜しとともに悔いのない人生を歩もうと決意する。前向きに行動する姿に胸を打たれる感動ストーリー。三葉が健気に生きた六ヶ月間に涙を隠せないだろう。（羽海野）

魔法　切ない　泣ける

『君死にたもう流星群』

「宇宙好きな人は特に読んでもらいたい作品です。序盤から一気に話に引き込まれました」（ちゃかず・10代後半♠Ⓗ）

ぼくの初恋は透明になって消えた。

著：内田裕基／イラスト：とろっち／アルファポリス／全1巻

透明病の彼女の抱える秘密とは？淡く切ない最高のラブストーリー

部員1人の写真部に所属する少年・石見虹郎は、石ころというあだ名が示す通りクラスの中で存在感のない孤独な高校生活を送っていた。ある日、虹郎はクラスメイトの最上律と出会う。律はあまり授業に出ていないのに活発な性格で、彼にも優しく接してくる。しかし彼女の身体には誰にも言えない秘密があった。透明病という身体が透明になりやがて消えてしまう病気がほぼ根絶した世界を舞台に、律の秘密に迫っていくボーイミーツガール。その秘密を知ったとき、あなたは必ず泣きたくなる！　瑞々しい青春の一コマを切り取った感動作だ。（羽海野）

学園　愛＆恋　青春

君と夏と、約束と。

著：麻中郷矢／イラスト：磁油2／GA文庫／全1巻

別れと再会、途切れてしまった時間　時間と年齢の差を超えるピュア物語

中学2年の夏、ヒナタの告白は成功し、ずっと好きだった少女葉月と気持ちを確かめ合う。しかし、彼女は夏祭りの約束をしたきり忽然と姿を消してしまう。7年後、空虚な大学生活を送っていたヒナタは葉月と再会するが、彼女はあの時のままの姿をしていた。ずっと心を凍らせていたヒナタと中学生のピュアな葉月、年齢は違っても通わせる真っ直ぐな想いにキュンとなります。時間の差を埋めていくうちに分かる共有されない記憶の真実に愕然となり、2人の行く末をどう応援したらいいのか悩まずにはいられません。こんな恋愛のカタチもあるんだなぁ。（勝木）

青春　愛＆恋　胸キュン

リア充にもオタクにもなれない俺の青春

著：弘前 龍／イラスト：冬馬来彩／電撃文庫／既刊2巻

非オタクと悟った俺はリア充目指すがオタクとリア充2人の美少女と接し…

オタク生活を満喫しようと上京して高校入学した亮太。しかしそこで活発に活動する「オタク」とは、三ヶ月ごとの覇権アニメを盲信し、好きだった作品でも何か起きれば掌を返して叩くような連中だった。ついていけなくなった亮太はリア充グループへ転じるが、三ヶ月ごとに変わる恋愛相手を巡り鞘当てするような環境にとんと溶け込めない。そんな矢先、リア充の1人ウェーイさんとたまたま一緒に帰宅していた彼は、「オタク」の1人であるイナゴさんがオタクグッズを焼く現場に遭遇し……。極めて面倒な人間関係のしがらみを鮮やかに描いた作品。（義和）

つらい　せつない　しみじみ

星空の下、君の声だけを抱きしめる

著：高橋びすい／イラスト：美和野らぐ／講談社ラノベ文庫／既刊1巻

気になる彼女は5年前の世界の住人！時間を超えた2人の関係の行く末は？

文芸部員であるシュウのスマホに、同年代と思しき少女・詠名の呟きめいたメッセージが届くようになった。ふとしたことで2人は接触、詠名が小説を書いてシュウがそれを添削するなど、日々言葉を交わすうちに親しくなるけど、詠名は5年前の世界にいるとわかる。現実では美人だがツンな生徒会長にきつく当たられつつ、一途に懐いてくる詠名への思いを募らせていくシュウ。彼はついに彼女の今を調べようと決意するが……。口絵などを見ればおおよそ予想はつくかもしれないが、それでもラストシーンは最高。読み返してもニヤニヤできることでしょう。（茶）

ほのぼの　愛＆恋　キャラ変貌

『リア充にもオタクにもなれない俺の青春』
「女の子たちが可愛い！」（レオ帰還・20代前半♠Ⓗ）

1パーセントの教室

著：松村涼哉／イラスト：竹岡美穂／電撃文庫／既刊2巻

その少女からの告白は絶望を意味する 破滅と隣合わせの青春がここに始まる

校内でも有数の美少女、日々野明日香から告白された雨ケ崎誠也。しかしこの告白は誠也にとって絶望の始まりであった。なぜなら彼女は「これから破滅を迎える人間を好きになる」という奇妙な体質の持ち主なのだ。1巻では誠也と明日香が遠からず訪れる破滅を回避するため、クラスメートの間で起きるトラブルを事前に解決していたが、2巻では明日香の体質に隠された秘密が明らかになり思わぬ方向に話は進む。それはそれとして「偽りの感情とはいえ、私がアナタを好きだからです」と妙なデレ方をする明日香がとっても可愛い。（柿崎）

ミステリー 青春 異能

悪魔の孤独と水銀糖の少女

著：紅玉いづき／イラスト：赤岸K／電撃文庫／既刊1巻

呪われた島で出会う少女と男。回り始める歯車と最後の恋の物語

呪われた島にやってきた死霊術士最後の1人である少女、シュガーリア。彼女はその島で大罪人の男・ヨクサルに出会う。彼は孤独を力に変えるという悪魔を背負っているというが……。死霊術士の孫娘として生きる少女と、孤独に身を包んだ1人の男が出会うとき、ひとつの物語の歯車が回り始める。紅玉いづきによる数年振りの電撃文庫新作は著者渾身のダークファンタジー。複数の謎とシュガーリアとヨクサルに秘められた過去が描かれ、世界が深みを増していく。散りばめられた伏線の数々やタイトルの真意に気付く読後感がたまらない極上の一作だ。（羽海野）

ファンタジー 悪魔

地球最後のゾンビ -NIGHT WITH THE LIVING DEAD-

著：鳩見すた／イラスト：つくぐ／電撃文庫／全1巻

少年はゾンビの少女と旅をする 彼女の死を見届けるために

ゾンビパンデミックの発生から数年、ゾンビは死に絶えたものの、人類もほぼ全滅した状態にあった。そんな中、東京をさすらうユキトはエコと名乗る少女と出会う。彼女の正体はゾンビ化していても自意識を失わない特殊なゾンビだった。ユキトは彼女の「死ぬまでにやりたい10のこと」を叶え、その死を見届けるため、共に北海道目指して旅をすることに。先行するゾンビものの要素を踏まえながらも、他の作品で見られる殺伐さはあまりなく、己に訪れる運命を知りながらそれでも前向きに生きるエコの姿に温かな気持ちが湧き上がる一作だ。（柿崎）

旅 ゾンビ 切ない

ハル遠カラジ

著：遍 柳一／イラスト：白味噌／ガガガ文庫／既刊1巻

人の消えた世界を、少女とロボは行く 病に侵されゆくAIを少女は救えるか

近未来の地球で、人類のほとんどが突如全世界から消失して10年が経った。元は武器修理ロボだったテスタと少女ハルは、異常をきたし始めたテスタのAIを治療できる者を探して旅を始める。まれに遭遇する人間はろくでもない者ばかりの中、イリナという少女、そしてツァディックというアンドロイドとの出会いが、旅の形を変えていく……。それらを綴るテスタの内省的な一人称が作品の雰囲気によく合っている。異常事態の真相以上に、2人の関係と今後が気になってたまらなくなる作品だ。（義和）

しんみり せつない 家族愛

『ハル遠カラジ』「美しい文章で綴られる、ロボと少女の『家族』の物語。どこまでも暖かくて、セリフの一つ一つがエモい作品です」（緒賀けゐす・20代前半♠Ⓗ）

BORDERS

ボーダーズ

ライトノベルの感性を持ち合わせながらも、更に広い読者層へと向けた作品群。

Just Because!

著：鴨志田一／イラスト：緋村奇石／メディアワークス文庫／全1巻

数年ぶりに戻ってきた地・藤沢で想い人への恋の歯車が再び回り出す

鴨志田一が全話脚本を手掛けた同名オリジナルアニメの小説版。高校3年生の3学期。4年振りに地元の藤沢に戻ってきた泉瑛太は、転校先の高校で親友だった相馬陽斗と夏目美緒に再会する。かつての野球仲間だった瑛太に対して、陽斗は突然「告白してくる」と言い出して……。「陽斗に想いを寄せる美緒」の姿を見てしまった瑛太の想いもまた回り出す。恋心が入り乱れる高校最後の3ヶ月。受験に部活に恋愛といった様々な青春を詰め込んだストーリーに涙を禁じ得ないだろう。自分の気持ちに正直になり、心を見つめ直すキラメキに満ちた青春群像劇。（羽海野）

愛&恋　学園　青春

二十世紀電氣目録

著：結城弘／イラスト：池田和美／美術・背景：長谷百香／KAエスマ文庫／既刊1巻

明治後期、電気が普及し始めた頃。京都を揺るがす熱い恋の行方やいかに

20世紀初頭の京都。酒造業の次女である百川稲子は、何事もうまくいかない日常に飽き飽きしていた。そんな彼女にとって唯一心が休まることは神仏へのお祈りだ。ある日、伏見稲荷へお祈りに行くと、自由奔放な少年・坂本喜八と邂逅する。彼は寺の息子でありながら神仏の存在を否定し、20世紀を電気の時代だと豪語するが……。稲子と喜八の出会いから始まり、京都と滋賀を駆け抜く明治恋愛絵巻。周辺の人物の抱えていた秘密が連鎖しひとつの結末を導いていく。百年経っても愛する想いは変わらない。胸がときめく最上級の浪漫をあなたに。（羽海野）

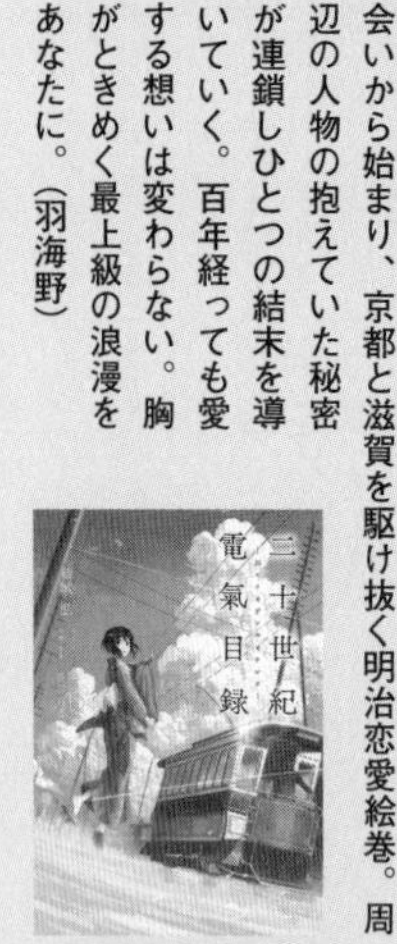

明治時代　愛&恋　切ない

小説の神様

著：相沢紗呼／イラスト：丹治陽子／講談社タイガ／既刊3巻

苦悩し衝突し、でも小説を書く人たち「少しずつ、前に進むしかない」物語

売れない千谷一也(ちたにいちや)と売れてる小余綾詩凪(こゆるぎしいな)、2人の高校生作家が合作小説を刊行するまでの紆余曲折を描いた第1巻。その続編は、続刊を書く意義というメタ的な問いを主軸に、2人の属する文芸部の後輩・秋乃のあれこれの悩みを絡めて展開する。売れない作家の苦しみを赤裸々に描いた前巻も強烈だったが、今回も無神経と無関心と敵意と悪意に満ちた世界で登場人物たちがもがき苦しむ。いわば戦友のはずの一也と詩凪も何度も何度も喧嘩して、一度乗り越えたはずの問題にまた足を取られて……そんな果てに垣間見えるかすかな希望が、眩しくて心に刺さる。（義和）

切ない　しみじみ　励まし

『Just Because！』

「アニメで見たのが最初。ストーリーがきれいだったのでどんどん読み進めてしまった」（JJANN・20代前半♠Ⓗ）

絵本の守護者
編集者にドラゴンは倒せますか？

著：神秋昌史／イラスト：山下しゅんや／マイクロマガジン社文庫／既刊1巻

何者かによる絵本侵蝕を食い止めろ！編集者は武装して絵本世界にダイブ！

かつて絵本作家を夢としていた靖悟は絵本コーナーで桃太郎一行が鬼に殲滅される妙な絵本を見かける。店員らがそれをすんなり受け入れている中、1人だけ靖悟と同じ反応をしたひばりという女性がいた。後を追った靖悟は、彼女とともに桃太郎の世界に入ってしまう！　絵本の浸食と変容を認識できる出版社社長に編集者として雇われるひばりは脳筋ながら、絵本世界に入り込み侵蝕の原因を打倒できるのだ。絵本内に巧い自筆イラストを具現化させられる靖悟も同じ道を選び、ひばりを助けて共に戦う。絵本の変容後がシュールで、戦う工夫も楽しい。（義和）

ドタバタ　しみじみ

火の中の竜
ネットコンサルタント「さらまんどら」の炎上事件簿

著：汀こるもの／イラスト：あいるむ／メディアワークス文庫／既刊1巻

その探偵は火の中でしか生きられない現代が生んだ異色の炎上解決推理劇

SNS上の何気ない発言がきっかけで起こる大炎上。匿名で押し寄せる悪意や怒りの群れには警察も弁護士も対処できない。そんな炎上問題を瞬く間に解決する相談所が「さらまんどら」だ。不謹慎な発言による炎上はもちろん、ブログの盗用、子供に手を出そうとする卑劣な輩の対応まで所長のオメガは格安で引き受けてくれる。だって彼はネットの揉め事に首を突っ込むのが何よりも好きだから！　いかにも現実でありそうな生々しいネットの描写、そして炎上案件を思わぬ手段で収束させるオメガの姿は全SNSユーザー必見です！（柿崎）

炎上　揉め事　ミステリー

ひとりぼっちのソユーズ
君と月と恋、ときどき猫のお話

著：七瀬夏扉／イラスト：吉田健一／富士見L文庫／既刊1巻

月を夢見る少女に少年は魅せられた真っ直ぐな思いが胸を打つ恋愛物語

ある日、少年が出会ったハーフの少女ユーリヤ。昔から周囲に上手く馴染めなかった彼女は、国境のない世界を願い宇宙飛行士になることを夢見ていた。その彼女は少年に言い放つ。「あなたは私のスプートニクになるの」。そんな些細な言葉が少年の人生を大きく変えることに……。幼い頃の夢を実現するため努力を続けたユーリヤと、彼女に離されないよう、彼女をひとりぼっちにしないようその後を追いかけ続けた「僕」の半生を描いた物語。二人の夢が辿り着く先は、夜空に浮かぶ月のように、眩しく、切なく、そして何より美しい。（柿崎）

切ない　恋愛　宇宙

単行本30位　サン娘 ～Girl's Battle Bootlog

著：金田一秋良／イラスト：射尾卓弥／ブックブラスト／既刊1巻

サンライズロボの魂宿るDアーム！少女たちは思いを握り込んで戦う！

正体不明のフラクチャーに襲われた七星まあちは、〝SUN-DRIVE〟なる謎アプリの力で巨大な鋼の腕――〝Dアーム〟を得、これを撃退する。果たして『SPTレイズナー』の力を得たまあちは、同じアプリによって力を得た少女たちと出逢う。この作品はサンライズ作品のロボット、その力を与えられた少女たちのバトルアクションだ。ただしロボの力は武器であり、それを使う少女たちにはそれぞれ個性や思いがある。ぶつかり合い、わかり合っていく彼女たちの青春ストーリーはとにかく熱い！　ロボ好き以外の人にも迷わずおすすめだ！（剛）

アクション　燃える　萌える

『ひとりぼっちのソユーズ　君と月と恋、ときどき猫のお話』
「これは月まで届く、どこまでも美しく、透明で綺麗な、恋と愛と夢の物語だ」（菊地・30代♠協）

彼女が好きなものはホモであって僕ではない

著：浅原ナオト／イラスト：新井陽次郎／KADOKAWA／全1巻

クラスメイトが腐女子だと知った自分がゲイである秘密を抱えつつ

書店でBL本を買っているクラスメイトの三浦紗枝を目撃してしまった安藤純。彼は妻子持ちの年上男性と肉体関係を持っている、ホモセクシャルだった。三浦さんが腐女子であることを知ってから、彼女との関係性が深まっていくのだが、純は自分がゲイであることを隠していた。女性に興味を持てないけれど、家族や子供といった家庭を築くことに憧れている純の複雑な心持ちや、冷めたような語りが哀愁を誘う。友人たちの青春に混ざりつつも、純はマイノリティな自分の在り方に思い悩んでいく。社会からの逸脱を精緻に描く青春小説。（天条）

性的少数者　青春　愛&恋

君の話

著：三秋 縋／イラスト：紺野真弓／早川書房／全1巻

義憶で作られた偽りの幼馴染空っぽの青春を彩るのは……

ナノマシンにより、偽物の記憶である「義憶」を植え付けられるようになった社会。義憶に塗れた両親のもとで空っぽの青春を過ごしてきた天谷千尋は、その記憶を消してしまおうとした。けれど手違いで、彼には〝夏凪灯花〟という、存在しない幼馴染との義憶が入ってしまった。次々と思い出される、幼馴染との淡い青春の日々。その存在しないはずの幼馴染が、現実に現れた……。人の記憶は曖昧で、義憶を与えられなくても、過去を改竄して自分を騙す。義憶によって生まれた幼馴染は何者なのか、悲しさと愛おしさが溢れる、恋物語。（天条）

切ない　愛&恋　記憶

裏世界ピクニック

著：宮澤伊織／イラスト：shirakaba／ハヤカワ文庫JA／既刊2巻

そこはネット怪談が実在する異世界！2人の少女の恐怖と冒険が幕を開ける

女子大生の空魚（そらを）は異世界に入る方法を見つけ、「裏世界」と名付けたそこを探検していて死にかける。同じく女子大生の鳥子に救われた空魚は、安全のために2人で行動しないかと誘われた。命は惜しいが戦利品は現実世界で換金できることもあり、冒険を決意した空魚。「八尺様」など、ネットで語られる怪談にしばしば襲われ、体が少し裏世界に浸食されつつも生き延びていく2人だが、鳥子にはもう一つ目的があり……。裏世界の描写が実に薄気味悪く、鳥肌もの。銃火器をぶっ放してそれらに立ち向かいながら深まっていく2人の関係も大きな魅力だ。（義和）

異世界　怖い　百合

バビロン

著：野﨑まど／イラスト：ざいん／講談社タイガ／既刊3巻

その悪意は世界に伝播する最悪の女が引き起こす衝撃サスペンス

特捜部検事・正崎善はある事件の捜査中に、関係者の異様な自殺体を発見した。そのまま事件の謎を追う内に彼は大型選挙戦に隠された陰謀、そしてその裏で暗躍する1人の女の存在を知ってしまう。毎巻話の規模を拡大すると同時に、衝撃的な展開で読者の心を揺さぶる本作品。最新巻の3巻では物語の舞台をアメリカに移し、世界規模のスケールで物語は展開されていく。自殺は許されるのか？　善悪とは何なのか？　登場人物たちがそのような問いへの答えを探す中、1人の女は彼らの姿勢をあざ笑うかのように陰謀の網を張り巡らせていく。（柿崎）

ミステリー　自殺　ダーク

『裏世界ピクニック』

「こじらせ百合！　SF！　現代怪談！　ピンとくる人はぜひぜひ」（みず・30代♥㊛）

最後にして最初のアイドル

著：草野原々／イラスト：TNSK／ハヤカワ文庫JA／全1巻

アイドルを夢見る少女の生存戦略とは？ アニメファンに捧ぐハードSF短編集

生後6ヶ月でアイドルオタクになった少女・古月みかは、アイドルへの憧れと知識を蓄え、満を持して入学した高校でアイドル部に入部する。そこで出会った少女・新園眞織とともに宇宙一のアイドルを目指して活動することに。しかし彼女たちの前には非情な現実が待ち構えていたのだった。表題作のほか、ソーシャルゲームによって命を散らし転生したOLの冒険記「エヴォリューションがーるず」や宇宙を駆ける声優たちの姿を描いた「暗黒声優」を収録した傑作短編集。某アイドルアニメから強い影響を受けたイマジネーションの飛躍に喰らい付け！（羽海野）

短編集　ハードSF　百合

SF飯

著：銅大／イラスト：エナミカツミ／ハヤカワ文庫JA／既刊2巻

宇宙でも食べたいものがある！ 勘当息子と不器用少女のグルメ奮闘記

大宇宙に名を馳せる大商家を勘当された御曹司マルスは、辺境宙域に浮かぶ宇宙港デルタ3にたどり着き、昔家で働いていたコノミと再会した。彼女は家業の食堂を再建しようとしているのだが、料理（食料合成機の扱い）が下手くそで……マルスはそのグルメ知識で彼女を助けることを決める。見どころは、食そのものよりそこへ至る過程。原材料はただの藻ペーストだけど、それが生み出す味には誰かの記憶やこだわりがある。そして人々を〝味〟で繋ぐマルスの姿に人間ドラマが集約していくのだ。この作品、ただのグルメものにあらず！（剛）

グルメ　人間ドラマ

ロード・エルメロイII世の事件簿

単行本36位

著：三田 誠／イラスト：坂本みねぢ／TYPE-MOON BOOKS／既刊8巻

Fateの世界をさらに掘り下げる神秘と幻想が交錯するミステリー

魔術世界の最大勢力『時計塔』、そこの名物講師として知られるのがエルメロイII世だ。自身の才能の無さにうんざりしながらも、数多くの優れた生徒を輩出し、他家の魔術の秘伝をピタリと見極める。そんな彼が本作で与えられた役割は『探偵』。魔術師が起こす奇妙な殺人事件の謎を内弟子のグレイとともに次々に解体していく。魔術という設定が出てくるものの、ちゃんと推理は可能なので推理小説好きもご安心。また毎回ゲストとしてシリーズ別作品のキャラが顔を出すTYPE-MOON世界を繋ぐ結節点のような作品でもあり、ファン必読の一作だ。（柿崎）

ミステリー　魔術　クロスオーバー

異セカイ系

著：名倉 編／講談社タイガ／全1巻

自分の書いた作品世界へ転移 小説世界も現実も救え！

異世界転移を題材にした、いわゆる「なろう系」を利用しつつ、キミとボクで世界を救う「セカイ系」の系譜となり、現実と小説を包み込むキャラクター愛に溢れたメタフィクション。軽妙な関西弁一人称で描かれる文章がクセになり、戸惑いつつも自分の小説世界も仲間の作家たちも守ろうとする主人公の名倉編がだんだん愛おしくなってくる。カミサマとして俺TUEEEする小説世界でも、回転寿司屋のバイトで疲弊する現実も、全部自分が生きているセカイなのだ。登場キャラクター全員を幸せにしたいという、愛に溢れた痛快な作品。（天条）

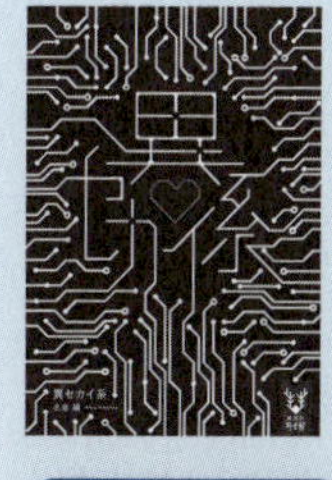

メタフィクション　関西弁

『ロード・エルメロイII世の事件簿』「今や様々な広がりを見せる型月世界。三流魔術師にして最高の教師、ロード・エルメロイII世がその橋渡しをする、魔術とミステリーが絡み合う快作です」（軟式武士道・10代後半♠Ⓗ）

こちらにも注目！
大人気シリーズ多数
ライト文芸の世界

ライトノベルよりも広い読者層を狙った、しかしキャラクターに個性のある作品たち。こちらも気になる!

文・天条一花

『ビブリア古書堂の事件手帖
～扉子と不思議な客人たち～』
著：三上 延／イラスト：越島はぐ／
メディアワークス文庫／既刊８巻

とある夫婦が営む鎌倉の古書店。美人な店主の傍らには、彼女によく似た少女がいた。彼女に語る、本にまつわる物語。

ライト文芸の人気作にも注目！趣向の異なる物語もぜひ！

ライトノベルと親しいところにあって、しかしその趣向や感性が少々異なるのが「ライト文芸」と呼ばれる作品群だ。いわゆる「一般文芸」と呼ばれる分野と「ライトノベル」の中間にあるような作品が多く、「キャラクター小説」「エンタメ小説」などと呼ばれることもある。ライトノベルと同じく明確な定義はないが、ターゲット読者はライトノベルよりも上の年齢層で、幅広い層を狙っているものが多い。女性向けとして最適化されていくジャンルも多いが、ここでは男性読者にもおすすめしたい、人気作品を紹介していこう。

『ビブリア古書堂の事件手帖』はメディアワークス文庫を代表する大ヒット作品。鎌倉の古書店を舞台に、そこの店主・篠川栞子に出会った五浦大輔が語る物語。実際の書籍を扱いつつ日常の謎を解いていくミステリー。古くから愛される本にはそれを愛読してきた人々の物語が詰まっている。栞子さんが解き明かしていく人々の思い出に心打たれるシリーズだ。2018年には実写映画が公開され、アニメ映画の制作も進んでいる。シリーズ最新刊では、扉子という栞子によく似た少女が登場。次世代にも語り継がれる物語になっている。

医療を扱ったミステリーである「天久鷹央」シリーズも読みごたえのある作品だ。「診断困難」と判断された患者が集まる統括診断部で、天才女医・天久鷹央の頭脳が冴え渡る。河童や吸血鬼を見たという患者や、呪いの動画に密室殺人……通常の理屈で解決できない謎を、どんどん診断していく様が痛快だ。シリーズは連作短編集である「推理カルテ」と、長編ミステリーである「事件カルテ」に分かれている。著者の知念実希人は現役の医師で、実際の医療現場での知識をふんだんに盛り込みながらエンターテインメントにしている技量には驚かされる。

「天久鷹央」シリーズ
著：知念実希人／イラスト：いとうのいぢ／
新潮文庫 nex ／既刊９巻

天才女医・天久鷹央が解き明かす、診断不可能な患者の謎。様々な事件の裏に潜む“病”を診断していくメディカル・ミステリー。

恋やお仕事もがんばらねば！ドキドキ&ほんわかする作品も

青春ラブコメの人気作でいえば『ホーンテッド・キャンパス』も外せない。幽霊が見えてしまう体質の八神森司は、片思い中の灘こよみと共にオカルト研究会に入った。こよみは霊に狙われやすい体質で、森司はなんとか彼女を守りたいと思っていたのだ。オカ研の面々と日常の中で起こる不思議なオカルトミステリーを解決しつつ、森司とこよみの距離は徐々に近づいたり近づかなかったり。ホラー仕立てなのに甘酸っぱいキャンパスライフが展開されていく。3回生の夏になってもまだまだ片思い中の関係にやきもきしつつも、青春のイベントにドキドキしてしまうのだ。

『ホーンテッド・キャンパス』
著：櫛木理宇／イラスト：ヤマウチシズ／角川ホラー文庫／既刊14巻

大学のオカルト研究会が解決していく、幽霊や怪異の事件。甘酸っぱい恋愛模様の行方も気になる青春オカルトミステリー。

そんな青春からは外れてしまって神様の御用聞きになるお話が『神様の御用人』だ。野球の夢も諦め、就職先も失った萩原良彦は、狐神・黄金から神様たちの願い事を聞く「御用人」の役目を賜る。様々な神様との出会いとお悩み相談の中で、人間と神様の関係を顧みていく、心温まる物語だ。神様や精霊を見ることができる神社の娘・吉田穂乃香の助けも借りながら、良彦は神様たちの願い事を解決するために奔走していく。神様たちはどこか人間臭くて、面倒くさいところもあって、それでもなんだか愛おしくなってくる。

『神様の御用人』
著：浅葉なつ／イラスト：くろのくろ／メディアワークス文庫／既刊7巻

フリーター青年が狐神に命じられたのは、神様のお悩みを請け負う"御用人"だった。パシリのように奔走する青年の奮闘記。

増え続けるレーベルの中から あなたはどんな作品を選ぶ？

ライト文芸を刊行するレーベルは年々増えていっている。紹介でも挙げた「メディアワークス文庫」は2009年末の創刊からこれらの小説群を牽引するレーベルとなっている。「講談社タイガ」「新潮文庫nex」「集英社オレンジ文庫」「富士見L文庫」「マイナビ出版ファン文庫」などがライト文芸のレーベルとして確立し、2018年は「光文社キャラ文庫」が創刊している。老舗の文庫レーベルも、その内部でライト文芸を展開していっている。「角川文庫 キャラクター文芸」「小学館文庫キャラブン！」など名称を付けているものもあるが、「双葉文庫」「幻冬舎文庫」「文春文庫」「ポプラ文庫ピュアフル」などは特に区別せず、月々の新刊の中にライト文芸にあたるものも入ってくる形となっている。「宝島社文庫」もそのひとつだ。

現代では、小説の中における登場人物のキャラクター性が重要視されるようになった。そのキャラクターのビジュアル、セリフ回し、感情の在り方、他のキャラクターとの関係性……それらがストーリーと共にどう描かれていくかが、読者にとっても気になるものになり、シリーズを追っていく上での重要なポイントになっている。

NOVELIZATION

ノベライズ

アニメやゲーム、マンガの世界を更に広げる、オリジナルエピソードを小説で読もう!

GODZILLA

著：大樹連司（ニトロプラス）／監修：虚淵玄（ニトロプラス）／角川文庫／既刊２巻

絶対者に人類はどう立ち向かったのか アニメ版ゴジラのプレストーリー登場

１９９９年世界で初めて怪獣が確認され半世紀も経たないうちに、人類は霊長の座を明け渡した。地上での生存が絶望的になり、地球外惑星への移住計画が進められるなか、多くの怪獣、そしてゴジラに立ち向かった人々の記録が綴られる。アニメ映画版ＧＯＤＺＩＬＬＡに至る前史を明かすプレストーリー。絶対的存在として描かれるゴジラに加え、カマキラスやヘドラ、ビオランテといった怪獣がいつ現れ、人類がどう対抗し敗北したか、悲壮な情景が伝わってくる。アニゴジを補足したい方はもちろん、歴代ゴジラファン、怪獣ファンにもおすすめしたい作品だ。（勝木）

悲しい　絶望　前日譚

小説 若おかみは小学生！ 劇場版

原作・著：令丈ヒロ子／脚本：吉田玲子／講談社文庫／全１巻

両親の死を乗り越えて働く健気な若おかみの成長物語

映画化され話題となった同作のノベライズ。映画オリジナルの脚本をもとに、原作者自らが書き下ろした。事故で両親をなくしたおっこは、ユーレイの男の子・ウリ坊の言葉に乗せられて、小学6年生でありながら温泉旅館の若おかみ修業をすることになる。ライバル旅館の跡取りの真月や、彼女に関係するもう一人のユーレイ少女、そして鬼の子の鈴鬼くんも加わり、賑やかな若おかみ修業は続いていく。健気なおっこの奮闘を描きつつ、根底に流れるのは厳しい現実や、痛み。それらを乗り越えていく様を、おっこの視点から瑞々しく描いている。（天条）

劇場版　切ない　泣ける

岸辺露伴は叫ばない 短編小説集

原作：荒木飛呂彦／著：維羽裕介、北國ばらっど、宮本深礼、吉上亮／JUMP j BOOKS／既刊２巻

面白い漫画を描くための探求心が暴走 岸辺露伴が遭遇する奇妙な事件の数々

皆大好き「ジョジョの奇妙な冒険」の第4部に登場する漫画家、岸辺露伴が遭遇する奇妙な出来事を収めた短編集第一弾。意味の分からない禁止用語に悩まされる「くしゃがら」、金銭感覚のズレが恐怖に変わる書き下ろし「オカミサマ」など5作を収録。面白い漫画を描くためなら命さえ賭す探求心で事件に巻き込まれ、対象を本に変え記憶を読むスタンド能力ヘブンズ・ドアーで窮地を乗り越えます。スタンド以外でも奇妙な現象ってたくさんあるんだなぁ。2ヶ月連続で刊行された短編集第2弾「岸辺露伴は戯れない」とあわせて読もうじゃあないか！（勝木）

ホラー　奇妙　探究心

『GODZILLA』「MVPはガイガン！　大敗北に向かいながら、メカゴジラというはかない希望にすがって掛け金を積み上げ続ける人類の姿が泣けます」（hatikaduki・30代♠Ⓗ）

深夜 廻（しんよまわり）

原作：日本一ソフトウェア／著：黒 史郎／イラスト：溝上侑／PHP研究所／全1巻

はぐれてしまった友達を探すため夜の闇の中を、さまよう先に……

夏休みが終わる頃、一緒に花火を見に行ったユイとハルは、闇夜の中で離れ離れになってしまう。不気味な闇に支配された闇の中で、2人は互いを探してさまよう……。夜の恐怖を描いた『夜廻』の第2弾となる、『深夜廻』のノベライズ。昼間とは異なった不気味さを見せる街の描写や、迫り来る「お化け」の恐怖が、暗く暗く沈んでいく心理描写と共に描かれる。互いを探す少女たちは、再会することができるのか。そして、再会したときにわかる真実とは……。少女2人の感情を描きつつ、夜の闇に引きずり込んでいく怪奇ホラーだ。（天条）

ホラー　切ない

小説　はねバド！

著：望月唯一／原作・イラスト：濱田浩輔／講談社ラノベ文庫／既刊1巻

描かれるのは、本編一年前のフレ女主将就任直後の志波姫と後輩との物語

子供の頃はバドミントンの才能を発揮していたが、中学で周囲に追い越され、自らを早熟な凡才と捉えていた小町。しかし志波姫（しわひめ）唯華のプレイに心惹かれ、彼女の後を追ってフレゼリシア女子短大付属高校へ進学。唯華と同室になり、教えを請い、厳しい練習に耐えて再び強くなっていく小町だが、彼女には競技選手として致命的な問題があった……。原作漫画もアニメも、バドミントン描写の迫真性と主人公・羽咲綾乃の異様な変貌が印象的だが、この小説版ではライバル校が舞台。才能と努力と、それではどうにもならない部分とを鮮やかに描いた小説だ。（義和）

しみじみ　青春

八月のシンデレラナイン 北風に揺れる向日葵

原作・イラスト：Akatsuki／執筆協力：片瀬チヲル／ファミ通文庫／既刊1巻

美少女高校野球ゲームのノベライズ！転校生エレナを巡るオリジナルの物語

女子野球部を率いて甲子園を目指すスマホゲーム『八月のシンデレラナイン』のノベライズ。ゲームにおける序盤、公式戦は女子禁制だからと一度は高校での野球を諦めていた翼が友人の智恵と部を立ち上げた時期の物語。翼の同級生で怪我で野球を断念した主人公が監督として加入し、少しずつ部員が集まっていく過程と、オリジナルキャラ・エレナ（後にゲームでも期間限定で登場）に関するストーリーとが展開していく。野球描写は読ませるが、惜しむらくは分量の関係で登場キャラが少ないままこの巻は終わってしまう。これはぜひとも続刊希望！（義和）

燃える　しみじみ　ドタバタ

鏡の国のアイリス -SCP Foundation-

著：日日日／イラスト：しづ／一二三書房／既刊1巻

WEBの人気創作サイトが小説化！ようこそ、SCP財団へ！

自然法則に反した異常な存在に関する報告書をまとめるという形で、世界中から有志の創作を集めたシェアードワールド企画「SCP財団」。本作はそのSCPの世界を小説にしたものだ。主人公はある現象によってSCP財団の研究所に飛ばされた高校生。予備知識ゼロの彼の視点を通すことで、特殊な形式の本編よりも初心者にはSCPの世界が理解しやすくなっている。その一方で、物語の案内人となるアイリスを始め、あのピザボックスや例のヤバい博士など有名なオブジェクトも多数登場。初心者からマニアにまで広くオススメできる作品だ。（柿崎）

SCP　SF　ホラー

REPLAY

リプレイ

プレイヤー同士の会話と、GMの機転で進む冒険。
TRPGの世界を追体験する、ひとつのジャンルを垣間見る。

ソード・ワールド2.5リプレイ　トレイン・トラベラーズ！

著：ベーテ・有理・黒崎、グループSNE／イラスト：かわすみ、双葉ますみ／富士見ドラゴンブック／既刊１巻

列車内ギルドに属し、旅しつつ魔物退治！新しい冒険は鉄道とともに始まる！

TRPG「ソード・ワールド2.0」は、「2.5」へとバージョンアップ。世界観はそのまま、新大陸アルフレイムが設定され、新たな冒険の舞台となる。蛮族に故郷を滅ぼされ一家離散中の青年アシュトン、植物から進化したメリア族のお気楽な少女ジュジュ、雪豹の獣人にして双剣を用いるテオ、年齢も性別も不明な小さい吟遊詩人のピロティ。４人の冒険者が出会い、列車内に設けられた冒険者ギルド支部に所属、大陸を移動しながら危難に挑むこととなる。剣と魔法の世界に加わった魔動列車のイメージが鮮やかで、ＰＣたちのやり取りも楽しい。期待の新シリーズ開幕だ。（義和）

ドタバタ　燃える

ソード・ワールド2.0リプレイ　導かれし田舎者たち

著：河端ジュン一、グループSNE／イラスト：高田慎一郎／富士見ドラゴンブック／全２巻

駆け出し冒険者の宝と故郷を巡る冒険　初心者向けの愛すべき小品リプレイ！

斧使いの少女エレクシア、格闘家の女ドワーフ・キャロル、神官のジズ、ガンマンのスミス。それぞれ田舎出身の４人には、地図や鍵など宝物にしているものがあった。帝都にやって来て冒険者として組んだ一行は、各人の宝が関わる冒険へ取り組むことになり……。初心者多めのプレイヤーによるリプレイで、各巻４話ずつの構成によって４人それぞれが主役を張るエピソードを順番に扱っていく。個々の話も全体的にも短めではあるのだが、それを感じさせない濃い物語が手際よく展開していく。ＴＲＰＧリプレイの入門編としてもおすすめしたい。（義和）

しみじみ　ドタバタ　燃える

ソード・ワールド2.0リプレイ　竜伯爵は没落しました！

著：秋田みやび、グループSNE／イラスト：今野隼史／富士見ドラゴンブック／全３巻

主役は蛮族伯爵家の跡継ぎ坊ちゃま！でも苦難は想定以上のハードモード!!

このリプレイは、「ソード・ワールド2.0」で人族と敵対する蛮族が主役。しかも人族に与したはぐれ者ではなく支配階級であり、他のＰＣの中には奴隷の人族も存在する、とことん蛮族視点の異色作だ。しかしその主役ロランが、父が死亡し母が行方不明になった直後の戦闘で死亡したことから、予定は大幅に狂っていく。人族と違い蘇生が容易でない蛮族ゆえ、隣領と敵対しつつ別の隣領に大きな借りを負う状況。誰にとっても予想外だったこの展開を、ＰＣとＧＭはいかにリカバリーするか？　詰みが常にちらつく、スリリングこの上ないリプレイだ。（義和）

ドタバタ　燃える　完結

★リプレイ……TRPGのプレイ風景を文章化したもの
★TRPG……テーブルトークロールプレイングゲーム。ルールブックとGMのシナリオ、各プレイヤーのアドリブで展開
★GM……ゲームマスター。シナリオを準備し、敵役や脇役を演じてゲームを進行する役割

ヤンキー＆ヨグ＝ソトース

著：平野累次、冒険企画局／イラスト：やまだ六角、落合なごみ／Role&Roll Books／既刊３巻

良いヤンキーと邪神が異世界で抗争！ポエム詠んだり巨大化したり大暴れ!!

ファンタジー風異世界ガイヤンキー。どこかで見たような世界だが、クトゥルフ邪神の侵略で危機に瀕した時に住民が召喚する勇者は、必ず地球の善良なヤンキーだった！　チーマー、暴走族、ギャル、スケバン……スタイルは違えど仲間を大事にする優しさとクソ野郎に挑む勇気は変わらない。リプレイでは、異世界をアメリカと思い込んでるヨハネや、科学を武器とするツッパリの咲良など、毎度濃い面子が活躍する。追加ルールで、ポエムを詠んで有利になったり巨大化して怪獣と戦ったり、バトルはよりヤンキーらしく、より正気を失う方向へ進化！（義和）

ドタバタ　燃える　クトゥルフ

クトゥルフ神話TRPGリプレイ セラエノ・コレクション

著：内山靖二郎、アーカム・メンバーズ／イラスト：狐印／エンターブレイン／既刊２巻

邪神絡みの危険な遺物を回収します!! 怖いけど愉快なクトゥルフ冒険物語！

同じ神話的怪事件に巻き込まれて生き残った高校生の雅、評論家のチトセ、アイドルプロデューサーの三ケ森、消防士の亜木。４人はその縁で、雅の実家である安針塚財閥の特別チームに所属、放置するには危険すぎる遺物を回収することに！　「クトゥルフ神話ＴＲＰＧ」は、強大で凶悪な邪神やその手下を相手にいかに生き延びるかがポイントになりがちだが、回収という任務を設定することでＰＣが積極的に怪異に挑むことになるという工夫がうまい。毎回の舞台もバラエティ豊かで、起こる事件とその解決へのアプローチの多様さを大いに楽しめる。（義和）

ドタバタ　ホラー　ハラハラ

トーキョー・ナイトメア　リプレイ［ブラックダイヤモンド］

著：丹藤武敏、F.E.A.R.／イラスト：石田ヒロユキ／F.E.A.R.／既刊１巻

陰謀と憎悪渦巻く都市を駆け抜けろ！探偵やエージェントが見出す真相は？

ＴＲＰＧ「トーキョー・ナイトメア」は、ごく近未来の東京を舞台に各種の腕利きたちが力を振るう。第１話、探偵のテツヤは少女ユウカからの７年前に失踪した父の捜索依頼を受け、パリピを装うエリカはユウカを中心に事件が起こるとの情報に基づいて動き出し、政府エージェントの唐巣は７年前に消えたテロリストを追うように命じられる。事件解決後も謎が残った存在「ブラックダイヤモンド」を巡る第２話では欧州財閥の若き当主テレジアもＰＣに加わり、人と情報の争奪戦が展開。ハードボイルドに現代風の味付けがなされ、興味深く読ませる。（義和）

しみじみ　燃える

ダークデイズドライブ

著：齋藤高吉、冒険企画局／イラスト：はたや／Role&Roll Books／既刊２巻

吸血鬼の下僕として車を運転しよう！もちろんその旅はトラブル続出で……

吸血鬼がひそかに実在している世界。ＰＣは吸血鬼に仕える人間となり、将来的に吸血鬼になることを夢見る。しかしご主人様はあちこちへ旅する必要があり、電車が使えるわけもなくＰＣの運転する車が頼り。ホテルに泊まれば金がかかるし車中泊だと厄介な敵に見つかりやすい。しかもご主人様の強さに頼ると、調子に乗って一般人を虐殺し始めたりするからさらに旅が困難になって始末に負えない。貧乏だし大して有能でもないが吸血鬼の眼鏡にかなう美形なイケメンたちは、旅を無事に終えられるか？　理不尽でシュールな展開が楽しめるリプレイだ。（義和）

ドタバタ　バイオレンス

★PC……プレイヤーキャラクター。ゲーム内で各プレイヤーが演じるキャラクター
★NPC……ノンプレイヤーキャラクター。GMが担当する、PC以外の敵役や脇役・端役

平成も残りわずか 時代は何処向かうのか

今年は平成30年となり、来年5月には新元号への切り替わりが予定されている。そんな2018年には、現存のライトノベルレーベルとしては最古参のファンタジア文庫と角川スニーカー文庫が30周年を向かえた。平成の時代と共にライトノベルの誕生と成長を見守り、いまでも第一線で作品を出し続けているレーベルだ。

角川スニーカー文庫では2011年に休刊となった雑誌の特別号『ザ・スニーカーLEGEND』が発刊となった。『涼宮ハルヒ』の新作短編や多くの描き下ろしイラスト、スニーカー文庫作家のメッセージなど、30周年という時の流れを感じさせる豪華な内容になっていた。

さらには初期のライトノベルの伝説的シリーズである『ロードス島戦記』も30周年を迎え、完全新作が始動する予定となっている。『ロードス』は、盛り上がりを見せているTRPGが原型となっている作品だ。自分たちもロードス島を冒険できる30周年版ルールブックも発売が予定されている。

ファンタジア文庫では『スレイヤーズ』が18年ぶりの本編である16巻を刊行。こちらも伝説的なライトノベルの大ヒット作。リナ＝インバースの新たな冒険に童心が蘇った読者も多かったことだろう。

時代の流れの中で、ライトノベルは大河のように大きくなった。〝その流れは絶えずして、しかももとの水にあらず〟……ライトノベルもそうやって、時代に合わせて変化していき、その時々の流行を作り、またはその波に乗っていった。ぼっちな主人公、残念ヒロイン、出版業界もの、時間ループもの……。現在では、WEB発の異世界転生ものや、ライト文芸といった従来とは異なった流域も生まれていっている。もはやその全容を見渡すことが難しいくらいに……。

「ライトノベル」という言葉ができたおかげで、ヤングアダルトやジュブナイルといった若者向け小説群とは異なった、アニメ・マンガ的なイラストを使った小説群を包括する概念ができた。それらがどんどん増えていき、2000年代になると何度かブームが起きて、紹介本や新レーベル、人気作のアニメ化などが増えて「ライトノベル」という言葉の認知は広がっていった。しかし小説群が増えて広がったので、「ライトノベル」という概念が個々人で異なるようになる。だから、「あなたがそうだと思うものがライトノベルです。ただし、他人の同意を得られるとは限りません」ということになったのだ。

2018年をソーカツ 2019年を展望

無料の娯楽が溢れた時代で

インターネットの通信速度が大幅にアップし、ユーザーが個人でコンテンツを作り、公開できるようになった現在。小説・マンガ・ゲーム・音楽・動画なども基本的に無料で楽しめるようになった。そんな中で「コンテンツにお金を払ってもらう」とは何か、真剣に考えなくてはならなくなってきた。

大コミカライズ時代 マンガが溢れるように

2017年あたりからの流れで、ライトノベルのコミカライズ——特に異世界転生・転移系のメディアミックス展開がスピーディになってきた。昨年の『このラノ』でも触れたが、2018年ではさらにコミカライズの波は大きくなっている。WEB上やアプリでのマンガ連載が当たり前になり、すでにWEB上で人気がある小説を原作とすることで、多くのマンガを安定して供給できるようになっていった。各版元はWEBでのマンガ連載を強化し、紙幅にとらわれない多数の作品を掲載することができるようになった（といっても関わる人員にはとらわれるのだけど）。そのため、掲載サイトへと読者を呼び込めるように、いつでもコンテンツを欲している状態なのだ。

その一方で、原作となる小説を書籍化しても、コミカライズを読んでいる読者はそれだけで満足してしまうのか、小説の書籍化の売り上げが伸び悩む結果となってしまうことが多い。コミカライズは原作小説を売り伸ばしてシリーズを盛り上げていく一環でもあるのだが、全体を底上げしにくい実情には、なかなか厳しい現実が突きつけられてしまう。コミックから原作小説へ、原作小説からコミックへ、相互のファン獲得を目指していかなければならない。

だが、下段でも書いている通りWEB小説の書籍化レーベルは今年も増えている。人気作獲得のために争い、出版点数も膨大になったレッドオーシャンとも思える市場だが、それでも規模は大きいわけではない。5年ほど前と比べると勢いは衰えたが、WEB小説の書籍化は、あたりまえの出版方法となった。

KADOKAWAが運営するカクヨムからは、『ひげを剃る。そして女子高生を拾う。』のようなヒット作も生まれてきている。小説投稿サイトとしては「小説家になろう」の強さが歴然だが、新しく生まれてきたサービスも、これから伸びていってほしい。

バーチャルなキャラは電子書籍の夢を見るか

インターネットが誕生したことで、個人が簡単に自身の情報を発信したり、自身の制作物を発表できるようになった。プラットフォームが整備されたり、制作のためのツールやアプリが進歩したことで、アマチュアでもプロ顔負けのコンテンツを作れるようになっている。

技術の進歩やコンテンツの刷新のスピードにはめざましいものがあるのだが、2018年に入ってから急激に普及していったコンテンツがある。それがバーチャルYouTuber（VTuber）とVR／ARだ。ライトノベルを読みながらアニメをチェックし、アプリゲームに精を出していた人々は、新たにVTuberも追うことになった。

VTuberとは、投稿動画や生配信を行っている、生身の人間ではないキャラクターのこと

この動きに注目！

新レーベル増加！

WEB小説レーベルさらに登場 そしてあの大手レーベルも参戦！

去年もWEB小説を書籍化するレーベルは順調に増加していたが、その傾向は今年も健在。三交社からは昨年11月にUGノベルスが登場。「サーガフォレスト」で知られる一二三書房は文庫レーベルのブレイブ文庫を創刊。週刊ファミ通を刊行するGzブレインはゲーム小説大賞と銘打って、「小説家になろう」投稿作品から新人賞への応募作品を募集するGzブレインゲーム小説コンテストを主催し、受賞作品を次々に書籍化。光文社からは光文社ライトブックス、講談社からはレジェンドノベルス、ぶんか社からBKブックスが誕生と、なろう作品の書籍化を中心とした多くのレーベルが続々登場している。

さらに来年一月には〈電撃の新文芸〉という新レーベルがB6単行本ジャンルに殴りこみをかける。WEB小説はもちろん、鎌池和馬の新作やブギーポップの新装版も登場するということで要注意だ。

を指す。革命的だったのは、アニメやゲームの中で動くだけだったキャラクターが、各々意思を持って活動をし、ときにはファンのコメントに反応し、時と共に成長していくというところだ。

　つまりキャラクター自身が生み出すキャラクターコンテンツが膨大に生まれ、それらを享受することができるようになったのだ。わずか半年ほどでキャラクターの在り方が大きく変わっていった。そしてVRの世界に行けばキャラクターに直接会えるし、自分もキャラクター化することができる。ARを用いれば現実世界にキャラクターを映し出すこともできる。

　これが2018年に起きた大革命なのだ。

　そういった膨大なコンテンツの氾濫の中で、ライトノベル、延いては書籍はどのようなポジションであれば良いのだろうか。ひとつ、大きなメリットがあるとすれば、読書は情報の摂取スピードを自分の読むペースで調節ができることだ。映像や音声は流れるままに情報を取得していくしかないが、読書であれば自分でコントロールできる。慌ただしくスピーディに動き、日々膨大な情報が飛び交う世の中で、スローな情報摂取ができ、反芻することも簡単である。物理書籍でも電子書籍でも、自分でページを捲っていく楽しさにも価値を見いだせるのではないだろうか。それを踏まえた上で、我々はコンテンツ作りをしていかなければならない。

ライトノベルの利点 変わる出版までの過程

　ライトノベルの利点は何かと言われれば、「商業出版に当たって、人員、規模、工数、コストを抑えて制作できる」という点だ。雑誌などの連載を経ることなく、書籍のシリーズとして刊行をしていくスタイルになっている。

　6年ほど前までは、ライトノベルの刊行形式は、文庫判での書き下ろし——つまり雑誌やWEBでの連載を経ず、刊行して初めて読者が内容を読むことができるようになる形式でのシリーズ展開が主流だった。そこから「小説家になろう」など小説投稿サイトの人気作を書籍化していく流れが生まれた。ターゲット読者の年齢層は高くなり、判型は四六判・B6判という、小説においては「ソフトカバー単行本」と呼ばれる製本の商品となっていく。それがヒット作を生み出し続け、各出版社も判型の大きなライトノベルレーベルを立ち上げていった。

　改稿作業や書き下ろしはあるものの、すでにWEB上で原稿が多くあるシリーズは、安定した刊行ペースを保てることもあり、どんどん巻数を重ねていった。これらのWEB発小説作品のアニメ化も増え、コミカライズは爆発的に増加し、ライトノベルの出版方法として確立された。WEB上で人気があり、クオリティの高いものを見つければ、出版行程の中でも時間が掛かる、企画立案・検討が大幅に楽になる。この流れは今後も留

この動きに注目！

このランキングがすごい

『このラノ』だけじゃない！ このランキングにも要注目！

　年に一度の『このラノ』だけじゃ物足りない人のためにWEB上で行われているランキング企画をご紹介。

　まずはブログやTwitterからアンケートを募集している、『好きラノ』。上期と下期の年2回に分けて開催されており、個人が開催しているにもかかわらず最新のランキングでは、2800を超えるサイトが投票に参加している超大型企画だ。

　次に紹介するのは、『ラノベニュースオンラインアワード』。『ラノベニュースオンライン』が主催となるこの企画は毎月開催されている。「笑った部門」、「感動した部門」など作品の傾向別に紹介してくれているのも嬉しい。

　最後に紹介するのはBOOK☆WALKERによる『新作ラノベ総選挙』。こちらは本誌同様、一年に一回の開催となるが、その特徴は新作限定のランキングということ。次に来る新作を探す人なら必見だ。

まることなく続いていくだろう。

キャラクターを彩る括れない巨大な感情

とはいえ、原稿がある状態でも、作家と編集者が改稿について話し合い、作品を作り上げていく方法には変わりがない。

文庫判ライトノベルの新作に目を向けると、青春・恋愛系の作品や、SF作品などのヒット作が生まれていっている。

今年度のアンケート結果や、掲載したインタビューの内容を振り返ってみると、一概に善悪で括れなかったり、言葉で簡単には言い表せなかったりする人間関係が描かれていることが多いように思う。例えば『錆喰いビスコ』では、主人公のビスコは明確に中立な立場であって「正義や悪事のために行動しているのではない」と著者の瘤久保先生は話していた。そして、ビスコとミロの関係性についても、特別で複雑な感情の繋がりがある存在なので、何かしらの言葉で括りたくないとも。

『ひげを剃る。そして女子高生を拾う。』の吉田と沙優の関係性も、簡単な言葉では括れない。サラリーマンと女子高生の複雑な同居関係であり、恋人でも家族でも友達でもない、でも大切な人。

『弱キャラ友崎くん』の文也と日南葵の関係はどうだろうか。単に友達として処理していい関係だろうか。『りゅうおうのおしごと！』の九頭竜八一と雛鶴あい、夜叉神天衣の関係はどうだろう。将棋の師弟というだけだろうか。『86―エイティシックス―』のシンとレーナは主従関係や好き嫌いで測れるものだろうか。『三角の距離は限りないゼロ』の矢野四季と水瀬秋玻／春珂の関係はどうだろう。こちらは二重人格だからもっと複雑そうだけど……。

これらにはそれぞれの人間関係があり、端的な言葉では言い表せない、そしてどれもが複雑な絡みかたをしているものになっている。

人は何かわからない事柄があったとき、それを表すための“言葉”を探している。それは「バブみ」だったり、「ツンデレ」だったり、「百合」だったりするわけだ。なんだかよくわからないもやもやした状態の事柄に“言葉”を当てはめることで、大まかな輪郭を理解できる。もちろんそれは良い面もあって、見えないものを見ようとしたときには“言葉”で理解できるようにしたほうがわかりやすい。「ライトノベル」だって同じようなものだ。けれどその多くは複雑な事柄を簡略化しただけで、複雑な要素を無視してしまっている。何が勝ちで何が負けなのか、何が優れていて何が劣っているのか、何が正しくて何が間違っているのか。恋や愛だって、十人十色の趣がある。そんな複雑な感情を考えさせてくれる作品がランクインしてきたと思う。

「ライトノベル」は複雑怪奇。理解しようと考えれば考えるほど、よくわからなくなってくる。だから、面白いのだ。

ライトノベル読者の傾向

電子書籍とWEB

現状でも、小説における電子書籍の購入割合は低く、以前と電子書籍では本を買わない読者が圧倒的に多い。一方、WEB小説はよく読まれているようで、そこで面白かった作品を書籍でも買っている傾向が見られる。

項目	割合
電子書籍はほとんど買わない	62.4%
ライトノベルは電子書籍で多く買っている（80%くらい）	12.6%
ライトノベルは電子書籍ではあまり買っていない（20%くらい）	10.4%
ライトノベルは紙書籍と電子書籍で半分ずつくらいだ	9.7%

項目	割合
Web掲載の作品をよく読み、読んだ作品を書籍版でも買う	34.3%
Web掲載の作品はよく読むが、書籍版は買わない	9.8%
書籍化されている作品がWeb掲載されていても、ほとんど読まない。	8.5%

※パーセンテージの足りない分は「無回答」

『このラノ』のアンケートに協力者として参加してくださった、
書店、ニュースサイト、ライトノベルブログ、配信チャンネルなどを紹介します!

書泉ブックタワー&書泉グランデ

(田村恵子、中冨美子)

神保町、秋葉原にある書泉グランデ、書泉ブックタワーは、アイドル・グラビア、鉄道・バス、コミック・ラノベなどの専門誌の関連書籍やバックナンバーの品揃えが豊富な書店です。

書泉ブックタワー
〒101-0025　東京都千代田区神田佐久間町1-11-1　TEL 03-5296-0051
書泉グランデ
〒101-0051　東京都千代田区神田神保町1-3-2　TEL 03-3295-0011

書泉公式ホームページ
https://www.shosen.co.jp/

まんが王

(工藤 淳)

コミック、アニメ、同人誌のインターネット通販サイトです。書き下ろしペーパーやポストカードなど特典付き商品を多数取り揃えております。

https://www.mangaoh.co.jp/

ラノベニュースオンライン

(suzu)

ライトノベルに関連したニュースをお届けするライトノベル総合情報サイトです。今売れている作品、今注目を集めている作品、今メディアミックスしている作品、ライトノベル業界での出来事など、ライトノベルの最新ニュースを配信しています。

http://ln-news.com/

らのれび

（らのれび中の人）

ラノベ感想ブログ記事へのリンクを作品ごとにまとめたサイトです。

http://lanorevi.net/

らのれび

本山らのチャンネル

（本山らの）

バーチャルYouTuberとして、好きな作品を紹介する動画などを投稿しています。

https://www.youtube.com/channel/UCwx6UL368Zb8ruqo8aeZexA

ラノベビブリオバトル放送局

（Valk）

月に一回、日曜夜9時から、参加者を募って五分間でラノベを紹介するラノベビブリオバトルを開催しています!

https://com.nicovideo.jp/community/co3806595

カクヨム　特集ページ

（愛咲優詩、柿崎憲、髙橋剛）

カクヨムに投稿されている作品などを、テーマごとにピックアップしておすすめしているコーナー。作品ごとにしっかりレビューが書かれるので、読み応えあり!

https://kakuyomu.jp/features

あるいはラノベを読む緋色（緋悠梨）
読んだラノベの感想を中心にしつつ、気まぐれにいろいろ書いているブログです。更新はまちまち。
http://ge73hy.hatenablog.jp/

いつも月夜に本と酒（新型）
ライトノベルの感想を中心に興味のあることを日々つらつらと書き連ねるブログです。
http://d.hatena.ne.jp/bluets8/

永遠のMelody（アツシ@疾風（仮））
現在2年程更新しておらず更新停止中です。近々再開したいと思っておりますが、予定は未定。Twitterや読書メーターもやっているので、是非フォローをお願いします!
http://ameblo.jp/atsu0929

絵空事の切れ端（絵空那智）
いろいろな感想書いてます。
http://esora113.hatenablog.com/

お亀納豆のラノベとニチアサまっしぐら（お亀納豆）
ラノベ、プリキュア、仮面ライダー、スーパー戦隊、その他諸々の感想。毎日更新って、めっちゃイケてる!
http://blog.bugyo.tk/okame/

飼い犬にかまれ続けて（てりあ）
勝手気ままにライトノベルの感想を書きます。
http://teriaf1.hatenablog.com/

現代異能バトル三昧!（水無月冬弥）
ラノベを中心として現代異能バトル作品の感想を書いています。ラノベ作家リストも随時更新中。
http://gendaiinoubattle.hateblo.jp/

この世の全てはこともなし（gurgur717）
開設して8年を超えるブログです、細々と更新しています。
http://blog.livedoor.jp/gurgur717/

戯れ言ちゃんねる（田舎の少年）
ライトノベルに限らず、諸々感想を不定期で書かせてもらっています。
https://blogs.yahoo.co.jp/honeybear62444

十七段雑記（kanadai）
そろそろ転職活動を再開したい。
https://kanadai.hatenablog.jp/

小説☆ワンダーランド（nyapoona）
ライト文芸を中心にレビューやオススメ作品を紹介しております!
http://d.hatena.ne.jp/nyapoona/

東京大学新月お茶の会
東京大学で活動するエンタメ系総合文芸サークル
http://newmoonteaparty.sakura.ne.jp

SNOW ILLUSION blog（菊地）

http://d.hatena.ne.jp/snowillusion/

旅に出よう、まだ見ぬセカイを求めて（ふうら）
読了本やイベントについて気ままに書いています。
http://huura.hatenablog.com

徒然雑記（八岐）
日々、読んだライトノベルの感想を書き散らしています。
http://blog.livedoor.jp/yamata14/

積読バベルのふもとから（ゆきとも）
おすすめのライトノベルの紹介を中心にしたブロクです。
http://tsundoku-babel.hatenablog.com/

積ん読パラダイス（タニグチリウイチ）
22年続く書評サイトは1800冊を超えてなお積み足し中。
http://www.asahi-net.or.jp/~WF9R-TNGC/tundoku.html

デスカイザーのラノベ日誌(deskyzer)
ライトノベルの感想ブログです!勢いあまって長文になることが多いですが、よろしくお願いします!
http://deskyzer-lanove.com/

とある王女の書評空間(ラノベレビュー)(ラノベの王女様)
二次元世界のエリート美少女による、宇宙一クオリティの高いラノベブログよ!
http://ranobeprincess.hatenablog.com/

読書する日々と備忘録(よっち)
主に読んだ本の紹介や出版関係のことなどについて書いています。
http://yocchi.hatenablog.com/

泣き言 in ライトノベル(maya)
ライトノベルの感想を真面目に不真面目に書きなぐるサイト
http://mayakun.hatenablog.com/

にじみゅ～増刊号!(秋野ソラ)
「Togetter」まとめマイスターがほめて伸ばそうとする感想ブログ。
http://njmy.sblo.jp/

働きたくない村人のラノベ日記(村人)
ライトノベルの感想をメインにブログを書いてます。
http://murabito1104.hatenablog.jp/

羽休みに娯楽を はてなブログ(ツバサ)
ラノベやキャラ・ライト文芸や漫画など様々なことを書いてます。
http://wing31.hatenadiary.jp

晴れたら読書を(みかこ)
主に少女小説と少年向けライトノベルの感想を書いている読書感想ブログです。
https://haretarabook.com/

フラン☆Skin(フラン)
漫画やラノベばかり読んでます。
http://www.furanskin.net/

本達は荒野に眠る(夏鎖芽羽)
男性向けライトノベルを中心に女性向け作品や漫画を紹介する書評ブログです。毎日更新しているのでよろしければ見に来てください。
http://blog.livedoor.jp/you1869/

My dear、my lover、my sister(永山祐介)
すっかり更新停止してます。
http://bibliomania.jp/mydear/diary/

名大SF研記録ブログ(名大SF研)
コミックマーケットや文学フリマなどの出店情報を発信しています。
http://d.hatena.ne.jp/MSF/

読丸電視行(読丸)
ライトノベルのハリウッド映画化情報を追っかけ中。
https://twitter.com/yomimaru/

ライトノベル・フェスティバル公式ブログ(勝木弘喜、LNF中谷)
ライトノベルのファンイベント、ライトノベル・フェスティバル不定期開催
http://lnf.cocolog-nifty.com/blog/

ラノベ365日(愛咲優詩)
新人晶屓に定評のあるラノベ感想サイト
http://ranobe365.seesaa.net/

LandScape Plus(羽海野渉)
評論系同人誌『PRANK!』を作ったりしている同人サークルです。ラノベやアニメを特集したりしていました。
https://landscapeplus.jimdo.com/

『このライトノベルがすごい！2019』

Light Novel Index

★ここに掲載されているのは、本書内で紹介している作品（シリーズ）となっています。
★50音順で並んでいます。
★イラストレーター名は省略しています。

	書名またはシリーズ名	著者名	レーベル名	掲載ページ
あ	アクセル・ワールド	川原 礫	電撃文庫	112
	悪魔の孤独と水銀糖の少女	紅玉いづき	電撃文庫	169
	アサシンズプライド	天城ケイ	ファンタジア文庫	114
	貴方がわたしを好きになる自信はありませんが、わたしが貴方を好きになる自信はあります	鈴木大輔	ダッシュエックス文庫	162
	淡海乃海 水面が揺れる時 〜三英傑に嫌われた不運な男、朽木基綱の逆襲〜	イスラーフィール	TOブックス	122
	あまのじゃくな氷室さん 好感度100%から始める毒舌女子の落としかた	広ノ祥人	MF文庫J	160
	「天久鷹央」シリーズ	知念実希人	新潮文庫nex	174-175
	アラフォー賢者の異世界生活日記	寿 安清	MFブックス	133
	ありふれた職業で世界最強	白米 良	オーバーラップ文庫	106
	暗殺拳はチートに含まれますか？ 〜彼女と目指す最強ゲーマー〜	渡葉たびびと	ファンタジア文庫	130
	あんたなんかと付き合えるわけないじゃん！ムリ！ムリ！大好き！	内堀優一	HJ文庫	167
	生き残り錬金術師は街で静かに暮らしたい	のの原 兎太	KADOKAWA（エンターブレイン）	155
	居酒屋ぼったくり	秋川滝美	アルファポリス	145
	異世界クエストは放課後に	空埜一樹	HJ文庫	152
	異セカイ系	名倉 編	講談社タイガ	173
	異世界健康食堂 〜アラサー栄養士のセカンドライフ〜	お米ゴハン	L-エンタメ小説	138
	異世界語入門 〜転生したけど日本語が通じなかった〜	Fafs F. Sashimi	L-エンタメ小説	135
	異世界でもふもふなでなでするためにがんばってます。	向日 葵	Mノベルス	131
	異世界のんびり農家	内藤騎之介	KADOKAWA（エンターブレイン）	136
	異世界はスマートフォンとともに。	冬原パトラ	HJノベルス	132
	異世界魔王と召喚少女の奴隷魔術	むらさきゆきや	講談社ラノベ文庫	132
	異世界迷宮の最深部を目指そう	割内タリサ	オーバーラップ文庫	107
	異世界薬局	高山理図	MFブックス	143
	異世界嫁ごはん 〜最強の専業主夫に転職しました！〜	九重七六八	オーバーラップノベルス	137
	異世界料理道	EDA	HJノベルス	76
	痛いのは嫌なので防御力に極振りしたいと思います。	夕蜜柑	カドカワBOOKS	130
	1パーセントの教室	松村涼哉	電撃文庫	169
	妹さえいればいい。	平坂 読	ガガガ文庫	140
	陰キャになりたい陽乃森さん	岬 鷺宮	電撃文庫	150
	陰キャラな俺とイチャつきたいってマジかよ……	佐倉 唄	ファンタジア文庫	150
	インスタント・メサイア	田山翔太	オーバーラップノベルス	78
	<Infinite Dendrogram>—インフィニット・デンドログラム—	海道左近	HJ文庫	45
	ウォーター&ビスケットのテーマ	河野 裕、河端ジュン一	角川スニーカー文庫	129

	書名またはシリーズ名	著者名	レーベル名	掲載ページ
	ウォルテニア戦記	保利亮太	HJノベルス	121
	うちの娘の為ならば、俺はもしかしたら魔王も倒せるかもしれない。	CHIROLU	HJノベルス	77
	海辺の病院で彼女と話した幾つかのこと	石川博品	KADOKAWA	69
	裏方キャラの青木くんがラブコメを制すまで。	うさぎやすぽん	角川スニーカー文庫	162
	裏世界ピクニック	宮澤伊織	ハヤカワ文庫JA	172
	86—エイティシックス—	安里アサト	電撃文庫	39
	エートスの窓から見上げる空 老人と女子高生	かめのまぶた	ファミ通文庫	149
	SF飯	銅 大	ハヤカワ文庫JA	173
	Sランクモンスターの《ベヒーモス》だけど、猫と間違われてエルフ娘の騎士として暮らしてます	銀翼のぞみ	GCノベルズ	136
	エノク第二部隊の遠征ごはん	江本マシメサ	GCノベルズ	138
	絵本の守護者 編集者にドラゴンは倒せますか？	神秋昌史	マイクロマガジン社文庫	171
	エレメンタル・カウンセラー —ひよっこ星守りと精霊科医—	西塔 鼎	電撃文庫	143
	エロマンガ先生	伏見つかさ	電撃文庫	140
	王女様の高級尋問官	兎月竜之介	ダッシュエックス文庫	165
	オーバーロード	丸山くがね	KADOKAWA（エンターブレイン）	70
	年下寮母に甘えていいですよ？	今慈ムジナ	ガガガ文庫	151
	おかしな転生	古流 望	TOブックス	134
	幼馴染の山吹さん	道草よもぎ	電撃文庫	154
	教え子に脅迫されるのは犯罪ですか？	さがら総	MF文庫J	142
	オタギャルの相原さんは誰にでも優しい	葉村 哲	MF文庫J	150
	お助けキャラに彼女がいるわけないじゃないですか	はむばね	ファンタジア文庫	155
	おっさん、勇者と魔王を拾う	チョコカレー	TOブックス	146-147
	おまえ本当に俺のカノジョなの？	落合祐輔	MF文庫J	156-157
	オミサワさんは次元がちがう	桐山なると	ファミ通文庫	163
	俺が好きなのは妹だけど妹じゃない	恵比須清司	ファンタジア文庫	141
	俺もおまえもちょろすぎないか	保住 圭	MF文庫J	160
	俺を好きなのはお前だけかよ	駱駝	電撃文庫	158
か	ガーリー・エアフォース	夏海公司	電撃文庫	119
	回復術士のやり直し 〜即死魔法とスキルコピーの超越ヒール〜	月夜 涙	角川スニーカー文庫	111
	顔が可愛ければそれで勝ちっ!! バカとメイドの勇者制度攻略法	斎藤ニコ	角川スニーカー文庫	153
	鏡の国のアイリス -SCP Foundation-	日日日	一二三書房	177
	語り部は悪魔と本を編む	川添枯美	ファミ通文庫	141
	ガチャを回して仲間を増やす 最強の美少女軍団を作り上げろ	ちんくるり	GCノベルズ	130

Light Novel Index

書名またはシリーズ名	著者名	レーベル名	掲載ページ
最後にして最初のアイドル	草野 原々	ハヤカワ文庫JA	173
最果てのパラディン	柳野かなた	オーバーラップ文庫	108
佐伯さんと、ひとつ屋根の下 I'll have Sherbet!	九曜	ファミ通文庫	161
冴えない彼女の育てかた	丸戸史明	ファンタジア文庫	44
察知されない最強職	三上康明	ヒーロー文庫	144
錆喰いビスコ	瘤久保慎司	電撃文庫	36
三角の距離は限りないゼロ	岬 鷺宮	電撃文庫	40
三国破譚 孔明になったけど仕えた劉備は美少女でゲスでニート希望だったの事	波口まにま	ファミ通文庫	123
サン娘 ～Girl's Battle Bootlog	金田一秋良	ブックブラスト	171
JKハルは異世界で娼婦になった	平鳥コウ	早川書房	72
GENESISシリーズ 境界線上のホライゾン	川上 稔	電撃文庫	117
自称Fランクのお兄さまがゲームで評価される学園の頂点に君臨するそうですよ?	三河ごーすと	MF文庫J	129
失格紋の最強賢者 ～世界最強の賢者が更に強くなるために転生しました～	進行諸島	GAノベル	110
死神に育てられた少女は漆黒の剣を胸に抱く	彩峰舞人	オーバーラップ文庫	122
弱キャラ友崎くん	屋久ユウキ	ガガガ文庫	38
Just Because!	鴨志田 一	メディアワークス文庫	170
ジャナ研の憂鬱な事件簿	酒井田寛太郎	ガガガ文庫	148
シャバの「普通」は難しい	中村颯希	KADOKAWA（エンターブレイン）	145
15歳でも俺の嫁!	庵田定夏	MF文庫J	159
14歳とイラストレーター	むらさきゆきや	MF文庫J	140
小説の神様	相沢 沙呼	講談社タイガ	170
常敗将軍、また敗れる	北条新九郎	HJ文庫	122
処刑タロット	土橋真二郎	電撃文庫	125
シロクマ転生 森の守護神になったぞ伝説	三島千廣	HJノベルス	131
神域のカンピオーネス	丈月 城	ダッシュエックス文庫	118
真・三国志妹	春日みかげ	ファンタジア文庫	123
真の仲間じゃないと勇者のパーティーを追い出されたので、辺境でスローライフすることにしました	ざっぽん	角川スニーカー文庫	133
真ハイスクールD×D	石踏一榮	ファンタジア文庫	155
深夜廻	黒 史郎 原作：日本一ソフトウェア	PHP研究所	177
心理学で異世界ハーレム建国記	ゆうきゆう	MF文庫J	135
数字で救う! 弱小国家	長田信織	電撃文庫	121
スーパーカブ	トネ・コーケン	角川スニーカー文庫	149
スカートのなかのひみつ。	宮入裕昂	電撃文庫	148
好きって言えない彼女じゃダメですか? 帆影さんはライトノベルを合理的に読みすぎる	玩具堂	角川スニーカー文庫	159
ストライク・ザ・ブラッド	三雲岳斗	電撃文庫	117
スライム倒して300年、知らないうちにレベルMAXになってました	森田季節	GAノベル	73
スレイヤーズ	神坂 一	ファンタジア文庫	111
青春失格男と、ビタースイートキャット。	長友一馬	ファンタジア文庫	165
「青春ブタ野郎」シリーズ	鴨志田 一	電撃文庫	45

書名またはシリーズ名	著者名	レーベル名	掲載ページ
カネは敗者のまわりもの	玖城ナギ	ファンタジア文庫	124
彼女が好きなものはホモであって僕ではない	浅原ナオト	KADOKAWA	172
彼女のL ～嘘つきたちの攻防戦～	三田千恵	ファミ通文庫	166
神様の御用人	浅葉なつ	メディアワークス文庫	174-175
神達に拾われた男	Roy	HJノベルス	134
可愛い女の子に攻略されるのは好きですか?	天乃聖樹	GA文庫	160
可愛ければ変態でも好きになってくれますか?	花間 燈	MF文庫J	164
岸辺露伴は叫ばない 短編小説集	維羽裕介、北國ばらっど、宮本深礼、吉上亮 原作：荒木飛呂彦	JUMP j BOOKS	176
キノの旅 —the Beautiful World—	時雨沢恵一	電撃文庫	107
君死にたもう流星群	松山 剛	MF文庫J	167
君と夏と、約束と。	麻中郷矢	GA文庫	168
キミと僕の最後の戦場、あるいは世界が始まる聖戦	細音 啓	ファンタジア文庫	117
君の話	三秋 縋	早川書房	172
キミの忘れかたを教えて	あまさきみりと	角川スニーカー文庫	156-157
君は世界災厄の魔女、あるいはひとりぼっちの救世主	大澤めぐみ	角川スニーカー文庫	126-127
キラプリおじさんと幼女先輩	岩沢 藍	電撃文庫	149
ギルドの新人教育係（自称）	浜柔	オーバーラップノベルス	154
クズと天使の二周目生活	天津 向	ガガガ文庫	153
薬屋のひとりごと	日向 夏	ヒーロー文庫	144
クトゥルフ神話TRPGリプレイ セラエノ・コレクション	内山靖二郎、アーカム・メンバーズ	KADOKAWA	179
蜘蛛ですが、なにか?	馬場 翁	カドカワBOOKS	73
クロス・コネクト	久追遥希	MF文庫J	129
クロハルメイカーズ	砂義出雲	ガガガ文庫	151
ゲーマーズ!	葵せきな	ファンタジア文庫	158
限界集落・オブ・ザ・デッド	ロッキン神経痛	カドカワBOOKS	125
現実主義勇者の王国再建記	どぜう丸	オーバーラップ文庫	122
賢者の孫	吉岡 剛	ファミ通文庫	114
恋してる暇があるならガチャ回せ	杉井 光	電撃文庫	162
こいつらの正体が女だと俺だけが知っている	猫又ぬこ	講談社ラノベ文庫	165
公園で高校生達が遊ぶだけ	園生 凪	講談社ラノベ文庫	151
皇女の騎士 壊れた世界と姫君の楽園	やのゆい	ファミ通文庫	119
高2にタイムリープした俺が、当時好きだった先生に告った結果	ケンノジ	GA文庫	161
GODZILLA	大樹連司 監修：虚淵 玄	角川文庫	176
こちら異世界転生取締局	愛坂タカト	講談社ラノベ文庫	144
この素晴らしい世界に祝福を!	暁なつめ	角川スニーカー文庫	46
この世界がゲームだと俺だけが知っている	ウスバー	KADOKAWA（エンターブレイン）	129
《このラブコメがすごい!!》堂々の三位!	飛田雲之	ガガガ文庫	159
ゴブリンスレイヤー	蝸牛くも	GA文庫	112
さ 最強同士がお見合いした結果	菱川さかく	GA文庫	137

	書名またはシリーズ名	著者名	レーベル名	掲載ページ
	デート・ア・ライブ	橘 公司	ファンタジア文庫	116
	デート・ア・ライブ フラグメント デート・ア・バレット	東出祐一郎、原作:橘 公司	ファンタジア文庫	116
	デスマーチからはじまる異世界狂想曲	愛七ひろ	カドカワBOOKS	132
	天才王子の赤字国家再生術 ～そうだ、売国しよう～	鳥羽 徹	GA文庫	43
	転生したら剣でした	棚架ユウ	GCノベルズ	133
	転生したらスライムだった件	伏瀬	GCノベルズ	71
	「とある魔術の禁書目録」シリーズ	鎌池和馬	電撃文庫	41
	トーキョー・ナイトメア リプレイ[ブラックダイヤモンド]	丹藤武敏	F.E.A.R	179
	特殊性癖教室へようこそ	中西 鼎	角川スニーカー文庫	165
	図書迷宮	十字 静	MF文庫J	124
	賭博師は祈らない	周藤 蓮	電撃文庫	43
	とんでもスキルで異世界放浪メシ	江口連	オーバーラップノベルス	138
な	ナイツ&マジック	天酒之瓢	ヒーロー文庫	113
	なぜ僕の世界を誰も覚えていないのか?	細音 啓	MF文庫J	117
	七つの魔剣が支配する	宇野朴人	電撃文庫	126-127
	生意気なお嬢様を従順にする方法	田口 一	MF文庫J	152
	西野 ～学内カースト最下位にして異能世界最強の少年～	ぶんころり	MF文庫J	46
	29とJK	裕時悠示	GA文庫	159
	二十世紀電氣目録	結城 弘	KAエスマ文庫	170
	ニンジャスレイヤー	ブラッドレー・ボンド、フィリップ・N・モーゼズ	KADOKAWA(エンターブレイン)	74
	ねじ巻き精霊戦記 天鏡のアルデラミン	宇野朴人	電撃文庫	120
	ノーゲーム・ノーライフ	榎宮 祐	MF文庫J	116
	乃木坂明日夏の秘密	五十嵐雄策	電撃文庫	158
	望まぬ不死の冒険者	丘野 優	オーバーラップノベルス	109
は	はぐるまどらいぶ。	かばやきだれ	オーバーラップノベルス	74
	始まりの魔法使い	石之宮カント	ファンタジア文庫	108
	はじらいサキュバスがドヤ顔かわいい。	旭 蓑雄	電撃文庫	155
	→ぱすてるぴんく。	悠寐ナギ	講談社ラノベ文庫	163
	八月のシンデレラナイン 北風に揺れる向日葵	片瀬チヲル 原作:Akatsuki	ファミ通文庫	177
	八十八を三に割る 妹達のためならば天下も獲れる、かもしれない。	友野 詳	MF文庫J	123
	小説 はねバド!	望月唯一 原作:濱田浩輔	講談社ラノベ文庫	177
	パパ!パパ!好き!好き!超超愛してる	なめこ印	ファンタジア文庫	146-147
	バビロン	野﨑まど	講談社タイガ	172
	パプみネーター	壱日千次	MF文庫J	164
	ハル遠カラジ	遍柳一	ガガガ文庫	169
	Hello,Hello and Hello	葉月 文	電撃文庫	166
	パンツあたためますか?	石山雄規	角川スニーカー文庫	163
	ひげを剃る。そして女子高生を拾う。	しめさば	角川スニーカー文庫	38
	美少女作家と目指すミリオンセラアアアアアアアアッ!	春日部タケル	角川スニーカー文庫	141
	美人上司とダンジョンに潜るのは残業ですか?	七菜なな	ノベルゼロ	143

	書名またはシリーズ名	著者名	レーベル名	掲載ページ
	「生徒会の一存」シリーズ	葵せきな	ファンタジア文庫	151
	精霊幻想記	北山結莉	HJ文庫	106
	世界の果てのランダム・ウォーカー	西 条陽	電撃文庫	108
	世界を終わらせる少女と死にたがりの英雄	桜咲 良	電撃文庫	119
	絶対彼女作らせるガール!	まほろ勇太	MF文庫J	162
	絶対に働きたくないダンジョンマスターが惰眠をむさぼるまで	鬼影スパナ	オーバーラップ文庫	135
	ゼロから始める魔法の書	虎走かける	電撃文庫	107
	戦国小町苦労譚	夾竹桃	アース・スターノベル	123
	戦国商人立志伝 ～転生したのでチートな武器提供や交易の儲けで成り上がる～	須崎正太郎	L-エンタメ小説	145
	先生とそのお布団	石川博品	ガガガ文庫	44
	せんせーのおよめさんになりたいおんなのこはみーんな16さいだよっ?	さくらいたろう	MF文庫J	142
	戦闘員、派遣します!	暁なつめ	角川スニーカー文庫	142
	先輩冒険者さんが助けてくれるのできっと大丈夫なのです! 新米冒険者の日記帳	荒木シオン	カドカワBOOKS	110
	ソード・ワールド2.0リプレイ 導かれし田舎者たち	河端ジュン一、グループSNE	ドラゴンブック	178
	ソード・ワールド2.0リプレイ 竜伯爵は没落しました!	秋田みやび、グループSNE	ドラゴンブック	178
	ソード・ワールド2.5リプレイ トレイン・トラベラーズ!	ベーテ・有理・黒崎、グループSNE	ドラゴンブック	178
	ソードアート・オンライン	川原 礫	電撃文庫	41
	ソードアート・オンライン オルタナティブ ガンゲイル・オンライン	時雨沢 恵一 原作:川原 礫	電撃文庫	128
	ソードアート・オンライン オルタナティブ クローバーズ・リグレット	渡瀬 草一郎 原作:川原 礫	電撃文庫	128
	ソードアート・オンライン プログレッシブ	川原 礫	電撃文庫	128
	即死チートが最強すぎて、異世界のやつらがまるで相手にならないんですが。	藤孝 剛志	アース・スターノベル	115
	空飛ぶ卵の右舷砲	喜多川 信	ガガガ文庫	108
	それでも異能兵器はラブコメがしたい	カミツキレイニー	角川スニーカー文庫	163
た	ダークデイズドライブ	齋藤高吉、冒険企画局	Role&Roll Books	179
	だからオカズは選べない	天秤☆矢口	講談社ラノベ文庫	139
	黄昏のブッシャリオン	碌星らせん	エンターブレイン	78
	タタの魔法使い	うーぱー	電撃文庫	124
	たとえばラストダンジョン前の村の少年が序盤の街で暮らすような物語	サトウとシオ	GA文庫	134
	田中～年齢イコール彼女いない歴の魔法使い～	ぶんころり	GCノベルズ	133
	NGな彼女。は推せますか?	海津ゆたか	ガガガ文庫	156-157
	ダンジョンに出会いを求めるのは間違っているだろうか	大森藤ノ	GA文庫	42
	ダンジョンに出会いを求めるのは間違っているだろうか外伝 ソードオラトリア	大森藤ノ	GA文庫	109
	ダンジョン村のパン屋さん	丁 謡	カドカワBOOKS	139
	地球最後のゾンビ -NIGHT WITH THE LIVING DEAD-	鳩見すた	電撃文庫	169
	知識チートVS時間ループ	葛西伸哉	HJ文庫	115
	ちょっぴり年上でも彼女にしてくれますか?	望 公太	GA文庫	161
	通常攻撃が全体攻撃で二回攻撃のお母さんは好きですか?	井中だちま	ファンタジア文庫	130
	月が導く異世界道中	あずみ圭	アルファポリス	110
	月とライカと吸血姫	牧野圭祐	ガガガ文庫	42
	出会ってひと突きで絶頂除霊!	赤城大空	ガガガ文庫	164

	書名またはシリーズ名	著者名	レーベル名	掲載ページ
	無職転生 ～異世界行ったら本気だす～	理不尽な孫の手	MFブックス	72
	女神の勇者を倒すゲスな方法	笹木さくま	ファミ通文庫	135
	メルヘン・メドヘン	松 智洋、StoryWorks	ダッシュエックス文庫	115
	「物語」シリーズ	西尾維新	講談社BOX	70
	森のほとりでジャムを煮る ～異世界ではじめる田舎暮らし～	小鳩子鈴	カドカワBOOKS	139
や	やがて恋するヴィヴィ・レイン	犬村小六	ガガガ文庫	118
	やりなおし英雄の教育日誌	涼暮 皐	HJ文庫	118
	ヤンキー&ヨグ=ソトース	平野累次、冒険企画局	Role&Roll Books	179
	優雅な歌声が最高の復讐である	樹戸英斗	電撃文庫	167
	勇者召喚に巻き込まれたけど、異世界は平和でした	灯台	モーニングスターブックス	136
	勇者の活躍はこれからだ! 異世界からの出戻り勇者は平穏に暮らしたい	Y.A	オーバーラップノベルス	154
	勇者、辞めます ～次の職場は魔王城～	クオンタム	カドカワBOOKS	144
	友人キャラは大変ですか?	伊達 康	ガガガ文庫	152
	ユリシーズ ジャンヌ・ダルクと錬金の騎士	春日みかげ	ダッシュエックス文庫	120
	ようこそ実力至上主義の教室へ	衣笠彰梧	MF文庫J	39
	幼女さまとゼロ級守護者さま	すかぢ	GA文庫	115
	幼女戦記	カルロ・ゼン	KADOKAWA（エンターブレイン）	76
	余命六ヶ月延長してもらったから、ここからは私の時間です	編乃肌	モーニングスターブックス	167
ら	ラストラウンド・アーサーズ	羊 太郎	ファンタジア文庫	113
	リア充にもオタクにもなれない俺の青春	弘前 龍	電撃文庫	168
	リオランド	岩井恭平	角川スニーカー文庫	126-127
	Re：ゼロから始める異世界生活	長月達平	MF文庫J	106
	理想の彼女と不健全なつきあい方	瑞智士記	ファミ通文庫	156-157
	理想の娘なら世界最強でも可愛がってくれますか?	三河ごーすと	MF文庫J	146-147
	りゅうおうのおしごと!	白鳥士郎	GA文庫	37
	リワールド・フロンティア	国広仙戯	TOブックス	110
	ロード・オブ・リライト ―最強スキル《魔眼》で始める反英雄譚―	十本スイ	ファンタジア文庫	114
	ロード・エルメロイII世の事件簿	三田 誠	TYPE-MOON BOOKS	173
	ロクでなし魔術講師と禁忌教典	羊 太郎	ファンタジア文庫	113
	六人の赤ずきんは今夜食べられる	氷桃甘雪	ガガガ文庫	125
	6番線に春は来る。そして今日、君はいなくなる。	大澤めぐみ	角川スニーカー文庫	166
	ログ・ホライズン	橙乃ままれ	KADOKAWA（エンターブレイン）	109
わ	小説 若おかみは小学生 劇場版	令丈ヒロ子	講談社文庫	176
	我が驍勇にふるえよ天地 ～アレクシス帝国興隆記～	あわむら赤光	GA文庫	121
	我が姫にささぐダーティープレイ	小山恭平	講談社ラノベ文庫	145
	ワキヤくんの主役理論	涼暮 皐	MF文庫J	148
	私、能力は平均値でって言ったよね!	FUNA	アース・スターノベル	113
	ワンワン物語 ～金持ちの犬にしてとは言ったが、フェンリルにしろとは言ってねえ!～	犬魔人	角川スニーカー文庫	131

	書名またはシリーズ名	著者名	レーベル名	掲載ページ
	ひとりぼっちのソユーズ 君と月と恋、ときどき猫のお話	七瀬夏扉	富士見L文庫	171
	火の中の竜 ネットコンサルタント「さらまんどら」の炎上事件簿	汀こるもの	メディアワークス文庫	171
	ビブリア古書堂の事件手帖 ～扉子と不思議な客人たち～	三上 延	メディアワークス文庫	174-175
	ヒマワリ：unUtopial World	林トモアキ	角川スニーカー文庫	118
	百神百年大戦	あわむら赤光	GA文庫	119
	百万光年のちょっと先	古橋秀之	JUMP j BOOKS	75
	ピンポンラバー	谷山走太	ガガガ文庫	149
	ファイフステル・サーガ	師走トオル	ファンタジア文庫	120
	フェンリル母さんとあったかご飯 ～異世界もふもふ生活～	はらくろ	TOブックス	139
	偏差値10の俺がい世界で知恵の勇者になれたワケ	ロリバス	KADOKAWA	77
	編集長殺し	川岸殴魚	ガガガ文庫	141
	「忘却探偵」シリーズ	西尾維新	講談社BOX	75
	冒険者になりたいと都に出て行った娘がSランクになってた	門司柿家	アース・スターノベル	146-147
	ポーション頼みで生き延びます!	FUNA	Kラノベブックス	134
	ホーンテッド・キャンパス	櫛木理宇	角川ホラー文庫	174-175
	ぼくたちの青春は覇権を取れない。-昇陽高校アニメーション研究部・活動録-	有象利路	電撃文庫	150
	ぼくたちのリメイク	木緒なち	MF文庫J	40
	僕の知らないラブコメ	樫本 燕	MF文庫J	160
	ぼくの初恋は透明になって消えた。	内田裕基	アルファポリス	168
	星空の下、君の声だけを抱きしめる	高橋びすい	講談社ラノベ文庫	168
	本好きの下剋上 ～司書になるためには手段を選んでいられません～	香月美夜	TOブックス	68
ま	魔王学院の不適合者 ～史上最強の魔王の始祖、転生して子孫たちの学校へ通う～	秋	電撃文庫	114
	魔王討伐したあと、目立ちたくないのでギルドマスターになった	朱月十話	ファンタジア文庫	111
	魔王の俺が奴隷エルフを嫁にしたんだが、どう愛でればいい?	手島史詞	HJ文庫	137
	魔王の処刑人	真島文吉	ヒーロー文庫	125
	魔王の娘だと疑われてタイヘンです!	姫ノ木あく	GA文庫	153
	魔王の娘は世界最強だけどヒキニート! ～廃教会に引きこもってたら女神様として信仰されました～	年中麦茶太郎	GAノベル	136
	魔王は服の着方がわからない	長岡マキ子	ファンタジア文庫	153
	魔王を倒した俺に待っていたのは、世話好きなヨメとのイチャイチャ錬金生活だった。	かじいたかし	HJ文庫	137
	魔欠落者の収納魔法～フェンリルが住み着きました～	富士とまと	Mノベルス	131
	魔女の旅々	白石定規	GAノベル	71
	魔弾の王と戦姫	川口 士	MF文庫J	121
	魔弾の王と凍漣の雪姫	川口 士	ダッシュエックス文庫	126-127
	魔法科高校の劣等生	佐島 勤	電撃文庫	112
	魔法塾 生涯777連敗の魔術師だった私がニート講師のおかげで飛躍できました。	壱日千次	MF文庫J	143
	魔法少女さんだいめっ☆	栗ノ原草介	ガガガ文庫	154
	魔法使い黎明期	虎走かける	講談社ラノベ文庫	107
	「まもの」の君に僕は「せんせい」と呼ばれたい	花井利徳	ダッシュエックス文庫	142
	廻る学園と、先輩と僕 Simple Life	九曜	ファミ通文庫	161
	昔勇者で今は骨	佐伯庸介	電撃文庫	109

プレゼント②

『ひげを剃る。
そして女子高生を拾う。』
しめさば先生
直筆サイン色紙
3名様

プレゼント①

『錆喰いビスコ』
瘤久保慎司先生
直筆サイン色紙
3名様

プレゼント③

『弱キャラ友崎くん』
屋久ユウキ先生
直筆サイン色紙
3名様

応募方法

左記のQRコードもしくは下記のアドレスからアンケートページにアクセスし、必要事項とご希望のプレゼント番号をご記入いただき、送信ください。締め切りは、2019年5月末日必着。アンケート項目のご記入もお忘れのないようご注意ください。なお、当選者の発表はプレゼントの発送をもって代えさせていただきます。
※ご提供いただいた情報は、個人情報を含まない統計的な資料の作成、プレゼントの発送、新刊等のご案内に利用させていただく場合がございます。

https://enquete.cc/q/konorano2019

QRコードは
株式会社デンソーウェーブ
の登録商標です。

全員プレゼント

イラストレーター・しらびさんの
本書表紙イラストを元に、
オリジナル壁紙を作成!
詳しくは特設ページへ!
(https://tkj.jp/lightnovel2019/)
※2018年11月24日よりダウンロード可能です

HPから
簡単ゲット!

このライトノベルがすごい! 2019
2018年12月8日 第1刷発行

編者………『このライトノベルがすごい!』編集部
発行人……蓮見清一
発行所……株式会社宝島社
〒102-8388
東京都千代田区一番町25番地
電話(営業)03-3234-4621
(編集)03-3239-0599
https://tkj.jp

印刷・製本……図書印刷株式会社
落丁・乱丁本はお取り替えいたします。

ISBN978-4-8002-9044-1